白馬寺传奇

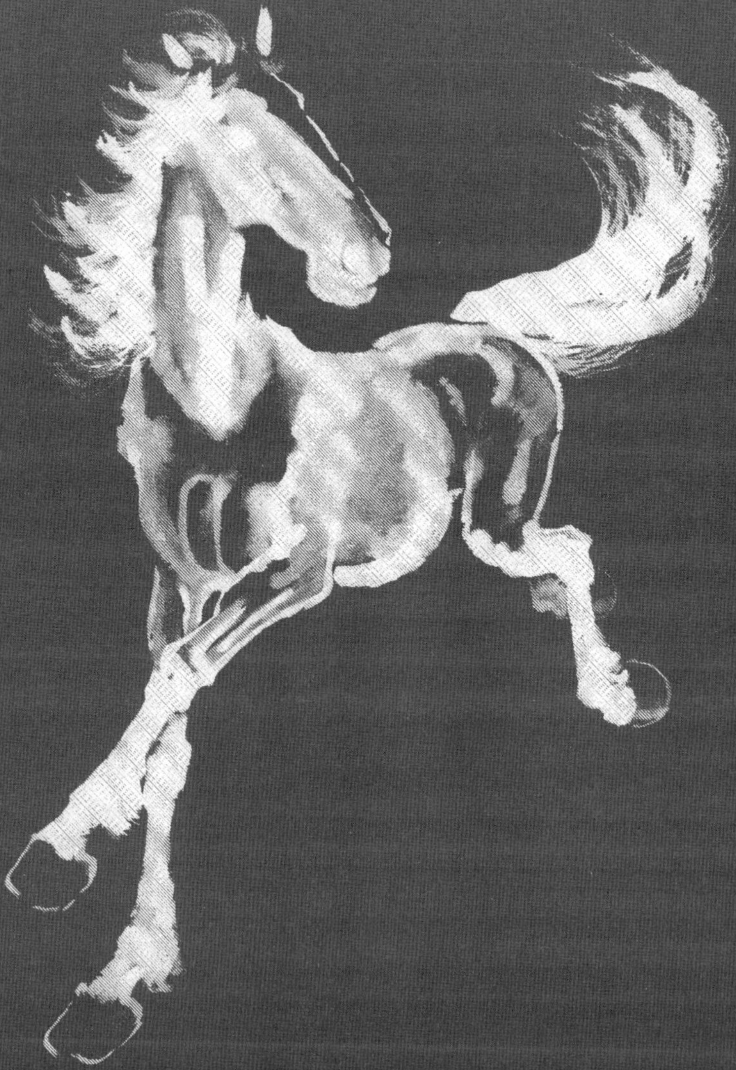

王中一 著

華夏出版社
HUAXIA PUBLISHING HOUSE

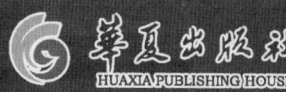

序　言

倡导和谐文化　弘扬千年传承

当金黄色的阳光照亮大地万物的时候，人类的憧憬借助着古老的文化凝聚成了历史的永恒。在不同民族、不同国度的古老文化融会贯通的历程中，人类形成了共同的希冀和向往——追求理想净土、极乐世界，没有贫穷困苦，没有嫉恨仇杀，民众炽盛，谷米丰登，百鸟幽鸣，流泉潺潺……

1933年，一位西方作家根据盛传在印度与中国的民间故事写成了一部小说《消失的地平线》，讲述一片人间乐土隐藏在西藏北边的美丽山谷之中，与外界隔绝，由这部小说改编的电影在全世界引起了轰动。现在，我手中的这部长篇历史小说与之角度不同，故事不同，虽然名叫《白马寺传奇》，却并未从正面记述中国第一座佛教寺庙白马寺，而是以战争开始，以和亲结束，在家仇国恨的恢弘历史背景下，通过东汉初年一段爱情、复仇、道义、追杀、凶恶、慈善的交织融汇的传奇故事，展现了年轻的主人公从玩世不恭到敢于承担家庭、社会责任的思想蜕变和心路历程，客观真实记录了佛教从古天竺第一次传入华夏大地的艰辛历程和划时代意义。故事讴歌了长城内外各民族同胞血浓于水，渴望和平和睦、统一复兴的良好祝愿，昭示了正义必将战胜邪恶、华夏大地终将趋于和平鼎盛的历史发展规律。

我们至今难以想象，隔着飞鸟难以逾越的世界屋脊，一种异域文化奇迹般地穿越了喜马拉雅山脉。真正的奇迹是，它在陌生的古老土地上得到了举世瞩目的发扬光大。我们仿佛看到，当年沿着古老的丝绸之路，途经大漠、草地、湖泊、雪山，那些顽强的脚印，殊死的跋涉……如同历史一般厚重，被后人永久铭记。

佛教传入中国，对世界文明、尤其是亚洲文明具有重大的历史意义。在人类文化史上，能够与之相比的大事件，少而又少。

蓝天还记得，大地还记得，两种文化的交融，让中国从此不同，让亚洲从此不同。

清晨，湛蓝天空的云朵随风弥散开来，幽静地飘过白马寺的上空。大殿里传出的梵音古乐和诵经声音越来越洪亮,当远处众多的善男信女慢慢向这里聚拢的时候,房檐下的风铃也轻轻舞动起来,新的一天开始了……

在佛教灿烂辉煌的时光舞台上,白马寺有着非常重要的历史地位,它所延续的经典教法、文化脉象、坚韧精神所走过的漫长独特的发展历程也颇为传奇、曲折。今天,在白马寺的大小殿宇中,您都能看到虔诚的身影,人们用恭敬的行礼彰显了信仰和思想的不平凡。

今夜偏知夏气暖,虫声已透绿窗纱。翻阅古老文化,每一页精彩的记载都让世界动容。在不同的文化背景和思想元素的融合下,时代赋予了中国佛教崭新的风貌。中国佛教积累了丰富的文化艺术资源,是历史上形成的客观存在,具有丰富的精神内涵,其蕴含的济世理念和深厚历史意识是超越社会变迁的,是沟通思想情感的特殊纽带。中国佛教作为华夏历史文化的重要组成部分,对中华民族的思维方式、行为方式、信仰追求、文化艺术及生活习俗等方面都产生了极其重大而深远的影响,具有非凡的历史传承价值、审美艺术价值、科学认识价值、社会和谐价值。

微雨夜来过,不知春草生。人类前行的道路,往往没有既成的足迹可寻;思想辉煌的传承,始终以坚持为方向。心灵隐藏在我们生命的深处,它是我们生命的核心,奔着一个神圣的目标,本身就积攒了太多太多恒定的信念和坚韧的精神。梵音袅袅的中华佛教祖庭白马寺,至今已有两千年的历史。两千年的诵经和祈福,两千年的发展和延续,让人们对白马寺充满了一种神秘感,更对白马驮经的传奇故事充满了好奇。那么,古老的白马寺是一种充满了何等佛教艺术魅力的文化符号呢?东汉时期少为世人所知的异域文化脉象是如何传奇般地从古天竺翻山越岭来到华夏的呢?请您翻开这部长篇历史小说,静静地品读吧。

张汉兴

2013.2.16

(中华慈善总会原副会长兼秘书长、国际科学和平周中国组委会常务副主任)

目 录

第 一 章　大漠冤情 …………………………………… 1
第 二 章　西天取经 …………………………………… 25
第 三 章　墓地遇险 …………………………………… 41
第 四 章　巧遇蔡鹏 …………………………………… 62
第 五 章　西域风情 …………………………………… 84
第 六 章　邂逅高僧 …………………………………… 118
第 七 章　汉匈和亲 …………………………………… 156
第 八 章　梅儿出嫁 …………………………………… 194
第 九 章　白马禅寺 …………………………………… 225
第 十 章　逼宫谋反 …………………………………… 247
第十一章　诛灭楚王 …………………………………… 275

第一章　大漠冤情

蔡愔一马当先,带着一万先锋军在草原上疾驰。

蔡愔坚信:父亲蔡广利是在战场上被楚王陷害才做了北匈奴的俘虏。他心中明白,只要父亲不死,北匈奴呼延王一定会留着他作为与大汉朝廷谈判的筹码。蔡愔只有一个心愿——找到父亲,澄清事实。

"幸运"一词不该用在蔡愔身上,因为他的心中有一团复仇的怒火,火焰烧透了他的胸膛,烧得两腿不停地夹击马腹,甚至副将湖斜尸逐侯鞮单于的骑兵无法跟上他风驰电掣般的速度。

统领南匈奴联盟的湖斜尸逐侯鞮单于(公元63—85年在位),是南匈奴联盟融入大汉以来的第六代单于,俗称南单于。在汉军与南匈奴骑兵联合与北匈奴作战的时候,大家共同把北匈奴人称作"北虏"。

这天夜晚,蔡愔率领先锋军骑兵在奔驰,副将南单于大声喊:"蔡郎中,天黑了,不能再前行了,说不定会有埋伏。""郎中"是东汉时期的一个小官职,属于在皇宫大院跑腿打杂的那类。由于父亲蔡广利"叛降"北匈奴,蔡愔的奶奶、母亲被抓捕入狱,没被砍头已属幸运。逃难数月的蔡愔隐姓埋名返回洛阳参加比武取得了名次,博得了汉明帝刘庄的欣赏,还得到了龟兹国进献给汉明帝的西域宝马"雪里飞",蔡愔却也暴露了身份被抓捕入狱,胸口还被楚王刘英恶狠狠地烙印了"囚"字。后来,司徒傅毅百般劝谏,加上西域战事急需人才,汉明帝刘庄封了蔡愔一个小小的郎中,让他到前线戴罪立功,以自己的功名换取奶奶、母亲出狱。

蔡愔拉住了缰绳:"吁!"

副将南单于也拉住了缰绳,命令道:"停止前进,原地休息。"

大家围着篝火休息,蔡愔将自己的雪里飞牵到一片草多的地方,怜惜地说:"伙计,好好吃草吧,明天还要赶远路呢。"

蔡愔拎着干饼和水囊朝着篝火走了过去,南单于一边吃着一边对蔡愔说:"咱们出了高阙塞,一路斜插过来连续狂奔了六十多天,前边就是天山了,再有十多天,就能赶到山边了。"蔡愔拿出自己的干饼,坐下来叹息说:"我怎么越追越没有信心啊,你说咱们途经了那么多小国,怎么连个呼延王的影子也没见到呢?"南单于说:"你是不是认为西域诸国可能藏匿了呼延王?"蔡愔咬了一口干饼,说:"我只是猜测。""若是小股骑兵,可能会被藏匿。呼延王跟着中军大营呢,尽管作战能力不强,可是辎重太多,光是牛车怕是就有千辆之多,一般的小国是藏匿不下的。"南单于说道:"而且,西域诸国都知道我们十几万大军铺天盖地而来,谁还愿意跟呼延王站在一条线上啊?西域诸国的国王骑在墙头看风向的太多了,谁的势力大就跟着谁跑。""单于说得有道理。不过,咱们虽说有一万骑兵,可是跑起来是一条线,如果我在前边带队跑偏了,后边就都跟偏了,如果再这样没有目标地追下去,咱们能追上呼延王吗?""说不准啊!咱们只是猜测和判断大致的方向,西域这么大,咱们轻骑快马,或许已经超过了呼延王也很难说。""你的探马有消息吗?"蔡愔问。南单于笑了:"我的小先锋,你真会说笑,咱们跑得比苍鹰飞的还快,这不是刚刚停下来吗?探马也刚刚放出去。"

  蔡愔喝了口水,说:"我觉得如果呼延王从玉门关向北逃窜,应该就是这条路线。"南单于说:"你说得很对,大致方向是对的,只是看我们能否有缘与呼延王相遇。"蔡愔将手中最后一口干饼塞进嘴里,说:"你是说,咱们如此玩命地狂奔,还有可能见不到呼延王?我来西域一趟,不经历战场我不甘心。"南单于说:"你就是立功心切……你以为刘皝、窦固他们就不想遇见呼延王,就不想杀敌立功?可是,从大汉以来,从西域空手而归的大汉将领多了。西域这么大,两只数万人的军队碰不着面儿太正常了。何况,呼延王几乎是由南向北,咱们几乎是由东向西,即使路线相交,可是只要错开半天时间,可能就永远见不着面儿了。""那是为什么?"蔡愔问。"因为大家都是骑兵,眨眼的工夫就没影了。比方探马来报,说前方二十里地有一股敌军,可是等你骑马赶到,那股敌军早就没影儿了。没有人会待着不动等着你去厮杀,这与你们大汉攻略城池大不相同啊。"

  蔡愔想了想说:"明天我就不等你了,你们的马跑得太慢。"南单于赶紧一把攥住蔡愔的手臂,说:"哎,那可不行,你已经被削去发髻关了一次禁闭了,主帅大人命令我看着你的,就怕你逞强好胜。"

  蔡愔笑了,晃晃手中的水囊说:"我去把它挂好,行吗?"南单于松开了手,蔡愔站起身来将水囊挂在马鞍上,又回来坐下,说:"明天你只要能跟得上,就跟着

第一章 大漠冤情

呗。"南单于急了,指着蔡愔的鼻子说:"我可警告你啊,我不管你那匹白马是不是从大汉皇帝那儿借的,你万万不可冒进,万一遇见敌人,你单枪匹马只会是自投罗网。"蔡愔笑着说:"好的,好的,我遵守承诺还不成吗?"南单于无奈地说道:"你得记住我们是群体,群体你知道吗?在西域大漠,再凶猛的老虎也斗不过狼群。"

就在这时,突然有人大喊:"北虏人来了!"

南单于往远处看过去,夜幕下黄沙漫天,眼见是大股部队在冲锋才会产生的景象,赶紧扭头大喊:"全军上马!准备战斗!"蔡愔立刻跑向"雪里飞",飞身上马,摘下长枪,催马向前:"来吧,大爷我等了三个月,还没有找到练手的靶子呢!"南单于刚刚排好阵形,敌方的骑兵就相差不到一百米远了,南单于大手一挥,一万骑兵呐喊着发起了冲锋,眨眼间双方对了脸,无数的马匹交叉而过,无数的士兵被迎面而来的敌人挥刀砍翻,落下马来,直接被马蹄踩成了肉饼,箭雨、血肉,到处飞溅,双方战在一起,厮杀得如同乱麻一般,到处都有火把在晃动,乱得几乎认不出是敌是友,只能尽量地护住自己,挥刀砍向对面。

很快,汉军右路军主将刘皖的四万余增援部队赶了过来,北匈奴部队撤离了。血战进行了大半夜,无数的生命被战争机器搅得粉碎。蔡愔、南单于、刘皖凭借人多优势,又都是和对方一样的骑兵,理所当然地赢了这场夜战。

终于天亮了,看着士兵们在打扫战场,南单于忽然想起了什么,四处寻找,大喊:"蔡愔!有谁看见蔡愔了?有谁看见蔡郎中了?"一个士兵说:"他刚才一直在打听哪里是西北方向,好像追踪敌人去了。"南单于懊丧地说:"嗐!一会儿没看住,他就……单枪匹马做不了大事的。"

这时,背衬一轮冉冉升起的朝阳,单枪匹马的蔡愔骑着一身雪白的战马"雪里飞"在宽广的草原上疾驰,那么的自由,那么的爽快,再无军纪的约束,再无同伴的劝阻。黄昏时分,蔡愔骑马来到了一座土坡前。他抬头看看天色已晚,跳下马来,抚摸着"雪里飞"的鬃毛,说:"伙计,又是一天过去了,我们一定是把敌人追丢了,不怪你,只怪我第一次来西域,方向判断不准。好了,你该休息一会儿了,等找到草原上的大河,我一定为你好好洗个澡。今晚,咱俩就在这里过夜吧。"蔡愔点燃了一堆篝火,坐在火边啃吃干饼,"雪里飞"自顾自地在一旁吃草。忽然,蔡愔仿佛听到四周有敌人的喊杀声,兵器的撞击声。他站起身来,朝四周望望,什么都没看见,知道自己产生了错觉,这是初上战场紧张所致。幸好,刚满二十岁的蔡愔是那种没心没肺的性格,吃饱喝足躺下就睡着了。

日出时分,"雪里飞"发出两声嘶鸣,躺在草地上的蔡愔懒懒地睁开了眼睛,望着雪里飞说:"伙计,你一定自己先吃饱了,叫什么叫,我还不饿呢。你真了解我,一定是急着赶路了。"远处似乎传来嘈杂的马蹄声和车轮声,蔡愔慢慢地坐了起来,支起耳朵听了听,好像还是错觉。蔡愔摇摇头站起身来,走到雪里飞身边,从马囊中掏出一块干饼咬了一大口嚼着,正准备取出水囊喝水,忽然,听到了天空中苍鹰的鸣叫。蔡愔抬头望着天空中几只盘旋的苍鹰,知道附近一定有车队通过。他连忙伏在地上,借着大地的传导,听到了较为真切的马蹄声。

"难道是南单于他们追上来了?"蔡愔快步登上了土坡,放眼望去,就在土坡的另一面,军旗猎猎的北匈奴中军大营正在北撤,成百上千辆牛车挤在一起,在草原上狂奔。损坏的牛车四处遗弃,受伤难行的百姓被就地杀死。

眼前的场景,让蔡愔浑身汗毛都要竖起来了,蔡愔自言自语道:"中军大营?呼延王的中军大营?难道他们整个夜晚都在悄悄撤退?"蔡愔一阵狂喜,猛地扔掉了手中的干饼,双手围在嘴边,大声喊道:"呼延王,爷爷蔡愔来了——"

蔡愔转身冲下土坡,飞身上马,向北匈奴中军大营冲了过去。几名北匈奴骑兵前来阻拦,被蔡愔纷纷挑落马下。一位北匈奴将领冲着中军大营队伍大喊:"快!快!不要停下。"

为了掩护中军大营,这位北匈奴将领主动出面与蔡愔交手——蔡愔力挺长枪,北匈奴将领舞双叉,两人交手数十回合不分上下。北匈奴将领收起双叉:"本王叉下不死无名之鬼,请对面这位小将报上名号。"

蔡愔不屑地说:"少废话!要打就打,报什么名号?"北匈奴将领说:"年轻人,不要太过狂妄,若不是本王欣赏你的武功,一阵箭雨早就要了你的性命。"蔡愔说:"万里大漠皆为大汉管辖,你为何张口闭口妄自称王?"北匈奴将领不服气地说:"我乃北匈奴呼延王,千里大漠我说来就来,说走就走,大汉与我何干!"

蔡愔万分惊讶,心中怒火升腾,头发竖立,浑身痉挛,仿佛血管即将爆裂:"你就是呼延王?我乃汉军右路军先锋官蔡愔,我找的就是你。六十天来我长途奔袭、死追不放,就是为了救出我父亲。"呼延王明白了,说:"你就是大汉朝比武冒尖的小将蔡愔?本王并不隐瞒实情,你爹还活着,而且就在我的大营。你放心,本王会释放他的。"蔡愔用枪指着呼延王说:"你在要挟我?"呼延王哈哈大笑说:"拿一个俘虏的性命要挟你,那会玷污了匈奴人的声誉。本王的双叉一样可以战胜你,若是捉了你们父子,那才爽快。"蔡愔挺枪催马:"那就来吧,爷爷我早就手痒了。"

双方又战数十回合,尚未分出胜负,毕竟年纪不饶人,呼延王渐渐体力不支,额头冒出了汗珠。远处,北匈奴中军大营早已不见踪影,留下的只有烟尘,还有一些损坏遗弃的牛车。蔡愔非常着急,也急于见到父亲,心情格外亢奋,越战越猛,唯恐唯一的机会再次失去。他庆幸自己有机会直接面对赫赫有名的北匈奴呼延王,并且与呼延王交手,这是其他两路大军将领日思夜想都不能得到的机会。而且,北匈奴的将领都在其他地方各自作战,中军大营附近没有将领过来阻拦蔡愔,现在的呼延王已经年迈,不再是年轻小伙儿,或许,蔡愔还有生擒呼延王的可能。就在蔡愔暗自高兴的时候,正在转移的北匈奴大营之中返回一匹白马,马上的年轻姑娘冲到两人面前,对呼延王说:"父王先走,让女儿收拾了这个小厮。"

这位年轻姑娘就是公主蓉儿。呼延王嘱咐女儿小心谨慎,拖延时间即可,不必与蔡愔恋战。呼延王说完,自己转身追踪中军大营去了。

蔡愔急了,大喊:"呼延王休走,我要为我父亲报仇!"

公主蓉儿举起马刀拦住了蔡愔:"蔡愔莫要追赶,还是快快寻找你爹去吧,他就在附近的某一辆牛车上。"

蔡愔根本不信:"不可能,呼延王一定把他带走了。"

"若是不信,那就只有动手了。"公主蓉儿直逼蔡愔而来,不得已,蔡愔只有放走呼延王,挺枪与公主蓉儿战在一起。公主蓉儿使用的兵器是再简单不过的北匈奴马刀,然而,一柄马刀到了她的手中如同长了翅膀,上下翻飞,晃得蔡愔眼花缭乱。蔡愔与她足足战了数十回合,无法取胜。

这是蔡愔第一次与女人如此交手,他很不习惯,也不忍心下狠手,但又不得不战,否则,难以继续向前追击北匈奴中军大营,也没有机会寻找自己的父亲。终于,公主蓉儿露出了一个破绽,蔡愔用力横扫一枪,公主蓉儿用刀磕挡,俯身躲过枪头。蔡愔无法扫倒公主蓉儿,只得半道儿将枪头拍向战马的屁股。战马受到痛击,前蹄猛地跳起,将公主蓉儿重重地摔在了地上。公主蓉儿扔了马刀,一个鲤鱼打挺儿在地上扎步站稳,将大拇指和食指放进嘴里,一声唿哨叫住了本想逃走的战马。

"偷鸡摸狗之术!打不过,居然欺负我的战马!"公主蓉儿十分生气。

蔡愔并不答话,直管挺马上前,公主蓉儿没有了兵器,就近从地上拔出一支箭矢向蔡愔投掷而来,蔡愔左手一把抓住箭矢,右手挺枪指向公主蓉儿。公主蓉儿不愿束手就擒，情急之下从背后抽出一根竹笛，犹豫了一下，向蔡愔投掷而来。蔡愔不知蓉儿使了什么暗器，侧身躲闪，扔了箭矢，一把抓住竹笛尾端的红穗，就在这个空当，公主蓉儿就地一滚，顺手握住自己的马刀，然而，当她刚刚站立起来，蔡愔的枪尖再次指向她气喘吁吁的胸口。蔡愔大声说："我从不与女人争斗，也不想拿你交换我的父亲，你走吧，我只要你告诉我，我父亲在什么地方！"

第一次被男人的枪尖逼迫在胸前，公主蓉儿面红耳赤，看到父亲呼延王与大营已经走远，自己掩护撤退的任务已经完成，她缓缓地说："我以匈奴人的正直保证，他就在附近。我们没有杀他，你自己寻去吧。"

蔡愔移开枪尖，公主蓉儿牵过战马骑上，转身落荒而逃。蔡愔刚要扔掉竹笛，忽然，他发现这根竹笛十分眼熟，再定睛细看，果然上边刻了"蔡洪畴"三个字，这是蔡愔爷爷的名字。很早以前，爷爷蔡洪畴在征战的空隙制作了这根竹笛，并且刻上了自己的姓名。后来，在家赋闲的爷爷就把竹笛送给了大孙子蔡鹏。竹笛一端系着一缕红丝穗线，那是在蔡鹏本命年的时候奶奶系上的，说是吉庆辟邪。

哥哥的竹笛怎么会落到匈奴人的手中？难道在长安做买卖的大哥曾经与北匈奴交过手？难道大哥出现了意外？难道大哥投降了北匈奴？难道大哥娶了北匈奴女子？蔡愔想了半天也找不出答案。

背后战马嘶鸣，南单于赶到了。南单于立刻埋怨说："你个蔡愔，你怎么擅自离队？"

蔡愔将竹笛插进了马囊，说："来不及解释了，我刚刚战败了呼延王，呼延王已经逃走，你们赶紧去追。给我留下几名士兵即可，我要寻找我父亲，他被北匈奴丢弃了，就在附近。"

"啊？你说你自己……一个人跟呼延王交过手？"南单于明显不信。

"你爱信不信，错失了战机，你就自己去领罪吧，不跟你说了，我去找我父亲！"蔡愔懒得争辩。

情急之下，南单于只得暂时放过蔡愔，转身向汉军士兵们喊道："你们之中，有谁见过蔡广利大将军？"

"我！我见过。"两名汉军士兵举了手。

南单于命令："你们两个留下，其他人随我追击！快！"

南单于率领一万先头部军走了，蔡愔和两名汉军士兵在遗弃的尸体中寻找蔡广利。蔡愔骑在马上四处转悠，凡身材符合者不论活着死去，一律上前辨认一番。

忽然,他看见一辆倾斜一条小水沟旁的牛车,上边躺着的人奄奄一息。蔡愔觉得,此人非常像自己父亲,于是将长枪扎入泥土,下马扑上前去,慢慢撩起那人面颊的乱发,果真是父亲蔡广利。

蔡愔轻声呼唤:"爹……我是蔡愔……我是你的小儿子蔡愔……我来救你回家……"

遍体鳞伤的蔡广利面无表情,嘴角微微动了几下,一颗泪珠从眼角滑了下来。蔡愔的泪水顿时夺眶而出,模糊了双眸。大半年来,他对见到父亲的渴望、对父亲是否存活人间的猜想、对自己家庭遭遇的委屈都化作了两汪泪水,一下子迸发出来,沾湿了衣襟。他将蔡广利扶了起来,两名士兵找来衣被垫在蔡广利身下,与蔡愔一起将牛车拉出水沟。可以看得出,公主蓉儿并没有杀害蔡广利的念头,否则,他不会活到现在。或许,她认为蔡广利不会再活太久,懒得动刀。又或许,公主蓉儿故意丢弃蔡广利,以吸引蔡愔,延缓汉军先锋部队追击的速度。

不一会儿,主将刘皖率领大军赶到了。刘皖大声责问:"蔡愔,身为先锋官,你不追击敌军,在这里做什么?"

与蔡愔同岁的刘皖是楚王刘英的儿子,此次来到西域,他还肩负着打探被呼延王俘虏的蔡广利线索的任务。楚王刘英吩咐他,一旦发现了蔡广利,必须伺机杀死他,不能让他活着回到中原。听说蔡愔在乱军之中找到了蔡广利,刘皖非常吃惊,眼睛里闪过一丝杀机。他实在不明白,为什么蔡广利身负重伤却残喘不死,为什么生性凶残的呼延王对蔡广利网开一面?

蔡愔捡起一件破衣服盖在蔡广利身上,吩咐两名士兵:"你们把他护送到中军大营,面见主帅傅大人,我们继续追击。"

"驾!"蔡愔上马走了。刘皖知道在众目睽睽之下没有杀死蔡广利的机会,索性向蔡愔的背影儿喊道:"兵法上说穷寇莫追,我们追到山下即可返回。"说完,催马跟了过去。

一轮圆月高高挂在京城洛阳西南方向的夜空,汉明帝困意难耐,独自在南宫寝殿的床上睡着了。

汉明帝刘庄,生于公元28年,是东汉开国皇帝汉光武帝刘秀的第四子,东汉第二代皇帝,字严,庙号显宗,母亲为阴皇后。公元43年(东汉建武十九年),刘庄被老爹刘秀立为皇太子,成为一人之下万人之上的储君。公元57年(中元二年),

刘秀驾崩。公元58年(永平元年)戊午,刘庄即皇帝位。

这一时期,游荡在北方大漠的匈奴人逐渐猖獗起来,他们早已忘记了180年前被卫青、霍去病痛击的教训,更忘记了汉宣帝时期,汉军对塔里木盆地建立了绝对的控制权。匈奴人知道,在经过王莽篡政之后的新汉政权更迭,朝廷根本无力顾及北方大漠,失去了对西域的控制。于是,他们时常南下劫掠大汉边寨,不只财物牲畜,还将大汉百姓一并押走作为奴隶。这期间,估计唯一能让汉明帝欣慰的就是大汉朝廷成功离间了匈奴联盟,通过怀柔政策笼络了与大汉交好的八个匈奴部落,俗称南匈奴。南匈奴部落集体反对北方的蒲奴单于,他们彻底归顺了大汉,不仅服从大汉朝廷管辖,而且常常配合大汉军队阻击北匈奴南犯。

然而,北方的蒲奴单于卧床不起,导致属下的诸王纷纷暗中加紧了对继承单于权位的争夺。北匈奴呼延王为了树立自己的威信,开始南下劫掠大汉边寨,充实自己的物质积蓄,美化自己在蒲奴单于面前的形象。

公元64年,汉明帝37岁,正当壮年。看着边疆快报像雪片一样飘然而至,字里行间到处都是兵败城失,人亡村毁,一张比一张让人揪心,他忍无可忍,早朝时抓起龙胆拍得梆梆响:"朕就是不明白前朝司马迁的考证,匈奴与汉人怎么会同宗同源呢?怎么会都是大禹的后代呢?他们杀人放火,惨绝人寰,连朕刚刚建成的西域都护府也敢烧,分明眼中没有朕了!西域五十余诸国怎么到了关键时候纷纷倒戈降匈奴呢?朕想不通了,朕的三万里长城怎么就阻挡不住北匈奴的马蹄呢?嘻!朕的半壁江山哪……朕不能再等了!不能再忍了!诏令筹集大军开拔西域,跨过玉门关、阳关,驱赶北匈奴,讨回大汉人口财物。驱赶北匈奴,杀!杀!杀!一直要把他们杀到天边!让朕永远听不到他们的动静!永远见不到他们的影踪!"

这天夜里,汉明帝尽管喝了太医熬制的草药,有了困意,然而刚刚得知那个叛逃北匈奴的蔡广利还活着,就有些心烦。他知道,三哥刘英一定有些事情瞒着自己,一定是刘皖将某些情况单独给刘英写了密信。这些,都是他派去的司徒傅毅无法控制的。他唯有一个信念,就是盼着傅毅尽快回到洛阳,当面向他述职,向他把事情讲清楚。汉明帝胡思乱想着,翻个身,睡着了。

汉明帝恍恍惚惚地进入了梦境,忽然感到寝宫异香满室,红光如昼,他看见一个身高丈八的金人,金光闪烁地站在面前。金人相貌庄严,头顶放射出一圈金色光芒,耀人眼目。

汉明帝急忙起身,问道:"请问……朕到了哪里?"

金人微闭眼睛,一脸慈祥,并未作答。汉明帝慢慢掀开被角,看看四周:"这里……是朕的寝宫啊,那么请问……对面之人神光灵现……是神仙吗?"

金人还不作答,微闭眼睛,似乎没有听到汉明帝说话。汉明帝分明看到,对面的金人并非站在地面,而是悬空站立。汉明帝坐在床边温和地问道:"请问……神仙……是哪一位?"

对面的金人微闭眼睛,仍不说话。汉明帝下床向前走了一步又问:"请问神仙是谁?为何要主动前来?是有什么大事要警示于朕吗?恳请神仙明示。"

金人微闭眼睛,悬浮半空,仍旧没有回答。汉明帝知道此人定是神仙,赶紧换了话题又问:"敢问神仙来自何方仙境?"

金人依旧未答,慢慢转身飞出宫殿,直奔西方天空飘逸而去。汉明帝急了,喊道:"神仙留步!神仙留步啊!朕什么也没有明白呀——"

汉明帝从梦中惊醒,看看寝宫周围,空无一人。他叫来内侍将寝宫的油灯全部点亮,又垫高了枕头,就这样又躺下了,似睡非睡,开始不停地揣摩着刚才的梦境,对神仙的光临百思不得其解,更不知吉凶,心里非常害怕。

第二天早朝,汉明帝在皇宫大殿匆匆发布了重赏西征大军的诏令。中常侍读到:"……诏令加封刘皖为镇西王,大飨西征将士,班劳策勋,功臣增邑更封,凡三百六十五人。钦此。"

中常侍是朝廷的官名,从秦朝就开始设置,西汉时期继续沿用,虽是虚职,却因常常出入宫廷,侍从皇帝左右,担任传达诏命等事而权力颇大。中常侍员额无定,多可达数十人。东汉时期,朝廷改用宦官担任中常侍,俸禄为两千石。后来到了东汉末期曹魏时期罢除了中常侍的官名,改设散骑常侍,改用士人任职。

汉明帝身边的这个中常侍张明远即为一名太监,因为姓张,大家背地里都叫他张宦官。

然后,就在大家刚刚绽放笑容的时候,汉明帝又给大家出了一道难题。汉明帝说:"昨夜,朕做了一个怪梦,梦见一个身高丈八的金人,金光闪闪地站在朕的面前,金人相貌庄严,头顶放射出一圈金色光芒,耀人眼目,未及朕与金人说话,金人飞行殿庭,向西而去。诸位评述一下,此梦何解?是凶还是吉?"

大臣们十分迷惑,纷纷交头接耳。校尉窦林说:"现实生活中没有听说过啊。"病怏怏的太尉赵熹咳嗽了一声说:"这个梦境……《周公解梦》中也没有记载呀。"

汉明帝有些失望地说："你们当中不乏有识之士，都说一说，这是个什么梦呢？"

还是没人敢主动站出来为汉明帝解梦。无奈，汉明帝只好亲自点将："司空冯鲂，你在民间听到的传说比较多，你来说说此梦的吉凶。"

司空冯鲂说："臣从未听说有此传说，不敢擅言圣上的梦境。"

汉明帝又问："东平王，你说说。"

东平王是汉明帝一奶同胞的弟弟，也是东汉朝廷唯一获准居住在京城的亲王。东平王刘苍出列说："臣……一时说不清楚。不过，臣曾经闻听司徒傅毅说过此事，他听说西方有种教义，信徒众多，信徒们供奉的画像就是皇上说的这个样子，项上白光，耀人眼目。傅毅讲述此事的时候，郎中霍礼也在场。"

汉明帝仿佛找到了救命稻草："哦，朕还问对了，你们真的知道。画像？这个可跟西域战事有关系吗？把郎中霍礼叫进来，让他也说说。"

皇宫议事大殿外边，几名太监四处寻找："郎中，郎中，皇上宣你进殿呢。"

郎中霍礼抱着几卷竹简正在房檐下走着，吃惊地问："宣我？"

皇宫议事大殿，朗中霍礼快步走进来跪下，结结巴巴地说："禀皇上，画像跟西域战事……应当没有关系，只是西方的教义而已，画像上的神明名叫做佛，就是西方的神明，比司徒傅大人他们去跟呼延王打仗的西域还要远得多。皇上不必多虑。"

汉明帝疑惑道："西方的神明……比西域还远，为什么要托梦给朕呢？会不会是想让朕也信他们的教义呢？"

楚王刘英扶了一下受伤的手臂，不屑地说："启禀皇上，汉军在西域大获全胜，收复了失地，稳定了西域平安，威震四方。臣以为我大汉文化博大精深，大可不必信奉什么西方蛮夷的邪教。"

汉明帝可不愿意别人瞧不起他神奇的梦境，说："大汉乃大地的中心，朕乃大汉的皇帝。既然西方神明托梦给朕，一定是有什么大事情，起码，朕应当派人前往西方，了解西方民众的信仰，可以让他们更坚决地臣服于大汉。"

大臣们齐声迎奉："皇上英明。"

楚王刘英皱起了眉头，懒得再说话。他不反对弟弟刘庄利用神灵迷信愚弄民众，如果他刘英做了皇帝，也会这样操作。但是，他十分厌恶刘庄捕风捉影，拿鸡毛当令箭,屁大的事情也拿到早朝上来研究,有什么意思呢?

汉明帝说:"平时,朕亲耕籍田,还要告祈先农,希望农事丰收。京师冬天无雪,春天不暖和,各位大臣还要积储祷告,期盼有场及时雨,好让麦田润泽。朕以为,即便西方神灵,只要愿意帮助大汉,大汉多一位神灵庇佑百姓有何不可?朕就派遣朗中霍礼带上随从,明日即可动身,奉旨西行,前往西方寻找一张画像回来,让朕瞧瞧他们的神明到底是个什么样子。"

"启禀皇上,不必远行,据臣所知,前朝都城长安就有百姓悬挂这种画像。"霍礼说。

汉明帝不假思索地说:"那就命霍礼为钦差,奉旨前往长安,寻访百姓,明日动身。"

突然,天暗了下来,越来越黑,大殿外传来士卒的喧哗声,满朝大臣十分恐惧,汉明帝不由得大声责问:"殿外怎么回事?东平王,你去看看。"

东平王刘苍来到殿外,发现南方天空的太阳被乌云遮挡,只剩下了一半,而且还在逐渐缩小。东平王刘苍回到大殿之中:"禀报皇上,外边发生了日食,太阳被天狗吃去了一半,所以天空才会黑暗。"

"天狗?是吗?"大臣们听了,纷纷跑到庭院观看日食。汉明帝也十分好奇,小心翼翼地来到庭院观看。残剩的淡淡阳光渐渐地从汉明帝身上消失了,汉明帝仿佛站到了夜幕之中。满脸愁云的汉明帝转过身来,慢吞吞地回到了大殿。张宦官催促太监们:"还不快快掌灯。"

太监们点亮了殿中的蜡烛,昏暗的烛光下,汉明帝陷入沉思:今年京师及郡国发生七次大水,黄河泛滥,这些,难道都是上天在暗示什么吗?后汉刚刚延续了两代,难道就要遭受天怒人怨不成?这些连续的天灾都与西方神灵有关,西方神灵一定前来告知朕什么,现在,只是还不了解西方神灵究竟要告知朕什么。

半个时辰之后,天空渐渐放亮了,大臣们陆陆续续返回了大殿,然而,汉明帝心中的阴影并没有散去。东平王说:"启禀皇上,上月二十四日,有彗星出现于天船星北,今日又有日月迫近相食,这是不祥的征兆啊。"

汉明帝命令:"诸位爱卿全部回家斋戒,三日后起身,伴朕前往先帝光武祠进行祭奠祷告,祈求祖先神明保佑。"

汉明帝命令张宦官立刻起草诏令,将自己的想法告知天下。诏令说:"朕亲自耕籍田中,以祈农事,期望农业丰收。朕以无德,奉承大业,而下贻人怨,上动三光。日食之变,其灾尤大,春秋图谶所为至谴。永思厥咎,在予一人。儡僚所言,皆朕之过。朕奉承祖业,无有善政。日月薄蚀,彗孛见天,水旱不节,稼穑不成,人无宿储,下生愁垫。今之动变,傥尚可救。有司勉思厥职,以匡无德。古者卿士献诗,百工箴谏。其言事者,靡有所讳。"

汉明帝把近期天灾人祸的责任都揽在了自己身上,很有一些自我牺牲精神。所以,敢于为民牺牲的堂堂皇帝仅仅想要看一看佛像,甚至可能只看一眼,这么简单的要求,有什么不可以呢?

汉明帝觉得,这事儿跟别人没有太大关系。

其实,洛阳发生日食那天,刚刚在西域打了胜仗的司徒傅毅等人也看到了日食,只不过那里的日食有些血腥。

傅毅原为太史令、博士,由于长期研究西域战事得到了汉明帝的重用,提拔为司徒。恰逢主管军队的太尉赵熹患了重病,傅毅临危受命,以文职身份带领军队赶赴了前线。也该主帅傅毅有福,北匈奴呼延王得知北方的蒲奴单于病情加重,唯恐单于之位被其他诸王夺取,连忙下令全线撤退。所以,傅毅指挥蔡愔、刘皖等人共计十四万大军打了一场漂亮的追击战。

这天早晨,在玉门关以北百余里的戈壁滩上,傅毅带着一行牛车离开汉军大营准备向南出发返回洛阳。傅毅与留守的刘皖、窦固告别:"这漫漫戈壁十分荒凉,二位辛苦了,还望二位认真履职,报答皇恩。请留步,我与蔡愔陪同蔡大将军就返回洛阳了,二位请留步吧。"刘皖施礼说:"主帅大人放心,我等一定固守西域,决不让呼延王南下半步。"

汉军大营外,傅毅带着一行牛车出发了,蔡广利躺在一辆牛车之上,傅毅、蔡愔骑马前行。两天后的一个早晨,远远望见了长城的影子,傅毅、蔡愔正带着车队在戈壁滩上前行,一名士兵催马过来说:"报傅大人,蔡大将军有事找您。"

傅毅、蔡愔拨转马头,来到蔡广利的牛车旁边,跳下了战马。蔡广利有气无力地说:"我……能去看看李蒙大将军的坟墓吗?"李蒙是去年与蔡广利一同赶赴西域作战的大将军,当时听说蔡广利在没有等到南单于骑兵配合的情况下独自攻占了玉门关,李蒙擅自放弃攻占阳关的计划,返回身来增援蔡广利,结果失利,被楚王刘英处以军法,当众砍了脑袋。

傅毅犹豫说:"大将军体质太差,继续赶路吧,早点回到洛阳……"蔡广利说:

"我的身体这辈子再也打不了仗了,也再难来西域了,我可能是最后一次见他了,还是让我去看看吧。"

牛车停靠在李蒙坟墓附近,蔡广利在牛车上被蔡愔搀扶着坐了起来。蔡广利看着李蒙的坟墓,颤巍巍地双手抱拳,眼含泪花:"老伙计,蔡广利来看你来了。"傅毅带着士兵在李蒙的坟前焚香祭祀。蔡广利用手抓住车帮,哭着说:"老伙计,你的死全是因为我呀,你几次杀进敌阵想救我,可是,你我都没明白,还有一些敌人藏在我们身后啊。原本,我想着我可能就死在西域了,万万没有想到你却走在了我的前边。你说过打完胜仗回到洛阳我们要喝儿女的喜酒……现在……你却躺在这里了,你让我一个人回去如何交代?"

傅毅起身说:"大将军还请节哀。"

蔡广利接着对李蒙的坟墓说:"这次,若不是傅大人带兵前来,我也就死在西域了,我们再也见不到了。老伙计,你还想不到,傅大人一个文职官员居然带兵横扫了西域,赶跑了呼延王……老伙计,你我先前有过约定……今天,就请傅大人做媒,你我就这么说定了,回到洛阳,我就安排大儿子蔡鹏与梅儿结婚……你的酒……我代你喝了。老伙计,你若是听到了,一定托梦给我呀……"

傅毅劝说道:"大将军,我们赶路吧。"

蔡广利依旧只顾自己说道:"老伙计,你睁开眼睛看看,你向南看看,玉门关、阳关插的都是我们汉军的旗帜,是我们汉军的旗帜啊……"

傅毅再次劝说:"大将军,前面就是玉门关了,前几天我命军中的工匠们将西域的战车略加改动,做出一辆推车,到了玉门关您可以坐着让蔡愔推您沿着长城四处转转,好好看看。"

一行人赶到了玉门关,几名士兵将四个轮子的推车连同蔡广利抬上了玉门关关楼上。蔡愔推着蔡广利,几名士兵远远跟在后边。蔡愔对蔡广利说:"爹,咱们已经上来了。"蔡广利从城墙的垛口向远处望去,久久没有说话。蔡愔说:"爹,如果天气好的话,站在这里或许能望见李大将军坟墓的那座土丘。"蔡广利情绪低落:"如果我死了,你就把我和他埋在一起。"

"爹,你说哪里去了,你这不是好好的吗?我和傅大人商议了,我们一定要把你带回洛阳,只有你向皇上说明了情况,才能彻底改变目前的局面,才能洗清李蒙大将军的冤屈。"蔡愔说。

蔡广利说:"蔡愔啊,皇上不会宽恕我的,我不仅得而复失玉门关,还被呼延王俘虏了,这可是大汉的耻辱啊。"

"爹您不要多虑了,玉门关不是在汉军手中吗?我们的万里长城依然在我们的手上。"蔡愔说。

蔡广利说:"蔡愔啊,你有哥哥,原本我是没有打算让你穿军装的,只要我还活着,我就不会让你上战场,可是今天,既然你走到了这一步,我就要告诉你,男人为荣誉而战,作为大汉的军人,你永远要记住,万里长城虽然历经风霜,它永远不会倒下,只要我们每个人的心中还有万里长城,它就永远不会倒下。"

蔡愔停住了脚步,说:"爹您放心,我记住了。"

蔡广利说:"去年为了夺回一个关隘,数千将士的生命都牺牲在这里。尽管前无希望,后无援兵,可那些优秀的士兵们视死如归,或许仅仅是为了满足临死之前将脚下的阵地属于自己的荣耀,一次次肉搏,多少双死不瞑目的眼睛啊……如果不是亲身经历,人们是不会理解当时的特殊情况的。"

蔡愔眼眶湿润了,没有说话。蔡广利说:"人啊,只有在信仰的光辉下,才能感受到生命存在的意义。"

看到蔡愔低着头,蔡广利又说:"你去告诉傅大人,午饭、晚饭就在这里吃。另外让人找些被褥来,今晚,我就睡在这烽火台上。"

蔡愔见老爹如此固执,连忙劝说道:"这里风大天寒,会生病的。"

蔡广利笑笑说:"生病?我已经久病缠身了,再说,那些守城的士卒们不是日日夜夜守卫在这里吗?我虽然不是大将军了,可是,作为一个垂暮的病人,我想给守卫长城的士卒们做个表率。我蔡广利丢失了玉门关,你们又夺回了它,我在上边睡一夜,也算我蔡广利这辈子向长城做个道别吧,快去!"

蔡愔无奈,向身后的士兵们挥挥手,几名士兵赶紧取来了被褥,铺在烽火台的楼梯下边,蔡广利躺在被褥上说:"好几床被褥呢,暖和着呢。"傅毅拎着几只灯笼来了,看见蔡广利就说:"大将军,我已经吩咐他们送午饭了。不过到了晚上,您知道烽火台上不能点火取暖,就点只灯笼凑合着吧。"蔡广利说:"夜里又不读书,能看清人影就行。行了,你们都忙自己的事情去吧。"傅毅放下灯笼,指挥几名士兵在一旁铺着被褥,解释说:"今晚,就让我,还有蔡愔,还有这几名士卒陪同大将军一起度过这个有意义的夜晚吧。"

忽然,天色黑暗下来。蔡愔说:"不好,天色怎么突然黑暗了?"傅毅走到外边抬头望着天空,大声命令:"是日食,保护好蔡大将军。"蔡愔和几名士兵迅速集中到烽火台上，点燃灯笼，刀剑在手。蔡广利笑着对蔡愔说："没事，没事，天色变化是正常现象。蔡愔，你们几个先出去回避一下，我有要事与傅大人商议。"

几名士兵离开了，蔡愔也离开了烽火台。烽火台外边，几名士兵点燃了一只灯笼，一名士兵拿出一副围棋，对蔡愔说："蔡郎中，下盘棋吧。"蔡愔没有心情，说："天色昏暗的，你们玩吧。"几名士兵坐在地上开始下棋，蔡愔无处可去，就靠在墙垛边望着夜幕下远处的山丘。忽然，傅毅大声说："什么？皇子刘义还活着？皇太后为此痛苦了十八年啊，若是皇太后得知会高兴得大赦天下的，大将军所言可是事实？"蔡愔听到说话，竖起了耳朵。烽火台里，蔡广利说："句句属实，先帝密诏就在我的府上，我的身体一天不如一天，路途遥远，恐怕难以当面向皇上禀报了……"傅毅说："大将军不可如此消沉，我们就快要赶到敦煌了，过了敦煌一路官道直达洛阳。况且，先帝生前将皇子刘义托付给大将军，只有大将军本人才能说得清楚啊。"蔡广利摇摇头："你知道，我是败将，又曾被俘，真的无颜面见皇上啊。"

烽火台里的说话声渐渐减低，蔡愔听不到里边的交谈声。过了一会儿，傅毅来到烽火台外边，对士兵们说："行了，你们回去吧。"几名士兵收了棋盘，提着灯笼慢吞吞地回去了。傅毅对蔡愔说："有时间你再劝劝令尊，让他不要有思想包袱，他的事情，皇上一定会秉公处置的。"蔡愔说："我已经劝了多次了，他的箭伤一直难以痊愈，久经疾病折磨，痛苦难耐，他已经非常厌世了。"两人沿着长城一边散步一边交谈。傅毅抬头望望昏暗的天空，说："这日食……唉，也不知道皇上现在怎么样了，我已经接到了皇上诏令，让我们尽快返回洛阳。"蔡愔问："诏令提到家父了吗？"傅毅说："是的，皇上诏令将大将军一并带回洛阳，当面审问。诏令措辞十分严厉，可是只有这样，大将军才有当面向皇上解释的机会。"

突然，烽火台里有人高喊："有刺客！来人哪！有人刺杀蔡大将军！"蔡愔立刻拔出佩剑，跑向烽火台。烽火台门口有两名士兵受伤倒在地上，其中一名士兵指着："刺客……快……"戴面具刺客从烽火台另一边逃走了，飞身上了垛墙，跳了下去。蔡愔想追，听见有士兵慌乱地喊道："快来人哪，大将军受伤了。"蔡愔只得返回，冲进了烽火台，扔掉佩剑抱起浑身是血的蔡广利："爹……爹……"傅毅命令闻讯赶来的其他士兵："快去追！"

一群士兵沿着垛墙追去了，两名士兵放下绳索，滑下了高高的垛墙。傅毅快步走到蔡广利身边，蔡广利的胸前插着一把匕首，颤颤巍巍地说："我……已经厌倦了囚犯的生活……"蔡愔说："爹，您现在不是囚犯，这一路上，您不是很自由吗？"渐渐地，太阳露出了光芒，大地慢慢明亮起来。蔡广利说："回到洛阳……依旧是囚犯……我知道……早晚会有今天……我无颜再见洛阳父老……早早结束了，对我也是解脱……"蔡广利慢慢闭上了眼睛，傅毅掉下了眼泪，在一旁喊道："大将军……您，您怎么会这样想？"蔡愔放声大哭："爹！我们就要返回洛阳了，我们明天就要启程返回洛阳了……您是解脱了……可是您不在了，谁来向皇上诉说冤情，谁来为你和李大将军辩解……你走了，母亲怎么办？奶奶怎么办？她们还关在大牢里呢，难道你想让她们永远失去自由吗？"傅毅跌坐在地上，自言自语道："老伙计，皇上诏令把你押回去，你走了，我可就死定了。"

这天，张宦官回到皇宫的时候，天色已近黄昏。张宦官来到汉明帝寝宫，向汉明帝奏道："皇上，司徒傅毅求见。"

汉明帝吃惊地问道："是吗？我算着日子傅毅还在路上呢，他到京怎么事先一点儿消息也没有？"

张宦官赶紧说："回皇上，他提前差人禀报了……臣下午赶往楚王府中，也是刚刚回来，没来得及向皇上禀报。"

汉明帝最讨厌大臣之间相互串联，也最防范他们互相勾结："你最近经常去楚王府？"

张宦官赶紧解释："皇上明鉴，今日楚王觐见皇太后，给皇太后送去一批上等的高丽参。皇太后过意不去，就吩咐臣带着太医前往楚王府中，为楚王母亲许太后诊治风湿寒腿，臣就回来晚了。"

楚王刘英与汉明帝是同父异母的兄弟，汉明帝并不关心许太后的风湿寒腿，打断他说："行了，赶快传傅毅进来，朕有要事询问。"

张宦官答应一声出去了，汉明帝心事重重，用手捂住脸面，若有所思。

"皇上。"傅毅一声轻轻的呼唤惊醒了汉明帝。看到傅毅正要下拜，汉明帝急忙说："免了，免了。朕知道你一路劳顿需要休息，可是朕急于知道西域的事情，你快说说，西域怎么样了？"

傅毅说："臣等奉命出征，分兵三路，遣窦固、耿忠率兵四万，携酒泉、敦煌、张掖甲卒及卢水羌胡一万两千骑，出酒泉塞，斩首千余级；耿秉、秦彭率兵三万，及武威、陇西、天水募兵以及羌胡万骑，出居延塞；刘皖、蔡愔率兵四万，又征集河东河西羌胡各兵及南单于骑兵一万一千骑,出高阙塞,又绕道疾驰进抵天山西南,适与北匈奴呼延王相遇,一番交战,追杀至蒲类海,夺取甚多。另外,护乌桓校尉文穆率太原雁门上谷渔阳右北平定襄各郡兵马,及乌桓鲜卑兵万余骑,出平城塞,围堵助威。目前,西域所有失地已经全部收回,虏回我大汉人口三万余人,牲畜十万头,俘虏北匈奴千余人。目前,汉军大部后撤至敦煌一带,西域已经太平,况且有刘晥、窦固镇守,有南匈奴单于相助,皇上尽可放心。各路将军奏请复置西域都护和戊己校尉。"

汉明帝说:"尽管前汉置有西域都护和戊己校尉,可是先帝有过定论,西域不设都护。朕虽犹豫,却还是兴建了一座都护府,刚刚建成就被龟兹烧了,荡然无存……都护的事情以后再说,蔡广利押回来了吗?"

傅毅说:"回皇上,就在臣下接到诏令已经到达玉门关的时候,蔡广利被人刺杀,不治身亡。臣不能给皇上带回来一具尸首啊,所以,臣下只好在塞外以草民身份葬了蔡广利。没有得到皇上的准许,不敢厚葬。"

汉明帝失望地问:"死了?"

傅毅赶紧躬身说:"臣下无能,没能保护好蔡广利等候皇上审讯。"

汉明帝忽然火冒三丈,猛地站了起来:"你真是失职啊,朕一直很奇怪,怎么经你办的事情,到了朕的面前不是鲜血,就是死尸,让朕不寒而栗。"

傅毅扑通一声跪在地上:"皇上明鉴,臣忠心耿耿,一心报国,绝无他心。近来事情无比蹊跷,臣也一直如堕雾中,常常清夜扪心,始终不得其解。臣对皇上的忠心,还请皇上明鉴。"

汉明帝说:"明鉴? 你让朕明鉴什么? 就凭这一点你就当斩,知道吗?"

不等傅毅说话,汉明帝来回踱步说:"你原为太史令,只是抱着竹简写写画画,朕提拔你为司徒,又力排众议任命你为主帅号令三军,可你做了什么? 去年你自己告诉朕,说蔡广利已经战死,为国尽忠;这次你去西域,不是自己亲眼见到蔡广利了吗? 你作何解释?"

傅毅说:"这个……蔡广利阵亡,臣先前是听从前线逃回的都尉燕广所说,臣到西域之后,亲自考察此事,南单于告诉臣下,蔡广利失败是当时南单于遭受埋伏,不能及时与蔡广利协同作战所致,蔡广利确实冤枉。而李蒙被杀,是因为他执意要派大军救援蔡广利,与楚王发生争执,才被楚王所杀。"

汉明帝敏感地问:"你不要轻描淡写转移话题,等等,你是说去年的那场战役楚王阻止李蒙救援蔡广利?"

傅毅字斟句酌:"去年,皇上首发十万大军,主帅楚王只给蔡广利一万攻占玉门关,后来也只给李蒙一万去攻占阳关,他们两人实在难以敌对北匈奴五万大军。臣下所言句句属实。过些日子,南单于要来洛阳为皇太后祝寿,皇上届时可以亲自询问……"

这时,张宦官走了进来,小声禀报说:"启禀皇上……"

汉明帝怒气未消:"讲!"

张宦官看了看跪在地上的傅毅,不知道要说的消息该不该让傅毅听到。张宦官犹豫:"这个……"

汉明帝用手点着面前的俩人说:"你说吧。你也起来吧。"

傅毅站起身来,依旧小心翼翼。张宦官小声说:"霍礼被杀。"

"什么?你说什么?"汉明帝更加吃惊。

张宦官禀告:"前往西安寻访佛……画像的霍礼等五名钦差在函谷关附近全部被杀,无一幸免。"

汉明帝苦笑说:"哈,哈,真是越来越蹊跷了,在朕的大汉国土上,接二连三有朕需要的人被暗杀,杀都尉、杀大将军、杀钦差。朕原以为北匈奴是大汉最大的敌人,没想到威胁就在朕的身边,离朕越来越近了。朕就想要一张西方的佛像,一张佛像而已,也有人百般阻挠。可是朕不怕,朕倒要认真查一查,究竟是什么人如此胆大妄为!命京兆尹立刻查办此事。"

汉明帝嗓门很大,吓得张宦官哆嗦了一下:"喏……喏……"

傅毅轻声插嘴说:"皇上所说佛像一事,是不是西方的佛教?"

汉明帝长长舒了一口气:"是啊。你不说朕倒忘记了,霍礼说过,你了解西方的佛教。算了,蔡广利一事……死就死了,朕且饶你,不再与你计较。今晚,你多费些时间,给朕好好说一说西方的佛教到底是个什么样子。"

傅毅赶紧施礼:"喏。"

汉明帝对张宦官说:"你传旨下去,备些夜宵,朕要亲自给傅司徒接风。"

张宦官传膳过来,就在汉明帝寝宫摆下两张几案。两案相距数米,汉明帝与傅毅各依一案,相对席地而坐。尽管是夜宵,却也十分丰盛。傅毅看了,等到菜肴上齐的时候,桌案上摆满了金羹匙、金匙、金叉子、象牙箸、铜盖小热锅、饭罐、镟子、暖碗、内盛碗、乌木筷、白纺丝布、茶碗、银镶、银镶里皮碟、银镶里皮套杯、葫芦碗、红彩漆碗等,好不奢华。

看到几案上的青稞酒,傅毅好奇地问:"皇上怎能饮用此酒?"

汉明帝说:"这是南单于上次来洛阳的时候,从西域带回的青稞酒。你刚从西域回来,一定也饮过此酒,今夜朕与你一同品尝。"

喝了一口酒,傅毅放下酒杯,开始讲述:"据臣所知,西方有神,其名曰佛,形如陛下所梦。《周书异记》有载,佛教相传为古天竺国迦毗罗卫国王子乔达摩·悉达多创立。周昭王即位二十四年后的四月初八,即有佛陀诞生的瑞相:所有江河泉池忽然高涨,井水溢出,狂风大作,大地震动。入夜有五色光芒入贯太徽,两方遍布成青色。太史苏由回禀周昭王说,这是祥兆,预示着西方有圣人诞生,千年之后他们的教义将传及我们的土地。周昭王命人将此事镌刻于石,埋于南郊天祠。史传春秋时期孔子已知佛教,但是,在儒道萌生的年代,佛教被指'夷狄之教',不被国人接受。我大汉初始,张骞奉先帝之命两次出使西域,张骞返国,国人才知道西方有一个天竺国,也听说了佛教。据说,佛教已经成为天竺国的国教。六十年前,大月氏国使者伊存来到大汉的时候,曾经向汉人口授佛经。数年前,博士弟子秦景也曾听到口授的《浮屠经》,当时并未引起人们注意,也没有人信仰……"

一名小太监又为汉明帝、傅毅斟酒。汉明帝打断了傅毅的讲话,问:"你说什么经?"

傅毅说:"《浮屠经》,就是佛教的经典之一。臣并未目睹西方经典,只是听说西方经典里都是些劝人止恶扬善的道理,所以,才有民众信奉。"

汉明帝忽然瞪大了眼睛,仿佛找到了知音:"止恶扬善?这不正是朕一直倡导的吗?"

傅毅解释说:"其实,四年前,楚王就知道了佛教,并在封邑与亲友议论。只是,楚王认为西方的教义都是野蛮之道,不可信从,十分排斥。"

汉明帝笑着说:"楚王就知道打打杀杀,他怎么会……行了,你接着说。"

傅毅没有继续说,反问:"皇上执意要派特使前往天竺国迎奉佛像吗?"

汉明帝问道:"大汉没有,不去天竺国去哪里呢?"

"大汉民间一定有人知晓佛教,甚至还可能见过佛像。"傅毅说。

汉明帝又端起了酒杯,态度坚决地说:"不必查找了……大汉这么大,找到了也不一定正宗,或许皱皱巴巴……挂到皇宫会让外人耻笑。堂堂大汉,做事光明磊落,怎能去民间暗寻?还是派特使代表朝廷去西方迎奉吧。"

傅毅拱手说："皇上明鉴，天竺国十分遥远，派遣特使迎奉一张佛像恐怕太过兴师动众……"

汉明帝正欲饮酒，又猛地放下酒杯，板起面孔说："朕是大汉皇帝，西方神明主动托梦给朕，朕想看一看佛像，有什么不可以？你在西域那段日子，京师及郡国发生了七次大水，还发生了日食，你能解释这是为什么吗？这不是上天在警告朕吗？朕刚刚派出郎中霍礼前往长安，就在京城不远处遭到了刺杀。你知道朕心里怎么想吗？这不是有人向朕公开挑战吗？朕能退缩吗？朕能代表大汉退缩吗？"

看到傅毅刚要辩解，汉明帝摆手说："你一定又要说楚王知道佛教，你是非要逼着朕去向楚王……去问楚王府中有没有佛像，若是有了，借给朕看一看？"

傅毅不好意思地说："那么……既然皇上已经拍板，就按皇上的旨意办。"

汉明帝说："原本，朕只想圆了那夜的梦。后来，朕被逼得不得不做了。现在，朕意已决，朕不仅要迎奉佛像，还要迎奉经书在大汉的疆土传播，让民众人心思善，天下太平。"

傅毅与汉明帝共同饮了一杯酒，傅毅说："臣下这次回京，奉皇上诏令，把蔡愔带了回来。臣以为，西方路途漫漫，崇山峻岭，土匪打家劫舍之事时有发生……如果皇上有意去西方迎奉佛像，必须安排卫士保护使臣。"

汉明帝拿起筷子夹了一口菜，说："若是需要护卫，直接调动禁军或羽林军就可以了。"

傅毅推荐说："若是西迎佛像，心必须虔诚，调动军队恐怕不妥。蔡愔虽为文职小吏，但在西域时一人抵过万人，若是任命他为使臣之一，既能体现文职的特点，又可起到关键时候保护使臣队伍安全的作用。"

汉明帝诡笑着说道："爱卿，你又在竭力推荐蔡愔了。你也不事先问问朕将要如何处置蔡愔？"

傅毅站起身来拱手说："西域战事，三路大军之中近百将领，唯独蔡愔一人与呼延王本人有过拼杀，搅散了呼延王中军大营，极大地鼓舞了汉军士兵的信心。另外，蔡愔绑了龟兹国王押赴洛阳，致使西域五十余国迅速复归大汉，这都证明与蔡愔智勇双全，不战而屈人之兵。臣想斗胆为蔡愔求个情，求皇上释放他的祖母和母亲。"

汉明帝板着脸说："你是在对朕步步紧逼啊。"

傅毅淡淡地回答道："臣下不敢。臣下以为，将功赎罪有过前约，皇上金口玉言,不可更改。这样也好昭示天下仁人志士,舍身报国必能得到皇上重用。"

汉明帝装作一时失忆:"朕与他有过约定?对了,朕的那匹'雪里飞'他还没有归还呢。不过你说的有些道理,朕准了。蔡愔呢?"

傅毅再次拱手:"臣代蔡愔谢过皇上。蔡愔现在宫外,等候皇上诏令。"

汉明帝对站在一旁的张宦官说:"遣他进来,朕有话当面对他说。"

张宦官说:"皇上,现在天色已晚……"

汉明帝刚要生气,张宦官赶紧答应一声走了。傅毅看看时机已到,起身走到门口看见张宦官真的走远了,傅毅突然回身下拜说:"臣有一事向皇上禀报,臣虽是道听途说,可是觉得有理,所以臣若是说了,不管对错,还请皇上饶臣不死。"

汉明帝疑惑地问:"爱卿这是何意?"

傅毅跪在地上说:"皇上可曾闻听皇太后说过……皇上还有一个年幼的弟弟刘义失落民间?"

汉明帝依旧非常疑惑:"……听说过,那是先帝南征平叛的时候,朕也就十六七岁吧,两岁的弟弟刘义跟随宦官、宫女外出游玩的时候走失了,至今毫无音信。怎么,你有消息,快快请起,告诉朕你听说了什么?"

傅毅回身坐在餐案前,继续说:"其实并非走失,而是皇宫内乱,刘义在洛阳城中遭到追杀,宦官李东为了保护皇子,抱着刘义几经辗转,将他寄养在大将军蔡广利家中。当时,蔡广利重病在家……李东尚未回到宫中便在当街被叛乱贼人杀死了。"

"什么?"汉明帝目瞪口呆,"你是说,朕的幼弟刘义还活在人间?他在哪里?在蔡府之中?难道……"傅毅表情严肃地说:"臣在蔡广利临死之前告诉臣下,皇上的幼弟刘义就是现在的蔡愔。"

"什么?"汉明帝惊奇得站立起来,"蔡愔?这怎么可能?这么多年了……当年,先帝南征大胜回到了洛阳,大胆蔡广利怎么没有向先帝报告?怎么不向皇太后报告?怎么……不向朕报告?"傅毅说:"蔡广利告诉臣下,当年正是先帝密诏不许将此消息透露给外人。"

汉明帝慢慢地坐了下来,半晌才问:"先帝不让他说?先帝不想领回自己的幼子?朕越来越想不通了。""对于此事,皇上……还是处理好当下……幼弟刘义之事为妥。蔡广利说先帝的诏令和刘义当年所佩带皇族玉璜均在蔡府……"傅毅说。

汉明帝问:"在蔡府?"

傅毅说:"蔡广利说密封在一个整尺见方的金制首饰盒底部……不过,现在定是已经抄送国库了。蔡广利还说此事极为秘密,连蔡夫人也不知晓,虽然蔡夫人当初十分反对蔡广利收留民间孤儿……可是后来渐渐有了感情,对蔡愔慈爱有加,视同己出。"

汉明帝听明白了,半天没有说话。他的心中喜忧参半,忐忑不安,喜的是终于找到了失散多年的幼弟,若不是蔡广利告诉傅毅,幼弟刘义很有可能就这么永远消失在人间了;忧的是自己的老爹竟然留了这么一手,加重了刘庄对周围皇族的戒备心理。长期以来,皇族内部的哥哥、弟弟总是窥视皇权,指手画脚,若是蔡愔知道自己就是刘义,他会不会也来暗中抢权夺利呢?刘义活在世上,只会增加对汉明帝刘庄的威胁。刘庄有儿子,有太子,他不需要再平添一个小弟弟。况且,一旦刘义封王,地位提升,必定会得到皇太后过度宠爱,蔡愔也必定会坚决提出为养父蔡广利平反,这将会是件非常棘手的事。

片刻,汉明帝说:"这件事情……是件大好事,不过,你先不要对外声张,朕要请示皇太后……请皇太后辨认之后亲自断定此事的真伪。"

傅毅说:"喏。臣下以为,如果派遣蔡愔前往迎奉佛像,依他的经验和在西域的知名度,定能起到事半功倍的效果,如果将来皇太后认下了蔡愔,西域诸国得知皇上派遣自己的弟弟,啊,派遣亲王前往迎奉佛像,又如此低调,更能显示皇上的真挚和诚意,西域诸国会更加钦佩皇上。"汉明帝高兴地说:"有道理。"

张宦官沿着皇宫的夹道绕来绕去,来到寝宫大院门外。蔡愔坐在门房的条几上已经睡着了,听见脚步声响赶忙站立起来。看见蔡愔手持长枪,张宦官说:"兵器就放在外边吧。"

张宦官带着蔡愔沿着皇宫的夹道绕来绕去,又回到汉明帝寝宫。这时,皇宫外,一个黑影飞身上树,向高墙里边张望,发现有一队羽林军士兵巡逻过来了,黑影马上躲到了树杈上,等到羽林军士兵过去了,黑影飞上高墙,又飞身上房,逐渐跃向汉明帝寝宫。

在寝宫里,汉明帝换了一个话题,继续对傅毅说:"通过近来的种种事件,朕越发看到了爱卿的忠诚。这次……迎奉佛像,朕想派你担任特使。"

傅毅再一次站起身来:"我?"

汉明帝也站起身来,激动地说:"朕多日扪心自问,朕以无德,奉承大业,而下贻人怨，上动三光。永思厥咎，在朕一人。为弥补过失，朕赐你升龙旄头、銮辂、龙旗，你就全权代表朕，大张旗鼓地去西方迎奉佛像，为民祈福。"

龙旄头、銮辂、龙旗是皇帝才能使用的标志，这是何等的信任啊，相当于手持皇帝的名片外出办事。傅毅赶紧拱手："谢皇上信任。臣刚从西域回来，知道西方遥远，翻山越岭、戈壁沙漠，銮辂行走不便，臣以为就免了吧。"汉明帝说："可以。你顺便带上那个博士弟子秦景，正好他对佛教也熟悉一些。"

张宦官带着蔡愔进来了，张宦官说："皇上，蔡愔带到了。"

蔡愔低着头，完全没了当年纨绔子弟在京城打架斗殴的嚣张气势。汉明帝刻意看了蔡愔两眼，发现蔡愔的长相与自己并没有什么相似之处。汉明帝对张宦官说："你明日把查抄的蔡府物品账目全部拿来，报给朕看。"

张官宦看了一眼傅毅，不明缘由："这个……"汉明帝说："你报来就是，不要打听缘由。全部，一项都不能少。"

蔡愔摘下头盔，跪拜说："罪臣蔡愔觐见皇上。"不知道是一路之上过于劳累疲倦，还是被汉明帝寝宫的庞大震慑住了，蔡愔完全没有了在西域驰骋拼杀的勇猛。皇城根儿长大的蔡愔曾经年少狂傲，满嘴狗皇帝之类的不屑之词，直到今日，他才真正领悟到了皇帝的威严，才知道自己以及自己家族的命运完全掌握在这个被人们称作皇帝的人的手中。

汉明帝非常和蔼地对蔡愔说："免礼！百善孝为先，你能为自己祖母和母亲舍身征战疆场，朕感到欣慰，这才是大汉子民的作风。大汉孝治天下，朕明日即按诏令释放你祖母和母亲，她们自由了。所有家产一并归还。"

蔡愔在西域前线出生入死、殊死拼搏，等待的就是这个美好而又凄凉的结果。蔡愔泪如雨下："谢皇上。臣在西域看见了家父……他……当时还活着……他并没有叛降……"

汉明帝心软了，不过，他很得意，在西域出色完成任务的小将刘皖、蔡愔都是皇族，窦固等人又都通过联姻成为了皇亲，这对一国之君是多么大的慰藉啊。想着军队后继有人，汉明帝高兴地说："待朕落实清楚令尊的实情，会为他平反的。朕不会冤枉任何一个为国尽忠的良臣。朕将于明日颁布诏令，正式派遣特使前往西方，提升你官至中郎将，既是特使也是护卫，保证安全地把佛像迎奉回来。路途漫漫，危机四伏，你要明白肩头的重任。危险时刻你要冲锋在前，一路之上，你将面对风霜雨雪、面对西域诸国、面对北匈奴残余势力，还要面对大汉自己的反对力量,这……不仅仅是一张佛像问题,还是大汉皇权的能力和形象问题。你要牢牢记住,在这个问题上,你胜了,朕就胜了,你输了,朕就输了。对了,朕听说你从小就喜欢骑乘白马,你出征之前借朕的那匹'雪里飞'不用归还,朕把它赐予你了。"

蔡愔再一次跪拜谢道:"罪臣蔡愔谢皇上。"

汉明帝说:"免礼,赐座,赐酒。"汉代时期中原地区没有凳子,越是贵族越喜欢席地而坐。此时,所谓赐座,也只能是一个棉垫子。

太监拿来了蒲团、碗筷等,给蔡愔斟酒。蔡愔擦了擦泪水,站到了傅毅旁边,尚未落座,突然,外边有羽林士兵慌乱喊道:"有刺客!"

一位身材纤瘦的蒙面刺客飞身跃过羽林士兵的阻挡,冲进了大殿,剑锋直指汉明帝:"狗皇帝,拿命来!"

蔡愔冲上前去却手无兵刃,只得抢起蒲团挡住了剑锋,又抓起摆放花瓶的木架子挡住了蒙面刺客的进逼,几个回合,就将蒙面刺客逼回了庭院。

蔡愔跳到庭院,扔了木架子,一把抓过羽林士兵的长枪与蒙面刺客格斗起来。又是数个回合,蔡愔一枪刺穿了刺客的黑色衣襟,衣襟刺啦一声裂开了一个大口子。很快,纤瘦刺客难以招架,跳上高墙,顺着房檐屋脊逃去。

蔡愔也跳上高墙,顺着房檐屋脊紧追不舍,终于将纤瘦蒙面刺客逼到了一个墙角,一把扯下了面巾,刺客竟是他青梅竹马的姑娘梅儿。

梅儿也看清了蔡愔,两人同时发出疑问:"是你?"

蔡愔问:"你怎么会刺杀皇上?"

梅儿气恼地说:"他害了我全家,我一定要报仇。"

蔡愔说:"害你全家的不是他,以后我再和你说。"

梅儿说:"我不相信你。你竟然和狗皇上勾搭在一起,我恨你!"

蔡愔推了梅儿一把:"快走!"

远处传来羽林士兵的呼喊,火把也越来越近:"快追!往那个方向逃了!"

蔡愔使劲推了梅儿一把:"走!快走!"梅儿看了一眼蔡愔,转身逃了。

第二章　西天取经

中午时分,艳阳高照。皇宫议事大殿里,临近散朝时,汉明帝说:"朕的皇宫三番五次有贼人前来行刺,挡都挡不住,那些贼人真是把朕的皇宫当做集市了,想来就来,想走就走。所以,皇宫之中必定有人失职。朕提议羽林左监、右监,羽林右骑撤职查办,甚至光禄勋也可以考虑撤职。朝议之后,尚书令和三公留下,你们内阁议一议这几个职位的人选。司徒傅毅回来了,一同列席。你们议了之后拟定名单报给朕。"

散朝了,张宦官示意校尉窦林到大院里说话。校尉窦林问张宦官:"不知道中常侍大人留了在下……有何指教?"张宦官说:"窦大人可曾听说,去西安寻访佛像的五名钦差在函谷关全部被杀,无一幸免。实不相瞒,此为楚王所为。"

校尉窦林大吃一惊,连忙看看四周,又问:"楚王?他为何如此?中常侍大人又为何告知窦某?"

张宦官看了看四周,递给校尉窦林一张丝帛,小声说:"窦大人不必害怕,而且,楚王有事吩咐窦大人。这是皇上刚刚确定的使臣名单,楚王吩咐留给窦大人一个机会,窦大人一定要设法在函谷关将他们一网打尽。"

校尉窦林紧张地看了看名单,眼睛瞪得老大:"傅毅?"张宦官说:"嘘!窦大人如何安排,楚王不管,楚王要的只是结果。"校尉窦林额头冒汗,说:"在下要琢磨琢磨,力求稳妥。""只要别错过时机,具体办法,窦大人自行安排吧。"张宦官说道。说完张宦官转身走了,窦林连忙将丝帛塞进衣袖,看看左右无人,连忙离开了皇宫。

蔡愔拿了公文,急急忙忙来到了洛阳城外的监狱,准备接出自己的母亲和奶奶。走进监狱,蔡愔几乎是扑向了女监牢房的栅栏:"奶奶!"听到这个熟悉的声音,蔡夫人一惊,睁开眼睛:"蔡愔?"狱卒走过来打开了牢门的锁链,蔡愔连忙走了进去。奶奶说:"蔡愔?我就知道,我孙子一定会活蹦乱跳地回来的,回来就好啊。"蔡夫人泪如雨下:"你……孩子,你什么时候回来的?你瘦了,也黑了……你爹呢?你大哥呢?"蔡愔泪流满面:"我,我一路上都没有找到大哥……他一定不在长安……"奶奶说:"他娘,在孩子面前别动不动就哭。蔡愔,你也不许哭,男子汉大丈夫顶天立地,能活着回来,就是我们蔡家的希望。蔡愔,奶奶猜着,你在前线一定立功受奖了,是不是?"蔡愔点点头:"皇上已经答应释放你们了,现在可以回家了……"奶奶高兴地说:"瞧瞧,我说什么来着。我们蔡家的人,个个都是好样的。蔡愔,你在西域都立了什么战功?找到你爹没有?"蔡愔擦了擦眼泪,哽咽着说:"西域一战……我与呼延王交手了……"蔡夫人打断他,吃惊地问:"你与呼延王交手了?他凶残无比,你能打得过他吗?"

"他当时急着逃走,我也是报仇心切……我在他们遗弃的牛车上找到了我爹……"蔡愔越说声音越小。

看出情况不对,蔡夫人急忙问道:"那……你爹呢?他活着吗?他在哪儿?"蔡愔哭道:"他,他当时活着,时而清醒时而糊涂……可是后来……后来……被人暗杀了……"蔡夫人愣了一下,突然号啕大哭。蔡愔自责说:"儿子无能啊,儿子打得过呼延王,却保护不了一个奄奄一息的病人……"奶奶几乎不相信这个事实,蔡愔又说:"都怪我……我在烽火台外边与傅大人说了几句话……他就……我当时顾不上去追凶手……""事已至此,先不要哭。你爹临死前说了些什么没有?"奶奶问。蔡愔想想说:"之前……我爹与傅大人说了许久……后来等我去的时候……他已经被刺了……我爹他说……他知道早晚会有这一天……早早结束了,对他也是解脱……"蔡夫人哭着说:"他一定病得很重啊……"奶奶点点头说:"看来他真是被俘了,他什么都想到了,他知道即使活着回来,京城里的那些政敌也不会放过他,皇上更不会放过他。""他们为什么要这样啊……打仗哪能没有俘虏呢,即使被俘过……也不能置他于死地啊……"蔡夫人哭个不停,几乎背过气去。

奶奶说:"行了,咱们汉人,要面子,被俘终归是一件不光彩的事情,何况,他是大汉朝的大将军,又打了败仗。唉,他这样死了,也算是给了皇上面子,他若不死,我们如何能够出狱?蔡愔,你把你爹葬到哪里了,告诉奶奶。"蔡愔说:"玉门关以北。我和傅大人把他与李大将军葬在了一起。"

狱卒又走了过来,不耐烦地催促道:"你们可以走了,有什么话回家再说吧。"蔡愔急忙起身搀扶奶奶:"奶奶,咱们回家。"奶奶淡淡地说:"回家!"

蔡愔赶着牛车进了洛阳城,穿街过巷来到了蔡府门前。蔡愔将奶奶从牛车上搀扶下来,又来搀扶母亲。蔡愔说:"母亲,孩儿公务在身,不能在家陪伴母亲。等孩儿回来,辞去公职,孩儿带您去西域祭奠父亲,寻找大哥。"奶奶慢慢地上了台阶,说:"是啊,你大哥去长安做买卖这些日子,也早该回来了。"蔡愔说:"奶奶,孙儿很快就要出发了。孙儿离开的这些日子,如果梅儿过来找我,你一定让她留在咱家,等我回来。朝廷对她的通缉还没有解除,她一个人在外边很不安全。""那个野丫头,来了我就不会让她走。赶紧嫁给蔡鹏给我生个大胖曾孙,咱家也就是四世同堂了。"

蔡愔小声说:"前天夜里,她到皇宫行刺皇上,被我拦住了。"蔡夫人急忙看看四周,惊道:"行刺皇上?她这样会害了她妈妈的,她妈妈还在大牢里呢。"蔡愔上前撕掉门上的封条,用枪杆别开钉死大门的木条,推开大门,门轴发出吱吱呀呀的响声。显然,这里很长时间没人居住了。

安置了奶奶和母亲的当天,蔡愔就离开蔡府去了皇宫,开始集中筹集物品,准备出发。夜晚,奶奶在堂屋痴痴地盯着蔡氏祖先的灵位。蔡夫人走过来,轻声说:"娘,我去傅大人府上……借来了一些被褥。您的房间已经收拾好了,您老也早点回去歇着吧。"奶奶并未回头,淡淡地说:"你先去吧……我要跟我儿子……说说话……"

蔡夫人走了,走到门口,又看了奶奶一眼,随手关上了房门。奶奶抚摸着刚刚摆放上的蔡广利灵位,眼泪一个劲儿地往下掉:"儿啊,你受苦了,你知道吗?是娘给你设了灵位,白发人送黑发人,娘知道早晚会有这么一天。娘已经回家了,你放心……娘不伤心,娘会好好地活着,等着蔡鹏、蔡愔给我生重孙子呢……"

蔡夫人走进自己的房间,关上了房门。房间里只有一张床,其他什么都没有,一些被褥也是刚刚从傅毅家中暂借来的。蔡夫人坐在床边,看着空荡荡的房屋,一阵酸楚袭上心头:"这究竟是什么世道,为什么呀?"

就在蔡愔四处找不到梅儿的时候,梅儿其实就在洛阳周边的林地里潜伏着。她是大将军李蒙的女儿,由于受到案情牵连,家被抄了,母亲李夫人被抓捕入狱。去年,蔡愔带她逃出了洛阳,后来,由于梅儿不愿意就这么隐姓埋名地过日子,一气之下离开了蔡愔,前往长安寻找蔡鹏,结果走到半路就没了盘缠,只得返回了洛阳。蔡愔找不到了梅儿,来到洛阳冒名比武,最后阴差阳错地穿上了军装,到前线戴罪立功去了。

　　清晨,树林之中鸟儿叽叽喳喳地叫个不停,一匹枣红马拴在树上,低头啃着青草。梅儿在两棵树木之间的摇网床上醒来,她叹了口气,心想,原本知道蔡愔回来了,可以前往蔡府投奔蔡愔,谁知道青梅竹马的蔡愔也投靠了狗皇帝,叛徒,可恶,竟然与狗皇帝一起吃吃喝喝,忘记了杀父之仇。自己万不能再去蔡府,说不定会被蔡愔出卖。唉,这个世界上还有谁可以相信呢?实在不行,我也只有去西域了,再苦再难,我也要走到西域去给父亲祭奠。梅儿掀开被单,跳下摇网床,开始收拾地上即将熄灭的火堆,放上水壶烧水煮饭。

　　临走之前,梅儿特意来到了洛阳城外的监狱,也算是与母亲道别。梅儿知道,洛阳已经彻底成为她的伤心地,再也没有人能够帮她,她必须走了,只有先去西域祭祀了父亲李蒙,再做下一步打算。

　　正如蔡愔所说,他公务缠身,无法待在家中陪伴母亲和奶奶。他必须立即出发,与汉明帝亲自点名的其他特使一起前往西方迎取佛像。

　　这一年是公元65年,在充满神话色彩的梦境影响下,汉明帝刘庄派遣十三名特使出使西域,西迎佛像,寻找佛祖,开始了中国古代历史上官派的第一次西天取经。

　　离开京城洛阳不久,黄昏时分,特使队伍走进了一片树林。忽然,旁边的岔道上马蹄声声,一队全副武装的骑兵疾驰而至,包围了车队。骑兵们虽然服装统一,却既不是官兵,也不是普通百姓。

　　傅毅正在疑惑,蔡愔赶紧上前禀报说:"傅大人莫要猜疑,这些人都是蔡府昔日的家丁,已经闲散多日了,听说侄儿前往天竺国,一定要来陪伴侄儿。侄儿想……"傅毅严肃地说:"家丁去天竺国做什么?蔡愔,难道你路上还要使奴唤婢不成?"蔡愔恳求说:"傅大人,天竺国路途漫漫,遥不可及,我们使臣队伍多为文职,且在皇宫多年,野外生存需要一些帮手的。"

　　傅毅说:"你不必说了,若是需要厨师、女红,我会向皇上申请的。即便考虑安全问题,沿途还有各地官府保护。"蔡愔申辩说:"出了关隘,西域那边是官府保护不了的。即便遇到山匪窃贼抢夺了通关文牒,也会延误我们行程的。"

　　傅毅正要发火,突然,前方林中一个黑衣人影闪过,鸟儿纷纷惊起,在上空盘旋起来。"什么人?"蔡愔喊了一声,队伍顿时紧张起来。蔡愔立刻命令:"保护司徒大人。请大人原地休息,我去看看。"

大家纷纷拔剑出鞘,护住了傅毅和车队。蔡愔下马来到树林深处,突然,一个纤瘦蒙面侠客从树后拔剑向蔡愔刺来,蔡愔躲过剑锋,拔剑还击。几经交手,蔡愔认出了对方,生气地喝道:"梅儿,你还有完没完?你到底要怎样?"

梅儿横眉冷对:"我等了你很久了,蔡愔,既然你投靠了狗皇帝,今天就是你的死期。"蔡愔苦笑着说:"你误会了,你听我解释。"

两人边说边打,梅儿说:"你不用解释,我先杀你这个走狗,再去杀那个狗皇帝。"蔡愔解释说:"害死你爹的不是皇上,而是楚王。"梅儿气说:"诏令是狗皇帝发的,抄我家,押走我娘,他忠奸不分,我就要杀他。杀狗皇帝,再杀楚王。"

蔡愔说:"梅儿,凭你的拳脚功夫,怎能办得到?"梅儿急道:"少废话!那天不是你阻拦,我一定可以杀了狗皇帝,起码要他残废。"蔡愔说:"他即使残废了,你也逃不掉的,那样,你母亲等到的就只能是死刑了。"

傅毅赶了过来,在后边喝道:"住手!住手!"使臣秦景、王遵也拔剑走了过来。

蔡愔退到一边,梅儿也气呼呼地收住了招数。傅毅疾步上前说:"你们两人怎会翻脸动手?你们的老爹双双死在西域,冤情未伸,你们却这样自相残杀。丫头,你母亲还在狱中,你不思救援,为何来这里找蔡愔的麻烦?"

秦景收了佩剑,好奇地问:"你们认识?那怎么还打架?"

梅儿拉下蒙脸黑巾:"他在监狱的时候,我冒着生命危险前去看他,连我娘都没顾着见上一面。他出来之后却处处与我作对,破坏我谋划半年的计划,我就是要找他的麻烦。"

蔡愔郁闷地说:"我怎么与你作对了?"

梅儿不依不饶:"蔡愔,我是你未来的嫂子,我不与你记仇,过去的冤仇一笔勾销。你若不与我作对,你就带上我去西域。"

秦景不解地说:"哈哈,怎么你也要去西域?蔡愔,你路上有伴儿了。"

梅儿说:"既然我无力到狱中救出我娘,我起码可以到西域祭奠我爹。我爹死在什么地方我都不知道,蔡愔知道,他必须带我一起去西域。"蔡愔说:"已经有人安葬了他,我和傅大人都去看过,和我爹葬在一起,你尽管放心吧。"

梅儿伤心地流下眼泪:"你,你说得轻巧,让我怎么放心?我爹死了,我娘还在狱中,家没了,什么都没了,我举目无亲,还成了黑户,连自尊也没了,连自己叫什么都不敢对外人说。我什么都没了!"

蔡愔也一阵子难过:"我知道这些,可是,我也没有能力救李夫人出狱。"梅儿哭着责备说:"你就是不想帮我。你口口声声说你自己比你哥哥更喜欢我,现在我才明白你是什么样的人,见了困难你就躲?你是男子汉吗?是不是因为我没有答应嫁给你你就这样?你说呀!"

蔡愔不知道从哪儿解释,秦景跺着脚说:"你们两个不要再吵了……吵架解决不了问题。一会儿把傅大人气急了,会派人把你们俩都留在洛阳。"

梅儿擦了一把眼泪,将佩剑架上纤细雪白的脖颈:"蔡愔,你知道你离开洛阳的这一年时间我一个人是怎么熬过来的吗?我四处找不到蔡鹏哥,现在……连你也不帮我,举目无亲,我活在世上还有什么意义,我还能信任谁呢……"

秦景扑上去拼命抢夺梅儿的佩剑,他太担心梅儿的小脖颈经不起佩剑锋利的光芒。傅毅大声喝道:"丫头,你自己好好想想,国难刚刚平息,家仇尚未报,现在是你寻死的时候吗?"

秦景使劲地争夺梅儿的佩剑:"妹子,有话好好说嘛……"梅儿无力地松开了手,秦景趁机夺下了她的佩剑:"好死不如赖活着,怎么能说死就死呢?"

夜幕降临,特使队伍支起了一连串的帐篷。在一片空地上,傅毅命人烧火做饭。饭后,傅毅、蔡愔、梅儿、秦景、王遵、李明轩、张梁围在残火旁谈话。傅毅说:"刚才蔡愔说得对,西域路途险恶,困难重重,体力消耗极大,你一个女孩子难以跟上队伍。"

梅儿保证说:"只要傅大人答应带上我,什么困难我都能克服。"

蔡愔说:"梅儿,傅大人已经说得很明白了……"

傅毅举手制止了蔡愔:"丫头,你想为令尊祭扫,我理解。你没了家,朝廷又在通缉你。不然,我真的会派秦景送你回去。可是,你要知道我们要去的地方比西域还要遥远,我们更不知道西方的风俗习惯……你一个姑娘真的很不方便。我再让一步,出了玉门关,到坟上祭奠了令尊,你必须在原地休息停留,等待我们返回,再不能往前走了。"

王遵看了看傅毅,没有说话。显然,王遵不太同意带上梅儿一同前往西域。

梅儿说:"行!我答应。"

傅毅换了个轻松话题:"虽然李夫人看中了蔡鹏,可是并没有正式提媒,现在,蔡鹏生死不明,杳无音信。这样吧,等到西迎佛像归来之后,我会如实向皇上禀告你们这一路之上所作的贡献,希望皇上赐婚,成全你和蔡愔两人的姻缘。"

秦景笑着说:"哎哟!丫瞅瞅,既是长辈之命,又是傅大人说媒,还是两情相悦,天经地义的美事儿,今晚就成婚得了……"

梅儿脸一红,说:"秦先生不要乱说,我是他未来的嫂子……我娘看中的是蔡鹏哥;再说……我娘出狱之前,我是不会成婚的。"

秦景笑着说:"转来转去都是你娘,你自己喜欢蔡愔,就嫁给蔡愔嘛。"

傅毅站起身来说:"丫头,明天还要赶路,你们都早些歇息吧。另外,蔡愔,那些家丁愿意充当侍卫,就让他们留下吧。不过,我有言在先,西去之路苦难重重,任何人不许半途而废。若是有人遇险逃走,即便逃回了洛阳,我也会让朝廷治他动摇军心之罪。"

傅毅走了,蔡愔忽然想起一桩事情,取出昔日梅儿在监狱窗口偷偷给他的飞镖,递给梅儿说:"谢谢你,这个……还给你。"梅儿不仅没有伸手,反而瞪了蔡愔一眼,转身走了,进了一座单独为她搭建的帐篷。秦景嬉笑了起来,推了蔡愔一把:"快去呀,傻小子,这是叫你亲自送过去。人家在帐中等你呢……反正你哥没有看上她,她也不是你嫂子……青梅竹马,你害怕什么?"

蔡愔红了脸,没有动身。李明轩、张梁跟着起哄:"去吧,去呀。"

秦景站起身来埋怨说:"你呀,你看看大汉天下有几个像你这样缩手缩脚的,怪不得二十出头还没讨到老婆,太不主动。女人经常口是心非,说的都是反话。你去了,生米就成熟饭了,改天请傅大人为你们主婚……"

王遵不仅不满意傅毅收留梅儿,更不喜欢秦景这样开玩笑,生气地站起身来走了。蔡愔结结巴巴地向秦景解释说:"没……我们……其实早就在一起住过一个月……不是我要住的,而是我们逃难到郑县只有一间房子……"

看到王遵走了,李明轩、张梁、秦景也站起身来走向了自己的帐篷。秦景走了两步,又返身回来了,嬉笑说:"一个月?我说你小子怎么不着急,原来早就与梅儿同居了。她也是,居然还有脸说是你未来的嫂子。"蔡愔更加被动:"不是,我不是那个意思……我是说……"

秦景笑着走了:"不听了,不听了。你自己决定吧,我要睡觉了。"

好心解释一番反而遭到大家的奚落,蔡愔气愤地捡起一根柴火棍扔进火堆,立刻有许多木炭火星腾空而起,接着又迅疾地消失了。

经过几天跋涉,这天黄昏,蔡愔远远望见了函谷关,回头说:"大家加把劲儿,前边就是函谷关了。"

忽然,一队骑兵从函谷关方向疾驰而来。蔡愔十分警觉,手握长枪催马迎了上去,秦景、梅儿也跟了上去。那队骑兵在蔡愔近前停了下来,为首者问道:"前方可是特使大人吗?"

蔡愔说:"正是,请问阁下如何称谓?"

为首者从腰间摸出腰牌说:"在下郭明,函谷关关令。在下已经接到皇上诏令,净水泼街,黄土垫道,迎候特使大人来到函谷关。"

梅儿高兴地说:"好啊好啊,中午吃的窝头那么凉,晚上可以吃到热饭菜了。"

蔡愔瞪了梅儿一眼,大声对关令说:"请关令大人前边带路。"

"列队!"关令吩咐。骑兵分列在道路两旁,迎接特使队伍缓缓进入了函谷关辖区。

夜晚,灯笼高挑,关令在函谷关关楼上摆开筵宴,恭迎特使队伍。关令一边请傅毅入座,一边说:"下官在函谷关附近加强了戒备,今晚,请司徒大人放心用膳,尽赏夜色美景,不必多虑。"

傅毅说:"既然关令已经安排了晚饭,那就在此用餐,可是,如若用餐时间过长,我等几时才能赶到前方驿站呢?"

关令说:"还去什么驿站,反正天气不算寒冷,大人就住在这关楼之上吧,既节省了时间,也比驿站安全。各位使臣赶紧入席吧。"

傅毅说:"如此也好,那就恭敬不如从命了。"说罢,带头坐了下来,大家各自围着自己的几案席地而坐。傅毅说:"我们安全事小,耽误了皇上西迎佛像的诏命事大。皇上的诏命没有实现,我们难有轻松的心情。"

关令说:"知道司徒大人前往西方要经过函谷关,下官为了安全防范,太初宫关闭得更早,已经有几天时间没有对外开放了。今夜,大人尽管放心休息。"傅毅说:"是不是有些过了,我们只是路过函谷关,不去太初宫,没必要兴师动众的。"

几位厨师轮番端着盘子上菜,菜肴十分丰富,看得人眼花缭乱,口水直流。蔡愔突然发现一位厨师的白色衣裾之中露出夜行衣,而且他的鞋子是一双只有武士才穿的抓地快靴。厨师走后,蔡愔悄悄跟了出去。路过一个房间,厨师觉得后边有人跟踪,回头看了一眼。蔡愔连忙将身体贴在房间门上,这时,他听到房间里边有动静。蔡愔轻轻推了推房门,房门被从外边锁死了,他趴在窗户缝儿向里看,发现一个人被五花大绑,嘴里塞了毛巾,躺在地上拼命挣扎。

蔡愔看看左右无人,拔出飞镖撬开窗户跳了进去。蔡愔从那人嘴里取下毛巾,那人有气无力地说:"要杀要剐……随便!本官……随时准备为国尽忠……"

蔡愔赶紧问:"你是什么人?怎么被关在这里?"

那人恼怒地坐了起来,十分蔑视地反问蔡愔:"你是什么人哪,本官怎么没有见过你?"

蔡愔说:"我是中郎将蔡愔,护送司徒大人……"那人十分吃惊,打断他说:"司徒大人已经到了?你是中郎将?快救司徒大人,快救司徒大人哪!"

蔡愔问:"此言怎讲?你是何人?"那人着急地说:"下官就是函谷关关令郭明。"

蔡愔惊奇地问:"你是关令?可是外边已经有一个关令了。"

关令郭明一惊,在腰间摸索着:"外边已经有一个了?我的腰牌呢……不管怎么样,那他一定是冒充的。本官要前往对质,揭穿他的骗子嘴脸。"

蔡愔正在犹疑,那名厨师猛地打开房门,拎刀从外边冲了进来,直砍蔡愔的脖颈。蔡愔听到动静,跳到一旁抽出佩剑,接架相还,几个回合,厨师就被蔡愔一剑刺死。蔡愔正想出门,又有两名厨师拦住蔡愔,与蔡愔在房间里厮杀起来。这时,关楼上酒肴丰盛,假关令举起酒杯:"请司徒大人饮此一杯。"

傅毅也礼貌地端起了酒杯:"请。"

外边忽然传来打斗吵闹之声,假关令知道出现了意外,大声喝道:"何人在外喧哗?"

蔡愔快步冲了进来,一边护住傅毅,一边将佩剑指向假关令:"你是何人?竟敢冒充函谷关关令?"假关令装作十分吃惊:"特使何出此言?"

关令郭明也闯了进来,用力甩掉胳膊上的绳子:"我就知道是你郭老四!特使大人,他是假的!我才是关令郭明。"

"动手!"假关令郭老四猛地摔了酒杯,抽出佩剑与蔡愔厮杀起来。蔡愔高喊:"梅儿、秦景,保护司徒大人。"

几名厨师立刻闯进房间,梅儿、李明轩、秦景、王遵、张梁等人也拔出佩剑参与厮杀,一时间关楼之上杀气腾腾。郭老四跳到一旁,蔡愔也跳到一旁,在函谷关城楼上与郭老四厮杀在了一起。终于,蔡愔将郭老四逼到墙角,用佩剑抵住了郭老四的咽喉,郭老四不再反抗了。

关令郭明从后边冲了过来,上前逼问:"快说!谁派你来刺杀司徒大人的?"

郭老四将头扭向一旁:"好汉做事好汉当!少费口舌!"

关令郭明一脚踹向郭老四,赏了郭老四几个嘴巴,大声骂道:"你这该死的!哥哥我熬了几十年才做到小小的一个关令,我做官容易吗?你不思在家侍奉老娘,却来劫杀皇上的特使,你这是要把咱家老小往火坑里推啊。若是皇上因此降罪下来株连了三族,你我的家属还有老娘都得跟着丧命!连祖坟都得被刨了!你这个混账东西!"

关令郭明一番话说得大家莫名其妙,郭明转身"扑通"一声跪下了,对蔡愔解释说:"下官有罪啊,他是下官的四弟郭宏,不知道他受到何人蛊惑……一定是他在附近道路劫杀了霍礼等人。下官虽然有所怀疑,却不能断定就是郭宏所为。今天,他又囚禁了下官,冒充下官企图谋害司徒大人。唉!下官管束不严,下官罪该万死啊!"

蔡愔对关令郭明说:"先把他押进囚车,交给京兆尹处置吧。"

关令郭明气冲冲地站起身来,上前去撕下郭老四的假胡须,命令守关士卒:"把他给我绑了,堵上他的嘴,让他也尝尝五花大绑的滋味。另外,你们也都笨到家了,跟了本官几年,怎么就看不出他是假的呢?笨死了!"

就在这时,郭老四突然跳起,挣脱束缚,奋力跳上墙垛,一头栽下了高高的关楼。蔡愔伸手去拉,却没有拉住他。大家纷纷趴在垛墙向下看去,秦景、王遵顺着台阶冲下关楼,上前摸了摸血肉模糊的尸体,向关楼上说:"已经死了。"

"这可如何是好?"关令郭明再次"扑通"一声跪在地上说。突然,关令郭明起身抓起地上一柄佩剑冲下关楼,来到郭老四尸体面前,先是朝着郭老四的胸口刺了一剑,又猛砍数剑,将郭老四的头颅割了下来。

血淋淋的场面让大家实在不忍心看。蔡愔冲着关楼下边大声责问:"他已经死了,关令身为朝廷命官……何以如此凶狠?"

关令郭明跪在地上,一只手将佩剑架在自己脖子上,一只手高高举起弟弟郭老四的头颅,非常激动地说:"下官恳请特使大人恕罪,并非下官凶狠,他是凶手,谋害皇差,目无国法,死不足惜;下官管束不严,惊吓了特使,因此株连,也死不足惜,可是……可是,下官家中还有老娘,老娘无辜啊,若是因此遭到牵连……下官死不瞑目啊……下官恳请特使向京兆尹解释,向皇上解释,饶过下官家中的老娘……若是特使们不答应,下官只有以死赎罪了。"

秦景、王遵赶紧上前夺下关令郭明的佩剑,傅毅、蔡愔等人也走下了关楼,来到关令郭明身边。傅毅说:"你弟弟犯罪,你的确有错,我会向皇上禀报,你及时出现,挽回了局面,将功抵过。关令请起吧。"

关令郭明想了想,起身巴结傅毅说:"下官这厢赔罪了,关楼上已经一片狼藉,我尽快给司徒大人重新做饭。"傅毅回绝了:"不必了,我们自己带有干粮,可以充饥。今晚就烦劳关令处置现场,尽快恢复函谷关的常态。等我们从西方回来的时候,或许在函谷关吃顿大餐。"

蔡愔说:"关楼之上果然安静,今晚我们就在关楼之上的厢房歇息,烦劳关令派人照料好我们的马匹,闲杂人员一概不许登上关楼。明天一早我们就动身启程。"

关令郭明又一次跪着不肯起身:"喏!只是特使在函谷关吃不上一顿可口的热饭,下官心里怎能踏实?万一皇上知道了,哪里还有下官的活头儿?下官还有老娘,下官真的怕株连三族啊!"

傅毅阴沉着脸说:"我已说过,我会给京兆尹写信的,也会给廷尉署写信。今晚的事情就到此为止吧,关令快快清理现场,我们明日还要赶路,今晚大家都早些歇息吧。"

夜晚的烛光影影绰绰,特使一行人乱纷纷睡在了关楼厢房之中,秦景一边啃着干饼一边说:"我猜呀,幕后主使一定是京城的一位高官。"

梅儿吃着苹果,接过话茬儿说:"我猜是……我不告诉你们。"

秦景不屑地说:"你能猜对什么?朝廷的事情,我比你知道的更多。"

梅儿说:"我怕说出来吓着你们。"

蔡愔翻身说:"睡吧,睡吧,明天还要赶路呢。"

秦景问:"我以为你睡着了呢,我正要问你,你是怎么发现假关令不太对劲儿的呢?"

梅儿也问:"你从哪里找到真关令的?"

蔡愔卖了关子说:"你们俩吃完快睡吧,时候已经不早了。"

秦景说:"瞧你,说说又如何?"

蔡愔说:"明天路上有的是时间讲述,今晚……我也怕说出来吓得你们睡不着觉。"

梅儿将果核放在一边,哼了一声翻身躺下了:"哼!没意思!"

第二天,晨曦的红晕笼罩着函谷关,特使队伍一行从关楼下缓缓通过,沿着大道西行而去。关令郭明唯恐家中老母亲受到牵连,跪在关楼下的大路上,不停地挥手:"司徒大人一路慢行,注意安全。下官在函谷关静候司徒大人满载归来!"

走了三天大道之后,特使队伍拐进了山区,走了几十里的山路。山里的秋风比平原寒冷了许多,大家纷纷增添了衣服。梅儿没有携带备用衣物,只得取了蔡愔的一件外套裹在身上御寒。这片山区海拔较高,秋季的温度就像平原的寒冬,如果是冬天进山,大雪封道,雪没腰深,车马行走就更困难了。黄昏时分,特使一行人来到一处树林。蔡愔在马上看了一下地图,然后叠起地图,跳下马说:"今晚就在这里安营扎寨吧。"

特使队伍纷纷下马,秦景、王遵、李明轩、张梁等人卸下物品。突然,前方树林里蹿过几个矮矮的黑影,还有一阵野鸡的叫声。蔡愔挥手示意,特使队伍都停住了手头的活儿。半天,前方不见动静,野鸡也没有了叫声。梅儿尚未下马,忍不住说:"一定是野鸡斗架呢,我过去看看,顺便射两只野鸡回来。"

秦景一边搬物品一边叮嘱:"梅儿,多射几只野鸡回来给傅大人炖汤喝。"

梅儿弯弓搭箭,催马进入树林,寻着声音走了一段土路,根本没有发现野鸡的影子。正在犹疑之间,忽然,梅儿的侧面出现了几头灰色的野猪,马匹受到惊吓,咆哮了一声,在林间小道狂奔起来。梅儿使劲拉紧缰绳,却无法控制大脑错乱的马匹。突然,林间小道的前方有一棵树木的横枝拦在空中,正好挡住了梅儿。看看横枝的高度,只有马匹可以从下边钻过去,梅儿只好扔了弓箭,张开双手一把抱住了横枝,身体半悬在空中。

马匹逃了,后边有野猪追赶,梅儿不敢跳下来,只能向旁边挪了位置,勉强站在了一处矮矮的树杈上。野猪扑了过来围住梅儿站立的树木,拼命向上扑咬。梅儿的腿脚暴露在野猪嘴边,为了不被撕咬,梅儿挥剑砍向野猪,砍伤了一只野猪的嘴巴。又有野猪扑上来,梅儿接着挥剑,然而,野猪皮糙肉厚,根本无济于事。无奈,她只好将佩剑掷向野猪,自己再向上攀爬。野猪围着大树,拼命撕咬冲撞,企图把梅儿撞落下来。野猪的冲撞使树干猛烈摇晃,惊醒了树上睡觉的一条大花蛇,它盘在树枝的高处,低头看见了梅儿婀娜的背影。

树林外,拴在树桩上的"雪里飞"嘶鸣了几声,蔡愔感觉不妙,放下手中的物品,绰起长枪徒步冲入了树林。很快,蔡愔看到梅儿受困,赶过来大喝一声:"梅儿别怕,我来了。"

野猪听到声响,立刻回身冲来。蔡憎看准一头野猪,挑动枪尖猛地刺进野猪的嘴巴,随即将野猪挑起,重重摔在地上。接着,另一头野猪冲了过来,蔡憎来不及再刺,只好用力挥枪,砰的一声将野猪脑袋打向一边。蔡憎大吼一声,把长枪耍得呼呼作响,其余两头野猪见状灰溜溜地逃了。蔡憎抬头,猛地看见树枝上的大花蛇正在向毫无防备的梅儿身后游动,蔡憎来不及多想,拔出飞镖嗖的一声甩上了树枝,大花蛇应声落地,蹦跳挣扎。

梅儿双臂长时间搂着树干耗尽了力气,实在坚持不住了,嘴里喊着:"哎、哎、哎——"摔了下来。

蔡憎急忙扔了长枪,接住了梅儿,两人抱在了一起。尽管蔡憎曾经带着梅儿在郑县居住了一个月的时间,但是他还是第一次这样抱住梅儿感受到女性肢体的柔软。此刻的梅儿是那么的温顺,梅儿责怪道:"你怎么不早点来呢。"

蔡憎说话都结巴了:"我……我一直提醒你注意安全……"

四目相望,含情脉脉,梅儿在蔡憎的怀抱里捶了他两下,撒娇说:"那……你还不跟着我……"蔡憎说:"我不是故意……你一直不理我,我怎么能跟在你后边……"梅儿说:"你真傻……你不知道……你去西域打仗的那些日子里……我一个人流浪街头……我一个人习惯了……"

忽然,秦景从小路边喊边跑过来:"怎么样了?梅儿怎么样了?逮着野鸡了吗?"

蔡憎赶紧松开手臂,梅儿也不好意思地离开了蔡憎,弯腰从死去的大花蛇上拔下飞镖,拿树叶擦了血迹,说:"走吧。"

一声长嘶,梅儿的马匹从旁边走了过来。梅儿牵过缰绳,埋怨马儿:"臭马,临阵脱逃,没让野猪吃了你,你还知道回来?"

蔡憎对刚刚赶来的秦景说:"秦景,找根绳子拖上野猪,还有一条花蛇可以炖汤。"秦景根本没注意到两人之间的暧昧,一听就高兴地说:"野猪?花蛇?梅儿你可以呀,竟能射杀野猪,傅大人今晚可以吃上烤肉了。"

蔡憎快步走了,梅儿也牵着马匹跟在后边,秦景独自一人兴奋地看着地上的两头野猪,冲着蔡憎、梅儿的背影说:"哎,哎!你们俩不能就空手走啊,也让马匹驮上一头野猪啊。哎!那边……那头还在动弹呢,它咬我怎么办?野猪这么重,我怎么拖回去啊?你们俩……一定是成心气我。"

自从傅毅将蔡愔的身世告诉了汉明帝,汉明帝一直在幕后悄悄搜寻关于蔡愔的一切信息。傅毅、蔡愔等人尚未出发之前,在查抄的家产归还蔡府之前,汉明帝便浏览了蔡府的全部家财账目,并且亲自找到了从蔡府搜罗来的那个整尺见方的金制首饰盒。

那天,汉明帝独自翻看账簿,龙案上放着那个整尺见方的金制首饰盒。张宦官走进来说:"皇上,允许淮阳王在封邑里走动的诏令已经颁布了。"

汉明帝看完账目,直接对张宦官说:"知道了。你去拿一把刀子。"张宦官刚要转身,又返回来了:"什么……皇上要什么?"汉明帝说:"你跟了朕这么多年,难道朕的话你也听不清楚了?刀子,刀子。"

"喏,喏,臣听清楚了,只是,皇上何时用过刀子啊?"张宦官说。

汉明帝说:"少废话,快去吧!"

汉明帝仔细端详着这首饰盒,将里边的珠宝首饰全部倒在龙案上。张宦官拿来一把刀子,小心翼翼地递了过去。汉明帝接过了刀子,在首饰盒底部撬了几下,没有撬动。张宦官说:"皇上,什么事情非要亲自动手,让奴才们去办好了,别再伤着自己。"

汉明帝瞪了张宦官一眼,张宦官不再说话了。汉明帝仔细查看,找到了一条缝隙,用刀子使劲儿撬那个地方,首饰盒底部开裂了,汉明帝从里边取出了密封的布包。明帝放下首饰盒,打开布包,里边露出了先帝密诏、玉璜。他拿起首饰盒看看没别的东西了,就将珠宝首饰全部装了回去,连同底盖一起推给了张宦官:"你去找个工匠把盒底修复了,然后和蔡府的财产放在一起,找个合适的时间一起还给他们。你先去吧,有事朕再传你。"

"喏!"张宦官拿起首饰盒走了,他不知道汉明帝究竟从首饰盒的底部找到了什么东西。

放下张宦官命人修复首饰盒不说,且说汉明帝犹豫再三,一时不知道该不该把这个消息告诉皇太后。拿着先帝密诏的汉明帝知道自己是目前目睹先帝密诏的唯一一人,如果现在就立刻呈给皇太后,皇太后一定会立刻诏见蔡愔,进而对蔡愔宠爱有加,阻止蔡愔西行,说不定还会立刻逼着自己马上给蔡愔封官加爵,尽管蔡愔与东平王一样与自己是一奶同胞,是母亲生育的最后一个儿子,可是蔡愔久在宫外生活,年轻气盛,性情不羁,人心难测,况且通过其养父蔡广利一案必定加恨于自己,万一被外人利用,自己岂不是平添了一道障碍?

明帝下令归还蔡府家产,当一箱箱家产搬进蔡府的时候,前来道贺的亲朋好友络绎不绝,蔡夫人并没有在意少了些什么,也没有发现自己首饰盒的底部曾经被人撬开过。即使发现了,只要首饰珠宝没有缺少,她是不会在意盒子底部有些剐蹭的。原本,她也不知道自己的首饰盒中竟然隐藏着一个惊天的秘密。

傅毅、蔡愔等人出发之后,汉明帝才不慌不忙地找到一个机会来到后宫,亲自将先帝密诏和玉璜一起拿给皇太后看。汉明帝说:"皇儿查看了宫中存档的诏令,与先帝密诏一模一样,此事属实。"

顿时,皇太后跌坐在床榻上,久久没有说话。她捧着玉璜反复观看,泪水慢慢地从眼角流淌下来,眼前不断显现出十八年前小儿子刘义乖巧聪颖的模样。

半天,皇太后憋出一句话:"他……在哪里?"

汉明帝小心翼翼地说:"如果母亲认出了玉璜是母后所赐,那么傅毅所言当是真实的,幼弟刘义就是现在的蔡愔,也就是蔡广利的小儿子。"

皇太后吃惊地瞪大了眼睛:"就是……去年……被皇上通缉的那个杀人犯?他在皇城砍杀羽林郎?"

汉明帝低声说道:"是……是的……蔡广利太可恶了,竟然把蔡愔调教得如此险恶,当时中常侍去李府宣诏捉拿李氏母女,蔡愔砍伤了三名羽林郎,裹挟李蒙的女儿逃出了洛阳……"

皇太后双手颤抖地捧着玉器,低头流着眼泪说:"我说近来为什么小刘义夜夜给我托梦,害得马皇后也要天天陪着我,十八年了,先帝太狠心了,为什么……为什么我的小儿子活着,他却不告诉我……"

汉明帝劝慰说:"幼弟活在世上,这是天大的好事啊,母后应该高兴才是。再说,先帝也是在当年混乱的特殊局面下为了延续刘氏血脉……"

皇太后转身望着丈夫刘秀的画像,独自说:"先帝啊,你太狠心了……你怎么能这样做……你有那么多的儿子……你已经有十一个儿子了呀……你为什么单单把我的心肝宝贝遗弃在皇宫之外啊……他刚刚学会说话……刚刚学会走路……你就让他一个人在外边吃苦受罪……还要遭到自己家族的通缉追杀……他生病的时候谁来照顾他……他下大狱的时候那些军卒准保会报复他……这些你都知道吗……这是为什么啊……"

汉明帝看到母亲痛哭,自己也陪着流了不少眼泪。皇太后转过身来,依然流泪说:"那……皇上准备如何处置这件事情?"汉明帝说:"朕认为,现在还不能公开指认蔡愔,朕已经委派他与傅毅等人前往天竺国……"

皇太后提高了嗓门:"什么?你让他去了天竺国?你知道他是你亲弟弟,你还让他去一个压根儿都不知道在哪里的国家?"

汉明帝说:"等到他西迎佛像归来之后吧,也算对大汉做出了功绩,皇儿也好安排他与母后相认。"

皇太后摇了摇头说:"皇上怎么也和先帝一样狠心啊,他可是你的亲弟弟啊,天竺国那么遥远,天灾人祸战乱频繁,他去了还能活着回来吗?皇上是刻意这样安排的吧?故意把他支出京城……"

汉明帝一惊,解释说:"这次不是打仗,只是迎奉一张佛像……"

皇太后没等汉明帝说完,接着说:"他是你的亲弟弟啊,你能将其他兄弟封王,难道就不能容下他一个吗?即便不给他封王,你快快下诏让他回来。不管先帝如何计划,母后保证他终生不会和你争夺皇位……"

汉明帝又是一惊,张了张嘴,但是什么也没说。皇太后又说:"如果皇上不信,母后就带他到东平王的封地生活,我们娘儿俩都不再回来,这还不行吗?"

汉明帝结结巴巴地说:"母后……非也……朝廷……必须令出一门,朕已经处罚了蔡府人等……不能前后反差太大,若是……若是立刻认了蔡愔,朕将无法处置蔡广利反叛之罪,无法安民治国……"

皇太后坚决说:"不行!此事没有商量!"

汉明帝恳求说:"母后……"

皇太后哽咽道:"皇上明明知道母亲为了此事已经伤心了十八年,近日又是马皇后陪着聊天才能就寝,为什么还要用这种方法来伤害母亲?你既然不想让他与母亲相认,为什么还要来告诉母亲?"

汉明帝说:"这个……皇儿也是害怕母后得知之后怪罪皇儿……"

"那你就备车,母亲要亲自前往西域,前往天竺国,看看刘义到底长成了什么样子?"皇太后发怒说。

汉明帝犹豫着分析说:"母后……母后只是认出了器物,尚未看到本人,不是朕不让母后见到他,而是他……而是蔡愔已经上路了……使命重大……是不是等到他返回洛阳之后当面确认……若是那时没有变故……朕认为在母后大寿之日当众宣布他的王族身份……比较合适……这是喜上加喜……并且……并且朕当众赐他官爵和封邑……"

皇太后用拐杖使劲捣地,将木地板戳得梆梆响,气愤地说:"这个该死的傅毅,这些个文臣儒生没有几个好东西,一个比一个心眼儿多。等他回来之后,哀家一定要重重处罚他,他为什么不在第一时间向哀家禀报?为什么?"

汉明帝赔着笑脸说:"母后息怒,傅毅这样做也是为了维护大局……母后,您想想,既然当年先帝都没有告诉母后,他傅毅又如何敢擅自向太后禀报?况且,他本人也没有见到过先帝的密诏。"

皇太后不满地说:"那么,现在他不是已经向皇上禀报了吗?"

汉明帝解释说:"那是蔡广利临死之前让他禀报,他不敢隐瞒,只好直说了。无论对错,傅毅没有责任。"

皇太后听后稍稍安静了一些,叹了一口气:"皇上,这样做真是要折母亲的阳寿啊。"

汉明帝连忙跪下了:"皇儿万万不敢,母后可不能这么说。"

皇太后擦了擦眼泪说:"说不说没关系,反正皇上已经做了。只要皇上心中还有母亲,皇上自己看着办吧。若是你幼弟刘义不能活着回到洛阳,母亲就是死了……也难以瞑目的……"

汉明帝满脸堆笑说:"瞧母后说得如此不吉,再说,幼弟福大命大这么多年都平平安安的,一定会一帆风顺……这样如何,孩儿以皇太后的名义追加诏令,就说蔡愔在西域战场多有建树,赐予蔡愔免罪龙符,命令沿途府令予以关照,保证他平平安安地返回洛阳。"

皇太后说:"哀家命苦啊,哀家似乎命里注定,凡是喜事都要苦苦等待。"

汉明帝一听皇太后松口了,赶紧站起身来换了个话题:"母后,黄河治理工程结束了,司空冯鲂带着王景、王吴候着述职,皇儿得赶紧过去料理政事了。"

第三章　墓地遇险

蔡愔一行人尚未走到前汉旧都长安,皇太后的免罪龙符就已经通过八百里加急追上了特使队伍。这天,特使一行人正走着,后边有侍卫禀报:"傅大人,后边有军兵,像是驿站的。"

很快,驿站送信的骑兵赶到了特使队伍面前,拉住缰绳说道:"哪位是傅司徒?"

傅毅赶紧下马,说:"傅某在此。"驿站骑兵说:"皇太后懿旨随后就到,请傅大人安排特使队伍立即停止前行,就地等待。"

傅毅有些吃惊,不知道为什么会有皇太后懿旨,更不知道懿旨的内容。但是,事已至此,傅毅只得命令就地休息,等待皇差的到来。一个时辰之后,钦差马队到了,钦差跳下马来:"谁是蔡愔?蔡愔接旨!"

大家不明就里,连忙跪倒在地,蔡愔更是迷迷糊糊地跪下了。钦差宣诏:"皇太后有旨,特赐蔡愔大汉朝免罪龙符,诏令在大汉领土之上无论何地、无论何罪,赦蔡愔小罪免责、大罪免死。"

另一位钦差上前一步,用托盘向蔡愔递过了一枚免罪龙符。蔡愔虽觉意外却又无法拒绝,不知如何是好。傅毅立刻说:"蔡愔,还不快向皇太后谢恩!"

蔡愔稀里糊涂地叩谢:"谢皇太后。"蔡愔跪行两步,懵懵懂懂接过免罪龙符,大感不解。钦差将丝帛诏书折了递给了蔡愔。

钦差马队离开了,马蹄留下了一路的尘土。特使队伍一群人纷纷过来围住了蔡愔,秦景从蔡愔手中抢过免罪龙符,一脸笑容地问:"这就奇怪了……皇太后……怎么单单给你一个人特赐免罪龙符?"蔡愔摇摇头。

张梁问:"为什么不是皇上,而是皇太后下旨?"蔡愔又摇摇头。

梅儿问:"是不是临行之前,皇太后单独跟你说过什么?"蔡愔疑惑道:"没有啊,我从小到大根本没有拜见过皇太后。你们都别问了,我真的什么都不知道。你们谁想要拿去就是了。"

秦景又将免罪龙符还给了蔡愔,说:"这背面刻着你蔡愔的名字呢,我们拿去也没有用途,反而会落下冒名之罪。傅大人,您在朝时间长,您说说这究竟是怎么回事?就算是不给我们,起码也要给您一枚吧?怎么单单给了蔡愔呢?"

唯一猜中内情的傅毅,在一旁微闭着眼睛,脸上露出了微笑说:"你们有所不知,呼延王逃走之后,蔡愔曾经在西域不战而屈人之兵,解决了龟兹、于阗国、疏勒国、尉头国四国的谋乱,还逼走了暗中支持龟兹的两万大月氏军队。一定是皇太后为了褒奖蔡愔继续为西域诸国的和平立下功劳,额外奖励的。你们若是想要,

第三章 墓地遇险

也铆足了劲立下大功便是。"

张梁说:"我们又不打仗,怎么能立下大功?"

傅毅一阵咳嗽,平息之后说:"那就赶紧上路,早早完成了皇差,也算是立下大功了。"

"走吧,走吧。"众人一番嬉闹之后也没人太过在意,纷纷上马,接着前行。蔡愔顺手将免罪龙符塞进了马囊,上马前行到了队伍最前端。

绕过旧都长安,这天,一行人走到了黑水国一带的一片沼泽地,队伍停止了行进。沼泽之中有条小路,蔡愔犹疑了半天,建议大家不要直接过去,还是绕道比较可靠。秦景看了看地图,催马来到队伍最前端的蔡愔身边,非常可惜地说:"绕道可能要多走四十多里地。傅大人身体不适,大概是着凉了。能否直接从沼泽地里穿过去,也好节省一些时间。"

"算了,还是绕道吧。"蔡愔没有请示傅毅,直接否定了秦景的冒险计划。蔡愔走了,队伍又跟着前行。秦景慢慢卷起地图,小声嘟囔说:"有了免罪龙符,说话口气也大了,有事连傅大人也不请示了。"

秦景骑马向后走去,走到傅毅面前:"傅大人,咱们这样走就绕远了……"

傅毅说:"不必了,临行之前我向蔡愔交代过,宁可绕道,绝对不走沼泽。上次前往西域的时候,有些士兵就是偷懒走近道儿落入了沼泽,白白送了性命。军队士兵人多,损失一两个不觉得什么,现在咱们人少,损失了就无法补充。"

秦景问:"那还不如一直沿着官道行走,岂不更加省心?"

傅毅说:"你没有去过西域,不知道如何节省时间。官道只是便于驿站借宿,其实过了旧都长安,官道反而更远,花费的时间更长,而且过了玉门关之后很多地方根本没有固定的官道可走,只能自己摸索前行。我们带着足够的帐篷,随时可以露宿,所以,不走沼泽,尽量沿着近道走,快快迎了佛像,也好完成皇差。"

秦景一听不说话了,将地图收好,跟着队伍继续前行。黄昏时分,一行人绕过了沼泽,道路硬实了,前面又有一座矮矮的石山挡住了去路。蔡愔正在查看地图,秦景催马来到前边说:"我去前边打探一下。"

秦景来到山上,一瞅高兴坏了,回头喊道:"哈哈,一片浩瀚湖水,安营扎寨吧。"

湖畔的空地上竖立起一排帐篷,秦景安排侍卫们烧火做饭。夜晚的湖畔静逸安详,秦景、张梁、李明轩等人在湖边嬉闹洗澡,一群人高兴地相互泼水,直到梅儿远远地喊他们吃饭,秦景、张梁、李明轩等人才上岸换上了干净衣服。几名侍卫在帐篷之间扯起绳子说:"小风吹一夜,衣服会吹干的。"

傅毅感冒了,坐在帐篷里连声咳嗽。蔡愔进来说:"傅大人,您病成这样,我们是不是在此地多住些日子,等大人康复了再走不迟。"

傅毅说:"不必了,我能坚持,他们在做饭,你去附近看看,若能找到当地居民,打听一下有没有向西的近道儿。我们既不能冒险,又要节省时间。"

蔡愔骑马沿着堤岸起码走了两个多时辰,才远远看到了一处院子。蔡愔走到了院落门前。月光朦胧,从院门可以看出,这户人家十分贫穷,不过,其中的一间房屋里还亮着灯光。蔡愔下了马,上前拍打门环,砰砰响了半天,一位老翁咳嗽了两声:"谁呀?"

蔡愔说:"老伯,我等一行十数人是朝廷使臣,前往西方,恳请老伯指点一条明日行走的近道儿。"

老翁打开了院门,看了蔡愔相貌忠厚不像坏人,说了一声:"西方那么大,你们到底要去哪里,得有个准确的地点吧。"

蔡愔说:"我们是要去天竺国,现在,只需要向西北方向走就行。"

"天竺国远着呢,先进来吧。你怎么会找到老夫家中问路呢?老夫的院落够偏僻的了……"老翁带着蔡愔来到一间点着油灯的房间,房间里堆了不少杂物,老翁说:"说吧,年轻人,你想打听什么样的近道儿啊?"

蔡愔解释说:"我去过西域,去年是随大军走了一段官道,很早就拐到东北方向去了,现在径直向着西北方向走,而且时间紧急,再说季节不同,沿途风景也变化了,认不出道路了。现在只要向西北走就行,我们计划从玉门关出塞。"

老翁说:"如果打算去玉门关,你们就绕过湖泊,顺着湖泊北岸向西三十里再向北,就有大路了。那,他们那些人呢,你们今晚住在何处?"

蔡愔说:"他们一干人等全部留在湖畔宿营了,只我一人前来问路,敢问……"

老翁忽然站立起来,紧张地说:"是湖泊北岸的那块宽阔的空地吗?"

"是的,就是那块空地。"蔡愔说。

老翁大惊失色:"你们怎敢夜宿湖畔?那个湖泊非常奇怪,湖水在夜晚会散发迷雾,闻到之人会慢慢昏厥入睡,没有他人喊叫不会醒来。"

"什么!"蔡愔如同当头遭人泼了一盆冷水。老翁着急地说:"湖水水位在夜间时涨时落,反复无常,仿佛水下有什么怪物,村子里每年都在湖水退潮之后找到淹死的陌生人,你们千万不能住在湖畔。你现在快快回去叫醒他们,赶快离开,晚了,他们可能就没命了。"蔡愔腾地站起身来。老翁催促说:"还不快去!"蔡愔依旧半信半疑,不过,根据一路之上的经历,蔡愔觉得还是尽快撤离湖畔为好,避免成为湖泊怪物的牺牲品。蔡愔立刻谢过老翁,骑马返回湖畔。

然而,蔡愔顺着原路返回的时候,大地已经弥散着雾气,他根本无法找到道路。蔡愔不知道眼前的雾气是不是老翁说的迷雾,只能预防为主,从囊中取出毛巾在树木枝叶上沾些水珠,裹住了嘴巴。两个时辰过去了,任凭蔡愔如何辨别寻找,始终无法找到来时的山路,又捂着毛巾,嗅不到湖水的味道。原来的那个湖泊究竟在哪里,难道就这么凭空消失了不成?

蔡愔几乎走了大半夜,一直在湖泊的外围徘徊,精疲力竭,心急如焚。天色即将放亮的时候,满头冒汗的蔡愔终于找到了上山小路。就在蔡愔出现在湖畔的时候,他隐约看见湖水雾气腾腾,而且波浪起伏。此时,大家都已经入睡。蔡愔大喊起来:"涨潮了,赶快起床!赶快转移!"他摘下长枪,骑马驰过一排帐篷时逐个敲打帐篷,发出砰砰啪啪的响声,惊醒了里边的人们。大家纷纷走出帐篷,奇怪地看着蔡愔:"什么事啊,大惊小怪的。"

秦景两眼惺忪,埋怨:"你一定饿晕了,湖水怎么会涨潮!"

梅儿在帐篷里和衣而卧,隔着小窗询问蔡愔:"你回来了,我刚才做了噩梦,好像听到了水怪跳出水面的声音。"

傅毅也走出帐篷,说:"蔡愔,他们为你预留了饭菜,先吃饭再说。"

蔡愔着急地说:"不可,不可,这湖畔年年死人,我们不能再在这里待下去了,必须立刻转移到山上。"

大家议论纷纷:"湖泊夜雾太普遍了,有什么可奇怪的?"

就在这时,蔡愔的"雪里飞"嘶叫起来,围聚在一起的其他马匹也开始嘶鸣。

"不要犹豫了,快撤!必须马上转移。快!"蔡愔大声催促着大家。

一个个帐篷拆除了,东倒西歪。傅毅穿好衣服,牵过缰绳上马,刚刚拨转马头,说时迟那时快,原本波浪起伏的湖面突然像刮起了大风一样,掀起一道两米多高的白浪,发出巨大响声,像一堵墙体朝岸边扑来。蔡愔眼疾手快,用长枪猛地拍打傅毅所乘马匹的屁股,马匹受到痛打,向山上奔去。

"带上马匹和通关文牒,其他物品不要了!快!"蔡愔呼喊其他人丢弃帐篷,迅速上山。蔡愔边说边走到梅儿的帐篷外边,跳下"雪里飞",来不及解开扣子,一把撕开了帐篷的门帘,从铺上拉出梅儿:"快走,快!"

梅儿看见白浪扑来也惊恐起来,情急之下骑上了蔡愔的"雪里飞"。蔡愔用长枪拍打"雪里飞",梅儿也尾随傅毅等人向山上奔去。

秦景看见白浪掀起,愣愣地待在那里。蔡愔跑过来大声责问:"通关文牒呢?"

秦景回过神儿来,转身冲进了帐篷。当秦景抱着锁好的木箱子冲出帐篷的时候,湖面的浪头已经扑上岸来,将尚未撤走的人们全部打倒在地,水浪回撤时又将秦景等人卷进了湖中。

"救命啊……我是旱鸭子……"秦景抱着木箱子漂浮在水面上,时上时下,像个大大的浮子。蔡愔将枪尖猛地扎进地里,牢牢地抓住了枪杆,稳住自己。水浪退后,蔡愔浑身已经湿透了。他急忙拔出长枪,跑到水边援救掉进湖里的同伴。刚刚拽出使臣李明轩,浪头再一次打来,尽管蔡愔有了思想准备,但齐腰深的湖水呼啸而过还是将他平移了十几米。湖水退去,蔡愔借机向湖中游了过去,将枪头伸向秦景,企图将秦景拉出湖面:"抓住。"

就在蔡愔即将靠近秦景的时候,突然,湖中发出一声闷响,水面出现了一个巨大的漩涡,水下一股强大的吸力将蔡愔、秦景向下拽,两人支撑不住,顺水向下沉去。

天色大亮了,傅毅带着使臣们返回了已经安静下来的湖畔,他们开始在湖水中打捞起各种漂浮的物品。由于不见了蔡愔,又有人看见他和秦景沉入了水底,定是淹死了,梅儿待在静静的湖边失声哭泣:"蔡愔,你说好带我去西域的,你先走了,我可怎么办?蔡鹏大哥没有音信,你又走了,我妈还在大牢,我今后还能指望谁呢?"

傅毅呆呆地坐在一堆湿漉漉的杂物上,不时咳嗽着:"蔡愔……怎么能……嗜,都怪我呀,我怎么会在这个时候生病?若是没病,我们昨天还能再向前走些路程,也就不会……嗜,现在说什么都晚了……这如何跟皇上交代啊!"

使臣张梁劝说道:"傅大人,你也别再自责了,这种事情,大家谁也想不到。"

傅毅依旧埋怨自己:"都怪我呀,你们不知道,蔡愔不能死啊,他若死了,我也就无法活下去了……"

使臣王遵疑惑地说:"傅大人您说什么呢,您可不能如此伤心。"

傅毅说:"王遵你不懂啊,你们都不懂……是我苦苦求着皇上答应任命他为使臣,想让他保护大家的安全,没想到他先死了,我当初怎么会让蔡憎担任使臣,我悔不当初啊……他来了,遭遇了危难,让老夫陷入了困境,可是,他若不来,他永无出头之日,嗐,前后两难哪……"

使臣李明轩疑惑地小声问张梁:"傅大人说得我都糊涂了,他和蔡憎到底什么关系?"

张梁小声对李明轩说:"不是你糊涂了,他们也没有关系,只是傅大人发烧烧糊涂了……"

李明轩说:"可是,咱们的通关文牒也没有了,今后可怎么办?"

王遵说:"只有到了敦煌……再想办法了。"

傅毅感叹一声:"不说了,不说了,你们也去劝劝梅儿吧,老夫我这把年纪死不足惜,梅儿还年轻啊,已经如此了,伤心又有何用啊。"

张梁、李明轩走到梅儿身边,李明轩说:"梅儿,人死不能复活,你也不要太伤心了……"

"蔡憎不在了,我跟着你们……也只能是累赘,可是已经走到了这里,我不甘心呢……"梅儿说。

张梁说:"或许,我们也是担心一番……或许蔡憎他们没死……哎,你想想,哪有死了不漂浮死尸的?对吧?他们两个人呢,谁也没见死尸……"

李明轩埋怨道:"张梁你什么话,什么死尸,现在一切都是未知,他们会活着回来的。"

梅儿摇摇头:"我经常与蔡憎一起去涧河钓鱼,我知道不管多重的鱼,刚死的时候是不会浮起来的……何况有人看见他们俩是被怪兽拖进水里的……"

张梁、李明轩都不说话了。梅儿又说:"你们和傅大人收拾好物品先走吧,不要管我了。"

张梁说:"我们和蔡憎、秦景已经成为生死弟兄,如何能撇下你不管?"

梅儿自言自语说:"蔡憎从小喜欢白马,你们把他的白马留下,你们走吧,我要在这里等着,等到他们漂浮起来的时候,哪怕只剩下一些骨头,我也会把他们俩好好安葬到一起的。就让白马给他殉葬吧。"

侍卫们将收拾好的物品有的抬上了牛车,有的搭在马鞍上,王遵、张梁、李明轩返回傅毅身边。张梁说："傅大人,梅儿不走,她坚持要在这里等……"

傅毅站立起来："老夫已经想明白了,只有继续西行,到天竺国取了佛像,皇上才能赦免老夫的死罪。收拾物品,集合出发。"

特使队伍沿着湖畔出发了。张梁扭头看着孤苦伶仃的梅儿一个人和白马"雪里飞"待在湖边,说："唉,太可怜了。她一个人留在这里可怎么办?"

王遵说:"我给她留了些吃的,今后,就看她自己的造化了。"

张梁擦了眼角的泪水,感叹了一声:"唉,人生在世,世事难料啊。"

当时,蔡愔、秦景仿佛沿着一个山洞向下滑动,两人的身体不断地在洞壁上磕磕碰碰,被锋利的山石划出了许多口子,疼痛难忍。

不知喝了多少水,不知道下滑了多远,砰的一声,两人重重地摔在水里,溅起漫天水花。两人浮出水面的时候,发现落进了一个深不可测的水潭,周边是一个黑黢黢的山洞。

蔡愔游到岸边,奋力爬上溜滑的山石。秦景使劲儿咳嗽,依旧抱着木箱不敢撒手。他知道,木箱里锁着一行人的命根子,木箱若是丢了,傅毅一定会杀了他。坐稳之后,蔡愔将枪头伸给秦景,将秦景拉了上来。蔡愔又将枪尖扎进木箱,把木箱挑了上来。两人坐在山石上,喘息半天,看看远处有光亮,决定立刻寻找出去的线路。

两人随身带着火镰,此时已经无法擦着火花了,只好借助昏暗的光线深一脚浅一脚地向外走。抱着箱子的秦景发现石壁上有一幅岩画,大概是男女交媾的情景。秦景分析说:"这一定是土族先祖留下的,不是大汉风格。"

蔡愔说:"只要这里有人居住,就一定有洞口。"

两人向外移动,终于看到了晨曦透过树枝照进山洞的光线。这时,两人身后突然出现一阵空洞的声音在山洞里回响:"什么人敢来侵扰本侠客的领地?接招儿!"

蔡愔敏锐察觉背后有兵器袭来,他一把推开秦景,回身将长枪舞动起来,拨开砍来的兵器。蔡愔知道,此人一定在此长期居住,熟悉山洞里的一草一木,即使光线昏暗也不会阻挡他飞快的刀法,而蔡愔自己在这种昏暗中只能勉强走路,要想战胜对方几乎是不可能的。再加上在水中呛了半天,喝了不少湖水,蔡愔感到鼻子和嗓子十分难受,也有些咳嗽。况且,浑身上下伤痕累累,衣服已经完全湿透,紧箍在身上,走路十分不便。蔡愔拉起秦景,丢下木箱,踉跄着向洞口逃去。

身后再次传来风声,蔡愔再一次回身接招相还,双方斗在一起。这次,蔡愔看清了,对方使用的是一柄玄铁长刀,长刀已经锈蚀,神秘人长发披肩,挡住了面孔,蔡愔看不见他的长相,觉得恐怖异常。蔡愔一边打斗,一边吩咐秦景快逃。秦景连滚带爬,逃出了洞口。看到秦景走了,蔡愔边打边退,也逃到洞口。

尽管还在洞内,却暴露在晨光之下,蔡愔的胆气壮实了许多,他完全可以凭借自己的功夫施展枪法。神秘人不依不饶,追赶过来,玄铁长刀的铁环哗啦哗啦地响个不停,在蔡愔面前上下翻飞。蔡愔持枪刺去,被神秘人用刀柄磕开,刀刃顺着枪杆滑向蔡愔,蔡愔松开枪杆,让过刀刃,再次接住枪杆,猛扫神秘人的双腿,神秘人向上跳起,落在一处石桌上。石桌正对洞口,洞外晨光照亮了石桌。这时,蔡愔看见石桌上供着两个牌位,一个写着"大将军李蒙",一个写着"大将军蔡广利"。蔡愔心头一惊,停住枪法,猛然喝停。神秘人吓了一跳,并未住手,而是从石桌跳下,顺势举刀劈砍而来。蔡愔就地滚开,刀刃砍在地上,擦出火花。

蔡愔看到无法阻止神秘人,只得跳到洞外,再次喊喝住手。神秘人跳到洞外,听到喊喝又是一愣,不知蔡愔究竟要做什么。蔡愔问他:"你是什么人,怎么会住在山洞?"

神秘人并不答话,再次挥刀砍来。看到蔡愔总能躲开,知道蔡愔颇有功夫,神秘人放弃蔡愔,转身冲向一旁喘气的秦景。刀锋落下的时候,秦景惊叫一声闭上了眼睛,他知道自己一定凶多吉少。

蔡愔用枪挑住刀柄,大声说:"你到底是谁?为什么供奉我爹蔡广利的牌位?"

神秘人停住了玄铁长刀,不再用力了。蔡愔赶紧说:"我叫蔡愔,与司徒大人一起前往西方迎奉佛像,途经这里……"

神秘人听了半信半疑地吼道:"你怎么证明自己是蔡大将军的儿子?"

蔡愔尚未说话,秦景睁开了眼睛,大声说:"证明什么?蔡愔就是蔡大将军的小儿子,他已经被皇上任命为中郎将了。我那箱子里边有通关文牒,你若不信,我拿来给你看。"

神秘人问:"蔡大将军平反了吗?"

蔡愔说:"他死了,我在天山脚下追击呼延王时找到了我爹,他获救之后一直盼着回到京城向皇上诉冤,还是有人提前下手杀死了他,他就是死在我怀里的,我痛苦万分,却没有查到凶手。后来,我将他葬在玉门关以北五十里的地方,因为李大将军已经埋在了那里。"

神秘人听了,突然扔了玄铁长刀,蹲在地上号啕大哭起来。蔡愔、秦景十分诧异,慢慢走过去问:"你为什么哭泣?"

神秘人说:"李大将军是我埋在那里的,我住在这里是为了避难,从不出山,根本不知外边又打了大仗,变化万千,不知道汉军已经赶跑了北匈人。"

蔡愔问:"你与北匈人有仇?你怎么知道我爹死了?"

神秘人不再哭泣,慢慢诉说着:"我是大将军李蒙的马弁,名叫王田义。李大将军受刑砍头之时,我吓得昏厥了过去。醒来的时候,楚王带着八万大军已经撤离了,我的左腿受了枪伤,为了防止楚王陷害,我不敢追踪汉军大营。现在,左腿已经瘸了。后来,我陆续找到了其他失散的伤残士卒,得知蔡大将军没能冲出包围,为国捐躯了。后来,那些伤残士卒有的跟随了南单于,有的逃到关外避难,我因腿脚不便不愿离去,又怕被楚王抓获,只得逃难在此,不敢露面。现在,现在我才知道楚王原来早就返回了京城洛阳。"

蔡愔问:"你一直住在山洞?"王田义说:"不只是我,蔡大将军属下都尉燕广也曾在此居住。他受不了这里的清贫,后来走了。"

蔡愔问:"燕广?好像听说过。那湖中的怪雾是怎么回事?是不是湖中有什么水怪做法?"

王田义说:"不是什么水怪,是湖水隔着山体与山洞相连,平时水流很小,若是旋风从洞口经过,加大了洞内的吸力,会将湖水顺着山洞吸过来。不过,湖水之中确实有一些个头很大的怪鱼,每条都有百十斤。我曾经逮住一条,整整吃了十多天。夜晚迷雾,只是水汽太重,睡在岸边会因为缺氧感到头晕而已,不碍事的。"

蔡愔建议:"您不能总是一个人在这里生活,跟我们走吧,一起前往西方迎奉佛像。"

王田义想了片刻,说:"我对西方神仙不感兴趣,既然楚王刘英早就离开了敦煌,既然都尉燕广也返回了洛阳,我还是前往京城洛阳,一边卖艺度日,一边伺机向皇上诉冤,将李大将军的冤情大白于天下。实在不行,我就和燕广一起刺杀楚王。"

看到王田义再三坚持,蔡愔、秦景不便勉强,只得与王田义分手,背起木箱绕道上山。整整步行了两个时辰,蔡愔、秦景费了九牛二虎之力才将木箱子抬到了

第三章 墓地遇险

湖畔的大堤上。

从湖边望去,远处的湖畔堤岸,蔡愔露出了脑袋,渐渐走上堤岸。这时,梅儿还傻傻地站在水边,看着湖面,眼前出现了蔡愔的幻影。梅儿慢慢站起身来,向着湖中的幻影走去,湖水渐渐淹没到了她的腰部……

站在高处的蔡愔向着湖中的梅儿大喊了一声:"梅儿——我回来了——"

站在水中的梅儿愣怔了一下,突然回过头来,面无表情。湖边的"雪里飞"听见蔡愔说话,掉头撒开蹄子奔向了蔡愔。

特使队伍停下了,所有人都回头看着蔡愔。远远望去,蔡愔的脚边,秦景气喘吁吁地推着大箱子露出了地平线。

蔡愔跑下湖畔,抱住"雪里飞"的脖子一阵狂吻。秦景抱起大箱子,埋怨说:"你慢点,你也不说帮帮我,我还抱着箱子呢。"

特使队伍人员激动地纷纷下马跑向湖畔:"他俩还活着!他俩还活着!"

梅儿露出被泪水打湿的笑容,从水中扑过来,一身湿漉漉地抱住了蔡愔,哭着说:"你到哪里去了……我以为你已经死了……水上什么都漂起来了……就是没有你的尸体……我以为这辈子再也见不到你了……你知道我有多么着急啊……"

当着众人被梅儿紧紧拥抱,蔡愔尴尬得不知道如何是好,笑着说:"我怎么会死呢,我有免罪龙符……我怎么会死呢?"

梅儿依旧哭泣:"我跟着你……走了这么远,你不在了,我可怎么办?我……回不了洛阳,又不能一个人待在西域……"

蔡愔依旧笑着:"瞧你说的,我怎么会不在呢,我心里牵挂着你呢……"

傅毅独自一个人骑在马上,远远地望着大家欢呼的场面,眼里闪烁着泪花。

来到梅儿身边,秦景放下木箱,气喘吁吁地打开箱盖,取出里边油布包裹的通关文牒查看是否浸湿。他一边拂去油布上的水珠,一边说:"你们俩,一会儿打打闹闹你死我活的,一会儿恩恩爱爱亲密无间的。梅儿你也不问问蔡愔,我们俩经历了什么?"

梅儿不再说话,只是哭着捶打蔡愔。蔡愔说:"好了好了,你快坐下听我说,你猜我见到谁了?"

"谁?"梅儿渐渐停止了哭泣。蔡愔说:"我和秦景见到了王田义……也就是令尊的马弁,他曾亲眼目睹令尊被害。他被大军甩下之后一直躲在这里,不敢寻找大军主力,害怕受到牵连。"

梅儿问:"那……他人呢?"

蔡愔说:"他去洛阳了。我们劝说他一起走,可是他执意要返回洛阳。他说,家父部下有个叫燕广的,已经返回洛阳,他们怕是要联合起来刺杀楚王了……"

走出黑水国怪湖几日之后,一行人走上一片漫无边际的林地,那里一座坟茔连着一座坟茔,似乎在很早的时候,这里是某个方国遗留的墓区。走了整整一个下午,一行人依旧没有走出墓区。天色渐渐黑了下来,一行人只得找到一块相对宽敞平坦的地方再次安营扎寨。夜晚睡在坟地,不仅对于梅儿,对于蔡愔也是头一遭,若不是天色已晚实在无法前行,说什么也不会停留在此处。

晚饭之后,特使一行人纷纷走进了帐篷:"睡了,睡了,明天早早离开这个鬼地方吧。"

秦景走到帐篷门口,望着不远处蔡愔、梅儿的背影儿,自言自语道:"谈情说爱去哪儿不好,坟地里有什么好说的。"

蔡愔和梅儿甜蜜地并肩坐在地上,蔡愔说:"今晚月色真好。"

梅儿白了蔡愔一眼说:"好什么,这里可是一片墓地。"

蔡愔猛地拍了梅儿的肩膀,吓唬说:"鬼呀!"

梅儿惊恐地搂住蔡愔,连连向四周张望,自然什么都没有看见,发现自己上当了,伸手捶打蔡愔:"坏蛋!你真坏!"

蔡愔笑着说:"天下之大,哪里有鬼。都是自己吓唬自己。"

梅儿说:"你也是的,应该带着大家再往前走点,偏偏在墓地里宿营。"

蔡愔说:"我也想啊,我登高看了,这一片全是墓地,一座坟茔连着一座坟茔,再向前走还是墓地。"

梅儿撒娇说:"我不管,你今晚跟我睡在一个帐篷里。"

蔡愔顿时没了魂说:"啊?那怎么行?大家都看着呢。"

梅儿小声说道:"他们都睡了,谁能看得着?"

蔡愔一个劲说:"不行不行,咱俩孤男寡女的……再说我不回去,秦景一会儿也会出来找我的。"

梅儿脸都红得快滴出水了:"谁让你刚才吓唬我来着,我不管。"

蔡愔尴尬地说:"那不是开玩笑嘛。"

梅儿说:"我不管!"

第三章 墓地遇险

蔡愔埋怨说:"哼,以前我每次说咱们结婚吧,你都不同意。"

梅儿说:"我就是不同意。必须等到祭祀我爹、救出我娘之后。"

"大家都知道你不同意嫁给我,若是和你睡在一个帐篷里,这传出去,我蔡愔的脸面往哪儿搁呀?"蔡愔说。

梅儿争辩说:"可是在郑县咱们就住过一个房间,怎么了?谁敢说什么?"

蔡愔说:"在郑县的时候是逃难,要假扮夫妻,没办法。现在……现在不是不用假扮了吗?"

梅儿拽着蔡愔的衣角,撅着嘴说:"我不管,你吓得我睡不着了,你得赔我!"

蔡愔笑着说:"赔你胆量是吧?好好好,我把你的小帐篷再往里边挪挪,让你在最里边,我们都在外围呢,这总可以了吧。"

蔡愔、梅儿站起身来,往回走到帐篷附近。蔡愔拎起梅儿的小帐篷向里边挪了一丈多远,然后拍拍手上的尘土,说:"这下可以了吧?"

梅儿说:"反正我睡不着的时候就念咒语咒你,让你也睡不着。"

蔡愔说:"小无赖,快去睡吧。"

等梅儿回了帐篷,蔡愔也钻进了自己和秦景的帐篷,秦景淡淡地说:"回来了。你也是,直接睡到梅儿帐篷里不就得了。"

蔡愔脸红了:"那怎么行?我们还没结婚呢。"

秦景嬉笑道:"黑灯瞎火的,只要我秦景不说,谁会知道你蔡愔钻谁的被窝啊!我还是第一次晚上睡在坟地里,好害怕,但愿不会做噩梦。"

再说梅儿钻进了小帐篷,扣紧了帐篷门帘,和衣而卧。其实她小时候并不害怕坟地,不害怕那些妖魔鬼怪的传说,因为那时候不懂得坟墓给人造成的恐惧。现在,不仅直接睡在了坟地,而且是在夜晚,这不是明摆着要做噩梦吗?梅儿想让蔡愔过来陪她,哪怕坐在她旁边,她也会有安全感,也好安静入睡,可是,众目睽睽之下无法开口,她刚才的一些暗示,蔡愔又装作不明白。她只有扣紧门帘,盼望夜晚不要出现任何怪事,盼望早些天亮。对她来说,蒙头睡觉似乎是最好的选择,什么也听不见,什么也看不见,心中也就清静了。

可是,越紧张越睡不着,仅仅失眠也就罢了,偏偏加速了体内循环,需要外出小解。这可怎么办呢?梅儿掀开被子,听听外边静悄悄的,似乎还能听到隔壁帐篷里秦景的呼噜声。梅儿起身在小窗口望了望,外边漆黑一片,连只萤火虫也看不见。她慢慢解开门帘扣子,走出了帐篷。为了壮胆,梅儿特意带上了佩剑,原本想去叫醒蔡愔，又怕惊醒秦景等人，那样，明天又多了几则她的笑话。

在夜晚坟地，似乎所有人都会觉得自己的脚步被鬼魂施用了魔咒，难以迈腿。梅儿战战兢兢地走到一片没人看见的地方，蹲了下去。

然而，正当梅儿准备起身的时候，她突然听到身后有女人哭泣，隐隐约约，断断续续。梅儿身上立刻惊起了一层鸡皮疙瘩，头发都要竖立起来了。她哆哆嗦嗦地系上裤带，在地上摸起自己的佩剑，才敢回头去看。可是，远处更是黑暗无比，什么也看不见。梅儿不敢再向前走，也不敢马上离去，因为那个哭泣的声音似乎在呼唤着她，凄惨、悲凉。

梅儿就这么傻傻地愣在那里。突然，哭泣声传来的方向，火镰打着了火苗，低低的一团火光映亮了一个女人的脸庞，由于光线角度由下至上，女人的脸庞严重扭曲，加上头发低垂，让梅儿感到极度恐惧，她用超出人类分贝的声响大叫一声，疯狂逃回宿营地，一头钻进自己的帐篷，顾不上扣上门帘，拉开被子将自己蒙头掩藏了起来。

蔡愔突然听到了梅儿恐惧的呼叫，以为梅儿的帐篷遭到了野兽袭击，他冲出自己的帐篷来到梅儿的帐篷外边，一把掀开门帘，询问梅儿："你怎么了？"

梅儿哆哆嗦嗦，将自己裹在被子里抖个不停，大脑已经产生了幻觉，以为那个女鬼追来了，更是惨叫不止。蔡愔不停地说话安慰她，双手抱着她的肩膀摇来晃去："是我，我是蔡愔。你究竟怎么了？你刚才去哪里了？你都看到什么了？"

渐渐地，蔡愔终于把她从失魂的边缘拉了回来。她躲在蔡愔怀里不断哭诉："有鬼……真的有鬼……女鬼。"

秦景也穿上了衣服，走了过来："怎么了，发生什么事情了？"

蔡愔走出梅儿的帐篷说："梅儿说刚才在那个方向发现有鬼。"

秦景打个冷战说："有鬼？哪里有鬼？"

几个侍卫点燃火把过来了，与蔡愔一起走到梅儿诉说看见女鬼的地方查看，秦景跟在后边心惊胆战，仅仅在一个大坟墓前边看到几块祭祀烧过的烛头香灰，并没有什么女鬼。

蔡愔说："有人在坟地周围出没。这里荒无人烟，怎么会有人在附近出没，况且又是女人呢？或许，残剩下的烛头香灰是白天的时候某个行人路过时留下的。"

回到帐篷附近，蔡愔吩咐："大家熄灭火把，回去睡觉，等到天亮再说。"

侍卫们的火把一个个熄灭了，然而，帐篷周围却更加明亮起来，仿佛夜空突然放亮了。蔡愔吃惊地发现周围夜幕之中有很多火把正在向他们的宿营地靠近,越来越近的火把不断发出毕剥的声响,似乎在诉说对蔡愔一行人的不满,仿佛是在驱赶这些不速之客。蔡愔立刻紧张起来,顾不上等待他们走近,立刻低声吩咐:"赶快叫醒大家,准备迎战。"

大家重新点燃火把,刀剑出鞘,做好了迎战的准备,梅儿也走出了帐篷。一会儿,周围的火把靠近了,对方大多为古怪装束的部落人种,个个弯弓执箭,随时可能发动攻击。为首者大声责问蔡愔,然而,蔡愔什么也听不懂。蔡愔用手语比画着:"我们……来自大汉中原,要到西方办事,是不是冒犯了你们的领地?"

对方一位长发女子听懂了,她向为首者耳语了一番,然后走上前来用汉语责问蔡愔:"你们……为什么睡在我们祖先安息的圣地。"

蔡愔连忙道歉:"非常抱歉,我们远道而来,不知道……我们立即撤出……"

长发女子说:"这里是你们想来就来,想走就走的吗?我们的部落自古流传半夜上坟祭祖的习俗,是因为夜晚安静,能够与可汗的灵魂对话。刚才,有位姑娘惊扰了生活在地下'九层神墓'的可汗魂灵,如果可汗的灵魂得不到慰藉,那么路过墓区的所有人都不会有好下场,难以活过今夜。现在,我们的头领要斩杀刚才那位姑娘,用她的鲜血慰藉可汗的魂灵。"

听说对方要开刀问斩,梅儿赶紧躲到蔡愔身后。蔡愔悄声说:"你不要怕,我过去顶罪,你们带着傅大人赶紧向西进发,赶紧离开墓区。"

蔡愔向对方大声解释:"啊,不就是一声尖叫嘛,刚才的尖叫声是我发出的,我自己胆怯,所以有些失声,歇斯底里。"

为了表示自己所言真实,蔡愔故意捏着喉咙尖叫了几声:"啊——啊——"

蔡愔说:"现在我知道自己犯了错,自己愿意赔罪,愿意用自己的鲜血慰藉你们的祖先。"

对方相信了蔡愔,立刻过来几个年轻力壮之人按倒蔡愔拖着就走。蔡愔低声向着秦景的方向喊道:"走啊,走!"

蔡愔被剥掉上衣,五花大绑,赤膊袒胸跪在地上,还不时被赏上几个耳光,踹上两脚,发髻也乱了。蔡愔不敢反抗,害怕出现意外误了西迎佛像的大事。梅儿刚要扑过去,被秦景一把拉住了,梅儿回过身来掩面而泣。秦景低声催促大家:"快走快走!帐篷不要了,不要了,快走!"

王遵搀扶着傅毅坐上马车,王遵挥鞭驱赶马车:"驾!驾!"

秦景返回帐篷抱出了那个装有通关文牒的木箱子,放在了马车上,特使一行人顾不上蔡愔,甚至顾不上捡拾蔡愔的上衣,他们丢下帐篷,以最快的速度向西转移。走了一个多时辰,才走出了墓区,朦朦胧胧地看见了山路。赶车的王遵喝住了牲口:"吁,吁——"

一行人停止前行,纷纷下马。大家举着火把围住了傅毅所坐的马车。

秦景气喘吁吁地说:"停一会儿吧,他们抓了蔡愔,不会很快追过来。"

梅儿后悔地说:"我刚才……吓得忘记了,你们怎么也忘记了,蔡愔也忘记了,他的免罪龙符就在马囊之中。"

傅毅捶胸顿足,万分着急,蔡广利的意外死亡已经让自己在汉明帝面前无地自容了,若是蔡愔再有个三长两短,自己岂不是只剩下死路一条?他不知道老天为什么要如此折磨他,让他备受煎熬。所以,傅毅只有一个要求,无论如何都要救出蔡愔,蔡愔万万不能死。傅毅一边咳嗽一边说:"唉,免罪龙符对这些野蛮土著不起作用,这可如何是好?难道上天留给我傅毅的也只有死路一条吗?"

王遵埋怨说:"梅儿你也真是的,好端端的晚上喊叫什么,惹出这么多麻烦。"

张梁说:"这时候就不要埋怨梅儿了,换了别人喊叫,岂不是一样?"

王遵说:"换个男人,他就不会那么喊叫。再说,梅儿,那里是一片坟地,半夜里你跑那么远干吗?梦游啊?"

梅儿眼中冒出了泪花,说:"我……我想如厕……"

"唉,带着女孩子出来就是麻烦。"王遵不满地说。

秦景不同意王遵的说法:"关键是那里为什么会有那么多稀奇古怪的人,是他们先吓住了梅儿,梅儿才喊叫的,梅儿也就是喊了一嗓子,怎么就会惹得他们那么生气?"

王遵说:"不管怎么样,这一嗓子吼得大家狼狈不堪不说,现在蔡愔也是生死未卜。"

傅毅着急地说道:"不要再讨论了,快去,蔡愔万万不能死啊……你们谁去附近驿站搬救兵,快去,有多少人叫来多少人,快去呀!"

"喏!"王遵拿过一个火把,骑马走了。梅儿擦了擦眼泪,取过一支火把,坚定地说:"今晚的事情因我而起,我不能坐视不管,我要返回墓地营救蔡愔。"

李明轩说:"梅儿,你就不要再添乱了,你若是能救蔡愔,刚才我们还逃跑干什么呀。"

第三章 墓地遇险

张梁说:"我们得回去看看,看看蔡愔到底怎么样了。"

傅毅着急地说:"对,对,秦景,张梁,你们都去吧!快去呀!"

秦景问:"都去了,谁来保护大人呢?我留下保护大人。"

傅毅着急地说:"你怎么就不明白……蔡愔……我与蔡愔情同父子,他若是死了,我也就不活了。你们快去呀!"

丢下傅毅一个人,一群人纷纷上马,举着火把返回了墓地。

再说蔡愔被捆绑之后,并未远离,而是押到梅儿看见女鬼的地方,那座坟头稍大一些。这里,聚集了二百多支火把,巫师在坟前连蹦带跳,准备集体声讨蔡愔的非礼行为。他们强行把蔡愔按倒在地:"跪下!"

巫师穿着法衣,戴着神帽,穿着神靴,敲击神鼓,边击边走,忽前忽后、忽左忽右,旋转、跳跃、坐下,用歌词唱诵鲜卑人忏悔的心情。头领闭着眼睛,不断祈祷:"我等不敢奢望可汗饶恕这个年轻人的无知,只求可汗明示如何处置。"

祷告完了,头领挥挥手,命令刽子手抬了铡刀过来。长发女子命令蔡愔:"报上姓名,可汗要知道死者是谁。"

此刻,蔡愔借助火把亮光,看见坟前石碑上刻写"慕容国可汗"字样。蔡愔诧异:"慕容?慕容不是鲜卑的分支吗?你们应该生活在辽东,怎么会穿过蒙古草原到了万里之外的内地居住呢?"

蔡愔知道,鲜卑族先世是商代东胡族的一支,居于鲜卑山(今大兴安岭),因此为族名。秦朝时期,鲜卑族南迁至西剌木伦河流域,现在已经归附东汉王朝,前不久,鲜卑首领还曾协助辽东太守祭彤镇压了赤山乌桓的叛乱。眼前的慕容,就是鲜卑一个分支,同样应该居住在辽东。

长发女子训斥说:"少废话,报上姓名。"

顾不上多想,蔡愔连忙与头领套近乎,说:"你们不要着急,听我解释,我是大汉朝中郎将,叫蔡愔,前不久在西域迎击北匈奴的时候,我还见过你们鲜卑首领。当时,你们首领派遣骑兵布下阵容,配合汉军行动。为此,大汉皇帝下诏重赏了你们的首领。咱们是一家人啊……是兄弟,情同手足。"

头领听说蔡愔与鲜卑首领关系密切,不仅没有释放蔡愔,心中更加气愤,竟然亲自上前踹了蔡愔两脚。长发女子恶狠狠地对蔡愔说:"看到你胸前这个'囚'字就知道你不是什么好人。实话告诉你,我们最恨的就是鲜卑首领,我们慕容国可汗原是鲜卑首领的弟弟,因为哥哥德行不足,弟弟带领亲近族人两百余人离开辽东,一路绕行来到这里,自封慕容国可汗,已经生活了十年。现在,慕容国可汗驾崩,就埋葬在眼前的坟茔之中。我们慕容国臣民最恨的就是你所说的那个鲜卑首领。"

蔡愔听了心里大呼后悔,马屁拍错了地方。这下惨了,自己说与他们的仇人关系密切,甚至情同手足,这不是找死吗?蔡愔赶紧说:"不管怎样,我有当今大汉朝廷特赐的免罪龙符。"

长发女子向首领翻译之后,又向蔡愔说:"你说的那个东西没用,我们部落不信那个。你不要再有任何幻想了,巫师占卜之后,把消息报告给墓中的可汗,你就死定了。"

头领并没有立刻动刀,他挥了挥手,巫师开始占卜,蔡愔的生死要看可汗的意思。巫师拿着蓍草、鸡骨开始占卜,嘴里嘟嘟囔囔。蔡愔听不懂,也不敢再听下去了,他知道,一旦巫师告诉大家,可汗命令杀死蔡愔,他蔡愔一定命归西天了。反绑双手的蔡愔用手指摸了摸绳子,然后又摸了摸靴子外边的刀鞘,里边空空如也。蔡愔的眼前闪现出那天他把那枚飞镖还给了梅儿,如若飞镖插在靴子里,此刻还有割断绳子夺路而逃的可能。

蔡愔绝望了,他该怎么办呢?

秦景、梅儿、李明轩、张梁等人迅速返回,快到原来那片坟地时,大家拔出兵刃慢慢包抄上去。此刻,梅儿的心态平静了许多,人多势众使她勇气倍增,加上蔡愔是替她顶罪才遭到绑架的,她必须参加营救蔡愔的行动。可是,秦景、梅儿、张梁找到那座高高坟茔的时候,这里已经空无一人,只有蔡愔的上衣还扔在地上。抱着蔡愔的上衣,梅儿顿觉失望,难道蔡愔已经被他们杀死了吗?梅儿十分后悔,现在看清了坟地什么都没有,昨天夜里真是自己吓唬自己,如果昨夜没有惊叫,或许也就不会发生后来这么多稀奇古怪的事情了。

地上没有血迹,也没有蔡愔的尸首,或许那伙人并没有立即处决蔡愔。秦景等人根据地上的杂乱脚印一直向东追去,大约走了一个时辰,他们远远地看见一处村落。此时,天色已经见亮,大家扔掉火把逐步靠近。清晨的村落在淡淡的晨光中显得十分恬静悠闲,几条黄犬懒懒地在村口空地闲逛。蔡愔在这里吗?秦景不知道,起码,村民穿着打扮与昨夜一样,蔡愔一定是他们抓走的,即使蔡愔已经被害,也是他们害死的。

然而,秦景不知道村落里边的情况,不敢贸然冲去砍杀一番。秦景决定抓个

"舌头"探问一番。秦景带着两名侍卫轻手轻脚靠近了村落。他们观察了一会儿,忽然发现一棵老槐树上趴着一个人,装束古怪,定是昨夜那伙儿的。或许是忙了半夜,那人困倦难耐,居然睡了,还发出了鼾声。秦景三人慢慢上前,秦景猛地抽走了他怀中的砍刀,两名侍卫拽着他的脚将他拉下槐树,捂住了嘴巴。秦景反复问他是否见过蔡愔,可惜他不懂汉语,只是一个劲比画说"朋友"。

梅儿说:"谁会与你交朋友呢!若是蔡愔死了,我一定砍了你。"

就在这时,王遵赶来了。秦景忙问:"王遵,怎么样啊?你到驿站带回了多少人?"

王遵气喘吁吁地说:"我只找到了一名当地汉人,他懂得他们的语言。"

秦景着急地说:"啊呸!没有兵马,懂得他们语言管什么用。"

王遵生气地说:"附近没有驿站,你让我怎么办?"

"舌头"还在叽里呱啦地说着,当地汉人与"舌头"交谈之后,才知道刚才虚惊一场。

原来,巫师占卜的结果是"否",也就是说,他们地下的慕容国可汗不同意斩杀蔡愔,而且暗示蔡愔可能将对他们部族的发展起到帮助作用。巫师转述了可汗的命令,这是族人不敢违背的,头领也不例外。既然是可汗请来的尊贵客人,头领自然不敢怠慢,连忙给蔡愔松绑,并且一定要冻得瑟瑟发抖的蔡愔穿上他们的服装,邀请蔡愔一同来到了村落。

王遵带来的当地汉人翻译说:"他说……你们的人……跟他们头领现在正在一起喝酒呢。"

秦景、梅儿异口同声:"喝酒?"

"舌头"带着秦景等人来到了村子里。房门打开了,阳光照进了头领居住的房屋,此刻,蔡愔穿着鲜卑人的皮袄,正在与头领、长发女人席地而坐,快乐地喝酒,三人哈哈大笑……

看到秦景、梅儿、张梁、李明轩、王遵一群人进来,蔡愔摇摇晃晃站起身来高兴地说:"我来给你们……介绍一位新朋友……这位头领,他就是刚刚即位的慕容国可汗。尽管慕容国是他们自己称谓的,并没有得到大汉的认可,然而,我蔡愔愿意和他们交往……我已经答应向司徒大人汇报,请司徒大人说服当地官府保护他们的墓区,请他们安心返回辽东。"

醉意蒙眬的蔡愔告诉秦景等人,他们鲜卑人尽管不满意汉人的统治,但是,他们更恨北匈奴。因为在秦朝时期,北匈奴重创了东胡,迫使东胡消失,残余人员分裂为乌桓、鲜卑等独立部族。鲜卑族在北匈奴的奴役下苟延残喘近百年,直到前汉时期,汉武帝派出卫青、霍去病等大将不断打击匈奴势力,乌桓、鲜卑才从北匈奴压迫下解放出来。公元45年(东汉光武帝建武二十一年),汉辽东太守祭彤收降了鲜卑族,其首领偏何率部降汉。不久,鲜卑族另一部落首领仇贲也认为归降大汉是唯一出路,干脆来到洛阳朝见汉光武帝刘秀,刘秀封其为王,与宁城护乌桓校尉同辖鲜卑人。随着北匈奴势力衰耗,鲜卑开始出兵,配合东汉王朝与南匈奴、西零及西域各族共同追击北匈奴,迫使其不断向西北逃遁。后来,鲜卑内部的矛盾迫使他们逃亡中原,自称慕容国。至于那片墓区,并不是慕容国的,而是先秦时期留下的墓区,附近早已没有人烟。慕容国在附近生活,巫师占卜后认为那里风水较旺,所以,他们将自己死去的亲人也葬在了那里。

新可汗说:"我们鲜卑人不能怠慢客人,请客人们落座,上酒。"

入乡随俗,秦景、王遵、李明轩、梅儿等一群人只得纷纷落座,同时让张梁提前回去向傅毅汇报这里发生的情况,要他不要着急,安心养病。听到蔡愔平安的消息,一向斯文沉着的傅毅几乎瘫坐在了地上,独自掩面而泣,弄得张梁一头雾水。

村落房间之中一群人正喝得酣畅淋漓,梅儿小声地对蔡愔说:"你可把我们吓死了。"

蔡愔大大咧咧地说:"没事,我蔡愔大难不死,我有免罪龙符。"

秦景小声说:"蔡愔,你少喝点,都成什么样子了。傅大人还等着你回去呢。"

这时,下人跑来禀报了一个消息。新可汗问清情况,高兴地叽里呱啦地说了一阵子,长发女子翻译告诉蔡愔等人:"新可汗的孙子出生了,新可汗要为孙子取名檀石槐,希望他将来返回辽东重振鲜卑。来吧,朋友们,把酒庆贺吧。"

盘腿坐在地上的蔡愔摇摇晃晃,被梅儿搀扶着:"干杯!"

秦景、王遵、李明轩等人只好纷纷举杯,象征性地喝着酒。

放下酒杯,新可汗高兴地说:"过去在兴安岭,我们鲜卑人喜欢唱歌,我们经常唱的有牧歌、战歌、思乡曲、叙事歌,今天,尊贵的汉人朋友来到我们的领地,我们要为汉人朋友们献上一首牧歌。"

长发女子站起身来,清了清嗓子,开始用鲜卑语演唱粗犷豪放、富有浓郁草原生活气息的牧歌。

秦景小声地对梅儿嘟囔道:"明明是大汉的土地,怎么成了他们的领地。"

第三章 墓地遇险

吃饱喝足，特使一行人告别鲜卑人，踏上了返回的道路。秦景、王遵、李明轩、侍卫们骑马走着，蔡愔酩酊大醉躺在牛车上。梅儿将捡回的蔡愔上衣披盖在蔡愔身上，坐在牛车边上照顾他。

一路上，秦景不断地埋怨蔡愔："你呀，不该擅自答应帮助他们，万一傅大人不同意怎么办？你想过吗？早晚朝廷会派兵驱赶他们返回辽东。两百多人称什么国？何况，又是越过长城私自过来的，还非法拘押朝廷特使。也就是我秦景心宽，不跟他们鲜卑人计较，若是换了汉人，我一定去朝廷告他们，这就是死罪。"

蔡愔并不理会秦景，只顾自己躺在牛车上闭着眼睛嘟囔着："他们的酒……真的不如……洛阳的杜康好喝……"

梅儿也批评说："以后可千万不能再这样醉酒了，多让人担心啊。"

此刻的蔡愔并不知道，后来，他结交的这个小小部落返回了辽东，几经拼搏把持了鲜卑大权，与东汉王朝更加亲近。二十二年之后，也就是公元87年，鲜卑再次露脸，大败北匈奴，斩杀了优留单于。二十六年之后，公元91年，东汉政府、南匈奴对北匈奴进行了致命打击，北匈奴再次西迁。鲜卑趁势占据了漠北地区，并且将留在漠北的匈奴十余万残部并入本部，编入鲜卑户口。鲜卑族中涌现出一位勇健而有智略的首领——檀石槐，他就是蔡愔喝醉那天出生的婴儿。檀石槐叱咤草原的时候，东汉王朝已经到了第十位皇帝——汉桓帝刘志执政时期，鲜卑首领檀石槐建庭于高柳北弹汗山（今山西阳高）北三百余里的弹汗山（今内蒙古商都县附近）仇水（今东洋河），组成诸部军政联合体，东、中、西三部各置大人率领。由于遵奉爷爷的告诫，檀石槐任用汉人，制定法律，由汉地输入铁器，促进了鲜卑社会的发展。鲜卑在檀石槐带领下统一了鲜卑诸部，北拒丁零，东败扶余，西击乌孙，南扰汉边，建立了一个强大的军事部联盟，尽占了匈奴故地。那时的蔡愔已经年迈，那时的时局变化万千，那些，都是现在躺在牛车之上哼唱醉歌的青年蔡愔无法想到的。

使臣们一行人走到了傅毅休息的地方，秦景跳下马，远远地就向站在帐篷外等候的傅毅喊道："傅大人，蔡愔回来了。"

听到蔡愔平安的消息，傅毅颤颤巍巍地走到牛车前面，眼含泪花："回来就好，回来就好啊。受伤了吗？这么大的酒味？你们怎么让他醉成了这个样子？"

秦景从马鞍上取下水囊喝了口水，委屈地说："我们让他醉成这个样子？是他自己跟人家鲜卑人达成协议,人家才放他一马。等明天他酒醒了,看他自己如何跟大人您汇报吧。"

傅毅高兴地说:"回来就好,只要活着回来就好啊。谈了什么条件,我会去跟皇上禀报的。"

秦景用塞子塞了水囊,生气地说:"傅大人,您太纵容他了!"

傅毅依旧说:"回来就好啊。既然危险解除了,你们就赶紧回去取回丢失的帐篷吧。"

秦景挂了水囊,无奈地对侍卫们说:"你们还愣着干什么?快把他抬下来,我还得用牛车去拉帐篷呢。对了傅大人,这辆牛车是鲜卑人送的,蔡憎还答应给人家五顶帐篷交换呢。您说说,那些帐篷咱们自己还不够用呢,他还答应给人家。"

傅毅说:"言而有信,答应了就交换了吧,到了敦煌郡,咱们可以再补充物资。你们快去快回吧,大家都忙了一夜,今天歇息半日,吃完午饭之后再出发。"

第四章　巧遇蔡鹏

告别了鲜卑人,特使们一行人继续行进,蔡憎骑马与梅儿在前边并排走着。梅儿忽然腼腆地说:"谢谢你,为了我,让你遭了那么大的罪。"

蔡憎笑着说:"谢什么,这算得了什么呢!不是还白落人家一件鲜卑人的皮袄吗?"

梅儿乐了:"总之是被人家绑了半夜,手腕还疼吗?"

蔡憎说:"没办法,我不让人家绑了,你们谁也逃不掉。关键是为了救你,我也算是英雄救美吧。"

梅儿脸红道:"什么救美,关键是你要救傅大人。"

蔡憎绷着脸说:"嗨,过河拆桥呀,我救的不是你?那一嗓子不是你吼的?深更半夜的连我都吓住了。"

梅儿换个话题小声说:"你怎么样,头还晕吗?以后可千万别再这样醉酒了,

第四章 巧遇蔡鹏

多让人担心啊。"

蔡愔笑了,说:"啊,睡了一觉后,好多了。你也不想想,跟北方胡人在一起,我不喝酒,能和他们处成朋友吗?"

梅儿埋怨说:"那也不能朝死里喝呀!简直是不要命,人喝死了,还能处朋友吗?"

蔡愔找到了理由说:"关键是他们的酒不好喝,上头,不如洛阳杜康。"

梅儿生气道:"你还狡辩。那你就接着喝,天天喝,看看喝醉了谁来照顾你。"

蔡愔笑着说:"你呗,你不照顾我,那还有谁愿意照顾我呢?"

梅儿脸红了起来:"去!懒得理你。"

翻过气势雄伟的祁连山,一行人来到了敦煌郡。敦煌郡有数处驿站,傅毅一行人免去了野外宿营的麻烦。住了一晚上,添加了生活用品,一行人再一次上路了。走在路上,梅儿悄悄与带队的蔡愔商议一定要去看看鸣沙山,蔡愔说:"不就是沙子流动发出响声嘛,有什么好看的。"

梅儿想了想又说:"要不……我想去看月牙泉,那可是敦煌八景之一,传说月牙泉的铁背鱼和七星草一起吃可以长生不老。"

蔡愔说:"我不信,若是真的长生不老,早就被人吃完了,还轮得着你从洛阳千里迢迢赶来?"

梅儿撅着嘴说:"你信不信不重要,去看看也不行吗?"

蔡愔严肃地说:"若去就要绕道,绕道就要耽误行程,傅大人不会答应的,我不去说。"

梅儿十分不悦。蔡愔换了副脸孔,从马囊之中摸出两个软布包着的酒杯,嬉笑道:"你别生气,你看这是什么……我在敦煌买了两只夜光杯,等到咱俩结婚的时候喝喜酒。"

梅儿生气地说:"谁与你结婚!"

蔡愔说:"我哥不在了,你不与我结婚,还能与谁结婚呢?你知道吗,夜光杯是用祁连山墨玉精工雕琢的,是很名贵的饮酒器皿。傅大人曾经说过西周时期,西王母馈赠给周穆王一只碧光粼粼的夜光杯,周穆王如获至宝,爱不释手……"

梅儿仍在生气:"去!我不和你说话,你也别和我说话。"

特使队伍在山谷中蜿蜒前行了整整一个上午,中午才走上山巅,黄昏时候再一次走上了大道。走在最前边的蔡愔拨转马头,喊道:"这里离西域已经不远了,大家提高警惕。大家再快一些,前方就是黄台驿站了,咱们今晚就住在驿站。"

驿站有一个高高的瞭望台,瞭望台上的士卒远远看见了特使队伍的旗帜,连忙打开驿站院子大门,迎接特使队伍来到驿站。特使队伍在驿站院子里卸下马鞍和物资,将马匹牵到后院喂饲料。

梅儿看到蔡愔没有注意,悄悄伸手掏出了蔡愔马囊之中的免罪龙符。她心想,虽说对土族部落没有用途,可是到京城洛阳十分管用。或许自己手持一块免罪龙符,说不定可以在洛阳成功劫狱,救出自己的母亲。梅儿正捧着免罪龙符细细端详,蔡愔忽然在她身后问道:"你做什么呢?"

梅儿立刻将免罪龙符藏进衣袖,说:"随便看看。"

蔡愔将马囊拎上了二楼房间,边走边说:"行了,赶紧上楼收拾房间吧。"

吃过晚饭,一行人陆续登上二楼客房。梅儿回头看了一眼走在最后的秦景、蔡愔,没有说话,转身走进自己的房间。不知为什么,梅儿并未关门。秦景一脚迈进集体住宿的大房间,突然吱呀一声关了房门,把身后的蔡愔关在了门外。蔡愔没有防备,忙使劲推,秦景在里边使劲抵住房门,笑着说:"咱们房间人多拥挤,要不你去梅儿的房间吧。"

傅毅笑笑坐在床上说:"你们年轻人就是喜欢嬉闹,快睡吧,明天还要赶路呢。"

秦景插了门闩,吹熄了油灯,对门外的蔡愔说:"去吧,去吧,傅大人提媒你怕什么?何况又是两厢情愿……"

蔡愔无法进门,只好慢吞吞地走到梅儿的房间。梅儿看见蔡愔站在门口,问道:"你怎么不回房间睡觉?"

蔡愔结结巴巴地说:"秦景……他开玩笑……不让我进门……我没有地方睡觉。"

梅儿笑着说:"你来借宿啊,行,还是在郑县的老规矩,各睡各的。这里没床了,你睡地上。"梅儿将一条被子扔给了蔡愔。

蔡愔接住被子,没有急于铺展在地板上,而是抱着被子坐在了墙边的条几上。房间里安静了片刻,蔡愔开口打破沉默:"你知道吗,这一路之上我都不敢跟你说,怕你伤心。我……我……临行之前我去了监狱,看望了……李夫人。"

梅儿急忙问:"她怎么样?你早就应该告诉我。"

第四章 巧遇蔡鹏

蔡愔说:"她还好,心态挺好的……似乎知道早晚会有这么一天。"

梅儿眼眶噙满了泪水:"她瘦了吗?她想我吗?"

蔡愔结结巴巴地说:"她想……让你……和我哥尽快成婚。"

梅儿没有正面回答,而是失声痛哭起来:"这是为什么呀?她要遭受这么大的灾难……"

蔡愔最害怕梅儿哭泣,他赶紧放下被子,走到梅儿身边,更加结结巴巴地说:"你不要哭啊……让人家听到……"

梅儿渐渐停止了哭泣,却忽然转身一把搂住了蔡愔,又大哭起来。听到对面房间的哭声,傅毅责怪说:"秦景,你把玩笑开大了。快去看看怎么回事。"

秦景连忙披衣下床,打开房门,看到对面梅儿房门敞开着,又听见梅儿痛哭,秦景趿拉鞋子跨过走廊,边走边说:"梅儿别、别哭,是不是蔡愔欺负你了,我会修理他的。"

梅儿赶紧松开蔡愔:"没,没有。"

秦景看到蔡愔坐在梅儿床头,知道梅儿的哭泣与玩笑无关,却也只好借机埋怨蔡愔说:"你呀,好事也让你弄得这么大动静,也不关上房门。梅儿,没有就好,你们接着聊,如果蔡愔欺负你,你就打他。蔡愔,聊够了还是回来睡吧,我给你留着房门。"

秦景走了,房间里依旧剩下蔡愔和梅儿。梅儿不再哭泣了,问:"我爹的坟冢究竟在什么地方?"

"墓地距此不远了,过了玉门关,再走一两日就该到了。"蔡愔答到。

梅儿说:"跟着你们走了这么些日子,我也想明白了,我先不去祭祀我爹了,我要跟着你们前往天竺国。"

蔡愔十分吃惊,起身说:"不行啊,祭祀了令尊,你必须在那里等待我们返还,不能再向前走了。"

梅儿说:"可是要我等待你们那么长时间,我如何做得到?反正我爹已经死了,反正靠我自己的力量也不能改变现状。我这些日子一直在思索你的做法,你从以前的桀骜不驯,继而成为了顺应朝廷,朝廷不仅不再计较你的过错,而且释放了奶奶和你娘。所以,我一定要跟着你们前往天竺国,这样,返回的途中我还能祭祀我爹,回到洛阳,朝廷也会释放我娘。这是我唯一的出路了。"

蔡愔思索着说:"我还得请示傅大人,傅大人不一定会同意。"

梅儿悄悄伸手摸到了免罪龙符,准备还给蔡愔,她不好意思地说:"你现在多好啊,你娘和奶奶都出狱了,自己功成名就,你还得到了免罪龙符。我……原本我想着我要是有了免罪龙符……"

蔡愔觉得时间不早了,起身安抚梅儿:"明天把我的免罪龙符给你拿着,好了,时间太晚了,你插住门闩,早点休息吧,明天还要赶路。"

梅儿欲言又止,只得说:"好吧。"

蔡愔走了,梅儿起身关上了房门,插上门闩,回身吹灭了油灯睡下了。蔡愔返回原来的房间,借着月光看到大家都睡了,不敢声张,轻手轻脚地走到床边躺下了。使臣李明轩坐起身来,窸窸窣窣穿上了衣服。蔡愔小声问:"去哪里啊?"

"茅厕。"李明轩开门下楼去了厕所。蔡愔翻了个身,没有一丝困意。正在胡思乱想,忽然,蔡愔听到房顶瓦片有些响动,蔡愔立刻警觉起来——是猫?是人?

此时,一个戴面具的刺客果真趴在了房顶,他正在琢磨从哪里跳下房顶,忽然居高临下发现两个矮瘦的黑影翻墙跳进了驿站院落。戴面具的刺客停止了自己的行动,趴在房顶静静查看。

两个矮瘦黑影轻轻地顺着楼梯来到二楼,早有戒备的蔡愔透过窗户发现有两个矮瘦黑影闪过,立刻悄悄起身穿上鞋子,抓起佩剑,蹑手蹑脚走到门口,隔着门缝观看门外的动静。两个矮瘦黑影来到梅儿窗外,听听里边没有动静,撬开窗户,用竹管向屋内吹送迷魂烟。蔡愔看到黑影的动作,断定不是好事,立刻打开房门,跳出房外大喝一声:"大胆毛贼!住手!"两个黑影立刻丢下竹管,拔出佩剑与蔡愔厮杀起来。听到走廊的动静,两旁客房的油灯陆续点亮了,两个黑影看到情况不妙,立刻跳到走廊尽头,一边还击蔡愔,一边冲下楼梯,跳到院子里准备翻墙逃走。

梅儿听到走廊上的打斗之声,提剑冲出房间,与蔡愔一起冲下楼梯,在院子里杀向两个黑影。突然,蔡愔听到身后有风,立即扑倒了梅儿,两人翻倒在地。一个黑影愣愣地站着,胸前中了暗器,然后慢慢倒了下去。另一个黑影知道遇到了高手,顾不上同伴,立即翻墙逃遁了。蔡愔放开梅儿,提剑跳上楼梯,又跳上房顶,与戴面具的刺客战在一起。梅儿站立起来,只看见一具倒在地上的矮瘦尸体,不见了蔡愔。梅儿寻声望去,看见蔡愔已经在房顶上忙得不亦乐乎,于是也提剑跳上了房顶。

傅毅起身来到房外,秦景等人提着灯笼出来喊道:"抓刺客!别让刺客跑

第四章 巧遇蔡鹏

了。"

戴面具刺客不再恋战,迅速逃去。梅儿正要追赶,蔡愔叫住了她:"不要追了。"

梅儿急得跺脚:"为什么不追?让他给跑了。"

傅毅走出了房间,蔡愔、梅儿也回到二楼走廊,秦景捡起一根竹管:"有人吹迷魂烟,他们……是想绑架梅儿。"

梅儿说:"绑架我?他们是谁?为什么要绑架我呢?"

蔡愔说:"他们一共三个人,可是进来的路线不一样,原来我以为他们是一伙儿的,现在感觉他们是不期而遇,各有目的。"

正说着,张梁跑来报告说:"傅大人,不好了,李明轩死了,被暗器所伤,死在了茅厕门口。"

傅毅举着灯笼来到一楼院子里的茅厕门前,查看了使臣李明轩的尸首和三角紫色暗器,又走到院墙边上看了矮瘦刺客身上的三角紫色暗器。傅毅淡淡地说:"我见过这种暗器……逃走的那个戴面具的刺客曾经私闯皇宫,企图刺杀皇上。"

蔡愔、梅儿十分吃惊:"他?"

听说黑衣人曾经刺杀皇上,蔡愔立刻想起了那天在皇宫阻止梅儿刺杀汉明帝的情景,难道此事与梅儿有关?可是,梅儿并不会使用此类三角暗器。何况,刚才她一直和自己在一起,没有时间下手。难道黑衣人发出暗器是为了阻止两个矮瘦黑影绑架梅儿?可是那时梅儿已经没有了危险,他没有必要再发暗器。当时,这枚暗器分明是直奔自己而来。蔡愔下意识地看着梅儿。梅儿看见蔡愔盯着自己,埋怨道:"你看我干什么?我是去过皇宫,可是,我的百步穿杨还没有练出来呢,再说这不是我的暗器。还看,还看,你好好琢磨琢磨他们三个人为什么要自相残杀?"

秦景也问:"是啊,他们为什么要自己人杀死自己人呢?"

蔡愔想了想说:"当时的情况……我判断是误伤,这三个人不是一伙的,只是碰巧遇到了一起。当时,房顶上戴面具之人发出的暗器明显是冲着我来的,恰巧梅儿在我身边,我就把梅儿推开了……"

梅儿说:"我倒在地上之后,墙边那个蒙面刺客就中了暗器。"

"既然这个刺客去过皇宫,现在又一直跟踪咱们,就是为了阻止我们西迎佛像。"秦景说。

傅毅说："不要琢磨了,交给驿站处置,两个人都埋了吧,使臣李明轩立下石碑,适时祭奠。咱们的任务是西行,明天尽快离开这里就是了。"

第二天早晨,郊外竖立起一座新坟头,墓碑上刻着:大汉使臣李明轩之墓。蔡愔、王遵、秦景在坟前焚香,梅儿忽然起身走到傅毅面前说:"傅大人,昨晚我已经和蔡愔讲了我的想法,李使臣的死,对我又有了更大的触动。一个鲜活的生命,一个大汉朝廷的使臣,就这样说没就没了,我一个在逃囚犯,又算得了什么呢?我不再去祭祀我父亲了,我要跟着你们前往天竺国。"

傅毅十分吃惊,他不知道梅儿竟会有如此的心理变化,他只得耐心地说:"姑娘,我能看出,你越来越成熟了。不过,去天竺国可不是一件轻松的事情,耗费体力自不必说,关键是天竺国在什么地方我们都不知道,能不能活着回来也不知道,你一个女子跟着,自己费力吃苦,我们也十分棘手,因为每到一个王国,都需要办理通关文牒,报上你的名字吧,大汉朝没有女子做使臣的,不报你的名字吧,人家不予接待。你自己想想是不是?"

梅儿自信满满地说道:"我不怕,我就单独食宿,只要能够和你们在一起迎奉了佛像,我才能回到洛阳央求皇上释放了我母亲。否则,我又能如何呢?"

傅毅说:"梅儿,我没有想到你会放弃祭祀令尊的想法……"

王遵站起身来,说:"我不同意。"大家都看着王遵,王遵走过来说:"梅儿,你不要不知足。先前你要祭祀,大家陪着你改变了原有的路线,现在都已经快到了,再多走几日又能如何?走到了,你还是在那里等候大家返回吧。"

梅儿说:"可是我问过蔡愔了,我父亲的坟墓在玉门关正北方向,你们要去的地方在西北方向,如果你们陪着我去祭祀我父亲,大家都要绕道,不仅耗费了时间,还要改变行程,要走不同的道路,不仅仅是耗费一天时日的问题,以后的道路还要多绕很远。你们原来可以从阳关去西域的,已经为了我走到玉门关了,我不能再那么不懂事了,你们肩负着皇差,我不能再耽搁你们的行程了。再说,同样是从中原千里迢迢来到西域,同样是父亲葬在了西域,蔡愔能够只字不提祭祀一事,我为什么就不能做到呢?如果回来的时候有时间,还是回来的时候再去吧。我和蔡愔一起去。"

傅毅说:"梅儿,你从蔡愔身上学到了忍耐,不过,天竺国太过遥远,你的体力不一定跟得上的,万一半路上遇到意想不到的事情,你的思想又很不专一,你再打了退堂鼓……"

梅儿说:"不会的,傅大人,绝对不会的,我保证你们走到哪里我就跟到哪里,生老病死全由天定。蔡愔可以作证,我绝对不说二话。"

蔡愔看了看傅毅,说:"傅大人,梅儿说得有道理,我们出了玉门关,直接向西,确实能够节省不少时间。"

秦景打边鼓道:"梅儿说得这么诚恳,我看就带上她吧。虽说每到一处就要多租一间客房,可是,梅儿可以帮助我们洗衣服的,是吧,梅儿,你得凭自己的劳动来换取傅大人的信任。"

梅儿白了秦景一眼:"这一路之上,我帮你洗的衣服还少吗?"

秦景笑着说:"所以嘛,我个人举双手赞成你一同前往天竺国。大家都同意不同意啊?"

众人纷纷说:"同意,同意。"

看到大家意见较为统一,王遵也不再说什么。蔡愔对傅毅说:"傅大人,既然梅儿已经下定了决心,就让她一起去吧。虽说路途遥远,可是基本上都是骑马骑骆驼,至于食宿,她能照顾自己,应该问题不大的。再说,梅儿现在还是朝廷的通缉犯,如果她一个留在玉门关或者敦煌什么地方,说不定反倒更危险。"

傅毅沉思片刻,说:"走吧。"

过了玉门关,特使队伍直接向西,在山谷中蜿蜒前行了整整一个上午,中午才走上山巅,黄昏时候再一次走上了大道。

就在李明轩被害的第二天早晨,在玉门关以北,太阳照亮了西域戈壁,汉军的军营大帐像云朵似的一片一片分布在辽阔大地上。中军大帐,刘皖脱下软甲坐在几案前,很有把握地告诉手下人特使队伍已经走到黄台驿站了。手下并没有问他从哪里得到的情报,连忙献媚说:"黄台驿站离这里一百多里地。不过镇西王放心,轮不到咱们动手,梧桐岭那帮山匪就把他们收拾了。"

踌躇满志的刘皖嘿嘿一笑,让手下泡上一壶绿茶,喝茶解闷。闲暇时刻,刘皖喜欢品用中原的绿茶。他自己也曾感叹,他始终喝不惯西域当地的奶茶,也喝不惯罗布麻茶。尽管刘皖知道西域百姓喝了罗布麻茶能够健体防病,然而,他还年轻,身强力壮,不懂得什么是疾病缠身。呷口绿茶,清爽宜人。刘皖知道他只有在黄台驿站动手行刺才能嫁祸于人,才能让傅毅、蔡愔仇恨梧桐岭那帮山匪。他精心谋划,一夜未眠,却赶上梧桐岭两个毛贼捣乱,本想帮助他们,却用暗器误刺了其中一个,最后,两方的愿望都没实现——刘皖本人没能刺杀傅毅,毛贼也没能劫持梅儿。尽管刘皖并不知道两个毛贼是为了私下劫持梅儿给匪首做压寨夫人,不过,经过此次交手,梧桐岭那帮山匪定会仇恨傅毅一行,把伙伴死去的仇恨记在傅毅身上。

喝完茶,刘皖睡了,一直睡到中午。刘皖睡醒的时候,特使队伍刚刚走到梧桐岭。山谷路边,有卖茶水的摊贩,摊贩盯着特使一行人。

蔡憎看看山林,眼里露出忧患。他带队的时候常常行走大道,大道多有官兵路过,相对安全,山路虽然近了许多,却无法预测其中有什么埋伏。尤其是听说附近山里有匪患,蔡憎更是担忧。然而,秦景执意要走山路,说这样不仅节省很多时间,更重要的是避免了土匪劫杀。土匪们一定认为特使队伍会走大路,现在,让他们扑空去吧。

特使队伍完全进入了山谷,摊贩立刻从身后的草丛中取出两面旗子,立刻登上高处,向山里挥舞旗子,发出旗语。半山腰,一名破衣烂衫的士兵也向山口处的摊贩挥舞旗子,发出旗语。

一个干瘦士兵在旁边问:"山下说些什么?"

破衣烂衫的士兵汇报说:"他们发现一伙官人,拿着使者的旌头,其中有一个是女子,年轻女子。"

干瘦士兵说:"你继续盯着,我去向大哥汇报。"

山上,一座木制房屋里,匪首蔡鹏正在一块黑亮油石上磨刀,一把大砍刀被他推去拉来,刷刷作响。干瘦士兵气喘吁吁地跑来问蔡鹏:"大哥,弟兄们在山下发现了一伙官人,拿着使者的旌头,还有一个年轻女子。"

蔡鹏停止磨刀,用手试试刀刃,头也不抬:"自古使臣哪有女子?分明是假冒的。"

干瘦士兵请示:"弟兄们想问问,这一票干不干?"

胖士兵说:"干!怎么不干?抢了那女子正好给头儿做压寨夫人。"

蔡鹏说:"留下值守,其余兄弟全部下山。"

干瘦士兵十分高兴地跑下山去了。蔡鹏将大刀递给胖士兵,用毛巾擦了双手,说:"我也下山看看。"

特使队伍一路蜿蜒走进了山谷,秦景提马超过了蔡憎。秦景高兴地说:"好幽静的山谷啊,连远处的潺潺流水都能听得见。大戈壁上怎么还会有如此美妙的地方?"

第四章 巧遇蔡鹏

蔡愔在后边说:"在西域,人间美景多得是。"

突然,一群山匪从四周冲了出来,包围了特使队伍:"站住!快快下马,留下刀枪财物,饶尔等不死!"

蔡愔早有防备,立刻吩咐:"保护司徒大人。"

走在最前边的秦景高声喝道:"何人如此大胆?竟敢拦截朝廷使臣?"

干瘦士兵十分嚣张:"使臣?就是皇帝刘庄来了小爷也敢劫。"

蔡愔赶紧前行几步,跳下战马拱手作揖:"各位且慢!我们是朝廷使臣,前往西天迎取佛像。我们与各位素不相识,误入领地,多有冒犯。小弟在这里赔不是了,各位让条小路如何?"

干瘦士兵喊道:"让路?你们杀死了我的兄弟,快快赔上命来!"

秦景不解:"此话怎讲?莫非前天夜晚死在驿站的毛贼就是你们的人?你们怎么净干些偷鸡摸狗的事情?怎么就不能光明磊落一点?"

干瘦士兵喊道:"你哈欠打得爷们儿都感动了,光明?你光明?那就留下那个女子,还有钱财、马匹,你们爱去哪儿去哪儿!"

蔡愔又说:"各位,有事好商量,好商量。两国交战尚且不斩来使,何况我们同为大汉子民。让队伍过去,我备些银两留下陪请诸位酒宴娱乐一番如何?"

干瘦士兵喊道:"这位小弟说话我爱听。兄弟们虽然占山,却非匪寇,看在皇帝特使的分上,就饶你们一回。不过,自古使臣哪有女子,分明是冒充的,留下女子给我们头领做压寨夫人,其他事情好商量。"

梅儿感到受了侮辱,她弯弓搭箭,"嗖"的一声,箭头直奔干瘦士兵,擦过脖颈扎进他身边的树干。干瘦士兵吓了一跳,舞动砍刀喊道:"他们动真格的了,兄弟们,上啊!抓住那个女子!一个都不许跑掉!"

"杀呀!"一群山匪包围了上来。蔡愔舞动长枪,一枪就刺伤了干瘦士兵的手臂。梅儿、秦景、王遵、张梁等人跳下马来,拔剑开始迎战。使臣张梁肩头中了一剑,倒在地上,王遵冲过去将张梁拖到一边。

山匪也倒下了不少,然而,包围圈始终没有散开,双方僵持了起来。这时,匪首蔡鹏赶来了,不由分说,挥剑跳入包围圈,一剑向梅儿背后刺来。蔡愔挥动长枪拨开佩剑,救下梅儿。蔡愔大吃一惊:"哥?"

匪首蔡鹏看到蔡愔:"蔡愔?怎么是你?你怎么成了使臣?"

蔡愔说:"哥,先别说了,还不快让他们散开。"

蔡鹏一声唿哨示意停住打斗。蔡鹏看清了梅儿,眼里立刻充满了柔情:"梅儿,怎么是你?你家里怎么样?"

梅儿看见蔡鹏,惊喜交加,激动地说:"我家被朝廷抄了。蔡鹏哥,你怎么会在这里?"

蔡鹏转身走到牛车前面,拱手说:"这不是傅伯伯吗?您受惊了,侄儿蔡鹏向您赔罪。"

傅毅走下牛车,十分奇怪:"蔡鹏,你怎么会在这里?这帮人与你有关?"

蔡鹏板着面孔说:"事已至此,侄儿不再相瞒。这些人都是在西域走散的汉军军士,蔡鹏就是要招兵买马,扩大势力,早晚有一天,我要杀刘皖,杀楚王,然后再杀了那个忠奸不分的狗皇帝刘庄。"

傅毅怒喝道:"胡言乱语!皇上的名讳是你随便乱说的吗?你不能以这种极端方式来处理这件事情。"

蔡鹏也提高了嗓门:"可是,楚王颠倒黑白,滥杀无辜,这些军士们都知道,家父一案已经成为大汉第一冤案。"

听到蔡鹏的冤屈,蔡鹏手下那群破衣烂衫的山匪齐声喊道:"诛杀楚王!还我清白!"

山间回荡的呼喊声吓不住能言善辩的傅毅,傅毅冷笑一声,大声问道:"那我来问你们,谁是天下第二冤案?"

一群山匪你看我,我看你,谁也没有思考过这个问题。"蔡鹏你来回答!"傅毅又说。

"这个……"蔡鹏结巴了,不知道该如何回答。

傅毅说:"不知第二,何知第一?令尊还能活着见到蔡愔,李蒙大将军仅仅为了营救令尊,当天就被砍头了,谁才是第一冤案?"

蔡鹏真的一时不知道该说什么了:"就算不是第一……反正……反正我等一定要诛杀楚王!"

那群破衣烂衫的山匪再次齐声喊道:"诛杀楚王!还我清白!"

傅毅说:"我等使臣,没有一个是楚王的帮凶,甚至还有遭到楚王迫害的,你们这样拦劫百姓,滥杀无辜,岂不是要协同楚王助纣为虐?"

蔡鹏不再说话了,自从占山为王以来,还是第一次有人敢这样直言不讳地教训他,而且说得让他接不上话茬。傅毅又说:"你们曾为大汉军人,汉军威武!瞧

第四章　巧遇蔡鹏

瞧你们现在的狗熊模样！作为大汉军人天天喊着精忠报国、不惜生命！如果真的连死都不怕，还怕这一点冤屈吗？"

所有的山匪似乎都被傅毅逼问得张口结舌，原先的嚣张气焰也丧失了许多。蔡惜也在一旁劝说："哥，傅大人说得对。你不能这样，要不然，你跟我们走吧，我们一同去西方迎取佛像，然后回到洛阳，侍奉母亲和奶奶。"

蔡鹏有了台阶，却依旧板着面孔："你不要劝我！我刚刚听说，父亲去世的时候你在他身边。很好，我没有做到的事情你做到了。可是，好男儿顶天立地，你不去报杀父之仇，却为去狗皇帝当使臣，你有什么资格劝我。"

蔡惜说："你不要张口就狗皇帝狗皇帝，他毕竟已经释放了母亲和奶奶，归还了我们的家产，我相信很快他会为父亲平反的。"

蔡鹏不屑地说："平反？你相信他的鬼话吗？"

蔡惜说："我们蔡氏先祖都是大汉忠臣，你却来占山为王，祸害百姓……"

蔡鹏的脸色变得铁青："你住口！大汉忠臣又怎样，还不是屡遭朝廷陷害？占山为王又怎样，我从不为难西域各族百姓。走吧！你们不要坏了我的好心情。趁着我还没有变卦，你们走吧。"

受伤的干瘦士兵央求蔡鹏："大哥，不能放他们走。就是他，就是他杀死了咱们的一个兄弟。"

蔡惜对蔡鹏说："哥，前天那人不是我杀的，我也不知那个戴头盔的蒙面杀手是谁，你还是离开梧桐岭，跟我们走吧。"

傅毅喝道："蔡惜，道不同不相为谋。咱们走。"

蔡鹏转身对梅儿说："梅儿，你愿意留下和我一同回去诛杀楚王吗？"

梅儿非常高兴，仿佛找到了救命稻草："蔡鹏哥，我愿意。"

傅毅训斥道："蔡鹏，不管怎么说，楚王曾经是你的岳父，他女儿死在了你的府上，他心中自然会有怨恨。"

蔡鹏根本听不进心里去："他女儿死于疟疾，谁也没有办法。他却在西域公报私仇，陷害我的父亲。杀父之仇，我今生必报。"

梅儿在一旁坚定地附和着："是的，蔡鹏哥，杀父之仇，今生必报。"

傅毅没有想到按下葫芦起了瓢，赶忙态度生硬地命令梅儿说："不行！丫头，你若做了山匪，你母亲就会死在狱中，别人害了你父亲，你不能再害了你母亲。如果你那样做，你父亲九泉有知是不会原谅你的。你必须选择，要么和我一起去天竺国,要么去坟上为你父亲祭拜。你已经走了那么远,很快就要到了。"

傅毅说得有道理,梅儿像是被泼了盆冷水,不知如何是好。这么长时间与蔡愔待在一起,梅儿心中早已渐渐忘记了蔡鹏,她不知道现在如何转换自己的记忆,她一下子难以从西行岁月中解脱出来。

蔡愔催促梅儿:"梅儿,你刚刚答应傅大人一起去天竺国的,赶紧上马!"

梅儿非常犹豫地牵过马缰,一步三回头地跟着傅毅走了。蔡鹏摆了摆手,山匪们悻悻地散开一个口子,使臣队伍将自己的伤者抬上牛车,其余人纷纷上马,向前而去。蔡愔最后一个上马,他冲着哥哥蔡鹏哼了一声,转身策马而去。

蔡鹏很不服气,可是,他尚有理智,他不能劫持父亲的至交傅毅,他不能劫持自己的胞弟蔡愔,更不能劫持青梅竹马的邻家小妹梅儿。蔡鹏十分窝火,拳头攥得青筋凸起。

蔡愔走得好远了,身后山峦之间回荡起哥哥蔡鹏的呐喊:"你们都走吧!就是最后剩下我一个人,我也一定要杀了楚王刘英——!"

离开梧桐岭几天之后,蔡愔一行走过广阔的戈壁滩,金黄色的沙丘迎面而来。漫漫沙漠,一望无垠,让人有一种莫名的敬畏。长长的特使队伍之中添加了十几匹骆驼,骆驼背上驮着许多物品,蹄子不断带起黄沙,前行艰难。

几天来,梅儿一直沉浸在痛苦的情感矛盾之中。一方面,她见到了蔡鹏,知道蔡鹏仍然活在世上,她仿佛找回了昔日对邻家大哥的依赖感;另一方面,她无法摆脱西行以来她对蔡愔产生的情感,她实在不知道自己究竟应该留下与蔡鹏一同返回洛阳刺杀楚王刘英,还是跟随蔡愔继续西行。若是为父亲祭扫之后再返回梧桐岭,蔡鹏还会在那里等候她吗?

蔡愔骑在马上,生气地说:"我大哥一年多没有音信了,没想到竟然躲在这里当山匪。刚才,你怎么突然又想留下了?"

梅儿低着头:"我也不知道,原来我以为这辈子再也见不到蔡鹏哥了,没想到,蔡鹏哥还活着,而且有了自己的队伍。"

"你不会是变卦了吧?你可是答应过傅大人的,要坚持走到天竺国的。"蔡愔担心地说道。

梅儿生气道:"你就不会说点安慰人的话?整天就会戳人家的伤处。"

傅毅放弃了马车,骑着骆驼,对旁边的秦景说:"真没想到啊,蔡鹏居然会在西域。"

秦景说："这一路之上,我总是听你们说起蔡鹏,今天还是第一次见面。我觉得,蔡鹏长得比蔡愔更像蔡大将军。"

傅毅看了秦景一眼："是吗?你见过蔡大将军?"

秦景说："前些年,在皇宫见过好几次呢。"

傅毅感叹道："那都是最后的印象了,以后再也见不到了。"

秦景骑在高高的骆驼上,对仍旧骑马的蔡愔、梅儿说："蔡愔,你和梅儿也换上骆驼吧,沙漠之中,只有骆驼才能行得久远。"

蔡愔不假思索地说："梅儿可以换,我不能换。我这是皇上钦赐的西域宝马。"

心中烦闷的梅儿看了一眼蔡愔,冷淡地说："不就是长了一身白毛吗,有什么了不起。"

夕阳在天边斜斜地挂着,将一行人的影子长长地拖在起伏不平的黄沙之上。一行人在大漠中蜿蜒行走,驼铃叮叮当当响个不停。然而,美景尚未赏够,蔡愔忽然感到马蹄下陷,他急忙跳下"雪里飞",喊道："这里的沙子比较软,大家还是步行吧。"

秦景得意地开起玩笑："早说了你不听,非要把自己埋进黄沙才算英雄?你以为自己有免罪龙符就可以为所欲为啊,有本事别下马啊。"

秦景的一句玩笑再次提醒了梅儿,免罪龙符可以免死,即使被官兵抓获,也可以凭借免罪龙符顺利逃脱。梅儿下意识地将手伸进怀中握紧了免罪龙符,早晚有一天,她会拿着蔡愔的免罪龙符返回洛阳。

老天爷也开起了玩笑,一时间大风刮起,黄沙弥漫,吹得人睁不开眼睛。傅毅跳下骆驼说："风越来越大了,大家慢慢走,不能停,停下来会被黄沙埋住的。"

蔡愔高喊："大家都下来步行,抓紧缰绳,躲避大风。"

一行人纷纷躲在骆驼、马匹侧面,慢慢向前行进。突然,梅儿脚下一软,仿佛踩到了一个空洞,身体趔趄了一下,右手松开了马缰,被大风刮离了队伍。蔡愔立刻跑了过去,可是,松软的沙子淹没了蔡愔的膝盖,他在沙地奔跑的速度根本赶不上大风的速度,身材弱小的梅儿像断线的风筝一样被风托起,不见了踪影。

蔡愔绝望地跪在沙地上,大喊一声："梅儿——!"

傅毅等人赶了过来："天快要黑了,天黑之后风会小些,大家准备火把,一字排开向西搜索。"

黑夜,大风果然渐渐停了,一支支火把慢慢移动,大家一手牵马一手举着火把呼喊梅儿的名字,呼喊声忽高忽低,此起彼伏,在沙漠之上飘荡。突然,秦景吃惊地喊道:"有狼!"

狼群在近处吼叫,马匹、骆驼本能地后退。傅毅喊道:"大家聚在一起!狼怕火光,但是不会离开,大家留下两支火把,其余的熄灭,保存实力。我们必须坚持到天亮。"

大家围聚在一起,蔡愔喊道:"大家不要慌。这样僵持不是个办法,对梅儿更危险,大家快用弓箭射杀它们。"

蔡愔弯弓搭箭,一箭就射死了一只灰狼,其余的狼扑上去撕咬死去的灰狼。几名侍卫也开始弯弓射箭,又有两只灰狼受伤而逃。蔡愔刚想指挥大家慢慢绕过去,狼群却又围拢过来。蔡愔再次弯弓搭箭,又射死一只灰狼,狼群还是步步紧逼。秦景等人的箭矢不断飞向狼群,狼群放慢了进攻的节奏。蔡愔看清了头狼,立刻撕下一块布条缠在箭头上,在张梁的火把上沾些松油点燃箭头,再次弯弓搭箭,将着火的箭射向头狼。头狼发出痛苦的吼叫,腰部扎着火箭蹦跳着逃了。狼群一哄而散,逃遁远去。

秦景说:"狼群逃了,谢天谢地。哎呀,不好,梅儿在哪儿?她若晕倒了,一定会被狼群吃掉的。"

傅毅说:"继续寻找,死了也要找到尸首。"

大家举着火把继续前行,照亮了前边戈壁滩上一棵醒目的小树。小树被刮掉一块树皮,上面扎着一把飞镖,飞镖扎着两片衣角,飞镖上挂着免罪龙符。蔡愔上前拔了飞镖,看了看,说:"我的免罪龙符怎么会在这里?傅大人,这是梅儿的飞镖,两片衣角代表我哥哥带走了梅儿,梅儿已经安全了,她被我哥救走了。我们几个在小时候就是这样玩游戏的,我知道它代表的含义。"

天色渐亮,傅毅看了看蔡愔手中的飞镖和衣角,望着远处:"蔡鹏?他一直跟踪我们。他有什么目的呢?"

王遵早就不满梅儿一路之上屡惹事端:"傅大人,天已经亮了,既然梅儿无事,我们不能过多停留,只能继续前行。"

秦景反对说:"可是……我们答应带上梅儿的。"

王遵说:"情况已经有了新的变化。"

蔡憎也说："傅大人，梅儿还在通缉之中，她只有跟着我们才能保证安全。"

"是啊，梅儿也决心跟我们一起走到天竺国的。"秦景说。

王遵说："梅儿是答应过，可是事已至此，我们……我们已经耽误了不少时间，况且若是返回……双方再交手，他们人多，我们人少，恐怕会有危险，我们应当继续前行。"

秦景气愤地说道："那梅儿怎么办？你们都知道，梅儿已经答应嫁给蔡憎了，若是让她又跟蔡鹏在一起，万一嫁给蔡鹏了怎么办？傅大人，您亲口说过要为蔡憎和梅儿提媒的，怎么能够看着蔡憎失去梅儿？"

傅毅说："梅儿一定摔得不轻，只能静养，短时间内不可能继续赶路了。不过，梅儿被蔡鹏救走了，蔡鹏不会难为她的。王遵说得对，我们除了继续前行，没有别的选择。"

秦景解释说："傅大人，我想说的是，蔡鹏已经占山成匪了，早晚朝廷会出兵剿了他们，到时候若是牵连上梅儿，梅儿岂不是罪加一等？我们不能眼睁睁地看着一个无辜的姑娘再被罪上加罪啊。"

王遵反驳说："秦景，你说得不对，梅儿被朝廷定罪，只能怪他父亲，不能怪我们。我们是使臣，身负皇命，只需到天竺国迎了佛像，无权处置其他事情。梅儿是否有罪，李大将军如何处罚，是御史衙门的事情。"

蔡憎劝阻说："你们不要再说了……"

秦景固执地说："不，我要说，做人要有正义感。李大将军、蔡大将军的事情只能怪楚王部署无方，调动不利，皇上若是调查之后定会处罚楚王的。"

傅毅批评说："朝廷之事，不要妄加评议。"

王遵又说："不管是谁的错，我等只是使臣，只能做使臣当做的事情。傅大人，当初带上梅儿走了这么远，我等实属无奈。可是现在，既然她已远离，我等若是在此久留，甚至返回梧桐岭去带她走，若是出现意外耽误了更多时间，皇上是不会饶恕我们的。"

秦景反问道："你怎么知道返回梧桐岭就一定会出现意外？"

王遵说："即使不出现什么意外，但我们这里有多人已经受伤了，还经得起折腾吗？我们不去举报蔡鹏，已经是宽宏大量了，假如蔡鹏不放过我们，难道你非得让大家都死在梧桐岭吗？那样只会增加蔡鹏的罪行。"

傅毅说："蔡憎，此事与你关系极大，你做定夺吧，我尊重你的意见。"

蔡愔正要说话，秦景反对说："傅大人，这等事情，蔡愔怎么好意思做出返回梧桐岭的选择呢？那样做就太假公济私了。"

王遵着急地吼道："这样不行，那样不行，秦景你说应该怎么办？"

秦景说："返回梧桐岭的决定只能由我们来说，不能让蔡愔说。"

王遵刚要反驳，张梁笑着伸手止住了他。张梁和稀泥道："我们同僚十数人既然共同从洛阳出来了，就是一个团队，我们不能辜负皇恩，可是出门在外又不能拘泥于死框框。这样吧，傅大人先不要表态，也不用承担责任，蔡愔也不要说话。我和王遵、秦景来抛钱定去向，可以吗？抛一枚五铢钱，落地之后如果是反面，咱们就返回，如果是正面，咱们就继续前行。由老天爷决定，好吗？"

王遵反对道："我不同意，我无权做出返回的选择。"

秦景赞成道："我同意，用我的钱。"

秦景摸出两枚五铢钱，选了其中一枚，说："就这一枚吧，大家看好了，这是枚新钱。我来抛，张梁查看结果。"

秦景向蔡愔挤了一下眼睛，然后使劲儿将铜币抛向了空中。钱币落在地上，恰巧撞上了一块小石头，弹跳了几下才停住了。张梁捂住受伤的臂膊，走上前去看了，回头说："反面。"

其他几名侍卫也上前看了，高兴地说："是反面，是反面。"

秦景窃笑着，只有他自己知道，他口袋里珍藏的两枚硬币是变戏法用的道具，一枚全是正面，一枚全是反面。傅毅看着蔡愔，等待蔡愔表态，蔡愔坚定地说："走吧，往天竺国方向，继续前行。"

秦景收住了笑容，说："你说什么？钱币是反面。"

蔡愔说："皇命在身，蔡愔无权做出选择，必须继续前行。"

蔡愔转身向前方走去，牵了马匹，飞身上马，喊了一声："出发！"

秦景上前捡起了钱币，失望地说："嘻，怎么会是这样？"

傅毅摆摆手，大家纷纷起身，继续前行。

再说梅儿被狂风刮离了地面，无力地在空中飘浮，渐渐失去了知觉。当她再醒来的时候，她感觉自己躺在一个摇篮里，上下左右颠簸着。一个声音说："大哥，她醒了。"

晃动的感觉停止了，一个熟悉的声音在呼唤她。有人用湿毛巾为她轻轻擦拭

第四章 巧遇蔡鹏

了眼睛,她慢慢睁开眼睛,她看清楚了,她的意识也慢慢恢复了,她认出来了,他是蔡鹏。

看到梅儿睁开了眼睛,蔡鹏激动起来:"梅儿,你怎么自己躺在戈壁滩呢?"

不等梅儿回答,蔡鹏又说:"你受伤了,跟大哥上山住几天吧,等你身体恢复了,大哥送你去你爹的坟上祭祀,然后送你回洛阳。"

原来在傅毅等人走后,蔡鹏思索了很久。他痛恨楚王,更不想为汉明帝卖命,但是,他听说母亲和奶奶已经返回了蔡府过上了正常生活,他的铁石心肠立刻柔软了许多。他觉得弟弟蔡愔说的有些道理,他甚至动了念头想跟随傅毅一路西行,立些功绩,进一步为蔡氏家族恢复名誉。他不太清楚京城洛阳到底处于一种什么样的状态,他还想再和弟弟蔡愔好好谈谈,是否现在就可以返回洛阳。

黄昏时分,蔡鹏和几名喽啰骑马在戈壁滩闲逛,他依旧十分犹疑,不知道自己是该追上傅毅,还是应该返回洛阳,抑或应该留在梧桐岭,继续与刘皖对抗。蔡鹏实在舍不得他和一帮兄弟已经占据很久的梧桐岭,仿佛那里是他的第二故乡。

狂风大作的时候,蔡鹏等人在隔壁滩上伏在马匹侧面躲避狂风。随后,他们撤离的时候发现身着红衣的梅儿侧躺在一片沙砾上。蔡鹏立刻下马扶起梅儿,看到梅儿昏迷了,蔡鹏急忙命人将梅儿绑在马鞍之上,牵马走出了沙砾地带。

蔡鹏又命人找来牛车,拉着梅儿进了梧桐岭。这时,梅儿已经完全苏醒了,梅儿想拒绝上山,但自己右臂受伤了,疼痛难忍,所以只好作罢。

干瘦士兵说:"大哥,再往前就是上山的小路了,担架也上不去啊。"

蔡鹏看了看陡峭的小路,犹豫了一下子说:"我来背她上山。"

蔡鹏背起梅儿,一步一步向山上走去。来到山上的房间里,蔡鹏将梅儿放在床上躺下,一群士兵在忙碌着,有人送来了药膏、纱布、剪刀,有人端来了脸盆和毛巾。

蔡鹏站在一旁,半是气喘吁吁,半是不知所措地说:"梅儿……山上没有别的女人,你只有自己敷药了……"

梅儿摇头说:"我……不敷药……我想睡觉……"

蔡鹏严厉地说:"傻丫头,不敷药怎么行,伤口会化脓的。听话,赶快起来,你自己敷药,袖子不便脱就拿剪子剪开,改日我再派人下山给你买新衣服。我带上房门,在门口等着,你敷完了药就叫我啊。"

蔡鹏从床上扶起梅儿,自己走出了房间,带上了房门,独自坐在山石上。

梅儿自己在房间里脱去衣衫,艰难地为自己的右臂敷上药膏,缠上纱布。

蔡鹏守候在房门之外,坐在山石上闷闷地一个人思考下一步的安排。他不否认弟弟蔡愔服从汉明帝的决定是一条正道,但是,他的耐性不足以慢慢等待汉明帝自己悔悟。那么,究竟是带着队伍继续偷袭向刘皖,还是直接杀向京城,暗杀楚王刘英?自己这点人马,连刘皖都难以战胜,能够攻进洛阳占领楚王府吗?

梅儿在房间里喊叫:"蔡鹏哥。"

蔡鹏站起身来,干咳了两声,试探着推门走进了房间。梅儿穿着不便,衣襟歪斜不正,袖口衣领露着白嫩的肌肤,蔡鹏不敢正眼看他。梅儿轻声问他:"蔡鹏哥,你怎么了,怎么老是低着头。"

蔡鹏尴尬地说:"我……这几天心里着急,睡眠不好……有些头晕……"

梅儿说:"那就赶快睡吧……我起来,你就睡在这里吧。"

梅儿说着就要下床,蔡鹏赶紧制止了她:"没事……我一会儿去别的房间睡。"

梅儿说:"这里原本就是你的房间。你不要担心我,我很快就会好的,好了我就走……"

"你不要走……我……"蔡鹏说。

梅儿说:"唉,我命不该去天竺国啊,既然如此,我还按照原来的想法去为我爹祭扫,再说,我在这里会耽误你的大事。"

蔡鹏低着头说:"我能有什么大事?"

梅儿说:"蔡鹏哥……你的左腿跛了……是不是在山里受寒了?"

蔡鹏支吾着说:"啊……是的。梅儿,令尊的坟墓就在东边,你就在山上安心养病,等到伤病痊愈,我一定带你过去祭祀。"

事已至此,梅儿只好答应了:"我……只是担心蔡愔、傅大人他们不放心我。"

蔡鹏说:"这事你就放心吧,当时我就在明显的地方做了标记,两片衣角,你的飞镖,我在手里发现了免罪龙符,发现上边刻着蔡愔的名字,就将免罪龙符挂在飞镖上,蔡愔应当能够看到。"

梅儿赶紧问:"怎么,你把免罪龙符还给蔡愔了?"

蔡鹏说:"是啊,我把它挂在你的飞镖上了,那个破东西,留着它有什么用途呢?"

梅儿不好意思地说:"我……我拿它的时候没有给蔡愔说,你把它挂在我的飞镖上,那不就是告诉蔡憎,是我偷了他的免罪龙符……"

蔡鹏不屑地说:"免罪龙符是有数的,朝廷会通知各地官府备案,上边又刻有蔡憎的名字,你拿它做什么呢?再说,大哥我现在的经验是,只要有了兵权,比什么都重要。"

"我……我……算了,既然没有大用,又已经还了他,就不提它了。"梅儿说。

蔡鹏忽然问道:"为什么皇太后要特赐蔡憎免罪龙符呢?"

梅儿说:"不知道,傅大人说是皇太后感念蔡憎在维护西域和平方面作出的贡献。"

蔡鹏说:"西域和平?西域能够和平吗?"

停顿片刻,梅儿问:"蔡鹏哥,我想问你一件事情。"

蔡鹏说:"什么事情?"

"当年……嫂子月红是怎么死的?"

蔡鹏说:"你怎么想起来问这些?"

梅儿说:"很早之前我就听人说过,当时没有在意。前些日子又听傅大人提起此事,我感到好奇,其中一定有解不开的秘密。"

蔡鹏渐渐勾起了回忆,叹了口气说:"嗨,十年了……其实很简单,就是京城暴发疟疾……我们当时在郊外,她被蚊虫叮咬之后也没在意,回城后,我去了铁匠铺,要给马匹打几副铁掌,谁知道才半日……她就……一会儿冷一会儿热的,什么样的药方子也止不住。我得知月红得病了赶紧返回了家,又连忙禀报楚王,请求太医前来诊治。谁知太医还没赶来,月红就闭上了眼睛,再也没能睁开。楚王府的许太后不依不饶,非说是我们蔡家合谋害死她孙女……"

梅儿胆战地问道:"你这山里……没有蚊虫吗?"

蔡鹏说:"每逢夏季,到处都是。"

梅儿说:"那可怎么办?你们不怕吗?"

蔡鹏笑了:"现在不是疟疾流行时期,不碍事的。"

日子就这么一天一天过去了,梅儿就这么留宿山上,蔡鹏也有了事做,天天在山上射杀野鸡给梅儿煲汤喝。

蔡鹏端着煲锅进了房间:"梅儿,快,鸡汤来了。"

梅儿高兴地说:"蔡鹏哥,你对我太好了,打小你就比蔡憎好。我印象当中,没有一样东西蔡憎不跟我争的,你总是护着我。"

蔡鹏说:"傻妹妹,谁让我是大哥呢。快喝鸡汤吧,多补些营养,你的伤好得会快些。"

梅儿说:"蔡鹏哥,我没有那么娇贵。再说,我这点伤算得了什么。不过,明天你再外出要带上我,我想下山看看。"

蔡鹏奇道:"你下山干什么?你的伤口……"

梅儿说:"我在山上住了一个月了,伤口早已经痊愈了。我……我想去山涧里洗洗澡。"

蔡鹏吓了一跳:"山涧?山涧秋水冰澈寒冷,洗了是要得病的。"

"没事,我能扛得住的。我又不是在山涧长时间待着,洗洗就回来。"梅儿说。

蔡鹏说:"那也不行,你若真想洗澡我命人烧了热水,盛在木桶之中,你自己在房间里洗澡,山涧这时候万万不能去。"

梅儿脸红得要滴水,害羞地说道:"那多不方便啊。"

蔡鹏说:"山上的兄弟有会木工活计的,我让他们今日就打制一个木桶,不会耽误你洗澡的。"

几名士兵很快打制了一个木桶,抬进了梅儿居住的房间,一叠男人的衣服放在了几案上,两大铜壶热水倒进了木桶,蔡鹏伸手试试水温,说:"梅儿,这里还有一壶热水,你若嫌凉,自己可以添加。"

蔡鹏向门口走去,梅儿喊了一声:"蔡鹏哥。"

蔡鹏站住了,并未回头,问道:"还有事儿吗?"

"谢谢你。"梅儿轻声说。蔡鹏头也不回地说:"举手之劳,有什么好谢的。若是在洛阳,这些事情我想做怕也没有机会的。"

蔡鹏拎着水壶走了,关上了房门。梅儿开始自己脱衣服,在木桶里洗澡。

蔡鹏依旧蹲在门外思考下一步的打算,不再是是否出兵,而是如何向梅儿提及自己的婚事。蔡鹏早就知道梅儿心中仰慕的男人是自己的弟弟蔡愔,不是自己;蔡鹏还知道李夫人看好自己,可是父亲蔡广利曾经邀请傅毅为蔡愔与梅儿提亲,那么,自己究竟该不该向梅儿说出自己愿意娶她为妻呢?

梅儿洗完之后,换上了蔡鹏为她准备的几件干净衣服,都是蔡鹏的衣服,肥肥大大的不太合体。

蔡鹏犹豫了半天,终于在梅儿允许他进入房间的时候念叨起李夫人曾经说过要为自己与梅儿办理婚事。梅儿听了,没有反对,而是比较含糊地说司徒傅毅曾经前往她的家中,为蔡愔与自己提亲。现在,娘出狱之前自己不会与任何人结婚。蔡鹏听了,立刻明白了大半,知道与弟弟蔡愔相比,自己在梅儿的心中只占四成。

尽管如此,梅儿生活在山上,所有的喽啰都把梅儿看做蔡鹏的未婚妻——未来的压寨夫人。

很快,两个多月过去了,梅儿觉得自己的右臂可以用力了,坚决要求下山祭拜父亲。蔡鹏说:"我会带你去的,你不要太着急……"

梅儿固执地说:"我走了那么远,就是为了看一眼我爹的坟墓。现在,既然我无缘前往天竺国,既然我爹的坟墓就在眼前,你却不带我去,不然我就自己下山。"

蔡鹏说:"好吧,我带你去。我刚才已经安排兄弟下山去给你买衣服了,等他们回来,明天咱们就出发。不过不是近在眼前,起码还要再走三天,你要做好心理准备。"

蔡鹏原本是想让梅儿就这么住在山上,等到傅毅、蔡愔等人返回的时候再让她走。可是,蔡鹏说不过她,只好带她下山,骑马向北走了几天,来到了戈壁滩的李蒙坟前。

梅儿眼前的坟茔非常简单,一块木牌上写着:大汉将军李蒙之墓。附近还有一座坟墓,木牌上写着:大汉将军蔡广利之墓。

一群士兵远远候着,蔡鹏跟在梅儿身后,一言不发。梅儿跪在李蒙坟前,哭得如同泪人:"爹……你怎么会留在这里啊……爹,你冤枉啊……爹,女儿一定杀了楚王刘英。"

许久,梅儿擦干眼泪,站起身来说:"蔡鹏哥,我现在就回洛阳,你愿意跟我一起回去吗?"

蔡鹏唯唯诺诺地说道:"大哥的心情比你还要沉痛,可是,靠我们单枪匹马难以与楚王对抗,我……有教训,你不知道楚王的侍卫有多厉害,高手如林。你必须等大哥继续招兵买马,有了自己的队伍之后……况且,你的伤病尚未痊愈……"

梅儿态度坚决地说:"不,我不能等。我跟随蔡愔走了这么久,就是为了祭奠我爹,现在,我再无牵挂。既然不能去天竺国了,那我就返回洛阳,我娘还在大狱里受煎熬。我已经想好了,我必须马上回去劫持楚王,换回我娘。"

蔡鹏反对说:"不行,梅儿,你一定要听大哥的,一定要等我……"

梅儿说:"蔡鹏哥,蔡愔要等,你也要等,可是我真的已经没有耐心了。"

蔡鹏解释说:"没有耐心也要等,没有耐心就可以拼命吗?你拼不赢的。"

梅儿说:"你有你的计划,我不能难为你,我只有一个请求,你的马匹借我,我必须离开。"

蔡鹏皱眉道:"马匹是小事,关键是你个人根本不具备击败楚王的能力,还是等到蔡愔他们回来,咱们一起回去……"

梅儿走到马前,飞身上马。蔡鹏追了几步,着急地说:"梅儿,你不认识楚王,更不及他的武功,甚至连他的侍卫也难以抵挡……"

梅儿说:"既然蔡鹏哥不愿回去,那就不要再管了,我会有办法的。"

梅儿双腿一夹马肚,马匹疾驰而去,马蹄扬起尘土。蔡鹏懊悔地跺脚:"嘻!"

干瘦士兵对蔡鹏说:"大哥,弟兄们都看出来了,你心里有她,你干脆劫了她做压寨夫人,咱们永远占山为王得了。"

蔡鹏没有回头,脸色铁青地说:"她心里已经没有我了。"

胖士兵说:"她心里只有仇恨。"

干瘦士兵又建议说:"要不,咱们一起杀回洛阳,杀了楚王,你再娶她。"

蔡鹏轻轻摇了摇头:"时机还不成熟,我早晚会杀了楚王。不过,她心里除了仇恨,还有我弟弟。"

干瘦士兵说:"即便她将来会嫁给你弟弟,可是,现在她一个人如何到得了洛阳?"

蔡鹏说:"我也不知道,我了解她的性格,很倔犟,劝不了的。好在我的马囊之中还有些盘缠,她住店吃饭节省些也能走到旧都长安,剩下的路途就看她自己的造化了。"

蔡鹏一群人就这么站着,望着梅儿的身影儿越来越小,远远地消失在地平线上。

第五章　西域风情

蔡愔一行人在沙漠里艰难行进,干渴难耐,非常乏累。几乎每隔几天就有一匹马倒在了沙漠,因为干渴而死去。

因为在梧桐岭与蔡鹏等人的交战中受了伤,张梁肩头的伤口恶化,一直难以痊愈。加上沙漠高温,张梁的身体极度虚弱,终于支撑不住,一头从马上栽了下来。傅毅、蔡惜等人跑过来扶起张梁,张梁使劲睁开眼睛说:"我……不行了……你们走吧……"

蔡惜给张梁喂了口水,傅毅安慰他说:"张梁你放心,我们宁可多停留休息几日,也绝不会丢下你的。"

张梁说:"没用……你们不要管我了……"

"我马上给你换药,我的刀枪药很管用的……"蔡惜说。

张梁虚弱地说:"我……过去没有告诉你们……我打小就是这样……伤口……很难愈合的……大夫说……是一种怪病……"

"那,我就晚上再给你换药。咱们坚持走出这一段沙漠之地。我绝不会丢下你的。"蔡惜又对侍卫喊:"取根绳子来。"

骆驼跪在地上,蔡惜与几名侍卫将张梁扶上骆驼,用绳子将张梁绑在骆驼之上,骆驼站起身来,队伍慢慢地继续前行。傅毅命令大家尽快找到宿营地,歇息几日,待到张梁恢复之后再寻出路。

夜晚,队伍在一块相对平坦的地带宿营了,大家将所有的骆驼围成了一个大大的圆圈,人们在其中歇息吃饭。蔡惜为张梁解开了上衣,换了新药,安慰张梁要勇敢地坚持下去:"你一定要吃饭、饮水,只有这样才能坚持走到天竺国。"

张梁摇摇头:"我知道我自己的病……我……会拖累大家的……天竺国遥不可及……你们的任务很重……不要再管我了……我知道自己的身体……你这样做只会徒劳无功。"

蔡惜埋怨说:"你不要再说了,我们一起出来的,就要一起返回。我们绝不会丢下你一个在大漠之中。在这里,就算你白天不被渴死,夜晚也会被猛兽吃掉的。"

张梁轻轻地摇了摇头,眼角流出了泪水:"我实在……受不了了……我太累了……我自幼身体羸弱……这样饥一顿饱一顿……渴也渴死了……到不了天竺国的……"

蔡惜站起身来:"男子汉大丈夫不要这般懦弱。今晚我们两个住一个帐篷,我来照顾你。你好好歇息两天,然后我们继续西行,只要我蔡惜能够到达,就一定把你带到天竺国。"

秦景争着说:"晚上我来照顾张梁。"

夜晚,秦景又来向蔡愔说张梁的伤口还在流血。在帐篷里,秦景挑着灯笼,蔡愔再次给张梁换药,并且加大了药粉剂量。张梁说:"其实,我的伤……"

蔡愔一边换药一边说:"都是我哥的错,不是他们,你怎么可能受伤呢?"

张梁说:"其实我的伤,另有原因,我这人打小体质就差。"

蔡愔说:"张梁你不要说了,以后有机会我会找我哥算账的。敷了药,你要好好静养,你很快就会好起来的。"

"还有一些侍卫也受了伤,你一个人也顾不过来,再说你不用每次都亲自给大家换药的。"张梁说。

蔡愔收拾了药箱,内疚地说:"那不行,我哥惹下的祸端,我就得替他赎罪。换了药,你们早点歇息吧。"

张梁感激地说:"什么赎罪,你也赶快去休息吧,明天还要赶路呢。"

蔡愔说:"明天不走了。我已经与傅司徒商议了,在此停留几日,等你伤势稳定之后,为你寻找一辆牛车,然后再出发。"

"停留会耽误行程的。"张梁说。

"已经安排了,你早点歇息吧。"蔡愔挑开帐篷门帘走了。秦景又端来热水:"喝点热水吧。"

张梁接过水碗,说:"我真羡慕你们有副好身板。"

秦景脱了外衣扔到一边,从靴子上拔出匕首扔到衣服上,躺下说:"什么好身板,我呀,看似一身肌肉,其实就是虚胖,比不上蔡愔啊,那小子身体好。"

张梁看了一眼匕首,若有所思,然后说:"当然,你是文职,他是武将,从小的基础就不一样。唉,我小时候得的这种怪病,只要不小心蹭破肉皮,有了伤口,必定很难痊愈。我八岁的时候,有一次,家父带我去给皇后……啊,也就是现在的皇太后请安,走出后宫院子的时候我不小心绊了一跤,手掌磕破了,家父吓得连夜找到太医,请到家中为我诊治,可是太医也没有办法,什么药都用了,就是难以痊愈。我手上的伤口就这样不断溃烂,一直过了几个月才慢慢愈合,谁也找不到原因。我整整在家躺了几个月,家父哪里也不让我去。从此,为了尽量不受伤,我父母几乎什么都不让我做,我的身体也就越发虚弱。在朝做事还能应付,若是下地干活,我定会晕倒。我有预感,这次受伤是很难痊愈的,若是拖上几个月……唉。"

"令尊也曾经在朝为官,对你的仕途确实很有帮助。"秦景说。

张梁放下水碗说:"我从小就被父母捧在手心,也真难为他们了。可怜他们……十年前暴发的那场疟疾,他们竟双双……唉,人生真是无常啊。"

秦景说:"不行明天我跟傅大人说说,你就留下算了。迎奉一张佛像也没必要那么多人,到了前方驿站,你就留下等候我们,等我们从天竺国回来,你的伤口也好了,咱们一起返回洛阳。"

张梁摇摇头说:"我已经拖累大家了,若是再离队,回去无法向皇上交差啊。"

"真傻!我们不说,皇上怎么能够知道呢?"秦景说。

张梁说:"若是做了,早晚会知道的。家父一生廉洁奉公,诚实守信,我不愿意给他脸上抹黑啊。人活几十年,留下一个好名声不容易……"

秦景翻身睡觉:"别再多愁善感了,你也早点休息吧。伤成这样,还得坚持西行,难为你了。"

早晨,阳光照亮了大漠之中的这块平坦之地。人们纷纷起来烧火做饭,收拾行囊。突然,"啊——!"秦景冲出帐篷大声惊叫:"不好了!傅大人……不好了……"

傅毅呵斥说:"惊慌什么!慢慢说!"

秦景慌张地说道:"不好了,不好了……张梁……他……他不见了……"

"什么?"傅毅猛地站了起来。蔡愔抢先赶到了张梁的帐篷,撩开帐帘,看见张梁的被褥还在,上边隐约有些血迹,已经干涸。蔡愔急忙来到帐篷外边,四处高喊:"张梁!张梁!"

傅毅扭头问:"什么时候不见了?"

秦景说:"不知道啊!半夜我起来小解的时候他还在啊!"

人们议论纷纷:"张梁不见了?"

"是不是逃走了?"

"不会,他的虚弱身体能够逃出大漠吗?"

"那他会去哪里呢?"

蔡愔登上沙丘,远远就看到另一片沙丘,张梁远远地望着一轮红日,独自站立着。蔡愔急忙向前跑去,秦景搀扶着傅毅也急忙赶来,其他人员也相继赶来。

张梁回过身来,手握一把匕首指着蔡愔、秦景等人,喊道:"你们不要过来……不要过来……"

蔡愔止住了脚步,劝慰道:"张梁,你听我说,你休息几日,身体可以恢复的……"

张梁流着眼泪说:"我自己的病情自己知道,我走不到天竺国的,走不到的……前朝的张骞几次出塞都没有找到天竺国,我们也找不到的……或许将来你们可以走到……我的身体走不到的……"

蔡愔说:"张梁,你不能这样……你听我说……"

张梁哭着说:"蔡愔,对不起……我张梁两代忠良一心报国……可是……可是我的身体……我对不起父母的栽培……对不起皇上的信任……作为大汉使臣,我有辱自己的使命啊……我不能拖累大家,不能辜负了皇差……蔡愔,如果你能够活着回到洛阳……替我向皇上禀报……就在这大漠之上……我张梁用鲜血回报皇上的信任,感谢皇上的恩典……"

张梁将匕首深深插入了自己的胸膛,又拔出了匕首,鲜血喷涌而出。

蔡愔扑过来跪在地上,慢慢扶起张梁,痛苦地流下了眼泪:"张梁……你……你这是为什么呀……我们不会丢下你的……我们会走到天竺国的……"

不论蔡愔如何营救,张梁还是死了。一行人围着张梁,哭泣了半天。张梁的尸首被包裹了起来,一直带到了看见胡杨的地方,大家挖坟立碑,将张梁安葬了。张梁自尽的那把匕首作为唯一的随葬品也埋进了坟墓。

蔡愔眼含热泪,站起身来,放眼望去,大漠之中空气干燥,阳光炫目,漫天黄沙,只有胡杨树挺立着有劲儿的枝干,吸饱了阳光,迸发出金灿灿的光芒。

秦景不好意思地说:"都怪我,我昨晚睡得太死了……我……"

蔡愔突然转身扑过来揪住了秦景的衣领,含着眼泪狂吼道:"我正想问你,他已经有了轻生的念头,你怎么能只顾自己睡觉?"

秦景也发怒地喊道:"我也不知道他会……好死不如赖活着,干吗要自杀呢?"

"我们是一起出来的,是兄弟,生死相依,你主动申请看护他,你怎么能够如此不尽职?"蔡愔依旧嗓门很高。

傅毅训斥道:"松开,蔡愔,你松手!"

蔡愔并未松手,依旧瞪着秦景说:"张梁是用你的匕首自杀的,使臣这么多文职,只有你一人天天带着匕首,你怎么不收好自己的匕首?"

秦景生气地说:"我怎么知道他会自杀?即便我没带匕首,他或许……会用别人的佩剑自杀。"

傅毅厉声说:"松开!"

蔡愔猛地放开了秦景,狠狠瞪了一眼。秦景大声说:"别以为你给他上了点破药就全是你的功劳,你若是能治好他,他会自杀吗?"

傅毅安抚道:"都不要再说了,我也没有想到啊。我刚才看了,他的伤口确实没有愈合,他的疾病十分怪异……我们无法理解,也无法治愈。"

蔡愔蹲在地上,痛苦地说:"一条活生生的生命……就这样没有了。"

傅毅叹息道:"他是个成年人,我们……还是尊重他个人的选择吧!走吧,继续赶路吧!"

带着满心的不快,大家继续出发。蔡愔换了一匹骆驼,走在特使队伍最前头,将自己的"雪里飞"拴在骆驼后边一同前行。一行人就这么慢慢地向前走着,不断映入眼帘的依旧是看不尽的沙漠。傅毅知道,此后的行程还十分遥远,精神鼓励非常重要,作为领导,他必须尽快让大家从这种精神的阴霾之中走出来。傅毅回头问跟在后边的秦景:"秦景,有几天没有听到你说笑了。"

秦景苦笑了一下,没有回答。张梁的死亡让大家的心头蒙上了一层阴影,谁还有心思说笑呢。

蔡愔喝干囊中最后一滴水,回头大声说:"我们绕远了,再走就到鄯善了,过了鄯善我们必须北上。"

秦景换了个话题,对傅毅说:"傅大人,这里有很多胡杨啊。"

傅毅说:"是啊,胡杨就喜欢阴凉湿润的地方,这里过去一定是湿润的沼泽。"

秦景问:"我们出了玉门关再向西走,有点偏南了,当初真的应该从阳关出塞,那里更近一些。"

傅毅感叹道:"当时不是要带梅儿去看他父亲吗,昔日同僚,我也想趁机祭扫一番,所以就北绕了一些。好在不远,也让你们多看了些风景。"

秦景嘟囔着说:"是多看了些风景,可是也遭遇了蔡鹏,又损失了张梁。"

傅毅说:"蔡鹏是很可恶,不过张梁一事算是个案。他有我们无法医治的病痛,即便没有遭遇蔡鹏,遭遇自然灾害而受伤,即便跌倒而受伤,他也难以坚持到天竺国的。这些都是我的疏忽啊,当初出发之前,我应该请太医详细检查每个人的身体状况啊。"

"傅大人不要自责了,我等皆为皇上钦点,谁敢说自己身体不好呢?太医又敢说谁的身体不好呢？即便傅大人当初提出反对，怕是皇上也不会答应。谁也想不到出使西域竟是如此艰难，若是早早知道了，我就会第一个打退堂鼓。"秦景说。

傅毅说："你说得对，大家重任在肩，身不由己啊。"

"我现在越发不明白了，皇上究竟要一张佛像有什么用？"秦景埋怨道。

傅毅责怪说："闭嘴！妄猜圣意是罪过。"

秦景解释说："傅大人，我怎敢妄猜皇上的心思，我也只是和您私下聊聊，您说说，即便将佛像挂在皇宫又能如何？我觉得皇上就是在跟楚王较劲，楚王率先知道了佛教，跟人探讨过，皇上也就不甘落后，非要超过楚王不可。"

傅毅再次责怪说："你越说越不着调了。楚王是不能跟皇上相比的，这么跟你说吧，皇上是因为做了这样的梦，所以才这样做的。"

"我听说了，皇上第二天还让大臣们解梦呢。"秦景说。

傅毅说："秦景，你是有知识有文化的人，你应该知道，人是需要有精神寄托的，所有人都是这样，皇上贵为天子也是如此。皇上执意派我们前往天竺国迎奉佛像，就是为了实现皇上的精神寄托。"

秦景说："一张佛像，有那么大的作用吗？"

傅毅说："到了天竺国你就知道了，佛教是天竺国的国教，家家都悬挂佛像，人人都信奉佛教。离开了佛教，天竺国的百姓将无法生活。"

"那，我们大汉会不会将来也会这样呢？"

傅毅说："难说啊，我也说不准。我们大汉自古最崇尚的是儒家、道家，即使将来百姓信奉了佛教，想必也不会达到天竺国那种程度吧。"

"不管信奉什么……也都得生活啊，喝水吃饭，穿衣行路。"秦景说。

傅毅说："是的，不过，作为博士弟子，你的一些说法过于俗气了。"

秦景笑着说："我俗？我才不俗气呢。哎，傅大人，前方就要路过楼兰故城了，傅大人，您来过西域，楼兰有多少人口啊？女人多吗？"

傅毅笑着说："怎么，刚刚走到西域边缘，就开始思量西域女人了？告诉你，楼兰故城不复存在了，瘟疫已经让它成为了一片废墟，新楼兰现在叫做鄯善，是丝路上西出阳关的第一站，人口一万四千余，士兵近三千人，在西域一带也算是一个大国。"

秦景问："人们都说女人是水做的。我一直很奇怪，北方漠地干旱无水，怎么会有美女呢？"

傅毅说:"西域很大,别的地方多是漠地,楼兰可是山清水秀的地方。你说得对,女人是水做的,美女多是和水联系在一起,现在的鄯善都城之中就有河道,河水将城堡分成东北、西南两区,那条河应当是葱岭河的尾端了。再走些时间,我们会先到罗布泊,那里就有些鄯善的味道了。"

特使队伍前边遇到一座沙山,蔡愔独自骑着骆驼率先走了上来,远望一会儿,竟然不再回头。秦景在后边大声问:"蔡愔,你看到什么了?"

蔡愔没有回头说话,秦景自言自语道:"他还在记仇。"

傅毅说:"他不会的,你也不会。你比蔡愔大两岁,你该主动一些。"

秦景虽然不好意思与蔡愔面对面说话,可是在远处吼一嗓子还是可以的。秦景又向蔡愔喊道:"蔡愔,就算没有水,你也可以鼓励一下大家嘛,望梅止渴也是一种幸福啊。"

此刻,只有蔡愔自己知道,他明亮的眼睛映出一幅美丽画面——黄色沙山下边是淡绿色的沼泽,沼泽中无数的小湖泊像一面面明镜,反射着太阳的光芒。湖泊周围绿草如茵,低头吃草的野牦牛毫不理会远处的蔡愔,这里的生活竟然这样悠闲。湖泊的水面还映出了沙山对面的积雪山脉,白雪皑皑,云雾缭绕。蔡愔猛地回头,兴奋地喊:"有水源了!"

大家冲下沙山的时候,最先展现在眼前的是比湖泊还大的一泓清澈的海子,一行人像饿狼一样扑了过去,骆驼、马匹在饮水,人们喝了水,又向水囊灌水。喝足了水,蔡愔这才逆着阳光发现海子里还有一个划着独木舟捕鱼的渔民,他瞪大眼睛愣愣地看着蔡愔一行,仿佛看见了天外来客。有了墓地被俘的教训,蔡愔立刻惊出了满头汗珠,赶紧对秦景说:"你带大家快走!"

秦景招呼自己一行人赶紧后撤:"快撤!快!快走!"

由于不知道当地土著人究竟会采取什么样的反击举措,秦景、傅毅等人退到了沙山的另一面就停了下来,趴在地上看着蔡愔如何处置又一次的突发事件。傅毅埋怨道:"秦景、王遵,你们谁不能上前交涉,怎么又让蔡愔去做俘虏,万一蔡愔……"

王遵委屈地说道:"傅大人,我跟着大家瞎跑,到现在还没有明白怎么回事呢,以为有什么动物追来了。"

蔡愔一个人主动顺着岸边步行过去,尽可能距离渔民近一些,陪着笑容上前搭话:"对不起……我们是大汉使臣,只是在此饮水,马上就走,不会打扰你们的生活。我们马上就走,马上就走。"

万万没有想到,渔民竟然将食指插在口中,吹出一声长长的呼哨,山寨里,一群同样装束的男女老少呼叫着朝着蔡愔奔跑过来。秦景知道这是自己与蔡愔缓和关系的最佳时机,大声命令特使队伍:"拔剑,准备跟我冲过去。"

随着一群男女老少越来越近,特使队伍的成员们越来越紧张,大家纷纷拔剑在手,准备战斗。跑到近前的男女老少围着蔡愔看,一个个露出了灿烂的笑容。或许,住在这里的他们,很长时间没有见到中原汉人了。蔡愔也只得尴尬地笑着。

秦景刚刚站起身来就被傅毅喝住了,大家再次看着远处的蔡愔。不久,山寨的头人来了,是当地回鹘人。头人说着生硬汉语,讲述自己曾经去过洛阳,并在那里住了很长时间,他有很多秦人朋友,他非常欢迎秦人官员来到这里做客,他要安排盛大的欢迎仪式。

蔡愔高兴地向秦景等人招手,喊道:"大家都来吧,是朋友。"

一行人走进了村子,傅毅放下心来,知道这是一个相对封闭的部落,只有他们才会称呼汉人为秦人。早在前汉武帝时期派遣张骞出使西域之前,有不少内地汉人来到了西域居住,那时被称为秦人。太初四年(公元前101年),汉武帝开始在天山以南的轮台、尉犁一带屯田,迁来了更多汉人。然而,偏偏在玉门关以西的这个地方,汉人非常稀少。

傅毅微笑着告诉头人,秦朝早已成为历史,现在是后汉时代了,应当称为汉人。傅毅嘱咐特使队伍一切按照少数民族的风俗办事,只要不耽误行程,想饮酒可以放开饮用。大家牵着骆驼、马匹,跟随头人走进了村寨。

这是东汉时期的一个罗布泊村寨,这里的水源大多来自葱岭河。这些在沙漠绿洲生活的罗布泊人除了放牧,就以打鱼为生,最珍贵的生产工具就是小木舟。

夜幕降临了,整个村寨的人们都围聚在头人家中的空场上,头人点燃了篝火,所有人都围着篝火载歌载舞。在一轮弯月的映照下,罗布泊村寨人用红柳串了小鱼烧烤,然后撒了粗盐、孜然,香味扑鼻。烤肉架上烤着两只羊。头领用刀切了羊肉,招待傅毅等人:"吃肉,吃肉。"

傅毅端起酒杯说:"感谢头领的盛情款待。"

罗布泊村寨头领自豪地说:"你们再往西走,就是罗布泊。罗布泊是西域乃至大汉最大的咸水漂移湖,会自己移动,非常神奇。你们若是绕过罗布泊,前边就能看见葱岭河。葱岭河水只能在晴天饮用,若是阴雨天气,喝了就会中毒,成为神灵

第五章　西域风情

的祭物。"

傅毅询问："河水的怪异是否与楼兰城堡常有战事有关？"

头领说："不，葱岭离楼兰远着呢，葱岭雪山天气无常，那是神灵的旨意。"

忽然，洁白的雪花飘落了下来，头领高兴地说："瞧，下雪了，这就是神灵的旨意，他要留住你多住些日子，尊贵客人不能轻易离开。来吧，尊贵的汉人朋友，尽情品尝吧，我们的羊肉，那是天下第一啊。"

无奈，傅毅只能让大家继续留在村寨，与罗布泊人切肉喝酒。

第二天早晨，大雪依然在飘飘洒洒，虽然不能上路西行，但秦景不愿意放过沙漠绿洲的雪景，叫上蔡愔一同出门，又走出村寨四处转悠，查看明天的行程方向。远处雪山朦朦胧胧，很有一种虚幻的感觉。中午，雪过天晴，大地白茫茫一片，太阳从远处的皑皑雪山升起。傅毅一行告别罗布泊村寨，再次踏上了行程。罗布泊人站在村寨口，远远目送特使队伍离开："汉人朋友请慢走！"

傅毅在骆驼上抱拳施礼说："头领请回吧，大家请回吧。"

特使一行人走上了道路，驼铃叮叮当当地响着，走在最前边的秦景不满地对蔡愔嘟囔："这里遍地都是美女，刚住一晚，傅大人就要走……"

蔡愔说："傅大人心里着急着呢，还是早早迎了佛像返回洛阳，我们也才有闲情逸致外出闲游啊。"

秦景说："你这种人，也跟傅大人一样天天把自己逼得一会儿都不肯停歇。哼，难有闲游的时候。再说，回到了洛阳，哪里去看西域美女啊？"

蔡愔说："那你就带一个西域美女回去。"

秦景说："去你的，我才不想回去被砍头呢。"

远处，几头牦牛喷着热气在相互角力，争斗不已。秦景高兴地说："牦牛！你们快看，牦牛。"

秦景跳下骆驼，跑了过去。蔡愔在后边喊："危险！"

傅毅也喊道："不要招惹它们。"

"打呀！打呀！"秦景跑到近前，高兴地喊道。谁知一头牦牛看见了秦景直冲而来。秦景感觉不妙，转身撒腿就跑，牦牛在后边紧追不舍。蔡愔赶紧回身喊道："大家跟我喊叫，赶走牦牛。一二三，啊——"

队伍中的侍卫们一齐叫喊，牦牛感到了威胁，渐渐止住了脚步，返回了群体。跑回来的秦景累得气喘吁吁，蔡愔埋怨说："你怎么往回跑啊，冲撞了傅大人怎么办?"

秦景上气不接下气地说道:"我……牦牛追我……你让我……往哪儿跑啊?"

蔡愔说:"你随便爬上一棵树,我们会把牦牛赶走的。"

秦景无奈道:"我……哪里会……爬树……"

蔡愔说:"那你就往远处跑啊,你跑向驼队,万一牦牛冲向骆驼,骆驼会受伤的。"

秦景指着蔡愔说:"你这人……太狠心了……你怕伤了骆驼……就不怕伤了我……"

蔡愔笑着说:"你这叫咎由自取,几个人劝你你都不听。刚才追你的是野牦牛,去年在西域我就听说过,发情失恋的野牦牛非常疯狂,谁敢靠近它就顶谁。"

秦景找到了自己的骆驼,说:"我的腿脚好着呢,不会让它追上的。"

傅毅站在后边远远地说道:"好在那头牦牛放弃了追赶,不然,它会一直追你到村寨里去,伤了妇孺孩童可不是好玩的。"

秦景嘟囔着:"发情,失恋?人失恋的时候心情也不会好的。"

说完秦景挣扎着爬上了骆驼,对傅毅说:"出门之前我看了地图,地图上标注的前方是楼兰,大概还要走十日的路程。"

傅毅点了点头,裹紧了衣服,说道:"走吧。"

特使队伍继续前行,忽然,队伍停下了,走在最前边的蔡愔看见一位戴着雪白帽子的年轻姑娘带着几位女仆骑马站在大路中央。蔡愔勒住骆驼缰绳:"请问,前方这位姑娘为何要拦住道路?"

傅毅在后边看到前方停止了前进,对秦景说:"你去看看蔡愔,怎么不走了。"

秦景前行来到队伍前边:"嗨,你怎么不走了?"

鄯善国公主花朵儿提马走上前来,围着蔡愔看了又看:"你真是蔡愔?"

蔡愔问:"正是,请问您是……"

花朵儿说:"你怎么忘记了,去年在尉头国,你带兵进城,救了我和尉头国王。"

蔡愔若有所思:"尉头国?"

花朵儿兴奋地说:"是啊,你怎么还没有想起来,我就是鄯善国公主花朵儿,我来迎接你们啊。"

看见了美女,秦景高兴地接过话茬儿说:"好啊好啊,原来是鄯善国公主,公主

第五章 西域风情

怎么知道我们前来？那就前边带路吧。"

蔡愔问："我们尚未到达鄯善，更未提前通报……"

花朵儿笑着说："我能掐会算啊，知道你们今日必将达到此地。"

蔡愔又问："是鄯善国王派遣公主前来的吗？"

花朵儿跷起大拇指："蔡愔你果然精明。怎么，为何我就不能自己前来？"

秦景埋怨蔡愔说："蔡愔，你怎么这么啰唆，既然你认识这位美丽的鄯善国公主，不管是不是鄯善国王派来的，我们都应该感谢。公主就请前边带路吧。"

蔡愔说："我只是觉得，鄯善国王派人在鄯善都城外迎候即可，这里荒郊野岭，怎么派遣公主来这么远等候汉使呢？"

花朵儿羞红了脸，说："我……我……实话跟你说吧，我真是自己前来迎候汉使的，不是父王派遣的。我早就听说汉使前往天竺国，我唯恐汉使绕道而过不再途经鄯善，这就自己前来等候了。我只是想见一见蔡愔，他是我的救命恩人，我要在鄯善国略尽地主之谊。"

秦景笑了："原来……啊……还有这等事情。"

蔡愔说："既然如此，公主也见到蔡某了，可以返回了。我等大队人马行走缓慢，起码还要有两天时间，公主跟随我们不太方便，不过公主放心，我们会途经鄯善都城的。"

"那……好吧，我就回扞泥城等待汉使。"花朵儿等人拨转马头走了，走了一段距离又喊道："我在扞泥城等你们。"

特使队伍又开始继续前行，秦景连忙询问蔡愔："那个漂亮的公主……究竟是什么意思？"

蔡愔说："我不知道啊。"

秦景说："你就别装傻了。你难道没有注意到，公主瞅你的时候含情脉脉，是不是对你有点意思？"

"什么意思？"

秦景学着蔡愔的腔调说："我不知道啊。"

蔡愔骑着骆驼慢慢走了，秦景停住骆驼，在后边说："蔡愔，你现在越来越没有动力了，跟你在一起一点都不提劲。我总是听说去年你在西域风光无限……你自己想想去年的你，满西域没有不知道蔡愔的，现在可好，年纪轻轻的毫无精神，老态龙钟，什么都不感兴趣，人家美女送上门来你却正眼都不看人家一下。你呀，颓废了。"

然而,刚刚走了一个时辰,队伍又停下了。不等傅毅说话,秦景赶紧上前来到蔡愔身边,四下看看,又询问道:"你怎么搞的,这里也没有美女啊,你怎么又停下了?"

蔡愔正在驻足观看一泓浩渺湛蓝的水域——这才是真正的罗布泊。罗布泊那样安静羞涩地卧在沙漠的臂弯里,像一个温婉顺从、不谙世事的少女,美丽得让人窒息。特使队伍的到来惊起水边一群鸥鹭,除了驼铃响动,空气安静得可以听见鸥鹭拍打翅膀的声音。

看见罗布泊,所有人都露出了微笑。眼前这片烟波浩渺的水域,在阳光的映射下绽放出奇异的翠蓝波光,将天空的朵朵白云一揽水面,水天一线,奇异无比,看得久了,分不清哪里是天空,哪里是水面,一切都不真实起来,犹如绘画一般。绘画的远处,还能见到零星的野驼、野驴、羚羊、黄羊出没,那里有片片草滩和红柳灌木丛。

秦景顺着蔡愔的目光望过去,自己也赞叹说:"这就是罗布泊?太壮美了!真是美得让人窒息啊,简直是人间仙境、世外桃源。"

蔡愔没有理会秦景,而是独自感慨道:"看到天与地的浩瀚,才知道人是多么的渺小啊,人间的那些龌龊争斗算得了什么呢?"

秦景笑着说:"别多愁善感了,赶紧赶路吧。傅大人说这里温差很大,一会儿凛冽寒风会让你找回清醒的。"

特使队伍继续前行。黄昏,一行人终于走出了罗布泊,晚霞披洒在每个人的脸上、身上,罗布泊的美景让每个人都产生了一种流连忘返的感觉,谁也不提起宿营的事情,只顾继续前行,直到晚风刮起的时候,蔡愔才感觉头顶已是星辰灿烂了。蔡愔勒住骆驼缰绳,抬头仰望,银河星星点点、若隐若现,环顾四野,只觉得天圆地方,远处的雪山已经只剩下了轮廓。

特使队伍走到了一片林地。秦景指挥大家在一片较为空旷的地方搭建帐篷,烧火做饭,秦景对大家说:"快点啊,早早吃了晚饭,早早歇息。几日后到了鄯善都城,那里可遍地都是美女啊。"

蔡愔依旧独自站着,静静地盯着东方的雪山轮廓。秦景冲着蔡愔的背影儿喊道:"嗨,开饭了,别在那里黯然神伤了,再美的景色也不能当饭吃啊。"

圆圆的月光从东方显露出来,月光下的远处雪山露着一条弯弯曲曲、影影绰绰的轮廓。很快，雪山托起一轮圆月，通体透明，杏黄色泽，其大异常。蔡愔不敢多看，知道看得久了，会有圆月即将滚向自己的错觉，甚至会做噩梦。

半夜，蔡愔没做噩梦，而是在帐篷里失眠了。他又想起了梅儿，不知道梅儿现在如何，受了伤的梅儿是不是也像去年和自己在郑县避难一样，夜晚只穿着内衣与哥哥蔡鹏同宿一个房间。他更无法想象，梅儿是否已经嫁给了哥哥蔡鹏。

秦景问道："还不睡，是不是又想梅儿了？"

蔡愔没有吱声。秦景又说："你啊，活该打光棍！我早就让你娶了她，你偏不听，现在好了，你哥哥救了她，或许真的娶了她，她也真的成为你嫂子了，你却又愤愤不平。"

蔡愔被点痛了麻骨，不悦地说道："睡吧睡吧，那么多废话！"

秦景又说："或许……到了鄯善，你可以娶了鄯善公主。鄯善公主长得真漂亮啊，我长这么大还没有见过这么漂亮的美女呢。"

蔡愔生气地说："不说话能把你憋死啊？"

"发情失恋，见谁顶谁，野牦牛！"秦景翻身躺下了。

帐篷里寒冷无比，这是罗布泊的特点——昼夜温差极大。帐篷的旁边就是一片干枯的胡杨、红柳树根丛，秦景听得见周围时常发出细微清脆的"喳喳"声响。

秦景悄悄碰了碰蔡愔，轻声问："哎，外边什么响动，是不是西域蚂蚁在啃帐篷啊。"

蔡愔不耐烦地翻了身，闭着眼睛说："那是天籁之音。"

"天籁之音？"秦景更加迷惑了。

蔡愔又说了一句："睡吧睡吧，西域就是这样，白天晒热的树枝夜晚冷缩就会发出响声。"

晨光照亮帐篷的时候，傅毅已经早早起来了。看见蔡愔、秦景走出帐篷，傅毅询问："你们两个昨天夜里睡得好吗？"

"傅大人，咱们这一路之上也走了不少小国，增长了不少见识，回去之后，能不能跟皇上解释解释，使臣出使西域诸国……是不是允许迎娶西域女子？"秦景问。

傅毅拉长了脸问："你小子又在打什么歪主意？"

秦景说："傅大人，我没有别的意思，我的意思是说，通过多种方式的联姻，能够增进大汉与西域的关系。"

傅毅笑笑说："民间百姓早就可以自主联姻，但朝廷官员、使臣必须经过批准，你是大汉使臣,少动歪心思。"

秦景苦着脸说:"这么说,官员远没有百姓自由。"

傅毅举例说:"你想想,比如你出使鄯善国,你若是娶了鄯善国的公主……"

秦景垂涎三尺,着急地说:"傅大人你快说呀,怎么了?"

傅毅说:"关键时候,你会因情忘义,站错立场的。"

秦景笑着说:"怎么会呢?我是大汉使臣,怎么会站错立场呢?"

一行人尚未走到葱岭,远远地就看见了一座辉煌的王国——鄯善的都城扜泥。尚未进城,蔡愔就看见扜泥城东部一座高高的尖塔,那是城内最高的建筑物。傅毅吩咐秦景拿上通关文牒前去疏通,安排住宿。随后,一行人走进了扜泥。

这里的风情与罗布泊人的村寨没有太大的区别,但是,这里是城堡,是一座城市,城中街道纵横分明,到处都是具有中亚风格的木雕建筑,建筑中有着大量的波斯壁画。城南的民居多与大汉宅院相似,分为正房和厢房,屋后还有果园。城中最豪华的是官署大殿,有粗壮高大的朱漆门柱,殿上雕梁画栋,好不气派。

傅毅、蔡愔沿街看见的都是南来北往、各种装束的人们,其中买卖茶叶、瓷器、中原丝织品、绢网、西域马匹、葡萄、珠宝、陶器、漆器的商人比比皆是,街道两旁熙熙攘攘,热闹非凡。

鄯善国公主花朵儿早就回到了王宫,可是不知道该如何向国王提出嫁给蔡愔的想法。直到听到仆人说汉使们已经进城了,才赶忙走进了王宫,试探着对国王说:"父王,你知道大汉使臣快要到扜泥城了吗?"

国王问:"知道,他们就快要到了。怎么了?"

花朵儿又问:"父王可听说使臣之中有一个名叫蔡愔的?"

国王说:"那倒没有,只有等他们到了,换了通关文牒,父王才能知道他们的名单。"

"父王连蔡愔都不知道?"

国王说:"当然知道,当初他还救过你,可是父王不知道他现在成了大汉使臣。"

"上次在尉头国,如果不是他及时赶到,我就没命了,再也不能见到父王了。那时他是郎中,后来官拜中郎将,现在是大汉特使。"花朵儿说。

国王说:"啊,对了,这次蔡愔路过鄯善,父王一定要好好款待这个蔡愔,感谢他对我这个宝贝女儿的救命之恩。"

看到国王对蔡愔的印象比较好,花朵儿又说:"父王……女儿还听说……听说……"

国王说:"还听说什么呀?今天怎么吞吞吐吐的!"

花朵儿不好意思地说:"听说蔡愔尚未……娶妻。"

国王说:"呦,是吗?不太可能吧,父王听说汉人那边男子十六岁即可娶妻,蔡愔怎么二十出头了还未娶妻,不可能。"

花朵儿说:"真的,千真万确。何况,女儿听说蔡愔也就是刚满二十岁,是因为家庭受到诬陷,来西域是为了戴罪立功,所以才未娶妻,千真万确。"

国王乐呵呵地说:"你怎么这么关心蔡愔啊……莫非……我说你怎么半天都在说蔡愔,原来是心有所仪……"

花朵儿羞涩地说:"父王……父王既然知道干吗还讲得那么清楚。"

"父王虽然早就知道蔡愔,却没有见过他。他能征战疆场,一定长得魁梧威猛。这次,父王一定好好看看他是个什么模样,身高几何,竟然让我的宝贝女儿如此痴迷。"

花朵儿说:"父王,女儿早已经见过了,蔡愔是女儿见过的最英俊的大汉男子……"

国王说:"再英俊也是汉人,父王还期望你能够嫁给龟兹国王,以求龟兹对我们鄯善的保护。"

花朵儿反问说:"保护?龟兹再强大能大得过大汉?"

国王有些生气,严肃地说:"说笑归说笑,我的宝贝女儿,汉人毕竟和我们不一样的,你不能嫁给蔡愔。"

花朵儿立马拉下脸来,说:"臭父王,我不管,反正我早已经想好了,蔡愔是我的救命恩人,非他不嫁。"

国王无奈说:"可是龟兹曾经是鄯善国的救命恩人,你说父王该怎么办?"

花朵儿一甩袖子走了:"我不管。父王若是不同意,我就自己去找蔡愔,我就跟他们一起去天竺国。"

花朵儿撅着嘴走出王宫,恰巧碰见王子哈坎林向里边走。王子哈坎林问:"花朵儿,你去哪里?"

花朵儿不满地说:"我跟父王说,我要嫁给蔡愔,父王死活不同意。"

王子哈坎林说:"我正要去找父王,不能让汉使进入鄯善,你也不能嫁给汉人,我最恨汉人。"

花朵儿生气地说:"为什么?蔡愔救过我的命,我又倾慕他,我就是要嫁给他。"

王子哈坎林说:"我知道父王一直想联姻龟兹,花朵儿,你若真是不愿意嫁给龟兹国王,你可以嫁给我呀,我……本来我准备和父王说,我要娶了你。"

花朵儿说:"你?开什么玩笑,你是我哥,我们是兄妹,再说我不喜欢你。"

王子哈坎林说:"什么兄妹,我是被父王收养的义子。为什么?我哪点不好?"

花朵儿边走边说:"不为什么,你不是要找父王吗?父王就在里边。"

王子哈坎林着急地问:"哎,你去哪里?"

花朵儿说:"我自己去找蔡愔。"

王子哈坎林眼中闪烁着凶光,自言自语地说道:"哼,你找到蔡愔又能怎样?父王不会同意的,我也不会同意。"

花朵儿径直走了。王子哈坎林转身进入了王宫,对国王说:"父王,花朵儿为什么要执意嫁给汉人?"

国王正要说话,外边有人进来:"报!汉使到了。"

国王又问:"来到王宫了吗?"

"没有,正在办理通关手续。"

"知道了,去吧。"国王对王子哈坎林说,"看来,他们真的是急着赶路,并没有打算前来王宫拜见本王。也好,也好,他们早早离开了也好,免得公主看见蔡愔再起事端。"

王子哈坎林说:"花朵儿已经去客栈找蔡愔了,父王,千万不能答应花朵儿的要求啊,不能让他嫁给汉人。"

国王气愤地说:"什么?"

哈坎林说:"汉人皇帝杀了我的祖先,我一定要找汉人报仇。"

国王瞪着王子哈坎林说:"不行,你说的那些事情早就过去快一百年了,大汉不仅换了数个皇帝,这些汉使更与你所言无关。本王绝不同意你去报仇,那样只会引火烧身,招致大汉大军的围攻。你没见过大汉大军遮天蔽日的旗帜,那情景太可怕了。再说,怎么接待他们是本王的事,在鄯善本王说了算。"

哈坎林哼了一声："我早晚要杀了汉使。"

国王训斥道："放肆！你们两个真是无法无天了，一个执意要嫁给汉人，一个执意要杀了汉人，你们眼中还有我这个父王吗？"

哈坎林起身说道："那，儿臣先告辞了。"

国王厉声问道："你要去哪里？"

哈坎林回头说："回家磨剑。"

国王喝道："滚！滚出去！明天不许再进王宫！"

秦景办完通关文牒回来的路上，满心好奇，不管街上卖什么的摊子都要挤进人群看一看，眼睛已经不够用了。秦景独自叹息说："可惜梅儿不在，若是梅儿在此，一定会购买不少稀奇古怪的稀罕玩意儿。"

秦景见到了傅毅，说了鄯善国安排的客栈地址，一行人前往位于扜泥城东北的客栈。走到客栈门口的时候，蔡愔摘下佩剑交给一位侍卫，对傅毅说："傅大人，您先在客栈歇息。咱们的水桶有两只都漏水了，不能再用，我带几人去街上买几只水桶。"

傅大人说："速去速回。"

蔡愔答应一声走了，秦景接着对傅毅说刚才在街上看到很多商人使用的铜币与大汉五铢钱不太一样，傅毅告诉他："那是罗马铜币，在鄯善王国可以与大汉货币通用。"

傅毅等人正要走进客栈，花朵儿迎面走出了客栈，左顾右盼："汉使到了，怎么……那个蔡愔怎么没有来？"

"请问这位姑娘是……"傅毅问。

秦景说："她就是在罗布泊拦住队伍的鄯善国公主。啊，这位就是我们大汉朝的司徒大人。"

傅毅说："原来是鄯善国公主，你找蔡愔有事啊？"

花朵儿说："您就是司徒大人？我就找您。"

傅毅说："找我？那就快快请进吧。"

一行人走进了客栈，按照安排各自进入了自己的房间。傅毅的房间门外，秦景等人在偷听，房间里，花朵儿说："我听说……蔡愔尚未娶妻。我懂得你们汉人的规矩，儿女婚嫁要遵从父母之命，媒妁之言。我知道蔡愔的父亲已经去世，所以……想请傅大人做主，我要嫁给蔡愔。"

傅毅眼睛转了转,笑着说:"原来如此。不过公主,你一定要明白,正是因为要遵从父母之命,你的想法必须得到你父王的许可。你跟父母商议过此事吗?"

花朵儿说:"我母亲早就过世了,父王……尚未应允。"

傅毅说:"那就不行,若是你父王不同意,傅某断不可过问此事。即便你父王同意,鄯善国公主要嫁给大汉中郎将,此事必须禀报大汉皇帝才行。大汉朝规矩很多,比如军队将领擅自在前线娶妻,比如朝廷大臣擅自与西域诸国联姻,都是要砍头的。"

花朵儿说:"大汉的规矩怎么这么麻烦。"

傅毅劝说:"公主不是汉人,自然不理解汉人的习俗。"

"蔡愔是我的救命恩人,没有他我早就没命了,我就是要嫁给他。"花朵儿说。

傅毅说:"公主先不要着急,此事尚且只是公主一人所思,起码也要问问蔡愔的意见吧。"

花朵儿一听立马问:"那就问吧,蔡愔呢?"

傅毅说:"蔡愔上街购买水桶去了。"

花朵儿起身就走:"我现在就去找他。"

傅毅连忙想伸手拦下:"公主!公主怎么如此着急。"

花朵儿走到门口拉开门,秦景等人赶紧站直了身子,非常尴尬。花朵儿并没有责怪,回头对傅毅说:"我知道汉使在扜泥城待不了几天,此事只能速速决断。"

傅毅纠正说:"不是几天,而是仅此一天。公主还是从长计议,与国王认真商议此事,待我们从天竺国回来再定不迟。"

花朵儿说:"若是父王不同意,我就跟你们去天竺国。"

秦景说:"那可不行,我们到天竺国……"

不等秦景说完,花朵儿瞪了秦景一眼,走了。秦景看着花朵儿的背影儿,接着说:"……是去迎取佛像。"

秦景转身对傅毅说:"傅大人,这家客栈可以吧,瞧您的房间这么宽大,足可以住下二十个人。"

傅毅说:"是啊,如若可以住下,就都挤在这一个房间就行,就一晚上,明日就走。"

秦景说:"人家既然安排了,咱们何必挤在一起。刚才,鄯善国对我非常客气,很快就在通关文牒加盖了大印,还表示愿意为使臣西行提供方便。"

第五章 西域风情

蔡愔带着三名侍卫买了五只木桶,高高兴兴地往客栈走。一名侍卫边走边夸赞说:"这木桶真不错,比我们先前带来的木桶结实多了。"

四个人正在街道上走着,不料花朵儿突然当街跳了出来,挥剑拦住了蔡愔:"蔡愔,我可否单独与你谈谈?"

蔡愔吓了一跳,不解地问:"什么事情?"

一名侍卫看出了花朵儿的潜台词,连忙说:"你们谈,你们谈,我们先走。"

蔡愔一把揪住那名侍卫的衣领不让他走,问花朵儿:"公主有什么事情就请直接说吧。"

花朵儿犹豫了一下,收起佩剑说:"那……我就直说。蔡愔……我刚才与傅大人谈了,请他做主,我要嫁给你。"

三名侍卫听了,捂住嘴直乐,蔡愔松开了手,训斥他们:"笑什么,闭嘴!"

蔡愔对花朵儿说:"公主莫怪,你我只是在尉头国萍水相逢,我根本不了解你。"

花朵儿说:"可是我了解你,要不是你,我早就没命了。去年一别,我无时无刻不在思念你。我知道你尚未娶妻,我已经禀告父王了,我就是要嫁给你。"

蔡愔说:"我是大汉使臣,不能在西域随便娶妻的。"

花朵儿急得流下了泪水:"你是在找借口,你……不喜欢我?"

周围有路人看着蔡愔和花朵儿,蔡愔赶紧说:"别哭……公主别哭,这不是你一个人的事情啊。"

"我从小没有了母亲……虽然父王很疼爱我……可是我总觉得我在家里是多余的人……我总想游历天下……我想去中原,我想跟你走。你说,如何你才会同意?"花朵儿问。

蔡愔解释说:"公主莫要如此,蔡愔已经说过了,蔡愔皇命在身,身不由己。蔡愔真的不敢擅自答应。"

一名侍卫笑着说:"他若娶了你,回到中原也会被皇上砍了头,你还得守寡。"

蔡愔再次训斥道:"去,不要瞎说。"

花朵儿再次挥剑指向蔡愔,说:"好,就依着你,你现在就答应我……我就跟着你去天竺国,然后跟你回中原,我去求你们大汉皇帝,等他同意了我再嫁给你。"

看着近在咫尺直捣咽喉的利刃,蔡愔无奈地说:"这怎么可以,公主怎么就不明白,蔡愔皇命在身,现在什么都答应不了,也不能答应公主一同前往天竺国。"

花朵儿怒火中烧:"好哇,左也不是右也不是,看来你是根本没把本公主放在眼里,今天,本公主就让你见识见识瞧不起人的后果。"

花朵儿果真执剑向蔡愔刺来,蔡愔连忙躲开,一边解释一边躲避,手中崭新的木桶很快被花朵儿的佩剑砍得木屑乱飞。三名侍卫既不敢参与武斗,又不知该如何规劝,只得在一旁顿足捶胸,唉声叹气,感叹天下还有如此烈性痴情的奇女子。

打了半天,蔡愔始终不还手,花朵儿打累了,无奈收了佩剑,气愤地说:"好……本公主今夜就关闭城门,禁闭你们,你们休想出城。"

花朵儿怒气冲冲地转身走了,两名不知趣的菜贩挑着箩筐并排走了过来,被花朵儿一把推开:"躲开!"

两名菜贩摔倒在地,蔡愔在身后喊道:"公主!公主!嗨,你前几日还提前欢迎我们进城,今日又不许我们出城,怎么这么不讲道理。"

打斗结束了,街上围观的人群散了,侍卫们也放下心来,一名侍卫学着花朵儿的腔调,凑过来嬉笑说:"人家喜欢你呗……'你们休想出城',咱们禀告傅大人,就在鄯善国长期住下去得了,每人都娶一个漂亮姑娘。"

蔡愔一脸严肃地说:"皮痒了吧,快出人命了还在这里贫嘴!"

蔡愔看看手中的水桶,没漏,还能使用,就拎着水桶继续向客栈方向走。

花朵儿一边擦着伤心的眼泪,一边沿着街道向王宫走,准备以死相逼恳求父王同意她嫁给蔡愔。突然,她看见街道前方一队人马气势汹汹地走了过来,沿途百姓纷纷躲避。花朵儿躲在一边,看见为首的王子哈坎林杀气腾腾地喊:"杀死汉使,一个都不放过。"

一伙人走向客栈方向,花朵儿思索了一下,转身尾随而去。

客栈里,傅毅正在给秦景讲故事,突然,外边人声喧哗:"闪开,闪开!"

"外边怎么回事?我去看看。"王遵起身往门口走。王子哈坎林带着几名鄯善杀手冲进了房间,用尖刀逼向王遵:"你们就是大汉使臣?"

王遵一边后退一边问:"请问阁下是……"

王子哈坎林说:"汉帝杀了我的祖先,我今天就要拿你们报仇。"

傅毅站起身来说:"请问你是什么人?"

王子哈坎林说:"鄯善国王子。"

秦景知道来者不善,赶紧挡在傅毅前边,赔着笑脸说:"原来是鄯善国王子,你们舞刀弄枪的这是要干什么?刚才我们还在这里夸赞你们有礼貌呢!"

王子哈坎林又将刀尖指向秦景说:"呸!谁会与你们汉贼有礼貌!你们不配!"

秦景依旧笑着劝解说:"这位小将,啊,这位王子,有话好说,先把刀放下。"

傅毅拨开秦景,对王子哈坎林说:"你是楼兰古国……国王安归的后裔?"

王子哈坎林理直气壮地说:"正是。"

傅毅说:"不瞒你说,我等适才正在讲述此事。你所言确是事实,可是,那是前汉的历史,是前汉昭帝时代的纠葛,已经过去百年了,况且,今日西域已经和平,你想怎样?"

王子哈坎林说:"西域和平与我何干?杀了你们这帮汉贼,方能解我心头之恨,方能给西域历史掀开崭新一页。"

傅毅板着面孔说:"住口!尔乳臭未干,懂得什么是历史。倒退数千年,你的祖先可能也是汉人,也是与大家生活在同一片蓝天下的人,所谓不同不过是气候变迁,朝代更迭,人们南北迁徙而已,为何一定要狭义地理解地域概念。"

王子哈坎林恶狠狠地喊道:"少说废话,兄弟们,拿下他们的狗命!"

房间里一片混战,秦景急忙拔剑阻挡,其他侍卫也冲进来护住了傅毅,傅毅后退到了墙边,跌坐在了地上。由于地方狭小施展不开,一名侍卫直接冲过去抱着一名鄯善杀手,各自将剑锋刺进了对方的腹部,同归于尽。

尚未居住的客栈房间立刻充满了血腥,秦景一边还击,一边大喊:"谁见蔡愔了,蔡愔回来了没有?"

但是没有人回答秦景,他越来越往后退,眼看就要失去抵抗能力了:"蔡愔,你在哪里?"

"住手!"蔡愔冲到门口大喝一声,房间里的搏斗暂停了。王子哈坎林回头问道:"你是何人?"

蔡愔说:"大汉中郎将蔡愔。"

王子哈坎林轻蔑地说:"大汉派遣中郎将冒充使臣,显然没有诚意,我杀的就是你。来呀,杀死他们,一个不留。"

打斗继续展开,蔡愔没有佩剑,只好挥舞水桶拼命还击,可怜的水桶再一次被砍的木屑乱飞。蔡愔一边躲避,一边设法冲过去掩护傅毅、秦景等人。

突然,一把佩剑横在王子哈坎林面前,王子哈坎林不得不回退一步。持剑的花朵儿杏眼圆睁,怒目而视:"哥,你怎么能刺杀汉使?"

王子哈坎林说:"妹妹,你快闪开,让哥哥杀了这帮汉贼,为祖先报仇。"

花朵儿态度坚决地说:"不行,我要嫁给蔡愔,你不能杀了他。你若杀了他,父王也不会饶过你。"

王子哈坎林咬牙切齿地说道:"我好言相劝,你始终不听,非要与汉贼同流合污,那就别怪哥哥手下无情。"

王子哈坎林挥刀砍来,花朵儿架剑相还,几个回合之后,花朵儿的佩剑被王子砍飞了,剑锋扎在门柱上,花朵儿一个趔趄跌坐在地上。蔡愔又冲上来抡起水桶相战,局面越来越混乱。突然,门外大喊:"国王驾到。"一群卫兵冲了进来:"都不要动!都住手!"

双方停止了打斗,鄯善国王走进了房间,冲着王子哈坎林吼道:"大胆逆子!你竟敢违背本王的命令,刺杀汉使。"

王子哈坎林说:"父王,你不能帮着汉贼说话,我们楼兰古国……"

鄯善国王喝到:"住口!把这个逆种给我拿下。"

一群卫兵冲过来将王子哈坎林和鄯善杀手按倒在地上,王子哈坎林大骂:"汉贼,我就是不服……"

鄯善国王连忙向傅毅赔礼说:"本王给汉使赔罪了。"

傅毅从地上站起身来说:"不知国王,刚才这是……"

鄯善国王指着一直在挣扎的王子哈坎林说:"都怪本王管束不严,虽说他不是本王的亲生儿子,但是,本王一直把他当做亲生儿子看待,没想到,他竟然不听劝阻前来劫杀汉使,都是本王的罪过。逆子,还不快快给汉使赔罪!"

王子哈坎林挣扎着将头扭向一旁:"我死也不会给汉贼赔罪!"

傅毅摆摆手说:"国王算了,历史上发生过很多冤仇,我们都无从溯源。还是多看看未来吧,西域和平是我们共同的福祉。"

秦景上前埋怨蔡愔说:"蔡愔,你疯到哪里去了,我们差一点死在这里。"

鄯善国王指着蔡愔,笑着说:"这位就是汉将蔡愔?"

蔡愔上前一步说:"蔡愔见过国王。"

鄯善国王说:"蔡愔,本王感谢蔡愔曾经搭救爱女……这样吧,为了表达本王的诚意,本王今晚在王宫宴请诸位汉使,给汉使赔罪。"

看到伤了几名侍卫,秦景没好气地埋怨说:"我等周游列国,什么山珍海味没有吃过,从未如此血腥,非要去你的王宫吃顿饭啊。"

第五章 西域风情

傅毅批评秦景："秦景,不得无礼。国王还是请回吧,刚才一事也别介意,权当误会,各自疗治伤员吧。请回,请回。"

鄯善国王尴尬地说："那……本王就先告辞了。本王自会派人立刻给汉使们更换客栈,添加饭菜,一切费用算在本王头上。"

说完,鄯善国王指着王子哈坎林,对卫兵说："把他押回王宫。"

王子哈坎林知道自己回去之后就会被软禁,再也没有机会刺杀蔡愔,突然拼命挣脱束缚,捡起一把佩剑猛地从背后刺向蔡愔。花朵儿见状,立刻扑过去挡住了蔡愔："闪开!"

蔡愔一跃而起,身体腾到了半空,王子哈坎林的剑锋意外刺进了花朵儿的后背,剑锋从胸前凸破而出。蔡愔落下来扶住了即将倒下的花朵儿："公主!公主!"

鄯善国王惊得目瞪口呆,迅速扑过来抱住花朵儿："女儿……女儿……你这是为什么呀……快请御医,快去!"

一名卫兵跑出了房间。蔡愔一脸阴沉,松开了花朵儿,一把从门柱上拔下了花朵儿的佩剑,王子哈坎林感到了威胁,立刻拔出了刺在花朵儿身上的佩剑,花朵儿哆嗦一下,倒在了国王的怀中。鄯善国王手指王子哈坎林,气得浑身筛糠："你这个逆子……你怎么能杀自己的妹妹……"

王子哈坎林用剑指着蔡愔："蔡愔,你是个妖魔,都是你害了我妹妹,你勾走了她的魂魄,我一定要杀了你。"

王子哈坎林的血剑刺向蔡愔,蔡愔接招相还,几个回合就挑飞了王子哈坎林手中的血剑,王子哈坎林趔趄一下,靠在了墙上。血剑从空中落下,蔡愔挥剑将血剑挑向王子哈坎林,剑锋刺进了王子的腹部,王子哈坎林捂着肚子,痛苦地从墙上慢慢蹲了下去。

国王咬牙切齿地吼道："来呀,把他给我碎尸万段,碎尸万段!"

一群卫兵一哄而上,数只剑锋刺进了王子哈坎林的身体。

蔡愔扔了佩剑,过来向花朵儿施礼说："公主……是你为蔡愔挡了一剑。"

花朵儿露出微笑,断断续续说："蔡愔,我救你一命,你救我一命,咱们俩扯平了……只是可惜……我没有福分,无缘嫁给心仪之人……"

蔡愔自责说："是蔡愔……家境复杂……蔡愔没有这个福分。"

花朵儿断断续续对国王说："父王……女儿不行了……父王……就依汉人的

风俗……将女儿埋在城外的大路边……"

国王说:"可是,自从热窝子病吞噬了整个楼兰古城,我们早已改为火葬了……为什么……你竟如此痴情……"

花朵儿说:"女儿……要看着汉使们从天竺国回来……蔡愔……你回来的时候记着到我的坟前看看……我会等你的……"

蔡愔说:"我一定会的。"

花朵儿挣扎了几下,闭上了眼睛。鄯善国王泪流满面:"我可怜的女儿啊……都怪我没有及时阻止那个可恶的逆子……都怪我呀……"

第二天早晨,王子哈坎林的人头悬挂在城门上,下边张贴着一张布告,列举了他违反法度劫杀汉使、杀死公主花朵儿的罪行。离城门不远,一个崭新的坟墓竖立在城外大道的旁边,鄯善国王瘫坐在坟前的地上哭泣,傅毅、蔡愔在焚香祭祀。

不远处,一群使臣等人站在那名死去侍卫的坟前,焚香祭祀。

抽泣了一会儿,鄯善国王擦擦眼角,慢慢回头说:"本王不怪汉使,这是鄯善国内部的事情,汉使请上路吧。"

傅毅内疚地说:"公主因为汉使而死,汉使必须参加对公主的祭奠。"

鄯善国王又看着坟墓,右手捶胸说:"花朵儿原本执意要嫁给蔡愔,我不同意,现在……说什么都晚了,一桩姻缘毁在了我的手里。"

"公主对蔡愔的恩情,蔡愔一定牢记在心。"蔡愔说。

鄯善国王在卫兵搀扶下慢慢站起身来:"走吧,汉使请快快上路吧,汉使任重道远。不过,汉使们返回的时候,蔡愔,还请你在鄯善停留一日,来花朵儿的坟前祭奠一番,也不枉花朵儿的一场相思。"

蔡愔施礼说:"蔡愔一定前来。"

鄯善国王说:"请吧。"

傅毅施礼说:"国王,傅某等告辞。"

鄯善国王轻轻摆摆手,说:"走吧……走吧……"

傅毅等人上了骆驼,骆驼站立起来,大队开始前行。

鄯善国王看着远去驼队的身影儿越来越小,回身放声大哭起来:"女儿啊……你为什么要对蔡愔……如此痴情啊……"

特使队伍慢慢行进着,几名受伤侍卫的手脚或者臂膀缠着绷带。蔡愔问傅毅:"那个王子为什么那么憎恨汉人?"

傅毅没有直接回答,而是说:"你也不要介意,陈年老账了。不过你得记住,咱们答应过人家,返回的时候一定要来祭奠。"

不等蔡愔答应,秦景批评蔡愔:"蔡愔,当初我就劝你娶了她,起码先答应了她,把她带到中原,等皇上恩准之后再娶了她,哪里还会有后来这么多事情。"

傅毅说:"这件事情发生得比较突然,怨不得蔡愔。再说,大汉律法有规定,蔡愔这么做,也是应该的。"

秦景说:"不管怎么说,活生生的一条生命啊,那么漂亮的一位公主,蔡愔,你现在的心情是不是很复杂?"

蔡愔感慨地说:"过去,我的眼中只有梅儿,我追她,她总是怠慢我,我很失落;现在,我有一种愧疚感,相思是一种痛苦啊,我不知道到了西域也会有女子这般待我。"

"你呀,回到中原再不好好对待梅儿,梅儿也会跑掉的。到那时,你就可能打一辈子光棍了。"秦景说。

蔡愔忽然喜悦地说:"傅大人,您知道我现在最渴望做的一件事是什么吗?"

傅毅尚未说话,秦景插嘴说:"回梧桐岭寻找梅儿。"

蔡愔伸出双臂指向天空,大声说:"我小时候就听说过《列子·汤问》里愚公移山的故事,愚公的精神感动了上天,神灵帮助愚公移开了大山。我,渴望通过我蔡愔的努力感动上天,得到上天的保佑,开辟一条,不对,准确地说是建筑一条中原通往西域的大道,四辆马车可以同时跑的大道,从洛阳直达天山,让西域与中原的沟通更加便利,让西域的人们和中原的人们相互交融,相互通婚,共同生活。"

傅毅夸赞说:"小子,本来今天心情很沉重,可是我不得不很高兴地说,今天你让傅某刮目相看了。放心吧,回去之后,我会把你的愿望禀告皇上,皇上一定会支持你的。"

"如果那样,下次我们再来的时候,要比现在快多了。"秦景说。

傅毅说:"天下融合,是大家的共同愿望,你们也都看到了,即使现在这样艰苦的交通条件,洛阳也有西域人,西域也有中原人,这种互通互融的愿望是挡不住的。"

秦景又想起了昨天的事情,埋怨说:"蔡愔,你们昨天下午也是,逛街也不叫我。瞧你们买的木桶,跟咱们中原的一模一样。"

蔡愔说:"还说呢,买了五只,砍坏了两只,不过,这里做手工的大多是汉人。你们没有去看,百姓家的水缸也是汉人烧制的,石磨盘也是汉人打制的,简牍也多是汉文。"

傅毅说:"汉人太多也不好,食物、饮水十分缺乏,会造成鄯善的负担。再说,汉人依靠种植为生,砍树种地会改变鄯善的自然现状。"

蔡愔说:"大人,我们昨天在街上听说鄯善周边正在流传一种可怕的急性传染瘟疫,好像是叫'热窝子病'。"

傅毅吃了一惊:"'热窝子病'?一病一村寨,一死一家子。楼兰故城就是因为这种瘟疫覆灭的。"

"我越发后悔了,昨天只顾听傅大人讲故事,也没有出去逛街。"秦景说。

蔡愔笑着说:"今天你可以不走,体验一下'热窝子病'到底是个什么滋味儿。"

"你行,敢咒我,梅儿在的时候你总是蔫蔫的,梅儿走了,你越发变得不知天高地厚。等以后见到梅儿,我好好讲讲你蔡愔的疯劲儿,讲讲你蔡愔害死了单相思的鄯善国公主。"秦景说。

傅毅说:"休得胡说。"

秦景埋怨说:"傅大人,您说说他带领的破路线,楼兰故城也没看上,来到鄯善了吧,还差点挨了刀子。"

蔡愔无奈地说:"又不是游山玩水,有什么好看的,还是赶紧到西方迎了佛像,你也好回到皇宫,继续喝茶、聊天……做你的博士弟子。"

秦景并不生气,凑过身来悄声对蔡愔说:"皇宫才不好玩呢,你是不知……朝廷人事争斗一点不亚于战场……哎,这么说吧,朝廷就像一棵爬满猴子的大树,往上看全是屁股,往下看全是笑脸,左右看全是耳目,你每时每刻都得小心翼翼。有那么句话,叫做战战兢兢,如履薄冰。"

蔡愔笑了:"我也没有见你掉进冰窟里去。"

秦景摇摇头说:"难哪。没准儿哪一天就掉了进去。"

葱岭河是流淌在葱岭山间的一条长长河流,在当地,河流名叫喀拉库里,也就是黑河或者神河。最神奇的是,河水的颜色会随着天气变化而变化,天气晴朗的时候,水色清澈,天气转阴的时候河水就会变深发黑,让人莫名感到西域高原的神秘。

还没有走近河水,蔡愔就看到一大片沿湖的盐地沼泽。自从洛阳出发以来,傅毅就定下了一条安全规矩,翻山越岭可以,下马渡河可以,宁可绕道儿,也绝不走沼泽。现在,蔡愔看到盐地沼泽远远望去看似平坦,却不敢上前,知道其中处处充满杀机。

整整绕行一天,躲过了那片沼泽,一行人来到一座山前。大家不能确定这就是葱岭山脉的一部分,不过,让人高兴的是,他们发现了一个山洞。山洞不大,却临近路边,非常便于宿营,住在洞内不怕风雪,易于夜间保暖。

虽然刚刚接近黄昏,山洞内边已经是黑黢黢的了,蔡愔、秦景举着火把走了进去。洞内寒气让秦景不禁想起了前些日子那个奇怪的湖泊,那段经历也让蔡愔心悸。蔡愔看到洞口比较宽敞,决定今晚就在这里过夜。大家七手八脚地将物品搬进山洞,将骆驼、马匹拴在洞口,喂些饲料。为了安全起见,蔡愔想进山洞探个究竟,叫上一名侍卫,举着火把向山洞深处走去。山洞深处是一处石壁,并不通向任何地方。

蔡愔放心了,返回了洞口。此刻,傅毅正在火把映照下观看洞壁一幅岩画。蔡愔也凑上前去,看见岩画的内容是一条河流,旁边躺着一个死人,眼睛瞪得很大,四肢只有骨骼,身体上爬着一条毛毛虫。

蔡愔问:"傅大人,这是什么意思呢?"

傅毅看了一会儿,分析说:"这幅岩画,好像是一种警示图画。似乎是说这里有一种专吃人肉的大虫。"

什么东西能够吃人呢?难道是鳄鱼吗?可是,鳄鱼一般生活在长江以南,这里气候寒冷不适合鳄鱼生存。秦景看到大家正在讨论岩画,过来说会不会是蟒蛇?蔡愔说岩画表现的是在河流旁边生活的大虫,应该是水中生活的鱼类。

山洞里有股泉水,形成了一片水洼。傅毅吩咐大家先去做饭吃饭,改变刚才不再使用帐篷的决定,而是在山洞之中也撑起帐篷,扣好门帘,以防万一。傅毅还嘱咐所有人明天在渡河的时候一定多加小心。

战战兢兢过了一夜,平安无事,早晨随意吃些干粮,大家收拾好物品踏上了征程。走到河边的时候,大家都十分戒备,警惕地盯着河水。傅毅看了地图,无须渡河,从北边顺着河流可以绕行过去。绕过去,一切危险都不用担心了。

中午时分,一行人又停了下来,因为需要打水做饭。尽管还没有走出河畔,距离河水也就是几尺远,但却因为是阴天,河水发黑,蔡愔不敢让侍卫们前往河中打水,害怕出现意外。秦景自告奋勇,带着几名侍卫拎着水桶去了别的地方。

蔡愔正在琢磨葱岭河水里到底有什么大虫,突然,几名侍卫大呼小叫,抬了秦景匆匆返回。秦景不停地大叫疼痛,仿佛摔断了腿。听到秦景的叫喊声,傅毅非常紧张,连忙过来查看。侍卫们赶紧把秦景平放在地上,他的腿仍在颤抖。侍卫解释说:"尚……尚未打水,他一脚踏进一处泥洼,小腿陷了进去湿漉漉的,拔出来就成了这个样子。"

由于光线昏暗,蔡愔看不清楚,赶紧吩咐:"点燃火把。"

在火把的照耀下,蔡愔觉得秦景腿部一定出现了问题,蔡愔顾不上思考,三下五除二把秦景裤管撕开,左看右看,果然发现秦景的左小腿上有一处凸起,青紫红肿,而且一直在跳动。蔡愔认为是中了剧毒,或许是被蛇咬了。蔡愔大喊一声:"绳子!"

侍卫拿来绳子递给蔡愔,蔡愔用绳子将秦景左腿从膝盖处捆扎起来,防止毒液上流。然而,凸起的地方仍在跳动,而且不断向上蠕动,蔡愔突然感到这就是岩画上警示的那条虫子,已经钻进了秦景的皮肤。蔡愔赶紧摁住虫儿向上蠕动的路线,阻止虫子继续上行,从靴子上拔出梅儿留下的那枚飞镖猛地割破秦景的皮肤,果然,一条虫儿随着血液滑了出来,原来是一条血吸虫。血吸虫从血液中跃起,蔡愔眼疾手快,将飞镖在空中刷地挥过,血吸虫断为两截,落在地上依旧蹦跳不止。

一名侍卫上前用脚踏死了血吸虫,蔡愔一把按住秦景的伤口,然后对着侍卫大叫:"停止,不要动。你慢慢脱下鞋子,走开!快做!"

侍卫脱下鞋子,光着脚走开了。蔡愔拿了火把,将鞋子与虫子一起用火烧了。蔡愔从地上捡起飞镖,又在火上烤了烤:"这样就不会再有虫卵了。"

蔡愔取出随身的红伤药粉为秦景上药止血,然后包扎起来。半天,秦景才缓过劲来,询问刚才发生了什么,大家七嘴八舌地给他解释着。可是无论如何,总得烧火做饭。蔡愔要去葱岭河里汲水,大家纷纷反对,傅毅也不同意。蔡愔十分固执,没有做任何解释,亲自用扁担挑了水桶,众目睽睽之下走向了河边。

"不行啊,不行的。"

"不能去啊,河水有毒,或许还会有更多虫子。"

"先等一等,咱们是不是商议一下该怎么办?"

蔡愔头也不回地说:"你们挖灶点火吧,我去打些河水。"

第五章 西域风情

无论大家如何反对，蔡愔还是走了。几名侍卫开始挖灶，架上铁锅，又在锅下边放了柴火。

蔡愔蹲在河边，看着绿油油的河水，轻松地打了两桶水。蔡愔挑着水桶回来了，大家举着火把看了，桶里没有发现任何虫子。蔡愔将两桶河水倒进铁锅，对一名距离较远的侍卫说："过来点火。"

侍卫举着火把慢慢走了两步："我不敢……"

蔡愔说："把火把扔过来。"

侍卫将火把高高地扔给了蔡愔，火把划过昏暗的天空，蔡愔飞起一脚将火把踢进了铁锅下边的柴堆，火把点燃柴火开始烧煮河水。柴火的红光映红了蔡愔的脸颊，侍卫们躲在一旁，担心地询问蔡愔："有没有……感觉？"

蔡愔一边添加柴火，一边说："我明白了，河水呈现灰蓝的颜色，是因为特殊的河床使得雪山溶水中含有某种物质，致使水的颜色变深。恰恰是因为这种物质，使得血吸虫无法在河中生存。"

大家都觉得不可思议。蔡愔又说："再说，只要经过滚水烧煮，什么虫子都无法存活。别傻待着了，赶紧下米呀，吃饱了好赶路。"

几名侍卫赶紧拿着米袋走了过来，向铁锅里倒进了小米。

傅毅认为蔡愔分析得很有道理，可是，只听说过蜱虫才会钻入人体皮肤拼命吸血，可以往只在南方才有的蜱虫、血吸虫，怎么会出现在西域？难道是蜱虫、血吸虫出现了杂交变异？傅毅搞不明白。

这天晚上，蔡愔几乎一夜未眠。秦景受伤使他又想起了他和秦景在怪湖受伤的情景，又想起梅儿扑进他怀中痛哭的情景。他思念梅儿，那个消失在沙漠之中的柔软妩媚的躯体，梅儿现在怎么样了？蔡愔没去想梅儿在梧桐岭如何生活，如若梅儿嫁给了蔡鹏，他也无法责怪她，因为他无暇照顾梅儿，无法让梅儿得到她期盼的幸福。蔡愔唯独害怕的就是秦景遭遇的那种小虫子，太可怕了，远不是梅儿的阅历能够解决的。如果梅儿遇到了可怕虫子，她会怎样呢？

蔡愔不敢想下去了，仿佛虫子真的进入了梅儿的体内，仿佛梅儿在大声呼叫，让蔡愔心疼得无法入睡。

早晨，朝阳照耀着葱岭河水，也照亮了一行帐篷。帐篷里躺在一旁的秦景醒了，问蔡愔："你怎么了？"

蔡愔说："没……没事，做梦了。啊，天亮了。"

秦景说："唉,又该出发了。我的腿还痛着呢。"

蔡愔穿上衣服："放心吧,我们家祖传的药粉,你那点小伤口很快就会痊愈的。"

秦景一咕噜地坐起来,反对说："小伤口……哎哟,疼死我了。我甚至想起来张梁了。"

蔡愔笑问："怎么,你也患有伤口不愈的怪病?"

秦景一边穿衣服一边说："你才有怪病呢。唉,好死不如赖活着,我媳妇还在家里等着我呢,我才不会自寻短见呢。"

仅仅走了三天,地表温度就开始发热了,几名侍卫十分好奇,脱了鞋子光脚在沙漠上行走,沙子暖暖的,很细腻、很柔软地在脚下按摩着脚掌,踩在上面非常舒服。然而,越走越热,他们赶紧穿上了鞋子。到了中午,一瓢水泼在地上,立刻就蒸发成白烟儿了,足可烫熟鸡蛋。这时如果脱了鞋子,一定烫得站立不稳。

在前边领队的蔡愔也被太阳晒得睁不开眼睛,即使眯着眼睛遥望远方,地面永远是一片热气腾腾的景象,让人感觉走进了一锅沸水之中。他知道,一行人走进一片更大的沙漠了,这片沙漠比原来见过的要大得多,向西行进既要尽量走在沙漠的边缘,又不可能完全不走沙漠,不然,就绕得太远了。

毒日直射,热气蒸腾,让第一次来到西域的秦景产生了幻觉。秦景原本腿部就疼痛,再加上干渴难忍,难受得甚至想用悬于腰间的匕首割喉咙自戕,也想割开血管饮血止渴。秦景再次想起了张梁,他十分理解张梁的心态,在这大漠之中跋涉,没有坚定的毅力和强壮的体魄是很难坚持到底的。

无奈之下,秦景抱着水囊不撒手,不停地喝水,忽然,他看见前方的大漠上依然是敦煌城。秦景干哑着嗓子向傅毅汇报说："是不是蔡愔带错路了,怎么前方还是敦煌城呢?"

傅毅热得想脱掉衣服,听了秦景的问话,勉强笑了,知道秦景并不清楚大漠奇观。傅毅说："那是海市蜃楼,是水雾形成的幻境,不是真实的。"

秦景问："我连看地图的劲头儿都没有了,这里是什么地方啊?"

傅毅解释说："塔克拉玛干。这是当地土语,'塔克'是山的意思,'拉玛干'是广阔大荒漠的意思,合起来就是指山下的大荒漠。"

秦景念不下来,干脆又问："什么时候……能够走出去呢?"

第五章 西域风情

傅毅说:"远着呢,这片大漠东西长两千里呢?"

秦景吓了一跳,说:"那……什么时候才能走出大漠呢? 若是走不出去,岂不是要渴死在大漠之中?"

傅毅说:"我们走的路线并不完全都在沙漠里,有时候会走大漠的边缘,那里就有绿洲了。"

"谢天谢地,赶快走到绿洲吧。"秦景说。

两人正说着,老天突然变了脸,不仅没有看到绿洲,反而是漫天黄沙扑面而来。蔡愔想起了曾经被大风刮走的梅儿,立刻吩咐:"大风过来了,队伍停止前进,将所有的骆驼、马匹聚在一起,卧在地上。所有的人都用绳子拴住腰部,两人一组连在一起,活动范围不需超过六尺。"

瘸腿的秦景拿着绳子问:"这是做什么?"

蔡愔用手遮挡住眼前的风沙说:"这里的大风比先前吹走梅儿的大多了,旋风可以卷走一头正在行走的骆驼。"

狂风肆虐,大家卧倒在骆驼旁边,一些人的腿脚很快就被风沙埋住了。秦景直起腰吐着嘴里的黄沙,一阵摇晃,差点被大风刮走。蔡愔猛扑过去压住秦景,他腰间的绳子又带动了另一名侍卫,侍卫又被动地扑在了蔡愔身上,蔡愔和侍卫身上的黄沙抖了秦景一脸。秦景哭丧着说:"哎哟,你们压着我的腿了……本来嘴里只有几粒沙尘,现在满嘴都是黄沙了。"

蔡愔往后挪了挪,捂着嘴说:"别说了,再说就吃饱了。"

傅毅躲在骆驼身后,用毛巾捂着嘴使劲咳嗽。一名侍卫也用毛巾捂嘴,一只手帮助傅毅捶背:"傅大人,您怎么了?"

傅毅一边咳嗽,一边摆摆手,示意不要紧。一行人在大漠整整等了一个多时辰,狂风慢慢地小了,蔡愔解开腰间的绳子,催促大家继续前行。秦景憋了半天,现在有了机会,赶紧拄着拐杖离开队伍,背着风小解了一番。

秦景被侍卫们扶上了骆驼,挂好拐杖,自嘲说:"本想在大漠留个记号,没想到还是背着风呢,裤子里已经灌满了沙子。"

蔡愔步行着向最前面的骆驼走去,听到秦景说话,蔡愔回头说:"留记号也没有用,这里是西域最大的流动沙漠,自己会移动,下次再来,保准找不到了。"

秦景说:"我将拐棍死死地扎进沙漠,再把帽子拴上去,它能刮到哪里去?"

蔡愔说:"若是飓风,眨眼之间就将帽子刮到千尺之外了。"

秦景捧着水囊喝了口水,漱漱口吐了:"千尺之外?你说得太夸张了。傅大人,蔡愔说得对吗?"

傅毅说:"大风是这里的特色,沙丘每年可移动数百尺,若是春季,地表沙尘变暖气流上升,东北风简直是强飓风,刮走一顶小帽子算什么呢。"

秦景说:"眼不见不为实,反正我是不信。"

前方路过一片千奇百怪的树林,这是干枯胡杨形成的死树林,没有生机,却不倒下。秦景不由得想起傅毅说过的胡杨"生而千年不死,死而千年不倒,倒而千年不腐"的传说。

黄昏时分,蔡愔发现了十几个被黄沙掩埋的地窝子,他知道这一定是牧民放牧打猎挖掘的住处。蔡愔停止前进,吩咐大家分散开来,能找到地窝子的就清理沙子,晚上住进地窝子,实在找不到再搭建帐篷。

夜晚,蔡愔又为秦景换了药。秦景感激地说:"你真是我的好兄弟。你将来一定会飞黄腾达的,如果不介意我这个不成器的博士弟子,一会儿就请傅大人作证,咱们结拜为兄弟吧。"

蔡愔收拾了药箱:"我为你做这些是应该的,并不图你报答什么。路途还很遥远,我们注定要同生共死、相依为命。在这荒凉的大漠之中,上天和大地完全可以见证我们的友情。人在做,天在看,我们早就从内心把对方当做兄弟了,难道不是吗?"

"是是是,你说得太对了,我们真的是好兄弟。"秦景心存感激,从怀中掏出一只敦煌甜瓜,说,"我带了些日子了,咱们在这里分了吧,一定格外甘甜。"

蔡愔不吃,说:"西域所有能吃的,我上次来西域已经吃遍了。"

秦景十分羡慕蔡愔曾经来过西域,蔡愔说:"那是为了打仗,没有办法,并不是幸福回忆。唉,人生有许多选择,也有许多不能选择。"

秦景说:"虽为博士弟子,我这一路之上长了不少见识,也知道了很多稀奇古怪的事情,这些都是书本之上学不到的。"

蔡愔坐下来说:"你还没见过更为稀奇的事情呢,就在咱们刚刚走过的那片胡杨林里,我就亲眼看见士兵们为了埋葬尸体挖掘坟坑,曾经挖出一个活着的西域女人。"

秦景立刻瞪大了眼睛,一块香瓜含在嘴里忘记了咀嚼。蔡愔接着说:"当时狂风大作,飞沙走石,挖出的女人西域人装扮,士兵拉她的时候她的身体还会动呢,可是,一眨眼她就跑进了胡杨林,不见了。"

"那是为什么呢?你们怎么不去找她呢?"秦景问。

蔡愔说:"当时谁也不明白。后来想想,一定是挖到了木乃伊,大风刮动她的裙子,士兵以为她还活着,拉她起来的时候正好一阵大风把她刮进了胡杨林,所以不见了。"

"后来呢?"秦景更加好奇了。蔡愔说:"当时大风始终不停,而且越来越大,刮得人睁不开眼睛,谁也不敢再挖了。询问当地向导之后,向导说必须杀牛宰羊祭祀,风才会停。我下令杀了十只羊,在胡杨林举行了祭祀仪式,第二天,大风渐渐停了,然而,那些死去的士兵尸体已经被黄沙掩埋起来,不需再挖坟坑了。"

秦景后悔地说:"完了,早知道不听你说了,我今晚又得做噩梦了,说不定会梦见那个西域女人。"

清晨,天色还没有完全放亮,一行人大多从地窝子里爬出来了。周围像金字塔一般的沙丘太多了,遮挡了阳光,天色已经大亮,蔡愔却尚未看到升起的太阳。吃过早饭,骑上骆驼,所有的人都从一座座像金字塔一样的沙丘上方看到了火红的太阳。此刻,每个人的身上都披上了红彤彤的霞光。

大漠日出是那样壮观,充满了奇幻神秘色彩,秦景回头望着一座座沙丘屹立在沙漠,四周渺无人烟,苍茫天穹下的塔克拉玛干无边无际,缥缈间产生一种震慑人心的畏惧,真的觉得自己渺小起来。

蔡愔上了骆驼喊道:"快走吧,马上就到绿洲了。"

十天之后,一行人走到了一条流淌着清水的河北岸,终于感到神清气爽了。河畔有着茂密的芦苇、胡杨、怪柳、灌丛、胡颓子、骆驼刺、蒺藜、猪毛菜,还有很多叫不上名字的沙生野草。野草间流水潺潺,时常会有野鸟飞起。这里的胡杨才是真正的胡杨,五角形的叶子一片金黄,仿佛中原的银杏。秦景在一根树干上看见了一只蜥蜴,它正在静静等候一只向下爬动的甲壳类昆虫。

秦景问:"我能不能捉住一只蜥蜴当做宠物?"

"你只要能够捉住,当然可以。"蔡愔说。

秦景下了骆驼,拄着拐杖来到树下,嘴里说着你当我看不见你啊,小样儿等着被捉吧。秦景慢慢靠近蜥蜴,就在他的手快要抓住蜥蜴的时候,蜥蜴纵身跳下树干,突然在沙地上消失了。秦景追着用拐棍捣了几下,不仅没有捣住蜥蜴,甚至都没看清蜥蜴究竟如何钻进了沙子里。

蔡愔说:"还是用弓箭射兔子,射只黄羊更好,那才是男人该做的。"

秦景望着四周说:"没有看见黄羊啊。"

蔡愔说:"能看到的,这里不仅有黄羊,在开阔地带还可看见成群的羚羊、鹿,也有野猪、野骆驼,偶尔还能看见一身火红的野狐狸呢。"

秦景不屑地说:"只要没有老虎我就不怕。"

蔡愔说:"我可不是吓唬你,这里真的有虎、狼,不然黄羊太多,草早没了。"

秦景又问:"这里的地势怎么这么低呢?"

蔡愔说:"这个,你去问问傅大人吧。"

秦景说:"我正盘算着回去写一本《西域游记》,你以为我不敢问啊。"

第六章　邂逅高僧

深夜的时候,一个黑影潜入了刘皖的汉军大营,逐步靠近了刘皖的大帐。此时,刘皖正在大帐中询问傅毅等人的情况,刘皖说:"小成子,知道特使一行走到哪里了吗?"

随从小成子说:"算着日子,应该走到大沙漠了。镇西王知道,那里可是九死一生的地方。"

刘皖担心说:"他们人多,傅毅和蔡愔又有西域生存的经验,或许不至于死在那里。"

"听说他们已经死了两个人了。前些日子,听曾经和他们一起在野外露宿的西域商人说,黄台驿站被刺客杀死了一人,名叫李明轩,另外,还有一个叫做张梁的,因为伤口不愈,痛苦难耐,万分绝望,自杀了。"小成子说。

刘皖定了定性说:"哦?这就是傅毅、蔡愔的过错了,大汉使臣万千,哪里有过自杀的?傅毅没有做好首领的工作,蔡愔没有尽到护卫的职责,在西域诸国面前这不是明摆着驳皇上的面子嘛。等他们回到洛阳,本王要向皇上弹劾傅毅,弹劾蔡愔。"

第六章 邂逅高僧

黑影潜到刘皖大帐外边,小成子恰巧出来提水,被黑影用冰冷的剑锋逼住了脖子:"说,刘皖在哪儿?"

小成子吓得哆哆嗦嗦,用手指了指大帐,黑影放过了小成子,猛地用剑挑开了大帐的门帘。小成子扔了水壶,大声喊道:"有刺客!抓刺客!"

听到呼喊,刘皖立刻跳了起来,抓过佩剑,与闯进大帐的蒙面刺客厮杀起来。双方战了数个回合,刘皖挑飞了对方的佩剑,将对方逼到了大帐一角。刘皖喝道:"说,谁派你来的!"

蒙面刺客拒不说话。刘皖一把扯下了对方的蒙面黑巾,顿觉意外:"梅儿你怎么会来刺杀我?"

梅儿说:"不错,是我,我为什么不能杀你?"

刘皖退一步摆摆手,冲进大帐的士兵们都退到了帐篷外边。刘皖将佩剑插入剑鞘,放在兵器架上,说:"你我打小一起在洛阳长大,总得说个理由吧。"

梅儿气愤地说:"你爹在西域杀死我爹的时候,说出理由了吗?"

刘皖不屑地坐了下来:"啊,原来是要报仇呀。请坐吧,尽管你来杀我,我也不恨你。"

梅儿只管坐下,眼睛死死地盯着刘皖。刘皖说:"他们同朝为官,免不了有些过节,政见不同也是常事。可是,战场上发生的事情,是综合因素造成的,不像别人传说的那样离奇,我爹若是真的想杀你爹,早就派人在京城洛阳刺杀了他,那样人不知鬼不觉,何必要跑到西域大漠,如此费劲?再说,我爹恨的是蔡广利,他们蔡府害死了我姐姐。所以,你爹的死与我爹没有关系……"

梅儿瞅了瞅地上自己的佩剑,说:"你少为你爹的罪过掩饰。"

刘皖说:"好了不说他们。今天你来了,我也打开天窗说亮话,过去我一直没说……没敢说,现在我也历练出来了,我就明说,梅儿我喜欢你。"

"呸!谁会喜欢你?"梅儿说。

刘皖说:"我要娶你。"

梅儿说:"我就是死了也不会嫁给你!"

刘皖说:"依你的那点武功,又来到我的大营,不是自投罗网吗?你以为今天你还走得了吗?嫁不嫁给我,你能做主吗?"

梅儿说:"想娶我,那咱们就同归于尽。"

刘皖转身去倒茶:"你我同在京城长大,说话也不要那么绝情嘛。先喝杯热茶再说,中原的绿茶。我呀,我可不像你,我总想把一切事情都往好里想……"

梅儿猛地抓起地上的佩剑,刺向刘皖的后背,"咔"的一声,剑锋无法刺进刘皖的肉体。刘皖微笑着转过身来:"你果然报仇心切,忘记告诉你了,我穿戴了龟兹最好的软甲,你的力气太小了。"

梅儿举着佩剑慢慢向帐外移动,帐外的士兵们迅速包围了梅儿。刘皖喝了一口茶说:"这么好的茶,竟然不懂欣赏。让她走!"

士兵们闪开了,梅儿飞身逃走了。小成子冲过来对刘皖说:"镇西王,她夜闯军营,不能放她走啊。"

刘皖冷笑一声说:"抓她,只会搅乱军营。兄弟们早点歇着吧,她逃不远的,改天找个人烟稀少的地方,本王一定要把她再抓回来。"

梅儿逃走了,一个人星夜兼程地向南逃亡,既要尽快赶回洛阳,又要提防刘皖的追杀。过去,她只是憎恨楚王刘英,憎恨汉明帝刘庄,现在,她的仇恨不断升级,不断扩大范围,已经到了仇恨刘氏皇族一切成员的地步。

这天,梅儿走到了距离敦煌还有百十里地的地方,非常疲惫。远处,一名戴面具男子骑马跟着梅儿。梅儿饿了,向路边的一家小饭庄走去。她不知道,这个不起眼儿的小饭庄是一个专门向西域贩卖女子的黑店。

此时,一名脸上长着刀疤的胖伙计蹲在房屋后边,对木笼子里两名捆着手脚堵住嘴巴的女子说:"不许乱叫,明天就把你们送到西域去,无论如何你们还能生活,若是乱喊乱叫,现在就杀了你们。"

两名女子泪流满面,不敢出声。刀疤胖伙计用一块蓝色的大布蒙住了木笼子,然后走回小饭庄前边,走进了灶房,拎起一把菜刀开始切菜。房屋外边的小路上,疲惫的梅儿正骑马渐渐走近了小饭庄。刀疤胖伙计从窗口看见了梅儿,立刻停止了切菜,隔窗招呼道:"这位客官,是要就餐吗?里边请,里边请。"

梅儿在小饭庄门前下了马,非常慎重地看看身后,身后的官道上空空如也,没人跟踪。刀疤胖伙计连忙对正在擦拭桌案的矮瘦伙计使了个眼色,矮瘦伙计连忙出门招呼着为梅儿牵马,将缰绳拴在木桩上。梅儿走进了小饭庄,找了个角落坐下:"一碗刀削面。"

矮瘦伙计端来茶水:"饭菜马上就好,请您先用茶。"

梅儿端起茶杯说:"怎么这一路上只有你们这一家小饭庄?"

矮瘦伙计说:"这位客官,这一路上十分偏僻,常常有土匪劫道,谁敢在此久留

第六章 邂逅高僧

啊,行人少了,开店的人也就少了啊。我们哥俩是流浪到这个地方的,也没有别的手艺,只能开个小饭庄,勉强度日吧。"

梅儿喝了一口水,又问:"这里离敦煌还有多远?"

矮瘦伙计热情地说:"也就百十里地吧。吃完饭,你快马加鞭,天黑之前就到了。"

房屋后边传来两名女子"呜、呜"的喊声,梅儿警觉地问:"房后……什么东西在叫?"

刀疤胖伙计赶紧说:"咱这小饭庄小是小,鸡鸭鱼肉全是自产的,后边养着不少鸡鸭鹅,几声鸣叫不足为奇。"

两名伙计挤眉弄眼,互相心领神会。不知情的梅儿一边思索一边喝着茶水,忽然,她感到头晕目眩,趴在了桌案上。刀疤胖伙计喜出望外,连忙走到了梅儿身边,拍拍梅儿的肩头:"这位小妹,这位小妹……"

矮瘦伙计说:"别拍了,我配置的药,一口就够了,她喝了两口,必定是要睡觉了。"

刀疤胖伙计一把将梅儿软绵绵的身体抱了起来,走进饭庄侧面的一个套间,放在了床上。刀疤胖伙计将梅儿系在身后的布包取下打开看了,只有几件衣服:"没有什么钱财,好像是中原女子。"

矮瘦伙计伸出粗糙的手掌摸着梅儿娇嫩的脸蛋:"这女子真漂亮啊,待我们将她卖到大户人家,一定能得到不少钱呢。"

刀疤胖伙计反对说:"卖?我们卖了几年人口,见过如此俊美的女子吗?反正不缺她一个,我们先享用了再说。"

矮瘦伙计眉开眼笑:"好啊,好啊。老大,你先来。"

刀疤胖伙计笑嘻嘻地慢慢解开梅儿的衣领扣,只见白玉一样的肌肤:"啧啧啧,太美了……这女子真是又白又嫩啊……一定尚未婚嫁……"

这时,在小饭店外边,穿着黑面红底斗篷的戴面具男子悄悄下马,将马拴在树上。戴面具男子悄悄来到房屋后边,忽然听见"呜、呜"的声音。男子仔细听听,发现声音来自一块蓝色大布罩着的木笼子。他看看左右无人,小心翼翼地用剑挑开了蓝色大布,看见里边捆绑着两名女子。戴着面具男子问:"你们是谁?怎么会在这里?"

两名女子被堵住了嘴,无法说话。戴着面具男子再次看看左右无人,然后用剑挑开了捆绑两名女子手脚的麻绳,又打开了木笼子的门锁。两名女子拔出自己嘴中的布团,立刻哭泣起来,叩首感谢道:"谢谢大爷!谢谢大爷救命!"

戴面具男子说:"你我并不相识,若是被饭庄捆绑的,就赶紧逃命去吧。"

小饭店里边,矮瘦伙计伸手想去摸梅儿的乳房,被刀疤胖伙计打了一巴掌:"我先来,你去外边盯着。"

刀疤胖伙计一把扯掉自己的围裙,很快脱掉自己的裤子:"嘻嘻……我来了,小宝贝。"

这时,房后传来木笼子散架的声音,两名女子相互说:"我的包袱还在里边呢……""快跑!东西不要了。"

矮瘦伙计听到外面声响说:"不好了老大,外边那两个女子跑了。"

刀疤胖伙计正在解开梅儿的裤带,不满地说:"怎么会?我刚看过。走,快去追啊。"

矮瘦伙计拎起菜刀出了房间,刀疤胖伙计拍拍梅儿的脸蛋:"小宝贝,等哥哥一会儿啊,一会儿让你好好享受享受。"

话还没说完,只见矮瘦伙计一步一步退回了房间。刀疤胖伙计提上裤子,找到一把菜刀,问:"你怎么又回来了?"

矮瘦伙计结结巴巴:"有……有……有人……"

刀疤胖伙计不耐烦地说:"你就说打烊了。"

雪亮的剑锋抵着矮瘦伙计的咽喉,随后,戴面具男子跟着走进了房间。胖伙计见状,立刻操起菜刀向戴面具男子砍来。戴面具男子舞动佩剑,一个招式就将两人分别割掉了一只耳朵,又顺势将佩剑插入了剑鞘。

"哎呀……疼啊……我的耳朵啊……"两名伙计知道遇到了高手,扔了菜刀,各自捂着流血的伤口,慌忙在地上捡起自己的耳朵。刀疤胖伙计从瘦伙计手中夺过血糊糊的耳朵:"拿过来,这个是我的。"

瘦伙计慌忙找着:"那……我的呢?"

戴面具男子蹲下身子问:"知道疼痛了?你们知道吗,你们少了一只耳朵,只会疼痛一时,你们欺负了一个女子,她会心痛一辈子的!"

两名伙计跪在地上:"我们不敢了,再不敢了……"

戴面具男子厉声喝道:"只这一次,下次你们就没命了。滚!"

两名伙计捂着耳朵逃出了小饭庄,不时回头看。矮瘦伙计痛苦地说:"老大,

第六章 邂逅高僧

咱们就这么走了?"

刀疤胖伙计说:"他一定是那个女子的男人,我不会放过他的,我要报仇!我一定要将那女子先奸后杀,他说得对,我一定要让那个女子还有他都心痛一辈子!"

矮瘦伙计用一只手解开了拴在树上的一辆牛车:"快说现在怎么办吧?"

刀疤胖伙计坐上牛车:"先去找堂医疗伤啊,快走!"

小饭庄里边,戴面具男子简单将梅儿裹好了衣服,抓起梅儿的布包,将梅儿抱了起来。走到路边一片树林里,戴面具男子让梅儿靠着树干躺下。树上的几只鸟儿飞来飞去,欢快地鸣叫着。

戴面具男子将两匹马牵了过来,拴在一棵小树上。戴面具男子听见鸟叫,摘下面具露出了笑容,是镇西王刘皖。刘皖走到马匹近前,将面具塞进了马囊,返回来在梅儿的身边坐下了。半天,梅儿醒了,慢慢看清了刘皖坐在一边。梅儿眼神儿恍惚地问:"这是哪里啊,我怎么会在这里?"

刘皖高兴地说:"你终于醒了。"

梅儿坐起身来,看见自己的衣服不整,大叫一声,赶紧拉紧自己的衣服,紧张地问:"怎么是你?你……你……你把我怎么了?"

刘皖双手一摊说:"不是我,你刚才在饭庄被人下了迷魂药,是我救了你。房后的木笼子里还绑着两名女子,我也将她们放走了。"

梅儿背身系好衣扣:"我不信,你个流氓,滚开!"

刘皖委屈地说:"信不信由你,又不是我让你到那个小饭庄吃饭的,再说,我要想怎么样你,也不用等到你醒啊。"

梅儿迅速背起自己的布包,抓起自己的佩剑指向刘皖:"流氓!你为什么跟踪我?"

刘皖起身躲避剑锋:"我是在保护你,怕你出意外。若不是我,说不定明天你就被拉到西域卖给西域汉子了。"

梅儿厉声说:"你胡说!我不需要你假仁慈。"

刘皖解释说:"总之是我救了你,我不要你报答我,我只要你嫁给我。"

梅儿横眉冷对:"做梦!"

刘皖说:"好了,我答应不再跟踪你,行了吧。再说本王皇差在身,也不可能把你一路护送到洛阳。"

梅儿收了佩剑,飞身上马,转身疾驰而去。刘皖在后边喊道:"你照顾好自己,我早晚回到洛阳会娶了你的。"

刘皖看着梅儿远去的背影儿,无奈地摇摇头,牵马走了。刘皖牵马返回到小饭庄门前,他想,干脆一把火烧了它,省得那两个坏人回来之后再祸害人。一不做二不休,他将马匹拴在门前,走进小饭庄的灶房,从铁锅下的灶台里抽出一些柴火,放在了小饭庄的几案上,掏出火镰点燃了柴火。

再说梅儿并不理会刘皖,一个人径直向南驰去。然而,颠沛流离的生活使得梅儿的体质每况愈下,脾气也越来越暴躁,对所有的人都抱有怀疑的态度。又过了二十多天,梅儿走到了天水城,梅儿再不敢去僻静的小饭庄吃饭,她在繁华热闹的街道上挑选了一家大饭庄。梅儿心想,这么繁华的地点,这样的大饭店,人来人往,总不会再出现被下药的情况了吧。梅儿走进了饭店,饭庄里稀稀拉拉地坐了两三个客人。梅儿挑了一张几案坐下,吩咐说:"伙计,来碗牛肉面。"

伙计答应了一声,不一会儿,端着一碗面放在梅儿面前:"面来了。"

梅儿说:"慢着。"

伙计客气地问:"还需要什么吗?"

梅儿拿起筷子将面条挑出来一根放在一个碟子上:"你先把它吃了。"

伙计疑惑不解:"为什么……哪有伙计吃客人饭的?"

梅儿严肃地说:"我怕你们下药。"

伙计无奈地笑了:"你看看咱这饭庄这么多客人,哪里有下药的道理?这里是天水城,不是荒郊野岭。"

梅儿厉声说道:"叫你吃你就吃,我付钱就是了。"

伙计拿过碟子将面条倒进嘴里:"哪有什么药啊,我们又不是黑店。"

伙计转身走了,梅儿拿起醋瓶想倒点醋,想了想,害怕醋里有迷药,又放下了。吃完了面,梅儿放下碗筷说:"结账。"

伙计跑过来说:"三十个五铢。"

梅儿生气地说:"什么,一碗面就要三十钱?"

伙计说:"你没看见碗里放了多少片牛肉啊,前几年闹瘟疫,牛都找不到了,现在好牛肉什么市价?八十个五铢一斤。"

梅儿问:"那……一碗面也不值三十钱啊?"

第六章　邂逅高僧

"值不值店家说了算,再说还有那么多青菜呢,现在天旱,青菜多少钱一斤?"伙计说。

梅儿将五个五铢钱放在几案上:"少废话!我从洛阳走到大漠,又从大漠走到这里,哪里卖面也不会超过五个钱。"

伙计将毛巾搭在肩膀上,一脸不屑地说:"嘿!今儿我还真就较上这个劲了,不给钱,你哪儿也别想去。"

一名身体肥胖的厨师冲了出来,吼道:"又一个来闹事的,还是个小女子,哥几个,关门!"

饭庄大门关上了,其他吃饭的几个客人连忙躲在了角落劝说:"年轻人,有事好商量嘛,这般上火,不是伤了和气吗?"

此时,一个武术班十几个人陆续走进了天水城门,年龄最小的姑娘小楠儿牵着马,高兴地对后边赶着牛车的班主王田义说:"干爹,你快点。"

"来了。"班主王田义赶着牛车,车后拴着两只羊跟着紧跑。武术班一行人进了城,正在街道走着,听见饭庄里边一阵打斗声,武术班一行人停住了脚步。突然,窗户裂开了,梅儿从里边撞了出来,翻身站在街中。大门也迅速打开了,几名厨师和伙计冲了出来,纷纷举着菜刀、板凳喊道:"吃了面不给钱,还想跑。"

梅儿接招还击,在街中打斗起来,几个人跳来蹿去,甚至跳到了班主王田义的牛车上。班主王田义看见梅儿,忽然觉得这个女子似乎在哪里见过。

小楠儿看见了梅儿,十分意外地惊呼道:"姐姐?干爹,她是我的一个姐姐,她怎么会在这里?哎,对了,就是她说过要杀楚王的。"

听说是小楠儿的姐姐,又要杀楚王,班主王田义赶紧跳下牛车上前劝说:"各位,不要打了,不要再打了。不就是一碗面吗?"

伙计气愤地说:"滚开!不打你给钱啊?三十个五铢呢。"

班主王田义掏出一串五铢钱:"一碗面三十钱,怪不得争斗呢。给你,只多不少。"

伙计接过钱,大致数数,喊道:"别打了,有人给钱了,三十多钱。"

梅儿想停止打斗,一名厨师将两把菜刀死死压在梅儿的佩剑上说:"不行,她还撞坏了饭庄的窗户,她得赔。"

班主王田义说:"我牛车上还有几十个五铢钱呢,你们先住手,有话好好说。"

厨师继续与梅儿打斗,不服气地说:"若是个爷们儿也就罢了,一个小女子这般野蛮,不收拾了她,以后我这饭庄还怎么开?"

班主王田义挥舞着双手,着急说:"行了,一扇竹帘窗,至于吗?"

一名厨师跳到班主面前,挥舞菜刀:"老东西,滚开!"

班主王田义为了躲避菜刀,倒在了牛车上。小楠儿看到有人挥刀威胁她干爹,实在忍耐不住了,拔剑出鞘加入了混战:"你们太欺负人了!"

梅儿辗转跳到伙计面前,猛地将剑架在伙计脖子上:"既然要武力解决,那就把钱还给人家!还给人家!"

"我还!我还!"伙计无奈,将那一串五铢钱扔在了小楠儿身边。小楠儿仍在与厨师混战,一把菜刀突然从背后砍向小楠儿,就在这千钧一发之际,一把大刀伸过来挑飞了小楠儿背后的那把菜刀,菜刀在空中飞舞,落下的时候被大刀扫到了饭庄门口,砰的一声扎在门框上。

"住手!"班主王田义手握大刀站在街道中间,显然喝住了一场打斗。然而,他自己并没有停手,而是舞动大刀,用刀尖挑起那一串五铢钱甩给一名厨师,厨师慌忙接住了。接着又舞动大刀,斩断了牛车后边的一根绳子,命令说:"刚阗,给他们一只羊,算是赔了窗户了。"

武术班里一名叫做李刚阗的青年抱起一只羊走向了饭庄,放在了饭庄门口。厨师们悻悻地逃回饭庄,梅儿也松开了伙计:"滚!"

平息了饭庄的纠纷,梅儿牵着马跟着武术班一行人走到了天水伏羲庙。班主王田义、小楠儿等人在庙前空地收拾牛车上的箱子物品,小楠儿生气地说:"如此好景色,竟被一帮恶人毁了。姐姐,你还记得我吗?我是楠儿。"

梅儿点点头:"当然记得,你爷爷呢?还在山里种地吗?"

小楠儿低下了头:"爷爷去世了,姐姐离开我家之后两个月,爷爷就去世了。"

梅儿说:"对不起……那你怎么会在这里?"

小楠儿说:"葬了爷爷之后,我变卖了家产,与几个同乡想去西域种瓜,结果走到敦煌附近被人抢去了盘缠,我也走累了,也没盘缠了,也想家了,恰巧遇到班主,班主认我做了干女儿。"

班主王田义走过来问梅儿:"姑娘哪里人士,怎么在此停留?"

梅儿说:"小女……算是中原人士,从西域返回洛阳。今日之事,感谢班主和哥哥妹妹们相救,不仅花钱,还搭上了一只羊。"

班主王田义已经认出来了,面前的这位姑娘极有可能就是李蒙大将军的女儿李梅儿。可是,王田义在那个神秘的湖畔山洞见过蔡愔,也听说梅儿跟着蔡愔要去西域,她该和蔡愔在一起,怎么会在这里呢?她去洛阳,难道和自己一样要去洛阳刺杀楚王?班主王田义试探着问:"前往洛阳?请问姑娘,可知道洛阳城有个李府,李蒙大将军府?"

梅儿有些警觉,急忙回避说:"不……不知道……请问班主如何认识李大将军?"

班主王田义不便追问,只得说:"不知便罢。我只是随便问问,因为看到你,使我想起来一个人,长的和你非常相像。"

梅儿笑着解释说:"天下汉人,长得相像的太多了。"

班主王田义说:"请问姑娘只是一人前往吗?一个女子独自行走如此远的路确实不太方便,如果姑娘不嫌弃,还是跟随我们一起前往洛阳吧。"

小楠儿说:"是啊,姐姐,跟我们一同走吧,咱们一起回中原。"

梅儿笑着说:"楠儿,我叫红柳,姐姐确实很喜欢你,可是……不太方便,我一个人习惯了……再说……我……"

班主王田义说:"我们也是随便说说,红柳姑娘若是愿意自己前往,那就自便吧。"

小楠儿:"姐姐有什么不方便的……我们都已经是第三次见面了,我才刚刚知道姐姐的名字,姐姐又要自己离开,这多不合适啊……"

梅儿牵了马匹:"我们还会再见面的。若是班主前往洛阳,或许我们还有见面的机会。届时,小女子一定偿还今日的钱财。"

班主王田义从牛车上取出一柄短剑,对梅儿说:"大家行走江湖,相互依靠,区区小事,不足挂齿。另外,既然姑娘与义女楠儿是姐妹,又在此相遇,请收下这柄短剑留作纪念吧。"

梅儿犹豫着慢慢接过短剑,说:"这……这种短剑怎么如此奇特?"

班主王田义说:"这是北匈奴人的短剑,他们随身携带的,非常锋利,姑娘留作防身之用吧。"

梅儿惊奇地问:"你们去过西域?是去做生意吗?"

班主王田义笑着说:"没有什么奇怪的,我是与他们打过仗,这柄短剑就是战利品。姑娘就留在身边吧,也不枉我们在此相见一场。"

梅儿将短剑塞进了小布包,又将小布包背好了,说:"再次谢过。小女子告辞了。"

梅儿告别了武术班一行人,上马走了,骑马慢慢走过城中的街道。这时,那两个被刘皖割掉耳朵的刀疤胖伙计和瘦伙计用布条缠着头部,正拄着拐棍在沿街乞讨。刀疤胖伙计忽然看见了梅儿,赶紧用肘部抵了瘦伙计一下,两人眼睁睁看着梅儿从面前过去了。

瘦伙计看看梅儿身后没有别人,说:"没错,就是那个女子。她怎么会一个人?不是还有一个戴面具的男子吗?"

刀疤胖伙计恶狠狠地扔下手中的半个馒头说:"或许,他们压根儿就不认识。妈的,砸了老子的场子,毁了老子的面容,就休怪老子不客气了。走,跟上她!老子就不信收拾不了她。"

两人站起身来,怀着满腔仇恨,向着梅儿走过的方向跟了过去。唯一不便的是两人赶着牛车,始终跟不上梅儿的速度。中原官道上,刀疤胖伙计和瘦伙计赶着牛车快速走着,瘦伙计抱怨说:"你说她骑着马,咱俩赶辆牛车,这什么时候才能追上她呢?"

刀疤胖伙计说:"别催了,我这心里比你还急呢,你说怎么办?不过有一点,她跑得再快,总得住店休息吧,咱们早晚会抓住她的。到了那个时候,瞧我怎么收拾她。"

梅儿独自骑马走着,又渴又累,身体极度虚弱,终于难以坚持跌下马来。她挣扎着想站起来,可是体力不支,终于又倒在了路边,闭上了眼睛。刀疤胖伙计和瘦伙计赶着牛车沿着官道转过弯来,瘦伙计高兴地说:"怎么有一匹马……没有人呢? 天助我也,咱们有马了。"

刀疤胖伙计停住了牛车:"吁,吁——往地上看,地上还躺着一个呢。"

瘦伙计跳下车来看看梅儿,用手指放在她鼻子前边试了试,小声说:"就是她,还没死,是晕过去了,咱们不用再追了,真是天助我也。"

刀疤胖伙计也来到梅儿身边,蹲下身子,将梅儿的佩剑拿起来扔给了瘦伙计:"真是得来全不费功夫啊,瞧她满嘴的水泡,一定是渴得昏过去了。你牵着她的马,先进树林再说。"

刀疤胖伙计将梅儿抱起来放在牛车上:"这小女子的身体好柔软啊,看到她我心里就起急……躺好吧,还是先进了树林再说吧。"

瘦伙计牵着马走进树林,边走边说:"我怎么突然觉得咱们有点乘人之危

第六章 邂逅高僧

啊。"

刀疤胖伙计赶着牛车离开了官道,进入了旁边的树林:"少放屁吧,你以为你是正人君子啊。"

瘦伙计回头看了一眼:"哟,她的小布包掉到了路边了。"

刀疤胖伙计不屑地说:"不要了,反正那里边也没钱,省得再让外人看见跟了过来,你还想再失去另一只耳朵吗?"

瘦伙计只好跟着继续在树林里前行。刀疤胖伙计一边赶着牛车,一边摸着梅儿的脸颊:"小女子,这次,可不是大爷我药倒了你,是你自愿投奔大爷怀抱的。"

瘦伙计不满地说:"老大,这次可再不能听你的了,还是尽快把她卖了,咱们先换些钱财,不然,我们可就真的要饿肚子了。万一她男人再跟了来……我可不想再没有了另外一只耳朵……"

刀疤胖伙计说:"怕什么,这里荒郊野岭的,保准没事。你不是说前几天有人找你要买女子吗,你快去联系,拿了钱财,夜晚咱们还在这片林子里见面。"

瘦伙计说:"那人是我的一个熟人,若是被他发现我们先动了这个女子,抑或这个女子事后向买主说我们先动了她,买主会找我们退钱的,到那时,我们没了钱,又不准备娶婆娘,留着她有什么用呢?"

刀疤胖伙计拉住了牛车,停在了一处空阔的地方,说:"那好吧,卖钱要紧,我就先不动她,我在这里等着,你赶紧去吧,快去快回。另外,带个麻袋回来,别到时候她大喊大叫的。"

瘦伙计走了,刀疤胖伙计下车绕到梅儿身边,笑嘻嘻地将手伸向了梅儿的胸脯,突然,一把利刃挡住了他的手。刀疤胖伙计吓了一跳,哆哆嗦嗦地回头看见是瘦伙计,埋怨道:"你这是做什么?吓死我了。"

瘦伙计生气地说:"老大,你若是如此,我没法做买卖了,说不定得罪了买主,咱们的小命都得丢了。"

刀疤胖伙计说:"我答应过你,我不动她。我就掀开衣服看一眼还不行吗?"

瘦伙计固执地说:"不行,过去我们得到的女子多,死一个也不在乎。现在不同了,这个女子对我们很重要,卖得价格好了,能让我们重操旧业,东山再起。以后有了钱财,何愁得不到女子。若是现在饿死了,女子再美又能如何?"

刀疤胖伙计不耐烦地说:"好了好了,你还做不做?你要我怎样做你才相信?"

瘦伙计说:"你与我一同前往,我才相信你。"

刀疤胖伙计说:"你我都走了,若是这女子自己跑了,我们如何向买家交代。"

瘦伙计说:"将手脚捆死了,她跑不了的。"

刀疤胖伙计不耐烦地说:"好吧,好吧。"

两人取出一根细麻绳从背后捆住了梅儿的双手,梅儿醒了过来,睁开了眼睛,感觉到了自己的双手被捆绑着,她开始拼命反抗:"放开我!"

两人按住梅儿,用毛巾堵住了梅儿的嘴巴。刀疤胖伙计拔出匕首恐吓说:"不许叫喊,再乱叫就杀了你。"

瘦伙计也说:"别怕,我们不是害命,只是拿你换点钱财而已。等买主来了,你跟人家去过安稳日子,我们也好返回敦煌继续开我们的小饭庄。"

梅儿依旧在牛车上挣扎,两个伙计丢下梅儿走了。

此时在官道上,小楠儿骑马在前边走着,勒住缰绳回头说:"你们快点呀!干爹,前边就要到长安了。"

班主王田义等人在后边赶着两辆牛车:"咱们武术班十几个人,哪个也不像你那样天天叽叽喳喳的,不像个练武的人。"

小楠儿回过头来,正准备继续前行,忽然停住了:"路边有个布包,好像是那个红柳姐姐的。"

小楠儿下马捡起了布包,慢慢打开了,忽然看到了干爹王田义送给梅儿的匈奴短剑,小楠儿惊奇地回头喊道:"干爹,真是红柳姐姐的布包,她的布包怎么会在这里?"

班主王田义赶着牛车过来了,下车看看布包,又看看四周:"不好,说不定她出了什么意外。"

李刚阗下马说:"班主,这里有牛车的轨迹,是不是她……被人劫持走了,不然怎么会扔了包袱呢?"

班主王田义命令说:"留下两个人看管车马,其他人跟我过去看看。"

王田义、李刚阗、小楠儿等十几个人顺着牛车的轨迹走进了树林。小楠儿边走边说:"如果是强盗,为什么不要她的布包呢?布包里还有一些盘缠呢。"

李刚阗说:"会不会是……劫色?"

班主王田义反对说:"她的马匹都不在了,什么劫色!一定是慌忙之中没有发现她的布包。"

第六章 邂逅高僧

树林中,刀疤胖伙计跟在瘦伙计后边,一边走一边问:"你说的那个买主……到底还有多远啊?"

瘦伙计说:"在山边的村子里呢,你着什么急呀。"

刀疤胖伙计一屁股坐在了地上:"累死我了,我走不动了。"

瘦伙计回身过来:"你若是这般走三步歇两回,明天也到不了。"

刀疤胖伙计说:"反正,我是不走了。我就在这里等你,等你带着买主回来了,咱们一起回去。"

瘦伙计过来坐下说:"这林子里有老虎,你就不怕夜晚一个人被虎吃了?"

刀疤胖伙计不屑地说:"得了吧,若是真的有虎,也一定会先吃了那个细皮嫩肉的小女子。哎,对了,若是老虎真的吃了那个小女子,我们跑这么远瞎忙活什么啊,不行,我得赶紧回去看着她。"

瘦伙计猛地拔出匕首挡住了刀疤胖伙计的去路:"慢着!"

刀疤胖伙计盯着匕首,恶狠狠地问:"你什么意思?怎么着,买卖还没做,咱们哥们儿先要斗个你死我活?"

瘦伙计反驳说:"你才死呢!反正你不能回去,你若是回去了,这笔买卖准保会黄,我不能让你回去。"

刀疤胖伙计问:"你怎么知道我回去了生意就得黄?"

瘦伙计气愤地说:"你就少废话吧,上次若不是你要逞一时之快,我们能丢掉耳朵吗?盗亦有道,见了漂亮女子你就上,没了信誉,我们的买卖能成吗?"

刀疤胖伙计叹了口气:"唉,遇上你我算是没辙了。得了,赶紧前边带路,走吧,继续走吧。"

瘦伙计将匕首插进鞘中,两人继续向前走,刀疤胖伙计突然拔出自己的匕首,猛地捅进了瘦伙计的后背。瘦伙计慢慢转过身来,踉跄几步,跌倒在地:"你……你竟然从背后下狠手……"

刀疤胖伙计蹲下身盯着瘦伙计的脸,恶狠狠地喊道:"怨我吗?是你逼我的,是你逼我的!贩卖女子在大汉朝就是贼!你以为自己是谁,你以为你是在做正经生意吗?没了你,我一个人做事那才爽快呢。刚才你不是说这里有老虎吗,老虎闻到血腥味很快就会来找你的,你就在这里等死吧。不过你要记住,最后是老虎吃了你,不是我杀了你。"

倒在地上的瘦伙计用尽力气爬起来靠在树上,恳求说:"你不要走……"

刀疤胖伙计问:"你还有什么秘密的事情要告诉我吗?是不是背着我偷偷卖过几个女子啊?"

瘦伙计有气无力地摇摇头说:"不是……是今天买家……的地址,无论如何……你得把这笔买卖做完……"

刀疤胖伙计说:"哦,那你就说吧。"

瘦伙计说:"就在前边……那个村子……姓黄……"

刀疤胖伙计俯下身来,不耐烦地说:"你大声点,我听不清。"

瘦伙计突然拔出匕首刺进了刀疤胖伙计的左肋。瘦伙计憋红了脸:"不让我活,你也别想活。"

刀疤胖伙计站起身来,踉跄几步,靠着一棵树站住了:"你……你……你临死还要拉个垫背的……"

树林远处传来了几声虎啸,刀疤胖伙计用力拔出左肋的匕首,大口喘着气:"老虎……就要……来了……"

瘦伙计嘴角流着血,高兴地说:"来吧,来了……我们都活不了……"

此时,树林东边,王田义、李刚蒧、小楠儿等人顺着牛车的痕迹寻找着。小楠儿指着地上的车辙说:"这边,牛车往这边走了。"

此时,梅儿正躺在牛车上,奋力挣扎,忽然,她听见了几声虎啸。驾辕的黄牛正在低头吃草,也听见了虎啸,受到惊吓的黄牛发出一声低沉的叫声。马匹也听到了虎啸,拼命挣断了缰绳,向树林外边逃去。梅儿瞪大了眼睛,她挪动身体,靠近车帮,试图将嘴上的毛巾一角挂在某个地方以便拉出堵住嘴巴的毛巾。虎啸的声音越来越近,梅儿加快了动作,车帮的木刺划破了梅儿的脸颊,但她什么也顾不上了,终于,毛巾被挂掉了,梅儿放声大喊:"有人吗?救命啊!"

四周没有回音,换来的只是更加瘆人的虎啸。梅儿无法解开手脚的绳子,只得将身体调转过来,用捆着的双脚使劲去踹黄牛的屁股,终于,黄牛开始走动了,向前越走越快。

此时,王田义停住了脚步:"好像有人在喊叫。"

小楠儿说:"就是红柳姐姐的声音,在那个方向。"

"快走!"王田义、李刚蒧、小楠儿等人在树林里向着梅儿喊叫的方向奔跑起来,李刚蒧边跑边说:"我看见了,一辆牛车。"

树林深处,老虎嗅着气味跑了过来,梅儿使劲踹着黄牛的屁股:"不对!错了!

这边,顺着原路回去啊……"

老虎在近处发出了吼叫,黄牛更加恐惧,狂奔起来。梅儿无法控制黄牛,只得继续喊道:"救命啊!来人哪!"

小楠儿边跑边喊:"红柳姐姐,我们来了。"

王田义说:"快追!她一定在牛车上!"

牛车在颠簸,梅儿差一点被甩出牛车。黄牛慌不择路,跑到了一处土崖,黄牛试图从两棵树木之间冲过去,可是车帮卡在了两棵树木之间,黄牛栽倒在地上。牛车突然停止了前进,梅儿被甩了出去,跌入了土崖。老虎赶了过来,扑上去撕咬倒在地上的黄牛的喉咙,黄牛挣扎了几下,死了。

王田义、李刚阗、小楠儿等人扑过来挥剑砍向老虎,由于人多势众,老虎逃走了。一帮人在四处寻找,小楠儿着急地说:"红柳姐姐呢?红柳姐姐呢?是不是被老虎吃了?"

李刚阗说:"一定是跌落土崖了,坏了,咱们赶走了老虎,它饥饿难耐,说不定会绕道下去。我们赶紧下去,晚了红柳姑娘就没命了。"

李刚阗带头,一帮人纷纷顺着土崖滑了下去。土崖下边,李刚阗发现了昏倒在草丛之中的梅儿:"她在这里,她在这里!"

班主王田义伸出手指试了试梅儿的鼻息:"她还活着,赶紧解开她的手脚。"

李小楠儿连忙解开梅儿手脚上的绳子,班主王田义说:"刚阗,你背着她,我们赶紧撤离。天色马上要黑了,这里地势险恶,万一遇到狼群就麻烦了。"

李刚阗背起了昏迷不醒的梅儿,武术班一行人回到了道路上,赶紧赶车行进。梅儿躺在牛车上,小楠儿在旁边照顾她:"姐姐,你醒醒,你说句话呀。"

班主王田义赶着牛车,说:"她若是仅仅摔伤,我随身带的刀伤药就可治疗。她昏迷不醒,看来必须去看堂医了。刚阗,这里离长安不远了,你赶紧骑马前往长安,寻访堂医,我们就到前边那个村子借宿,等着你,你一定要带着堂医过来。否则,牛车走得太慢,即使半夜能够赶到长安,这红柳姑娘怕也是凶多吉少啊。"

"好!"李刚阗催马疾驰而去。

夜晚,在长安郊外一间破陋不堪的房子里,梅儿躺在土炕上,一名老年堂医给梅儿号脉,然后告诉班主:"外伤虽多,多为擦伤,没有大碍。不过,这位姑娘肝火亢盛啊,肝火犯胃,起于恼怒疲倦,脾气暴躁,你看她昏沉闷热,头筋突起,舌苔厚黄、面白无神、口苦目赤,脉弦有力。"

班主王田义说:"先生就说怎么办吧。"

老年堂医拿出药匣子,取出几种药材:"本方由青黛、瓜蒌仁、山栀、诃子、海蛤粉五种药物组成,加减姜黄连、吴茱萸两味药物,熬了服下,连服三日。若是不见好转,再去找我,我再调整药方。根据老夫的经验,这几味药服下之后,应当可以恢复的。"

班主王田义赶紧道谢说:"多谢先生,多谢先生。"

天快亮的时候,额头搭着毛巾的梅儿慢慢醒了。小楠儿拿掉毛巾说:"干爹,姐姐醒了。"

班主王田义来到床前,梅儿的视线慢慢变得清晰了,班主王田义映入眼帘。梅儿本能地向后躲避,班主王田义说:"姑娘,你认不出我们了,我是王田义,你起码应该认识小楠儿吧?"

小楠儿说:"是啊,姐姐,这些人都是我们武术班的,你被人绑了……后来跌下土崖,是大家一起把你抬回来的。"

梅儿好奇地问:"你们怎么一直跟着我?"

小楠儿说:"不是我们跟着你,姐姐,是咱们太有缘分了。"

李刚鬒端来一碗药水:"刚才从长安请来的堂医为你诊疗了,说你一定是受到了惊吓,发烧病倒了,外伤虽多,没有大碍。来喝药吧,早点好了,我们就去旧都长安。"

梅儿问:"这里是什么地方?"

小楠儿说:"姐姐,这里离长安很近,赶着牛车只有半天的路程。"

经过几天的疗养,梅儿渐渐恢复了健康,可以下地走路了。这天,正当大家高兴的时候,梅儿又提出了要独自离开的想法。李刚鬒嘟囔着问梅儿:"你真的要走?"

小楠儿说:"姐姐,不管你有什么要紧的事情,还是跟随我们一起走吧,虽说我们走得慢些,大家却可以做伴,相互有个照应。"

梅儿说:"我……其实不是不愿意和你们在一起,我只是急着返回洛阳。"

班主王田义说:"姑娘,相逢就是缘分。通过这几天的接触,姑娘对我们也有了了解。我们武术班十几个人,一路卖艺,也要前往洛阳。姑娘一人独自行路毕竟不太安全,我们又不是坏人,若是姑娘不嫌弃,就跟我们一起走吧,毕竟我们的目的地都是京城洛阳。"

梅儿说："我……"

班主王田义说："我们不强求,姑娘自己决定吧。"

小楠儿相劝说："姐姐,这一路之上两次相遇,你都遭了难,你再独自一人赶路,我们如何放心?姐姐还是跟我们一起走吧。到了洛阳,姐姐再去忙自己的事情也不迟呀。"

梅儿微笑了一下,没有说话。小楠儿有些生气了,说："再说,你病倒的这些日子里,武术班的哥哥姐姐都在照顾你,大家也舍不得你走。你真走了,不是很薄情吗?"

梅儿笑着说："你这张小嘴儿真能说。好了,我不走了,明天我跟你们一起走。"

小楠儿拉着梅儿,说："太好了,明天咱们一起走。姐姐,我们先去街上逛逛吧,买些物品。李哥也去,走吧。"

小楠儿、梅儿、李刚圜走了。班主王田义独自坐着,心事重重。此时,他已经确认,这个名叫红柳的姑娘真的是李大将军的女儿李梅儿,她去西域一定是为李大将军祭扫去了。回到洛阳,她会更加危险,王田义决定暗中保护她。

梅儿完全康复之后,与武术班一行人开始向洛阳进发。小楠儿与梅儿骑马在前边走着,小楠儿说："那日在天水,想不到姐姐的轻功比去年有了很大的提高。"

梅儿说："我也只是会些轻功而已,别的都不行。"

小楠儿说："姐姐抽时间一定要多教我,我也想学会飞檐走壁呢。"

梅儿说："我跟着你们,也不能白吃白喝。你们再卖艺的时候,我也可以加入啊。"

小楠儿说："太好了。"

小楠儿回头喊道："干爹,姐姐答应和我们一起卖艺了。"

特使一行人正行进着,走在最前边的蔡愔远远地听到一阵音乐随风飘来。蔡愔向前遥望,看见一个白衣人坐在路边一块巨石上,仿佛是在弹琴。蔡愔回头说:"向后传,我们到了龟兹国了。"

秦景赶紧告诉傅毅说是到龟兹国了,傅毅说："这是刚刚进入了龟兹的地界,离他们的都城延城还有一段距离呢。"

秦景说："这里与刚才没有什么区别,蔡愔怎么知道进入龟兹了呢?"

傅毅没有说话，而是向前指了指，秦景也看见前方那个白衣人士。真正走到近前的时候，秦景才发现弹琴之人是位女子，戴着毛茸茸的雪白帽子，上边斜插的几根雉鸡翎随着音乐的节奏晃动着。她紧闭眼睛，怀抱六弦琴独自弹拨，并不理会身边经过的一行驼队。

离开白衣女子，一行人走到一座山下。蔡愔看到一处岩石绘有岩画，走近查看，上边共刻绘有六只骆驼、一只山羊和两个牧驼人、一匹马及一条狗。看到岩画，傅毅告诉秦景："是龟兹的风格。龟兹出良马，蔡愔的"雪里飞"就是龟兹献给大汉皇帝的贡品。"

秦景羡慕地说："等到回去的时候，我一定要买匹宝马回去。"

忽然，前方出现了一队人马。原来，龟兹国王白鞬靼得知蔡愔、傅毅再次来到龟兹，亲自出城来接待。

去年，于阗国、疏勒国、尉头国联合谋乱时，蔡愔为了平息矛盾，捆绑龟兹国王忌浑沦到洛阳做人质，指定他的弟弟白鞬靼担任了新国王。白鞬靼虽与蔡愔只有一面之交，但是吃水不忘挖井人，他要隆重接待蔡愔、傅毅一行。傅毅非常客气地解释说自己路过龟兹，只是停留两日，可以住在客栈。白鞬靼不许，声称一定要隆重接待大汉使臣，住在客栈可以，用膳一定要在王宫。

一行人走进了龟兹国都延城，街道两旁到处都是铜匠铺。秦景上前看了，沿街摊铺叫卖的铜器有铜斧、铜镜、铜勺、铜刀、铜锥、铜项圈、铜环、铜纺轮、铜扣、铜耳环等。巧的是，距离铜匠铺不远就是一家妓院，一群花枝招展的姑娘站在门外揽客，看见蔡愔一行过来急忙上前搭话，被护卫的龟兹军兵喝退了。在龟兹，经营妓院是合法生意，只要定期向官府缴税。

黄昏时分，在客栈落实了房间，国王白鞬靼在王宫大殿安排歌舞为傅毅、蔡愔一行人接风。王宫大殿灯火通明，满地都是大汉的莲纹花砖，让傅毅、蔡愔一行感到十分亲切。他们一边吃喝，一边欣赏龟兹歌舞。龟兹舞者的装束很有特点，多为红额绯袄，白色布裤，穿着帑乌皮鞋。当地翻译介绍：龟兹乐共有宫、南吕、角、变征、征、羽、变宫七声；龟兹的乐器较为丰富，有竖箜篌、琵琶、五弦、笙、笛、箫、篥箫、毛员鼓、都昙鼓、答腊鼓、腰鼓、羯鼓、鸡娄鼓、铜钹、贝、弹筝、候提鼓、齐鼓、檐鼓等二十种。

秦景听不懂龟兹语言，蔡愔尽管来过，也是借助手势才能大致判断出对方的意图。翻译说龟兹语属于西方语系的吐火罗语方言，用天竺国的婆罗米文字书

第六章 邂逅高僧

写。

听到天竺国的名字，傅毅立刻来了兴致，向白鞭鞘询问佛像一事。当地翻译说天竺国的佛教经过大夏（今阿富汗北部）、安息（今伊朗东北部）、大月氏（今阿姆河流域）越过葱岭已经传入龟兹，但是只在民间传播，并不普遍。不过，可以找来经书让傅毅先睹为快。很快，当地翻译找来几片婆罗米文字的经卷，是写在桦树皮上的，看不懂。翻译说如果想得到真正的佛经佛像，还得前往天竺国。

夜晚分别时，国王白鞭鞘将特使一行人送到了王宫门外，蔡愔忽然说："国王且慢！"

白鞭鞘不解地问："不知蔡将军还有什么吩咐？"

蔡愔说："蔡某请求国王为汉使准备纱巾……就是女人使用的纱巾……防风沙的那种头巾，全部要黑色的。"

秦景问蔡愔："要些女人头巾有何用途？"

蔡愔并不回答秦景，而是继续向白鞭鞘说："国王吩咐下去就是了，明日早晨就要，我等出发之前交给蔡某就行，人手一件，三十件吧。"

秦景小声问蔡愔："你是……要给大家每人安排一名女子做伴吗？"

蔡愔问："你觉得可能吗？"

"那你要那些东西做什么呢？"秦景反问。

蔡愔说："随身携带。"

秦景奇怪道："随身携带？辟邪吗？"

蔡愔说："说对了，辟邪。"

第二天一早，蔡愔、秦景在客栈收拾物品。秦景又问："哎，我说，我还是不明白，龟兹国辟邪的东西多着呢，那些女人的头巾既不值钱，又没有用途，说出去还会遭人笑话，说我们汉使竟然随身携带女人的头巾，还是黑色的，多不吉利啊。"

蔡愔说："赶紧搬运物品吧，到了用着的时候你就知道了。"

国王白鞭鞘前来送别特使，白鞭鞘对傅毅说："司徒大人，龟兹是大汉属国，周边诸国也是大汉属国，为了守境安土，协调诸国之间的矛盾和纠纷，龟兹愿意再次率先申请皇上复置西域都护。"

傅毅不慌不忙地说："西域都护一职前汉就有，新莽末年（公元23年左右），都护李崇死在了你们龟兹，之后，都护一职始终空缺。周边诸国比你更早提出复置都护的申请，先帝没有同意，皇上即位之后不好立刻应允。前年，皇上好不容易同意修建了都护府,却被你哥哥烧了。如今这个问题成了棘手的事情,你现在主动提出这件事情,怕是皇上不会认可。不过,朝廷倒是议过数次,西域地位特殊,设置都护可以更好地维护西域地方的社会秩序,确保丝路畅通。皇上对此真的有些动心了。"

白鞮鞰问:"是……是,罪臣罪孽深重。不过,这次……朝廷有明确人选吗?"

傅毅说:"明确人选不敢说,不过皇上倒是比较看好陈睦,也曾计划将都护府设置在焉耆国的乌垒城。总之,现在还没有确定,我可以将国王的申请转呈皇上。"

白鞮鞰赶紧说:"正是因为上一任都护死在了龟兹,龟兹才深感不安,还盼望特使大人早早向皇上禀报,我们龟兹时刻等待着皇上的决定,希望将都护府置于龟兹。另外,为了表达歉意,我向特使队伍的每个人赠送皮衣皮帽,用于翻越雪山御寒之用。同时向傅大人赠送一车名贵的龟兹锦帛。"

傅毅解释道:"皮衣皮帽可以留下,其余的就不敢收了。上次,你也送了名贵锦帛,我们回到洛阳将锦帛转呈了大汉皇帝。这次,傅某等人还要跋山涉水赶往天竺国,携带一车锦帛实在不便。若是国王实在要送,还是自己派人径直送往京城洛阳呈贡皇上吧。"

离开龟兹三天之后,特使队伍再一次被崇山峻岭挡住了去路。傅毅骑在骆驼上喝着水,望着远处,自言自语地说:"没错没错,越过流沙和葱岭,前边就是雪山了。"

蔡愔喊道:"要过雪山了。王遵,拿出黑色纱巾,每人一件,蒙住颜面。"

王遵下了马,打开一个皮箱子,侍卫们也来帮助分发黑色纱巾。傅毅戴上了黑色纱巾,蒙住颜面。蔡愔将黑色纱巾折成长条,仅仅围住了眼睛。秦景说:"我秦景堂堂大汉朝使臣,戴个女人的头巾,像是蒙面劫道的土匪,我不戴。"

蔡愔说:"戴上是为了保护眼睛,眼神儿好的可以不戴。"

秦景说:"这跟眼神儿有什么关系,我就是不戴,难看死了,男不男女不女的。"

一名侍卫拿着黑色头巾,也十分犹豫。蔡愔用手指了一下侍卫,侍卫不情愿地拿起纱巾蒙住了脸。

随着雪山的临近,蔡愔眼中的色泽越来越单一,只剩下了白色。谁也不知道

第六章 邂逅高僧

即将走进一条什么样的危险之路。特使一行人缓缓走在两座雪山之间,耳边常常是雪水顺着高悬的山涧飞泻而下的咆哮之声,雪水形成的冰锥随处可见,像一柄柄悬在山顶的尖刀,随时都会落下。冰锥破裂的时候发出巨大的响声,落下之后激起高达数米的雪水冰浆,加重了人们对冰锥的恐惧。

特使队伍行进着,蔡愔说:"雪地路滑,大家还是下来步行吧。"

走出峡谷继续向前,渐渐没有了雪水流动的响声,只剩下狂风夹杂着雪花四处飞扬,路面湿滑,大家只得牵着骆驼低头迎风艰难地徒步翻越雪山。为了御寒,他们每个人都穿戴了皮衣皮帽。尽管有向导带队,一行人还是觉得困难重重。走着走着,蔡愔抬起头来,望着银装素裹、云雾缭绕的雪山,不禁感慨万千。

在刺骨的寒风里,拄着拐杖的秦景经受不住脚步的后滑,意志力逐渐衰退,情绪也逐渐紧张起来,回身而望,脚下的雪山那么低矮,那么遥远,秦景无法想象刚才是怎么一路艰难走过来的,更无法想象还要这样继续走多远。此刻,心里的恐怖在无限放大,他一屁股坐下,摘下帽子喘起气来。

傅毅走了过来,催促秦景不要停留,在这冰冷的雪山中,一旦坐下,身上的汗水就会与空中的寒气凝结在一起,让人难以动弹,最终会成为一具凝固的冰尸。

秦景摸了一下,头发已经被冰水黏住了,赶紧一把扣上帽子,拄着拐杖起身追赶队伍。

傅毅艰难地走过一处湿滑的冰面,一名侍卫回身搀扶傅毅,傅毅走过之后,说:"我看还是有几个人没有戴上纱巾,你走慢些,再叮嘱大家,最好都戴上,免得眼睛疼痛,严重的会失明的。"

"喏!"侍卫待在那里,见到没戴纱巾的就说:"傅大人吩咐了,最好戴上黑纱巾。"

秦景走了过来,侍卫说:"傅大人吩咐了,为了保护眼睛……"

秦景气喘吁吁地说:"又冷又渴,气都喘不上来,再蒙住眼睛,多累赘啊,我不戴。"

侍卫无奈,只得伸手搀扶下一个人。

尽管不是攀岩,可在这寒冷天气里想要加快速度是非常困难的,整整走了一天,仿佛才走到山腰,若要绕过第一座山头,起码还要一天的时间。

寒风疯狂了一天,黄昏时候风力渐渐小了,天空放晴,而且露出了霞光。此刻,一行人走到了一处较为平坦的地方,向导建议就地宿营。蔡愔向傅毅汇报,认为如果继续行进,天黑的时候可能无法保证找到如此宽敞的地方宿营,傅毅同意了向导的建议。

蔡愔回头眺望西方的雪山,一片晚霞镶在雪山的边缘,一轮火红的夕阳慢慢落下,那一刻,蔡愔看到的不是一览众山小,而是万山之源的宏伟。

特使队伍围着火堆吃饭,秦景忽然喊道:"我看不见了,我的眼睛看不清东西了。"

蔡愔说:"你一定没有戴上黑色纱巾。"

秦景说:"为什么,为什么要戴女人的头巾?"

傅毅说:"在高原雪山,并不是每个人都会得雪盲,戴上黑色纱巾就是为了减少太阳光对眼睛的伤害。"

秦景着急地说:"傅大人你别说了,我已经看不清了,连你的脸都看不清了,我怎么办呀?"

蔡愔命令一名侍卫:"你去取些饭锅底下的黑垢,给他抹到脸上,他的症状明天就会减轻的。"

秦景问:"什么?锅底的黑垢?你这是出的什么馊主意啊?"

蔡愔没好气地说:"你能不能少说几句?把脸伸过来。"

秦景无奈地说:"你真的要抹啊?反正对我,哪里你都能下得去手。"

蔡愔接过侍卫递过来的黑垢,抹到了秦景的脸上。

夜晚来临,天气变得更加寒冷,帐篷里,每个人都将被子裹得严严实实,但依然手脚冰冷,难以入睡。傅毅让蔡愔取出几瓶西域烈酒,每人喝上几口,借着酒劲进入梦乡。

第二天早晨起床的时候,两名侍卫感到不适,一定是受凉感冒了。没有热水,每个人都是就地抓把白雪蹭蹭脸颊,算是洗漱了。傅毅命令赶紧熬制姜汤,每人喝上一碗,要求大家加把劲儿,尽快翻越第一座雪山。

大家正在收拾物品,准备出发。秦景走出帐篷,高兴地大喊:"我看见了,我又看见你们了!这是怎么回事?我真的看见你们了。"

蔡愔说:"喊什么喊,若不是昨晚把脸抹黑了,今天你一定瞎了。"

秦景问:"为什么?"

"别问为什么,当地人都是这样治疗雪盲的。"蔡愔说。

下午的时候,队伍忽然停止了前进。傅毅询问为什么不走了,侍卫回来禀报

第六章 邂逅高僧

说蔡愔发现了两具冻僵的尸体,不像是汉人或西域人。傅毅下了骆驼走到前面,果然,蔡愔正在查看尸体。两具尸体浑身都是白雪冰凌,服装色泽不太明显,从样式看当是西方更远国度的商人。他们坐在牛车之上,弯腰弓背,看不清脸庞,牵辕的一头黑色牦牛已经斜倾在地上。

傅毅说:"他们一定是走累了站在山边避风,最后冻僵在这里了,说明前些日子这里有过大风。而且,他们的牦牛只有一只蹄子弯曲,证明牦牛死前一定不止一次地试图站立起来,最后在一只蹄子僵化无力的情况下倾斜了。"

秦景想要打开冰凌查看两人身上是否有通关文牒,是哪里人士。傅毅否定了他的想法:"不管哪里人士,都是来往在丝路之上的行人,都是沟通大汉与西方的功臣,还是埋葬立坟吧。"

蔡愔与侍卫取下冰镐,开始挖掘路边一处冻雪。冻雪很硬,冰镐刨上去只有一个白点。蔡愔说:"不要再刨了,干脆烧水吧,取些白雪放在锅里烧热,浇在地上也许能弄出一片坑洼。"

就这样,连浇带刨,终于弄出一个凹坑来。大家举行了一个简单仪式,将两名商人埋了,做块木牌立在上边。蔡愔将木牌深深地插在坟前的雪中,在根部浇了些热水,扶稳了等待冰冻,只要冻住,就再也难以拔出了。

一行人继续向前行走了一个时辰,天色已近黄昏,蔡愔吩咐宿营。夜晚再次降临,天气更冷了,不是喝上几口烈酒就能睡着的。帐篷太薄,仅仅能够挡住夜风,却无法保温,一行人都是仅仅脱下羊皮袄,盖上被子,再用羊皮袄蒙住头,在零下三十度的帐篷内坚强地抵御着西域寒流的袭击。

为了给骆驼、马匹御寒,蔡愔特别吩咐将骆驼、马匹分别拴在帐篷与帐篷之间,避开寒风,多添加饲料。然而,当蔡愔早晨醒来的时候,侍卫立刻向他报告昨晚冻死了一匹马,就是梅儿在沙漠失踪之前骑的那匹。

蔡愔半天没有说话,他知道不管谁来到西域,都会平等地感受来自大自然的威胁。他只说了一句话:"推到路边,做个标记吧。"

整整走了十六天,一行人终于离开了白雪皑皑的世界,所有人都松了口气。

走上大路不久,景色发生了天翻地覆的变化,出现在眼前的是一片黄绿相间的山峦。蔡愔能够清晰地看到远处的一些树木仿佛中原地区的银杏,叶子金黄,宛若秋天。也有一些树木油绿葱郁,宛若盛夏。远处目光能及之处,依旧是皑皑雪山，雪山上面是洁白的云层，高高低低没有规则，且随风变化，姿态万千。脚下的小路就是从这样一幅山水画中弯弯曲曲穿梭而过，让人心旷神怡。路的尽头，是一处水域，色泽深蓝，仿佛一块绸缎静静地放在那里。

蔡愔回头说："向后传达，前边发现了湖泊。"

侍卫逐人向后传达，大家都欢呼起来，兴奋异常。秦景一把拉下黑色纱巾："啊，总算可以不做女人了。"

走向湖泊的一路之上，有许多漂亮而神秘的村寨，建筑风格不同，人们着装不同，藏、羌、维人和睦地生活在这里。除了往返于路途的商人，这些村民很少与外界交流，犹如养在深闺人未识的小家碧玉，矜持地蛰伏于崇山峻岭之间，孤独地延续着自己的传奇。

真正走到湖畔的时候，又是黄昏了。蔡愔看到了一片清水泛波、蓝天白云相互掩映的湖光山色。可以猜到，湖水源自天山融化的白雪，一路滋润了大片的绿洲，最后汇总在这里。

蔡愔看到前方一个村落已经冒出了炊烟，吩咐大家前往村落边缘宿营。村寨的男人女人们看到他们到来，显得很热情，帮助他们喂养骆驼、马匹，他们不愿意打扰村民，自己搭建了帐篷住宿。

傅毅留下蔡愔一行埋锅造饭，自己带上一名侍卫走进了村寨。村寨的头人被高原阳光晒得黝黑，全部热情都展现在微笑时一口洁白的牙齿上。头人接待了傅毅，请傅毅品尝他们种植的高山雪茶。

头人告诉傅毅，他们原来居住在昆仑山北面的拘弥国，都城是鞑都城。他们的南边是渠勒国。他们的第一代头人原是拘弥国的一个国王。当时，拘弥国有一种风俗，就是每个国王只要干满八年，就要被国民杀死吃掉，然后推选新的国王。这位国王干到第七年的时候，十分害怕自己将被五马分尸，于是带着家眷、仆人、卫兵数十人翻山越岭来到了这里定居，建造村寨，半耕半牧，并把他们逃亡的故事完整地刻画在了不远处的山岩上。现在，他们已经繁衍了二十多代人，人口达到了近千人，是湖畔四周最大的村寨。他们的女人们善织氆氇毯，图案简洁，色彩古朴。

头人喊来几名姑娘，取出她们织绣的氆氇毯，要当做礼物送给傅毅。傅毅看了看氆氇毯，确实不错，就吩咐侍卫回去取了四只鎏金羽人造型的青铜器皿送给了头人，算是交换。头人哪里见过大汉皇宫使用的鎏金器皿，觉得十分珍贵，赶紧

第六章 邂逅高僧

吩咐男人们又去牵了两头驴、四只羊羔,一定要送给傅毅做脚力和食物。头人说他们饲养的毛驴健壮结实,非常适合在崎岖陡峭的山地行走,具有很好的负重耐力;头人又说他们的绵羊羔是当地的宝贝,当地有三大宝:绵羊羔,芨芨草,石头砌墙墙不倒。

夜晚,傅毅从头人那里回来了,蔡愔他们已经在村寨旁边的一个避风处搭起了帐篷,点火做饭。

秦景拄着拐杖走过来,慢慢坐下,对傅毅说:"沙漠死了七匹马,雪山又冻死了三匹,骆驼也死了两头。我们只剩下六匹马、十二头骆驼了。"

傅毅动手添了几根柴火:"再坚持坚持,快到大月氏国了,到了那里,我们可以再买。"

蔡愔不满地对秦景说:"你的腿伤早已痊愈,怎么还天天拄根拐棍假装病号?"

秦景愣了一下,诡笑道:"我知道你柴火不足,给你。"

说着,秦景把拐棍扔给了蔡愔。蔡愔也不客气,接过来捅进了火堆。秦景转移了话题,问傅毅:"傅大人,天竺国到底在哪里?"

傅毅说:"我也没有去过,只知道在西方,距洛阳一万八千多里,过了大月氏国还要绕道前行。前朝的张骞出使西域,也只是听说天竺国有不少佛僧,并没有去过。唉,到了你就知道了。"

秦景问:"前往天竺国……还有别的路线吗?咱们是不是走远了?"

夜风将一些木屑火星刮得乱飞,傅毅起身换了一个位置重新坐下说:"出发之前,我与皇上讨论过这个问题。前朝,张骞曾经试图通过别的路线前往天竺,可惜失败了。"

秦景好奇地问:"什么路线?张骞失败不代表咱们不行,咱们可以试试嘛。"

傅毅笑着说:"晚了。巴蜀。"

秦景更加好奇了:"巴蜀?张骞去巴蜀干什么?我是博士弟子,我怎么从来没有听说张骞去过巴蜀啊。"

傅毅说:"亏你在朝廷多年。说来话长,张骞最初不是出使西域吗?失败了,做了匈奴的俘虏。后来,趁着匈奴内乱逃了,返回了长安。武帝听说张骞在大夏看见邛山出产的竹杖、蜀地出产的细布,大夏人说是商人从天竺国贩来的,武帝认为既然天竺可以买到巴蜀的东西,一定离巴蜀不远。于是,张骞又领到了新的任务——带着礼物从巴蜀出发,去结交天竺。这次,张骞总结了经验教训,不再一哄而上,而是把人马分为四组,分头去寻找天竺。谁知,也该张骞瞎忙碌,四个小组各自走了两千里地,谁也没有找到天竺国,不是被高山峻岭阻挡,就是遭遇当地部族围攻,全部无功而返。只有往南的一组使臣做了一些露脸的事儿——到了昆明,过不去,绕过昆明,竟然找到了滇越国。回来向武帝汇报了,武帝非常高兴。滇越国王的先祖是周朝的楚国人,与中原隔绝已有数代人了,根本不知道中原有个大汉。至此,其他途径前往天竺,已经成为一种空想。"

晚饭做好了,傅毅接过侍卫递来的饭碗:"其实,西域不只三十六国。三十六国指大汉西域都护府所辖之下的乌孙以南、葱岭以东的城郭诸国和行国的约数,不是个准确数字。你想,除了城郭诸国稍稍稳定,那些游牧行国根本没有固定的地方,人口多者数万,少者数千。加上诸国之间相互残杀兼并,或者分化瓦解,现在,西域实际上是五十余国。"

蔡愔一直边听边吃,很快吃完了,他将空碗放在了地上。秦景悄声对蔡愔说:"你发现没有,这里的女人美得让人窒息。"

蔡愔扭头看着秦景的脸:"你并没有窒息啊。"

秦景站起来不屑地说:"你这人,怎么刀枪不入。"

蔡愔望着遥不可及的美丽夜景,对傅毅说:"傅大人,这次途经西域,我觉得真正发现了西域的美丽。"

傅毅夹了口菜说:"上次你是先锋,是为打仗而来,复仇心切,危机四伏,这次你是使者,是为和平而来,心态自然不一样。我也是啊,这次,我发现了许多西域与中原不同的地方,比方说岩画,西域就和中原不同。我准备拟个折子上奏皇上,现在西域太平了,应当派人前来研究岩画。"

蔡愔笑着说:"傅大人还是念念不忘承载历史的重任。"

傅毅说:"是文化就必须传承。还说西域岩画,我注意观察了,它涉及宗教、运输、天象、舞蹈、畜牧、农事、建筑、狩猎、战争等诸多方面,还有西域人的生殖崇拜。记载这些岩画,可对长期生活在西域地区的匈奴、丁零、塞种、乌孙、月氏、呼揭等游牧民族增加了解,便于他们与大汉族融合。"

日历就这么一页一页翻过去了,终于,蔡愔看到了更加奇特的西方城堡,看到了不同风情。一行人来到城堡外,秦景询问几位路人:"这是哪里啊?请问这是哪里?"

其中一位路人不耐烦地回答:"大月氏国。"

秦景回过头来高兴地说:"傅大人,我们到了大月氏国了。"

傅毅望着远处高低错落的城堡建筑,感慨地说:"是啊,是啊,这里当是大月氏国。快,先找客店歇脚,明日再去办理通关手续。"

蔡愔一行在城堡里行走,当地民众个个白布裹头,穿着长袍,在各种摊位上出售稀奇古怪的物品,他们好奇地看着蔡愔一行。蔡愔一行来到客店,傅毅问客店伙计:"敢问先生,天竺国怎么走啊?"

伙计一边擦着柜台一边说:"天竺?远着呢。看诸位的打扮,是大汉商人吧。请问诸位去天竺做什么?贩卖瓷器吗?不用去天竺,在这里就可以卖,想换点什么带回去呢?"

蔡愔非常诚恳地说:"不换物品,我们要去天竺国迎取佛像。"

伙计停住手中的活计:"佛像?佛像有什么可迎取的,想看,随时都可以看到。"

蔡愔说:"随时都可以看到?真的假的?"

伙计不屑地说:"不就是一张画儿吗?佛像哪有假的。你们若是想看,两位天竺国僧人正在这里宣教呢。"

傅毅问:"什么……僧人?"

"就是和尚……沙弥,总之就是宣教的人。"伙计回答道。

傅毅又问:"宣教?在哪里?"

伙计说:"出门右拐,前边那个路口就是。"

傅毅回头对秦景说:"秦景,你们订好房间,添置马匹骆驼,我和蔡愔过去看看。"

傅毅和蔡愔步行来到路口,果真看见两位天竺国僧人迦叶摩腾、竺法兰正在人群之中宣教,他们身后悬挂着一幅佛像。竺法兰手持拂尘:"时时勤拂拭,莫使惹尘埃。"

傅毅十分崇敬地对蔡愔说:"皇上梦中的佛像正是这个样子。"

迦叶摩腾在向众人讲佛:"佛告诉须菩提:'诸位菩萨,大菩萨,应该像这样排除邪念的干扰。一切有生命的东西,如卵生的,胎生的,其他物质幻化而成的,有形的,无形的,有思想的,无思想的,没排除杂念的,排除了杂念的,我都使他们灭度而入无余涅槃的境界。虽然我灭度了无量、无数、无边的众生,而实质上众生没有被我灭度。'菩提问:'这是什么缘故呢?'佛说:'菩提,如果菩萨心中还有自我相状,他人相状,众生相状,长生不老者相状,那就不是真正的菩萨。再说,须菩提,菩萨修行佛法,应该是无所执着,无所布施。也就是说布施而离开布施相,不要执着于声音、香气、味道、触摸、意识的布施。须菩提,菩萨应该这样布施,不要执着于表相的布施。如果菩萨不执着于表相做布施,他所得到的福德就大得不可思量。须菩提,你意下觉得如何? 单是东方的虚空有多大? 你能思量得出来吗? 南方、西方、北方、上方、下方,虚空广阔,你能思量出有多大吗? 须菩提,菩萨不执着于表相做布施,他的福德也像这样大得不可思量。"

看了一会儿,傅毅借个机会,赶紧挤进人群,上前施礼说:"请问二位,是天竺国高僧吗?"

迦叶摩腾说:"沙弥正是来自天竺,请问施主……"

傅毅说:"在下是大汉朝特使傅毅,奉皇帝之命前往西天恭迎佛像。"

迦叶摩腾说:"巧了,我二人一路游化宣教而来,正要前往大汉朝。"

傅毅问:"敢问高僧大名?"

迦叶摩腾回答:"沙弥乃天竺国迦叶摩腾,这位是竺法兰。"

傅毅问:"高僧身后的佛像与天竺国的佛像可有区别?"

竺法兰回答:"佛在心中,并无区别。"

蔡愔也挤了进来,插嘴问道:"那么,在大月氏迎取佛像,与到天竺迎取,可有区别?"

竺法兰笑答:"天竺国,又名身毒(音捐笃),在月氏之东南数千里。风俗与月氏国相同,天气潮湿暑热。身毒国临近大水,战士乘象而战。天竺国人修浮图道,不杀生,遂以成俗。从月氏、高附国以西,南至西海,东至磐起国,皆身毒之地。身毒有别城数百,别国数十,国置王。虽各小异,而俱以身毒为名,现在皆属月氏。"

蔡愔自言自语:"大月氏扩大了地盘? 那就是说,到了月氏,就等同于到了天竺。"

不等回答,傅毅又问:"那么,佛经呢? 高僧可有佛经?"

迦叶摩腾取出一册典籍说:"这就是贝叶经《佛说四十二章经》。"

看着一册贝多罗树叶子制成的佛经,傅毅异常惊喜地问:"那么,二位高僧能否与在下一同前往大汉朝,到洛阳弘法传教?"

迦叶摩腾笑了:"不用使臣邀请,我二人明日正要前往大汉。若大汉使臣乐意做向导,再好不过。"

傅毅非常高兴:"太好了,真是得来全不费工夫。在下即为高僧安排住宿,明日启程,一同前往大汉京都洛阳。"

傅毅、蔡愔非常虔诚地将迦叶摩腾、竺法兰迎进客店,同吃同住。夜晚,迦叶摩腾问及西域是否太平,在他们的印象中,大汉西域总是战火纷飞,尸横遍野。傅毅听见此说便笑了,说过去真是如此,每逢几年都会有战事,前不久自己还亲自指挥作战,在西域赶走了北匈奴。现在不同了,整个西域都在大汉的管辖之下,已经太平了。

傅毅告诉迦叶摩腾:"西域和中原是一个整体,单说中原人,远古就有来西域生活的,在史书记载中,黄帝曾经命伶伦作音律于昆仑,这就是原始先民远赴西域的较早故事。《吕氏春秋》记载:'昔黄帝诏伶伦作为音律,伶伦自大夏之西……以之昆仑之下,听凤凰之鸣,以制十二律……'伶伦是轩辕黄帝的乐官,为了采风,他从中原一直走到了昆仑山。那时的昆仑山尚是翠竹遍野、百鸟鸣啭的长春之山。后来,尧、舜、禹都与西域有往来关系,夏、商、周之后,大量的玉石运到了中原,大量的丝绢、铜器开始西传,你们可以想象,西运的货物远远越过葱岭,一直向西延伸。秦朝以来,中原与西域的交往更是密切。现在,西域诸国的贵族墓葬陪葬品,常常用来自中原地区的漆器、铜镜、丝织品,甚至还有产于东南沿海的海菊贝壳制成的随葬饰珠。"

竺法兰说:"我听说过你们的周穆王,好像是说什么女儿国来着……"

傅毅说:"那是早先了,在西周时期,周穆王是一个典型的西域迷,即位的第十三年,周穆王姬满曾经驾驭八匹骏马驾辕的马车前往西域,带着大量精美丝织品和中原物产,从王都镐京出发,向西进入黄河之南,沿黄河经黄土高坡,又经漫漫草原,进入戈壁大漠,登昆仑、上春山抵达赤乌居住之地,就是葱岭,换取了大量玉石运往中原。"

迦叶摩腾说:"行程不近啊。"

傅毅说:"是啊。周穆王由葱岭继续西行,穿过天山来到西王母之邦,演绎了一幕瑶池相会、对歌作乐的浪漫故事。周穆王每到一地,都以金银珠宝、丝绢、铜器、贝币馈赠各部落酋长,各地酋长也向周穆王回赠大量牛、马、羊和美酒。周穆王到达了伊犁河谷、赛里木湖以及大漠盆地最西部,往返行程三万五千里,历时五百四十三天。周穆王顺着黑水河北行到达草原边际,最后,周穆王玩够了,又沿着河谷经过天山北路返回了中原。"

竺法兰说:"这么说,周穆王的西域之行远比你们的那个张骞早得多。"

傅仪说:"那当然,其实,很早以前就有西域与中原的人们相互来往,只是道路不通,交通不便,才造成了今日之闭塞而已。"

迦叶摩腾说:"阿弥陀佛,青山碧水绕弯路,天下信众是一家。"

几乎聊了一夜,天放亮的时候,傅毅及两位僧人才匆匆睡去。蔡愔等人吃了早饭,依旧没敢叫醒傅毅及两位僧人。蔡愔、秦景悄悄去房间看了看,发现僧人仍在打坐,来到一楼,秦景感到奇怪,对蔡愔说:"他们怎么坐着睡觉?"

没等蔡愔回答,外边有人禀报说大月氏国王到了,客店内外喧哗之声很快安静了下来。平时,这种小客店里的伙计们是不可能见到国王的,今天太突然了,仿佛暗淡的天空一下子明亮了起来,让人不知所措。蔡愔听到了楼下的通报和喧哗,也非常吃惊,看了看秦景,秦景说:"咱们没有通知他们啊,我还没去办通关文牒,他们怎么知道呢?"

蔡愔、秦景来到楼下,满面春风的大月氏国王稍稍犹豫地指着蔡愔:"蔡愔?你好吗?还认识本王吗?咱们有一年时间没有见面了吧。"

蔡愔看了半天:"大月氏王子乌获勖?"

乌获勖笑着说:"本王已经继承王位了。"

蔡愔吃惊地看着乌获勖,赶紧拱手施礼:"不知国王驾到,蔡愔失礼。不过,蔡愔承认,蔡愔真的不知道王子已经成为国王了,若是知道,一定早早前往拜访了……"

侍从拉过椅子,乌获勖旁若无人地坐下说:"蔡将军可真是狠心之人,当年害得本王花了数十车兵器换了粮食才逃回了大月氏,狼狈得很哪。"

蔡愔再次拱手施礼说:"当时……正值作战期间,为了西域和平,所以……"

乌获勖哈哈大笑:"这可真是现世报啊,本王今日若是扣下了你和诸位使臣,还有你们的僧人朋友,大汉皇帝准备用多少车兵器来交换你们啊?"

听说要被扣留,气氛一下子紧张起来,秦景赶紧插话说:"国王好会说笑,那都是过去的事情了,今日西域已经和平了,哪里还用得着动用兵器?"

乌获勖说:"本王后来听说,自从一百多年前大汉使臣张骞开始,大汉使臣就一直设法访问大月氏,所以,今日大汉使臣来了,大月氏定要与大汉交好……哈哈……本王这条小命儿还是蔡将军给的嘛,蔡将军在西域可谓家喻户晓。本王原本计划找个时间专程前往中原拜会蔡将军,谁知下人禀报说皇上派遣蔡将军作为使官已经到了月氏。本王等了半日,不见使官前来办理通关手续,甚是奇怪,怕蔡将军认为本王失信,本王不能再等了,这不,主动上门看望蔡将军来了。"

蔡愔恍然大悟,赶紧介绍说:"我等一行特使十八人,还有些许侍卫……傅司徒昨夜与天竺高僧交谈,一夜未眠,正在歇息。旁边这位是大汉博士弟子秦景。"

秦景连忙起身施礼,又取了通关文牒。乌获勋看也未看,对秦景说:"不忙,各位使官先歇息几日,多在月氏看看,风情不同嘛,有什么需要就尽管开口。今晚,本王在王宫宴请使官一行,请转告傅大人一定要赏光。"

正说着,傅毅起床了,听到侍卫禀报,来到了一楼大堂。蔡愔将傅毅与乌获勋一一作了介绍,乌获勋连忙向傅毅施礼:"小王拜见傅使官,傅使官代表大汉皇上不远万里来到月氏,是月氏国的荣耀。"

傅毅说:"国王言重了,傅某一行来到月氏,巧遇天竺高僧,正要夸赞月氏是我等使臣的福地。由于急于寻找高僧,未及前往王宫拜见国王,还请国王谅解。"

乌获勋说:"小王不知大汉皇上需要佛像,若是知道,定会寻访数张,派人专程送递中原。也怪小王孤陋寡闻。"

傅毅说:"皇上派遣我等不远万里前来迎奉佛像,方能体现皇上的真诚。"

乌获勋说:"小王在王宫摆下酒宴,为各位使官接风洗尘,请傅使官一定率领众人前往。小王即命人鸣锣开道,恭迎各位使官一同前往王宫。小王信奉佛教,也邀请两位高僧一起前往。"

傅毅说:"傅某一定转告。不过,夜晚吃饭不可时间太久,傅某还有一件非常重要的事情,就是请两位高僧尽快画出天竺国佛教布道场所的图案,请皇上指派工匠开始兴建殿堂……这样才能不落窠臼……我等回到洛阳的时候,不会影响高僧译经布道……"

乌获勋说:"吃顿晚饭能耽搁多长时间?再说,汉使们返回的路途长着呢,哪一天不能画呢!非要在大月氏国如此节省时间?"

傅毅说:"我等皇命在身,不得不抓紧时间啊。"

正在这时,楼梯响动,两位僧人来到一楼大堂。竺法兰笑着拿出一卷丝帛图画,说:"不用再临时画图了,我等从天竺国出发之前,早早就准备了天竺国建筑景象图,喏,这就是天竺国祇园精舍的建筑全图,呈南北长方形院落,所有建筑均在图上。"

竺法兰、迦叶摩腾打开了景象图画卷。接过竺法兰递来的景象图,傅毅高兴坏了,连忙夸赞:"啊,太好了,还是高僧想得周到啊,这就省了大事了。我等拿去照样子兴建即可。"

乌获勋说:"天助我等。今日,我派侍卫陪同诸位四处游览,今晚,傅使官再没有理由回避了吧?请各位一定赏光。"

夜晚,乌获勋在王宫排摆盛宴,围着大殿摆上了数十张台案,傅毅单坐,其余每两人合用一张台案,蔡愔、秦景坐在一起,迦叶摩腾、竺法兰坐在一起。乌获勋又叫来数十位露着肚皮的月氏美女跳舞鼓乐,然后陪着使臣们喝酒,让一群中原汉人看得眼花缭乱,却又不好拒绝月氏国王乌获勋的盛情。

迦叶摩腾、竺法兰不饮酒,只是坐着说话而已。为了给他们二位解围,也为了给自己一个台阶,傅毅提议乌获勋不必客气,让大家随意一些更好,声色犬马,各有所爱,不要美女侍陪的就自己饮酒好了,不饮酒喝茶也行。乌获勋自然知道佛教的清规戒律,也就依了傅毅,让大家各自随意不必拘谨。

一位身材瘦弱的月氏美女飞奔着来到蔡愔身边坐下,拉着蔡愔的胳膊请蔡愔饮酒,可惜言语不通,蔡愔争辩不过,只得端起酒杯喝了。或许是为了更好地陪侍中原客人,美女们个个涂了许多大汉的香水,让蔡愔闻了立刻想起了梅儿,瘦弱月氏美女挽着蔡愔的臂膊在蔡愔身边碰来挤去,又让蔡愔想起了梅儿肢体的柔软。现在,蔡愔不知道梅儿在什么地方,是否安全,或许她已经嫁给了大哥蔡鹏。但是,不管怎样,他喜欢梅儿,即便她嫁了别人,蔡愔也会在心里默默祝福她。

看到蔡愔没有饮酒的激情,身材瘦弱的月氏美女也没有了劝酒的积极性,当着国王的面儿又不敢失职,转而向蔡愔"推销"各种瓜果,剥了皮儿直往蔡愔嘴里塞。

陪伴秦景喝酒的是一位大眼睛美女,妩媚的笑靥早已让秦景自醉了几分,又坐在一起拉拉扯扯,颇有些耳鬓厮磨的亲热,秦景的心思早已飞出了王宫。恰巧,大眼睛美女曾经结识过几位大汉商人,会讲几句简单的汉语,秦景高兴极了,他举着酒杯对大眼睛美女说:"来,我干了,你也要干了。"

秦景一口喝干了,将空酒杯向大眼睛美女示意:"嗯,干了,干了。"

大眼睛美女也喝干了。秦景又斟上了酒:"酒逢知己千杯少,来,再干一杯。"

秦景与大眼睛美女一连碰了几杯,两人都是脸颊绯红。看着傅毅与乌获勋仍

第六章 邂逅高僧

在推杯换盏,看着蔡愔也没有关注自己,秦景双眼蒙胧,与大眼睛美女耳语一番,用筷子蘸着酒水在几案上画出了自己客店的位置,要大眼睛美女前往那里寻找自己云雨一番。秦景对大眼睛美女小声说:"客店,客店,明白吗?"

显然,大眼睛美女早有心理准备,立刻点头答应了。晚宴结束之后回到客店,醉醺醺的秦景找来伙计,悄悄递过一块银子:"嘘!不许告诉别人,你给我单开一个房间,要在一楼僻静处。"

伙计连忙还了银子:"这银子我可不敢收。"

秦景说:"怎么,你不肯帮我?"

伙计说:"瞧您说的,您是国王的朋友,我哪敢怠慢呢?"

秦景又把银子塞了过去:"叫你拿你就拿着。"

秦景趴在房间窗台上,将窗户错开一个小缝,从缝隙向外张望,果然,大眼睛美女来了。

大眼睛美女在客店对面的路边东张西望,秦景打开窗户使劲儿摆手,小声说:"我在这里。"

大眼睛美女看见了窗口里的秦景,高兴地急匆匆跑过马路,差点被一辆疾驶而过的马车撞着,有惊无险地来到了窗户底下,扒着窗台就要往上攀登。秦景赶紧阻拦说:"不行不行,这里太高,你上不来的,走正门,一十六号,快点。"

大眼睛美女走进了房间,秦景匆匆反锁了房门:"你真聪明,居然很快就找到了。"

大眼睛美女说:"你也不打听打听,整个王城,没有我不熟悉的地方。"

秦景猴急地一把抱起了大眼睛美女,相拥倒在床上。大眼睛美女并不反抗,任凭秦景扒掉衣服,笑着说:"汉使,如此着急……想必一路上没有见过女色……"

天亮了,傅毅洗了脸,坐在客店窗前,拿着天竺国建筑景象图开始给汉明帝书写奏折:"启禀皇上,大汉使臣傅毅、蔡愔、秦景等人从敦煌出玉门关,经盐泽、鄯善、莎车、越葱岭,到达大月氏国,与天竺国高僧迦叶摩腾、竺法兰不期而遇,已瞻仰皇上所梦释迦牟尼像,使臣傅毅即日即邀请天竺国高僧迦叶摩腾、竺法兰携带释迦牟尼像、贝叶经《佛说四十二章经》启程前往京都洛阳弘法布教。恳请皇上早日搭建翻译经书及高僧布教的场所,以便弘扬佛法,普度众生。特此禀告。"

写完，傅毅将奏折上的墨迹吹干了，回头喊秦景，没人答应。傅毅起身走到外边，询问侍卫们谁看见秦景了，侍卫们说昨夜就没有见秦景回房睡觉。傅毅正在生疑，秦景打着哈欠走进了房间，一脸倦容，进来就一屁股瘫坐在几案前，喝了口水。傅毅问："你昨夜哪里去了，怎么到处都找不到你？"

秦景吞吞吐吐地说："昨夜……我回到客店酒力发作，就在墙边呕吐，然后就靠在墙边睡着了，刚刚睡醒洗了脸。唉，在遭遇鲜卑人墓地的时候，我还曾埋怨蔡愔贪杯，看来，昨夜我也贪杯了。"

傅毅说："算了，一路之上惊险无数，总算是大功告成了，起码成功一半了，喝点酒庆贺一下也是可以理解的。"

秦景又喝口水，说："还是傅大人善解人意啊。"

傅毅将一张丝帛信函递给秦景："秦景，我把情况都写在这里了，一会儿，你带上两名侍卫提前回去，返回洛阳，向皇上汇报我等一路之上的经过……"

"回洛阳？我提前回去？"腿脚已经痊愈的秦景一下站起身来，一脸不悦。傅毅不解地说："嘿，瞧你的样子，早点回家还不高兴了？"

秦景解释说："我……不是……那个……我还有些事情没有办完……"

傅毅奇怪地问："事情？你在大月氏国还有什么事情？我知道了。"

秦景吓了一跳，以为昨夜偷情被傅毅发现了，瞪大了眼睛问："没……也没什么……您都知道了？"

傅毅说："你不是想买匹宝马回去吗？大月氏国有，可是太远了，况且品种不一定适合在中原骑乘，还是到龟兹再买吧，返回的路上，自己去龟兹买了就是。"

"哦……是的，是的。"秦景擦了一下汗珠，松了口气。说起宝马，秦景多少有了些笑容，也知道送达奏折任务重大，不得商议，只得将丝帛塞进怀里，告别傅毅等人。

秦景悻悻地背着包裹下楼走出客店，忽然看见大眼睛美女站在客店门口。秦景吓了一跳，赶紧吩咐两位侍卫："你们先去后院挑选马匹，我很快就来。"

秦景急忙上前将大眼睛美女拉到一边，说："嘿，你怎么还不走？"

大眼睛美女说："我为什么要走？这里是我们大月氏国的王城，我想去哪儿就去哪儿，要走也是你先走。"

秦景说："呸呸呸，都是你咒的，走啊走的，我现在有任务了，身负重任，今天就得走，现在就得动身返回洛阳。"

第六章 邂逅高僧

大眼睛美女撒泼道:"现在?你这个占了便宜就溜的家伙,你一定是为了躲避我才故意离开的。你们汉人怎么会这样?"

秦景着急地说:"小声点!"

大眼睛美女:"这是大月氏国,我谁都不怕,我就是要大声喊。"

秦景又拽着大眼睛美女向远处走了几步,说:"我是真的有任务,没有办法,必须返回。"

大眼睛美女说:"那行,你去洛阳,我也要去。"

秦景一脸愁容地说:"你怎么能去呢?我们快马返回,你跟着算什么?别人还以为我在西域又娶了一房。"

大眼睛美女死缠着说:"怎么,你还是想甩了我?那可不行,你去哪儿我就去哪儿,这辈子我就跟定你了。"

秦景说:"好了,好了,我的姑奶奶,你不是不能去洛阳,只是你不能跟我一起去,我们不能一路同行,你明白吗?这样吧,我写下地址,你随后来洛阳找我。"

大眼睛美女眨着眼睛说:"你一定在骗我,你走了,中原那么大,我又没去过洛阳,我去哪里找你?你若写个假名假姓假地址,我去哪里寻你?"

秦景说:"你真废话,我的名字你已经知道了,再说通关文牒都有,你去国王那里也能问得出来,不过洛阳的地址嘛……我自然不能写我家的地址,我写朋友的,你到洛阳之后他会通知我的。再说,我是大汉朝的朝廷官员,经常见到皇帝的,你到洛阳打听也能打听得到啊。"

大眼睛美女说:"那好吧,你可不许骗我。你若骗我,我就把咱俩上床的事情告诉你们大汉皇帝……"

秦景用手捂住她得嘴说:"你小声点,我会掉脑袋的。我保证不骗你,这还不行吗?赶紧找笔墨吧,我给你写地址。"

打发了大眼睛美女,秦景如释重负,接过马缰,与两位侍卫策马奔驰而去。

日近中午的时候,傅毅一行人告别了大月氏国,准备东行。大月氏国王乌获勒等人在城门外为傅毅等人送行,乌获勒说:"原本本王还想多陪陪汉使们,不料汉使们今日就要启程,真是归心似箭啊。"

傅毅说:"并非国王招待不周,我等肩负皇上交付的重要使命,也就真的没有心思在此久留。还是上路返回吧。国王放心,若是有机会,傅某还会再来造访的,到了那时,国王可不要厌烦。"

大月氏国国王说:"哪里,本王求之不得,哪里会厌烦呢?既然汉使们执意要走,就请上路吧。一路平安。"

傅毅上了马,在马上施礼说:"国王请回吧。"

蔡愔等人也都上了马,一辆牛车走出大月氏国都城,车上坐着迦叶摩腾、竺法兰。

乌获勘说:"汉使一路走好。"

此刻,傅毅的心情大大好转,不可言大功告成却也成了一半。当然,他也知道未来的道路上同样充满各种危难和险情。

傅毅不知道,秦景也不知道,大眼睛美女回到王宫禀报了大月氏国王,国王非常高兴,立即安排几辆马车载了金银珠宝和一些生活物品,安排几名随从陪同大眼睛美女绕过傅毅一行,向着洛阳的方向进发,前往京城寻找博士弟子秦景,宁可做妾也要嫁给秦景,卧底大汉王朝。

若干年后,班固的儿子班超再次出使西域的时候,汉明帝死了,消息很快传到西域,大月氏、龟兹杀死了汉明帝任命的西域都护陈睦,再次反叛了大汉,让班超在西域好一阵子忙活,恩威并施十多年才再次将西域平定下来。这些,不知是否与美女卧底提前走漏消息有关。

洛阳皇宫的汉明帝书房里,张宦官轻步走进来对汉明帝说:"皇上,楚王已经是第三次上奏了,他说右臂的箭伤早已痊愈,他执意要回到自己的封邑去。"

汉明帝说:"前几天廷议的时候,他也提出来了,朕没有同意。别的亲王想住在京城,朕还不同意呢,他倒好,箭伤刚刚痊愈,就要返回封邑,急什么嘛!"

"西域平定了,京城之中也没有更多的事情需要楚王办理,楚王觉得自己赖在京城不走,违反了祖制朝纲。"张宦官似乎还在试探汉明帝的意图。

汉明帝说:"祖上是有规矩,有了封邑的亲王不允许待在京城。可是,近来人心不稳,朕现在需要楚王为朕出力,留在京城也是朕恩准的,不存在违反祖制朝纲的问题。"

"皇上说的极是。"张宦官点头附和。

汉明帝说:"烧当羌平定了,赤山乌桓平定了,越嶲姑复夷平定了,可是,谁知道下一个、下下一个会是谁?所以,楚王还要做好长期留在京城的思想准备。"

第六章 邂逅高僧

张宦官报告说:"皇上,宗正大夫还在外边候着呢。"

汉明帝说:"传他进来,朕要单独和他议事。"

张宦官答应一声走了,一会儿,宗正大夫走了进来,跪拜说:"宗正叩见皇上。"

汉明帝说:"起来吧。朕召你来,是想听听你对楚王扩建王宫的看法。"

宗正大夫说:"皇上,臣奉皇上之命前往楚王封邑暗中调查,当地百姓反映说楚王在自己的封邑大肆扩建王宫,极其奢华,仅是后宫就预留了一百多间房子,其王宫的规模远远超过了洛阳皇宫。"

汉明帝一愣,皱起了眉头,宗正大夫接着说:"王宫的外观,臣已经亲眼看过了。"

汉明帝站起身来,解释说:"虽说诸王的封邑都是先帝所封,不过在诸王之中,楚王的封邑的确最小,他把自己的王宫扩建得大一点,也是图个心理平衡。"

宗正大夫说:"还有一事,臣无法得到验证。"

汉明帝问:"什么事情?"

宗正大夫小声说:"据说,为楚王扩建王宫之人名叫王平,渔阳人,他把王宫的围墙加宽到了六尺,上边可以骑马奔驰,而且每隔两丈就预留了一块硕大的空心砖,里边藏满了涂了黄油的箭矢,一旦有了战事,士兵破开空心砖,这些箭矢即刻投入使用,楚王的城堡将会易守难攻。"

汉明帝一惊。宗正大夫说:"这些,只是消息灵通的百姓所言,臣无法破砖证实。"

汉明帝没有说话,只是来回踱步,最后停下来说:"不可,不可,诸王的封邑都有王宫,都有城墙,加强防御是合情合理的,不足以说明什么。你先下去吧,朕要好好想想。"

"喏。"宗正大夫走了。

汉明帝自言自语地说:"这个楚王,聪明劲儿都用到了这些地方,在西域打仗的时候却不见他有什么发明创造。"

张宦官走进书房,听见汉明帝说到楚王,有些吃惊。张宦官回身看看宗正大夫远去的背影,不知道宗正大夫刚才对汉明帝说了些什么。

第二天,羽林军总教头王猛骑马走进了旧都长安城,后边跟着一辆拉着箱子的牛车。一家客栈的房间外,两名年轻人守卫在门口,房间里,王猛与二十个黑壮汉子在密谋,几案上摆放着一些酒菜。王猛拿出几份画像:"这几张画像,画的都是傅毅,你们部署的时候请各位兄弟看仔细了。在使臣队伍中,他是岁数最大的,极易辨认。"

二十个黑壮汉子传阅画像。王猛说:"此次本教头亲自前来,就是要亲自测试兄弟们的能力。这次以弓箭为主,百步穿杨必须做到百分之百精确。"

王猛一把掀开了箱盖,黄澄澄的金子光灿灿的,耀人眼目,二十个黑壮汉子纷纷围过来看金子。王猛站了起来,走到窗边说:"能者留,庸者去,不合格的坚决不要。凡入选者,日日训练,不可松懈。"

二十个黑壮汉子又渐渐回到原处,交头接耳。王猛转过身来,说:"这一箱金子分为三份,一份为参与者的佣金,人人有份;一份为伤亡者的抚恤,事后发放;一份独为射中傅毅者所有。你们要告知所有兄弟,让人人皆知。"

王猛端起酒杯一饮而尽,放下酒杯说:"现在的朝廷,三公九卿,一半都是楚王的嫡系,楚王的儿子刘皖,啊,那是我王猛的学生,被封镇西王,在西域带兵,拥有军政大权,楚王即将一手遮天,今后的天下必将是楚王的。"

第七章　汉匈和亲

一天黄昏,留守在西域的汉军大营门外,两名北匈奴使臣前来递送呼延王的求和建议。一名汉军士卒不敢怠慢,一路小跑进了军营。刘皖大帐,士卒进来禀报:"报镇西王,北匈奴呼延王的使臣到了。"

刘皖命令说:"他们还真的敢来?让他们进来。"

士兵朝外边招招手,命令说:"你们,进来!"

两名北匈奴使臣走进大帐,右手捂在胸前施礼说:"匈奴使臣拜见镇西王。"

油灯下,刘皖正在看地图。刘皖慢慢地抬起头,说:"不是匈奴,是北匈奴。"

北匈奴使臣说:"你们大汉认为是北匈奴,可是我们才是真正的匈奴,呼延王迟早要灭了那个自以为是的南单于。"

刘皖大声反驳说:"好大的口气,南匈奴已经是大汉的一部分了,你们敢动南单于,小心本王先灭了你们。"

北匈奴使臣说:"那……那是匈奴人内部的事务。"

刘皖呷了一口绿茶,慢悠悠地说:"本王不承认你们所谓的内部事务。想必刚才你们也看见汉军大营了,军帐连绵,军卒无数,已经不再像往昔一样软弱可欺了。只要有我镇西王在,你们休想再南下一步。"

北匈奴使臣说:"镇西王,呼延王是真心希望和平。呼延王派遣我等此次前来拜见镇西王,正是领略了大汉皇威,想与大汉永结友好……"

刘皖轻蔑地问:"永结友好?你们屡屡挑起事端,'友好'一词岂是你们可以说的!"

北匈奴使臣赔着笑脸解释说:"是的……是真的……具体的办法……就是和亲。希望镇西王通报大汉皇帝,呼延王愿娶大汉公主为妻。"

北匈奴使臣递上一张折叠的羊皮信函。"和亲?"刘皖接了过来,并没有打开看,而是将羊皮信函在油灯上慢慢点燃了。

北匈奴使臣不解地问:"这个……难道镇西王不同意……"

刘皖拍了拍几案:"呼延王太会做梦了吧?你们烧杀劫掠,完了就想友好,还想娶大汉公主?"

北匈奴使臣说:"镇西王息怒……"

"怎么,本王在自己的大帐之中就不能发点脾气吗?你们不来,本王怎会发怒?来呀,送客!"刘皖厉声说道。

北匈奴使臣说:"我们呼延王是诚心和谈……还望镇西王……"

士卒示意北匈奴使臣出去,北匈奴使臣着急地说:"镇西王……还望镇西王三思啊……"

刘皖喝道:"滚出本王的大帐!滚出去!"

士卒推搡北匈奴使臣:"走!快走!"

在戈壁滩上停留着一队人马,呼延王、公主蓉儿等人坐在地上休息。两名使臣驰马回来,跳下了战马:"报呼延王,镇西王刘皖拒绝和谈,他的态度十分蛮横。"

公主蓉儿站起身来,气愤地说:"不识抬举。父王,还是命令大军前来吧,不动武,刘皖是不会乖乖听话的。"

呼延王说:"不行。这不是咱们的目的,一旦双方动起手来,大汉皇帝更不会相信咱们了。"

公主蓉儿说:"可是,过不了刘皖这一关,咱们就无法南下,无法度过玉门关,也就无法与大汉皇帝对话,和谈只能是幻想。而且,我们势单力薄,一旦遭到刘皖攻击,我们真的没有还手之力。"

呼延王说:"现在不同了,刘皖不敢主动动手,他的手下必定有一些是赞成和谈的,并非都像他那样固执。不管他了,咱们就在此安营扎寨,这里是傅毅的必经之地,既然刘皖不给我们情面,我们就只有期待大汉的司徒给大汉皇帝捎信儿了。只有待在这里,才最有可能见到傅毅,只有见到了傅毅,我们这次才算没有白来。只要大汉皇帝支持本王,本王就能够稳坐大单于的位置。"

公主蓉儿说:"可是……万一我们还没有见到傅毅,刘皖就打过来了怎么办?"

呼延王说:"我们匈奴人有句俗话,'古老的河水终会找到新的出口'!刘皖若是真打了过来,咱们就撤离,那样,咱们也就有了大军南下的理由。大汉若是不领情,那就休怪本王不给情面了。到了那时,本王还会让大汉皇帝吃不香、睡不踏实。"

公主蓉儿吩咐周围的士兵:"安营扎寨!"

夜晚,公主蓉儿又想起了曾经与蔡鹏的交往,感到深深内疚和不安,祈求昆仑神饶恕自己的罪过。去年,公主蓉儿打听到了楚王刘英兵败之后即将返回洛阳的消息,不料蔡鹏抢先在大漠之中刺杀楚王,激战中,蔡鹏被楚王的侍卫砍伤了腿部,公主蓉儿带人赶到,她取下白色丝巾为蔡鹏包扎了伤口。这时,一名负伤倒地的楚王侍卫苏醒过来,挥剑砍向公主蓉儿的后背,蔡鹏奋力抱着公主蓉儿滚出好远……当时,蔡鹏就那样将公主蓉儿压在地上,脸贴着脸……按照她们部族的习俗,她必须嫁给蔡鹏。可是,直到两人分手,他们相互之间也不知道对方的名字,她只知道对方是楚王的仇人,他只知道她是西域某个小国部落的商队头领,并不知道她就是北匈奴呼延部族的公主。

女仆斟上奶茶,走过来递给公主蓉儿。女仆说:"公主就不要多虑了,公主没有过错,昆仑神会原谅公主的。"

公主蓉儿想了想,说:"不行,我一定要去找他。"

"就是找到了又能如何呢?他是汉人,难道公主真的要嫁给他?"另一位女仆说道。

公主蓉儿反问道:"有何不可?父王帐中也有汉人谋士,匈奴人与汉人怎么就不能通婚?"

女仆说:"百姓也就罢了,民间通婚自古就有,公主毕竟是公主,怎能随意嫁人?"

公主蓉儿气哼哼地说道:"父王还想娶大汉公主呢!历史上匈奴单于迎娶汉人公主的还少吗?我怎么就不能嫁给汉人?"

"公主就是不能随便下嫁汉人百姓?"女仆说。

公主蓉儿说:"我看他双目炯炯有神,气宇轩昂,怎么会是普通百姓?"

"反正,公主要嫁也只能嫁给大汉皇帝。"女仆说。

公主蓉儿说:"我才不嫁给汉人皇帝呢!汉人皇帝妻妾成群,成百上千,在一起还不天天吵架?"

"谁敢跟公主吵架,公主就杀了她!"女仆说。

另一名女仆说:"依着公主的个性,估计要不了半年,汉人皇帝身边就只剩下公主一人了。"

公主蓉儿笑着说:"我连汉人皇帝都敢杀,何况那些女人……不是,我只是说这个道理,我什么时候说一定要嫁给汉人了?我才不会跟那些女人争风吃醋呢。瞧瞧你们,我就说了要去找那个人,你们就啰啰唆唆的,张口闭口都是汉人皇帝,我绝不会嫁给汉人皇帝的。"

女仆说:"不是下人们啰唆,公主,西域这么大,时间又过去了那么久,公主又不知道那个人在哪里,甚至连他的名字都不知道,就算公主真的喜欢他,怎么去找?"

公主蓉儿说:"这倒也是。我当时也是,怎么就没问问他的名字呢?"

似乎所有的行程都让人感到返程的时候更快一些,特使一行人从大月氏国一路走过莎车国、于阗国、拘弥国,很快就走到了鄯善国附近,在晴朗的天气下,似乎都可以看见心中惦记的那个楼兰故城遗址了。傅毅对车上坐着迦叶摩腾、竺法兰说:"风霜雨雪,咱们一路奔波了数十天,前方就快要到鄯善国了。"

迦叶摩腾问:"鄯善国,可是昔日的楼兰国?"

傅毅说:"是啊。不过,楼兰故城曾经被瘟疫侵害,人迹了无,现在只剩下残垣断壁了。"

一名侍卫说:"我看见了鄯善国的王城。"

大家放眼望去,宛如海市蜃楼一般。傅毅吩咐:"望山跑死马啊,咱们走到鄯善国王城还要半日时间,到了鄯善,大家添水加料,准备明日行程的物资。蔡愔,咱们去城外公主坟上祭奠一番吧。"

蔡愔知道即使傅毅不说,他自己也要提出来的,立刻答应道:"喏!"

傅毅说:"再过些日子到了楼兰故城,咱们停留一天,请高僧们参观故城遗址。"

竺法兰说:"好啊,好啊。"

蔡愔来到鄯善国都城外路边的时候,在公主花朵儿坟前,一个人坐在地上。蔡愔下马慢慢地走了过去,那人听见了脚步声,慢慢回过身来,原来是头发花白的鄯善国王。鄯善国王慢吞吞地说:"我算着日子,你们也该返回了,我在这里等了六天了,我就知道你们说话算数的。"

傅毅、蔡愔上前放下了鲜花。傅毅说:"公主因我们受难,我们不可不来的。"

蔡愔取出香炉,说:"今天,我还要按照我们汉人的习俗祭祀公主,公主是汉人的朋友,也是我的小妹。"

蔡愔用火镰点燃了一炷香,说:"公主你在路边已经看到了,我们汉使一行人不仅迎奉了佛像,还从大月氏国带来了菩提树种子,将来,公主的墓地四周皆是绿色一片,公主为维系西域诸国的和睦作出的贡献蔡愔永远铭记,希望公主的在天之灵能够安息。"

鄯善国王说:"我真后悔呀,当初要是同意花朵儿嫁给蔡愔,说不定……"

傅毅说:"国王不必自责,一切都在意料之外啊。"

蔡愔说:"蔡愔当初不敢应允,并非瞧不起公主,其实蔡愔这一路遭遇无数风险,自己常常命系一线,生死难料,不敢耽误公主前程,所以……"

鄯善国王叹息说:"过去的事情不说了,今日你们能兑现承诺,我也就满足了。我谁都不再埋怨了。富贵在天,生死有命啊。"

蔡愔和傅毅祭祀了公主花朵儿,告别了鄯善国王,匆匆赶上了特使队伍。夜晚,特使队伍就住在了附近的驿站。吃过晚饭,迦叶摩腾一手拎着一张桌子,一手拎着一只凳子,走进了傅毅房间说:"傅大人,可否教授书写汉字?"

傅毅问:"请问高僧这是?"

迦叶摩腾放下桌子、凳子,说:"我要向傅大人学习汉字。"

傅毅过来看看桌子,又看看凳子。迦叶摩腾说:"他们客栈为了迎接你们,把客房的桌案都换成了你们汉人的矮桌案。你们汉人喜欢席地而坐,我不太习惯,瞧瞧,这才叫桌子,这叫凳子,傅大人您坐下试试,看看感觉如何?"

傅毅拿了毛笔坐在凳子上说:"上次来西域的时候我就试过,这样坐着写字,感觉手臂不累。"

迦叶摩腾高兴地说:"那,咱们就多买些这样的桌子、凳子带给大汉皇帝。"

傅毅说:"好倒是好,不过,汉人恐怕不太适应,因为皇宫之中全是木地板,一尘不染,大臣们上朝不许穿鞋,朝廷礼仪讲究的就是席地而坐,否则是要重罚的。"

迦叶摩腾说:"那么,民间呢,百姓使用习惯就好了,再说,我见过你们大汉的木床,很笨重的,坐上去也不方便。这凳子多好,一人一个,各坐各的,十分方便。"

傅毅笑着说:"高僧不必多买,就一样一个,带回去请木匠照这样子制作就是了,估计百姓会非常喜欢的。"

迦叶摩腾想了想说:"那样也好,就一样带上一个。今日,就请傅大人开始教我书写汉字吧。原本在天竺国,我向那里的汉人学习了半年汉语,可是未曾学习汉字,只有学习了汉字才能翻译佛经。"

傅毅起身盛了半碗清水,又将毛笔蘸了水:"高僧要学汉字,自然是好事。不过,这汉字不是一两时日就能学完的。这一路之上,咱们尽量交流吧。"

迦叶摩腾说:"好啊,就依着傅大人。"

傅毅想想说:"今日就学一个'漢'字。"

傅毅用清水在桌子上写了一个篆体的"漢"字。

僧人竺法兰带着一张木制躺椅走进了蔡愔客房,自己宽衣睡在了炕上。一名侍卫走过来躺在木制躺椅上说:"高僧的胡床就是舒服。哎,高僧,你不睡这舒服的胡床,却要和我们一起睡在硬邦邦的土炕上。"

僧人竺法兰:"那不是我自己睡的,是准备带到中原送给你们大汉皇帝的。"

蔡愔赶紧说:"你还不下来,再把胡床压坏了。"

侍卫嬉笑着回到了炕上:"皇上的龙床又宽又大,他才不会睡胡床呢。"

蔡愔吹灭了油灯,躺在炕上说:"过去西域诸国也曾经给皇上进献过胡床,不过样式好像没有高僧的轻巧。"

房间里黑洞洞的,僧人竺法兰说:"我等从西方前往中原,一张胡床也只是一点心意,小小的礼物吧。"

蔡愔难以入睡,忽然问道:"请问高僧,前些时日您和傅大人在交谈……我不太明白,什么叫做'四众弟子'呢?"

僧人竺法兰接话说:"这个很好理解,就是佛徒有四众之分,就是出家男女二众、在家男女二众。"

旁边躺着的几名侍卫偷偷地笑了起来。蔡愔说:"恕我笨拙,还是没有明白。"

竺法兰坐了起来,解释说:"出家男众名为'比丘',出家女众名为'比丘尼';在家男众称为"优婆塞",在家女众称为"优婆夷";细分下来就是四众。这些名词都是天竺梵语。"

蔡愔说:"出家人……我已经明白了,那么'在家'是什么意思呢?"

竺法兰说:"'在家'就是指居家修道,梵语叫'迦罗越',你们汉人称为居士。"

蔡愔若有所思:"在家也可修道?真是不可思议。那么,'僧'在梵语中怎么讲呢?"

竺法兰说:"梵语读'僧伽'。刚才谈及出家,出家制度并不是佛教特有的,天竺国各教派都有出家修行的规章。"

一名侍卫笑出了声:"看来中郎将已经没有了打仗的冲动,准备出家为僧了。"

蔡愔不好意思地说:"没有……我只是对很多问题不太懂。"

另一名侍卫说:"是啊,问清楚了就可以出家了。"

蔡愔说:"我不怕你们笑话我,我就是要问。请问高僧,为什么有人称你们'和尚'、'沙弥'呢?"

竺法兰说:"那是他们不太了解佛教的规矩,'沙弥'多是我等出家人的自称,也可称为'僧人'。'和尚'是梵语译音,在天竺国就是大师的意思,类似大汉的博士、教授,也就是亲手教诲你的亲近老师,不是一般人有资格称谓的。佛教的律藏,称剃度师及传戒师为'邬波驮耶',原意就是亲自教育对你的那位教师。唯有受了比丘戒十年以上,熟知二部大律之后,才有资格为人剃度、为人授戒而被称为'邬波驮耶'。"

蔡愔又问:"成为僧人需要什么条件吗?"

竺法兰说:"佛教信徒愿求出离家庭、独身修道是要一定手续。按照佛教戒律规定,佛教信徒要求出家,可以到寺院中向一位比丘请求作为自己的'依止师'。这位比丘要向全寺僧侣说明情由,征求意见,取得同意后方可收留此人为弟子,为之剃除须发,并为之授沙弥戒,此人便成为'沙弥'。当然,这说的是儿童,年满二十岁之后,经过僧侣同意,十位大德长老共同为之授比丘戒,此人便成为比丘。受比丘戒满五年后,方可以离开'依止师',自己单独修道,游行各地。"

蔡愔问:"为什么要剃去头发呢?"

竺法兰说:"凡是出家人都要剃光头发,这叫做剃度。佛认为世界是虚幻的,人生是苦难的,只有断除一切烦恼修行成佛,才能达到永恒的幸福。佛祖释迦牟尼最初对迦叶等人说法时,亲手为他们剃去了头发,表示接受他们做自己的弟子。剃度有三重含义:一是去除了人间的无数烦恼和错误习气;二是去掉人间的骄傲怠慢之心和一切牵挂,一心一意修行;三是区别于其他教派的教徒。"

蔡愔又问:"那么……高僧为什么要穿……袈裟呢?"

竺法兰说:"因为佛徒有四众之分,所以出家佛徒和在家佛徒在外表上除了剃除须发外,在衣服上也有所区分。比丘应穿的衣服只有三衣,总名为'袈裟'。其中一件是由五条布缝缀而成的衬衣,名为'五衣';一件是平时穿的上衣,由七条布缝缀而成,名为'七衣';一件是'祖衣',由九条以至二十五条布缝缀而成的大衣,是在遇有礼仪或出外时穿着的。"

第二天中午,辽阔戈壁滩上,一行人围在灶旁吃午饭。蔡愔端着饭碗过来请示说:"傅大人,前方没有沼泽之类的危险地段,是否可以抄近道儿?"

傅毅说:"戈壁滩这么宽阔,前面还是一片大漠,别再迷失了方向,还是走大道,就到楼兰故城了,正好也让两位高僧参观一下。"

听见傅毅、蔡愔说话,迦叶摩腾一边吃饭一边说:"大道?我听人讲过大汉先哲老子的书,也听过庄子的书,听时十分明白,过后又感到迷茫。请问傅大人,道家的'道'究竟是什么意思?"

蔡愔插嘴说:"根据老子的解释,'道'在天地之前就存在了,并且是万物的来源。"

竺法兰摇头说:"不对,我们无法想象天地万物未有之时的状态,所以,谁也不可能说出一个明确的'道'。"

迦叶摩腾说:"原先,我个人的理解是,假如天地万物不是变幻不已的虚幻梦境,那么必定有个起源与归宿,这就是'道'。"

傅毅说:"老子曾经解释过,'道'的特性是'独立而不改,周行而不殆'。这就说明,老子心中的'道'是永恒的、普遍的、独立的、有规律的。这也是我的理解。不过说真的,'道'实在不是一般用语可以描述的。"

"好像庄子说得很简单,可是很难听,连屎尿都说出来了。"蔡愔说。

傅毅说:"是的,那是东郭子请教庄子什么是'道','道'在哪里的时候,庄子就是这么回答的,而且越说越难听,说'道'就在屎尿之中,弄得东郭子不敢继续问了。"

迦叶摩腾说:"'道'确实非常神秘。"

傅毅放下饭碗说:"庄子还解释过,'道,有真实有验证,无作为无形迹,可以心传而不可口授,可以体悟而不可看见;自己为本,自己为根,在没有天地之前,自古以来一直存在;造就了鬼神,造就了上帝,产生了天,产生了地;在太极之上而不以为高,在六合之下而不以为深,先天地存在而不以为久,比上古年长而不以为老。'"

吃完饭,蔡愔一行人继续行走在漫漫戈壁之上。三天后的一个下午,特使队伍走到西域大漠楼兰故城附近的一处村落,村落已经变成了一片废墟,烧黑的木梁还在冒出缕缕青烟。蔡愔催马走近看了看,回来向傅毅说:"傅大人,从这里的景象看,好像刚刚被劫掠过,或许是北匈奴人干的,村落里已经没有人迹了。"

傅毅担心地说:"前边离驿站太远,牛车走得慢,半天时间走不到。蔡愔,这里如果遭到劫掠,北匈奴一定离此不远,你利用下午的时间,到刘皖大营报告北匈奴在这里烧杀劫掠的情况,请他立刻调集大军,做好防范工作。这里已无人迹,北匈奴短时间内不会再来,咱们就在这里扎营休息。你带上两名侍卫,快去快回。"

蔡愔为难地说:"可是,我担心北匈奴会再次返回,大人的安全如何保证?"

傅毅笑着说:"你不必担心,我了解北匈奴的习性,他们总是速战速决,来去无踪,短时间内不会再来,你就放心去吧。"

"喏。"蔡愔带上两名侍卫催马疾驰而去。来到刘皖驻扎的汉军军营,蔡愔下马走进刘皖大帐,拱手施礼:"在下蔡愔见过镇西王。"

刘皖装作十分吃惊:"蔡愔?你不在洛阳保护皇上,来到西域有何贵干?请坐吧。"

蔡愔着急地说:"我奉命保护司徒傅毅前往西方恭迎佛像,已在返回途中。可是,就在刚才不久,我们准备扎营休息的地方,村落成为了一片焦土,想必那里是被北匈奴劫掠了。"

刘晥问道:"是吗?北匈奴远在千里之外,你如何断定是北匈奴干的?"

"卑职也是猜测,否则谁敢洗劫村落?不过,北匈奴一定开始南下了。还望镇西王命令大军做好防范,最好向北巡视一番,看看有没有北匈奴骑兵的影子。"蔡愔说。

刘晥呷了口绿茶:"你已是中郎将了,知道军队的职责是为了捍卫和平,你还嫌西域不乱啊!现在,西域刚刚平静了几天,你就想主动挑起战火?"

蔡愔说:"我知道你会这样说的,我有思想准备。"

刘晥嘲笑说:"有准备?有准备何必空来一趟?"

蔡愔感觉到了刘晥话语的锋芒,他对刘晥说:"我知道你心中对我有气,我想说,我们两家原本是亲戚,可是现在……你姐姐的死跟我哥哥没有关系,当时京城暴发疟疾,死了很多人,这些你都知道,后来太医也证明确实是患了疟疾。况且事情已经过去十年了。"

刘晥顿时有些不高兴了,说:"蔡愔,我在履行公职,请你不要说这些私事好吗?"

蔡愔只好让一步说:"那么,就说公职,镇西王能否派遣小队骑兵保护傅大人东行,到达玉门关即可返回。"

刘晥瞪着眼睛说:"你打仗的时候肯借兵于无关之人吗?你知道西域军卒紧缺,现在我手下可以直接调动的只有两万军卒,防御任务很重。是一个傅毅重要,还是镇守西域重要?"

"你……"蔡愔卡壳了,说不出话来,气得将佩剑拔出了一半。

刘晥冷笑着说:"怎么,你小小的中郎将敢在本王的军帐里撒野?小心本王砍了你的脑袋!如果让我动用两万大军发动战争,我要亲眼看到皇帝调兵的虎符,还必须有皇上的圣旨,司徒不是太尉,管不了军队,况且傅毅又不在职,只是一个挂名的司徒。我刘晥已经是亲王了,一个傅毅算得了什么。"

蔡愔收了佩剑,哼了一声,拂袖而去。多日不见,刘晥俨然已经成为称霸一方的土皇帝,盛气凌人,不可一世。

蔡愔和两名侍卫骑马出了军营,一路急匆匆地赶回村落。

蔡愔走近村落,却看见刚刚搭建的帐篷已经倒塌,地上躺着几具尸体,早已不见了傅毅的踪影。蔡愔与两名侍卫跳下马来,高声大喊:"傅大人,傅大人……"

蔡愔与两名侍卫检查尸体,每一具都要翻过来看看。忽然,一名重伤的侍卫微微睁开了眼睛,两名侍卫喊道:"他还活着,他还活着。"

蔡愔扑了过来,赶紧问道:"什么人干的?是不是北匈奴从背后偷袭过来了?"

重伤的侍卫断断续续地说:"是汉军……说是镇西王前来问候……所以,我们缺乏警惕……傅大人、高僧被俘……"

蔡愔急切地问:"什么?傅大人、高僧被俘?那佛像呢?佛像呢?"

侍卫没有说话,右手指指身下,脑袋歪向一边死了。蔡愔翻开侍卫的尸体,下边压着一个布包,蔡愔看了,里边正是佛像和经书。蔡愔大声责问侍卫的尸体:"镇西王胆子再大,也不敢抓傅大人的。刚才,我就和镇西王在一起,你一定看错了!一定是呼延王干的!"

蔡愔将佛像经书包好,背在身后,命令说:"拿起龙旄、龙旗,随我来!"

两名侍卫找到龙旄、龙旗,飞身上马,向北疾驰而去。

夜晚,北匈奴军营一片灯火。远处高坡上,蔡愔骑马观看北匈奴军营的布局:"不错,这就是呼延王的行宫。来呀,将火把绑在我的枪头上。"

一名侍卫掏出绳子,一边将火把绑在了蔡愔的枪头上,一边担心地说:"可是,咱们只有三个人。"

蔡愔手持枪头冒火的长枪,说:"傅大人和高僧困在里边,我们不得不出手相救。狭路相逢勇者胜,冲过去!"

蔡愔催马挥枪一路杀进了北匈奴军营,直奔中军大帐。北匈奴士兵纷纷被蔡愔冒火的长枪扫倒在地。两位侍卫手持龙旄、龙旗紧随蔡愔后边一道冲了过去。

北匈奴呼延王坐在椅子上,侍女正在为他洗脚。呼延王大声询问帐外军兵:"外边何人喧哗?"

突然,蔡愔冲了进来,用冒火的长枪枪尖对准了呼延王。侍女扔了毛巾,惊叫一声逃出帐外。呼延王立刻站起身来,光脚站在地上:"蔡愔?好久不见了。"

蔡愔说:"少废话!傅大人呢?高僧呢?"

呼延王十分生气:"蔡愔!你太不礼貌了。你知道擅自闯进本王的大帐会受到什么样的处罚吗?"

蔡愔咬牙切齿:"跟你客气什么,你曾经是我的手下败将,我差点生擒了你。"

呼延王大声说道:"可是,你的父亲曾经是我的俘虏。今天,不仅大汉司徒是我的俘虏,大汉尊贵的天竺客人也是我的俘虏。我若杀他们,易如反掌。我甚至可以用他们向大汉交换土地和牲畜,可是我没有这么做。"

蔡愔呵斥:"我就知道是你干的好事,如果你现在不立刻释放傅大人和高僧,我就先来为你送葬!"

呼延王说:"我们是为寻求和平而来,傅大人和僧人都平安无事。"

蔡愔喝说:"住口!你一个野蛮之徒少用和平跟我套近乎,我只要想想我父亲的遭遇,就知道你们有多么凶狠了。他当时已经身中六箭,奄奄一息,你们还把他吊起来用皮鞭抽……我们抓获你们的士卒,折磨过他们吗?"

"那不是我。当时是在战场上,士卒们的情绪是很难控制的。"呼延王说。

蔡愔生气地说:"你别跟我提战场。战火是你挑起的,你要为战场上双方死难的无辜士卒承担道义上的责任。"

堵住大帐门口的北匈奴士兵进退两难,只得围住了持有龙旄、龙旗的两名汉军侍卫:"别让他们跑了。"

大帐内,蔡愔用冒火的枪尖扫开了呼延王放在几案上的马刀,防止他持械反抗。蔡愔又用冒火的枪尖将油灯甩向墙角,立刻,呼延王身后大帐的一角燃烧了起来,场面更加混乱。

突然,大帐侧面被马刀划开了一个大口子,公主蓉儿冲进了帐篷,挥刀砍向蔡愔:"怎么又是你?"

蔡愔只得撇开呼延王,转身与公主蓉儿杀在一起:"是我又怎样?"

公主蓉儿挥刀砍向蔡愔的双腿,蔡愔飞身跳起躲开了,枪尖的火把被砍掉了。蔡愔挥枪扫向公主蓉儿,公主蓉儿伏身在地,长枪扫倒了几案上的瓶瓶罐罐。由于帐篷之内空间有限,蔡愔舞动长枪十分不便,难以迅速战胜公主蓉儿,两人打得难解难分。呼延王也是进退两难,只好大喊:"住手!你们都别打了,快快请上傅大人,快快请上傅大人。"

帐篷外边有士兵喊道:"快请傅大人!"

蔡愔与公主蓉儿仍在厮杀,公主蓉儿挥刀砍向蔡愔,蔡愔躲开了,帐篷被马刀砍破了一个口子。傅毅走进大帐,大喝:"住手!你们两个都住手!"

蔡愔和公主蓉儿停住了兵器,但是,两人仍旧兵器相交,横眉冷对。蔡愔着急地问:"傅大人,高僧呢?"

傅毅立刻劝阻说:"蔡愔,你这是干什么?快快住手!"

蔡愔十分不解:"傅大人,为什么?"

傅毅端起洗脚水泼向大帐后边的火苗,然后当啷一声扔了脚盆,赶紧拱手施礼:"呼延王息怒,傅某管束不严,多有得罪,还望海涵。"

蔡愔大声说:"傅大人,你不用怕他,我可以劫持呼延王做人质,救你和高僧离开这里。"

傅毅喝道:"快快住口!那都是些旧仇宿怨,今天的事情与呼延王无关,与公主蓉儿无关。"

蔡愔收起长枪:"这到底是怎么回事?"

傅毅拉住蔡愔向外走:"走!回去我再和你细说。"

留下呼延王擦脚、穿鞋收拾残局暂且不说,蔡愔来到傅毅与僧人歇息的大帐,傅毅对蔡愔说:"今天下午,一群汉军士兵赶来慰问我们,我们还以为是你从刘皖那里带来的士兵,可是他们突然对侍卫大开杀戒,我们被汉军士兵俘虏,全都蒙上了眼睛,后来就被送到了北匈奴军营外边,呼延王也不知道怎么回事,他也是蒙在鼓里。"

蔡愔从背后将沉甸甸的佛像、经书取下,还给两位僧人:"这是佛像和经书,二位高僧请收好。"

竺法兰双手合十:"阿弥陀佛,善哉善哉。"

蔡愔依旧十分不解,又问傅毅:"你是说……呼延王没有为难你们?"

傅毅摇摇头说:"我们已经说服北匈奴呼延王,互修友好,他已经答应了,而且要与大汉通婚。"

蔡愔生气地说:"不可能,北匈奴凶狠无比,劣迹斑斑……况且,呼延王多变,说不定他今晚就会变卦。你们在这里太危险了。"

傅毅说:"我看不会,他年纪大了,对战争已经厌倦了,从我们见面的第一眼,他就流露出和好的愿望。再说,我们不是他抓来的,他完全可以不负责任地软禁我们,甚至杀了我们。他没有这么做,而是热情地招待我们,允许我们随时离开。"

忽然,帐外骚动起来,人喊马嘶,火把通明。呼延王在外边怒气冲冲地喊道:"来呀,把大汉的司徒大人给我绑了。"

蔡愔持枪在手:"我说怎么样,傅大人,呼延王终于露出狐狸尾巴了……野蛮人,永远难离野蛮行径。"

傅毅阻止了他:"慢着,我出去看看。"

蔡愔担心地说:"外边很危险的,你忘记我父亲的遭遇了。"

傅毅走出大帐,堵在门口的北匈奴士兵看到傅毅出来了,纷纷后退。傅毅看到到处都是火把,呼延王正在指挥调兵遣将。傅毅拱手大声问:"敢问呼延王这是做什么?"

呼延王勒住马缰,生气地用马鞭指着傅毅说:"司徒大人,本王正想问你,你说大汉皇帝慈悲为怀,一心向善,可是,你们大汉的将领却一个杀进大营火烧本王大帐,一个指挥数万汉军正在包围我们,本王不能再相信你了,必须冲出包围……和亲的事,本身就是一场空想,就是一场骗局。"

傅毅赶紧解释:"汉军?是镇西王刘晥吗?呼延王休要惊慌,一定是误会了。我现在就去让他们撤退。"

呼延王不依不饶:"说得好听,他们会听你的吗?"

傅毅及两位高僧走出北匈奴军营,来到两军阵前。傅毅大声喊喝:"对面之人可是镇西王吗?"

镇西王刘晥正在部署兵力,看到傅毅走出了北匈奴大营,刘晥答道:"正是本王。傅毅,你做了北房的俘虏,他们为什么不杀你?你一定是投降了北房。"

蔡愔骑马追出大营,勒住马缰生气地说:"镇西王,你凭什么污蔑傅大人?你怎么知道傅大人做了俘虏?难道绑架傅大人的那些为非作歹的汉军士兵是你派遣的不成。"

刘晥说:"呦,还有蔡愔啊。如若没有投降,你们跑到北房大营做什么呢?难道不知北房是大汉的宿敌吗?难道不知道战场通敌是死罪吗?我会禀报皇上,弹劾你们。回不回洛阳,你们都是死路一条。"

傅毅说:"镇西王此言差矣。我等奉皇上之命前往西方恭迎佛像,正是为了寻求大汉祥和。现在,呼延王有感于我大汉皇恩浩荡,答应向大汉求亲,互修友好,我已代表皇上应允。请镇西王撤回大军,暂保西域和平。"

刘晥将战马拉得团团转:"你们身陷敌营,身不由己,说话恐失得当,我大汉军队何时畏惧过敌军。今夜正是一举消灭北房的最佳时机,请司徒大人不必长敌军威风,灭汉军锐气。尔等既未叛降,就请与本王一同杀进敌营,刀斩北房,杀敌立功。传令官,击鼓!"

就在双方剑拔弩张的时候,傅毅高喊:"且慢!北匈奴与我大汉相争已经多日,先帝光武在位时期,北匈奴遭受自然灾害,汉军五千骑即可将其歼灭,然而,面对将士的请求,先帝一笑了之。先帝有德,还曾兵不血刃地占领洛阳城,使洛阳成为大汉都城。镇西王是先帝后裔,自然明白我大汉始终虚怀若谷,包容天下……"

刘皖知道,爷爷光武帝当年对待北匈奴一直采用的就是刚柔相济的策略。但是,为了阻止僧人东行,也为了消灭傅毅、蔡愔等人,他只能装作不知,我行我素。

刘皖摇着头笑道:"先帝是先帝,本王是本王。此一时彼一时,怎能墨守成规。"

傅毅说:"呼延王此次前来西域是为了寻求和平,不是战争!"

刘皖说:"本王明白了,尔等被俘之后变得胆怯了,那就快快闪开,本王要率军冲进敌营了。传令官,击鼓!"

"谁敢!"蔡愔早就忍耐不住了,弯弓搭箭"嗖"的一声射向了汉军传令官身边的大鼓,鼓面划开了一个大口子,吓了传令官一大跳。

刘皖大怒:"蔡愔!你身为汉军中郎将,竟然射穿汉军战鼓,该当何罪?"

蔡愔从马兜里取出免罪龙符,大声说道:"镇西王,蔡某持有当今皇太后赐予的免罪龙符,在大汉领土之上无论何时何地,小罪免责,大罪免死!"

刘皖气急败坏:"你以为没有了战鼓就能阻挡汉军的马蹄吗?"

傅毅突然高喊:"慢着!镇西王听旨!"

刘皖半信半疑,既不敢反驳又不愿轻信,迟迟没有回应。傅毅再次高喊:"镇西王听旨!"

刘皖只得跳下战马,单膝跪地。傅毅抽出丝帛诏书:"皇帝诏曰:我大汉一统天下,百姓得福。然天下灾难不断,边疆不稳,着司徒傅毅、蔡愔、秦景等十八人前往西方恭迎佛像,祈求神灵普度众生,保佑和平。命大汉西部各郡各部予以协助,不得有误。凡不从者,皆按违抗皇命处置,株及三族。特诏。"

傅毅收起诏书:"镇西王奉命行事,在下也是奉命行事,镇西王有责任有义务保护在下完成皇上赋予的重任。在下持有皇上所赐龙旄、龙旗,有权代表皇上斩杀一切违命者。你想让数万汉军指证你公然违抗皇命吗?还不撤兵退后!"

在双方火把的照耀下,刘皖早就看见了傅毅身后被西域夜风吹拂的龙旄、龙旗。刘皖悻悻上马,吩咐汉军鸣金收兵,开始慢慢后撤。

早晨,一轮红日升起在东方的地平线上,红日映照下的匈奴帐篷个个都是东

第七章 汉匈和亲

面火红西面洁白。一行牛车排成长长的车队,整齐地停在北匈奴军营之外,北匈奴呼延王、公主蓉儿与傅毅、蔡愔等人道别。

呼延王施礼说:"本王昨夜言语不周,实属误会,还请司徒大人原谅。"

傅毅向呼延王拱手施礼:"呼延王提出的和亲请求,傅某一定转告皇上,及早答复,还望呼延王耐心等候喜讯。"

呼延王从身后拉过两名北匈奴使者,对傅毅说:"多谢司徒大人。司徒大人走后,我们也要离开这里返身北上了,为了免去我部使者单独前往的不便,本王派两名使者随大人一同前往洛阳,面见皇上,呈上和亲之约,禀告我等不忘汉恩,追念先祖旧约,欲修和亲,以辅身安国。如若获准,本王即刻遣牛羊万头前来与大汉合市,和睦一家。"

傅毅说:"如此正好,傅某一定转达呼延王的诚意。两位使臣这边请吧,与我等一起前往洛阳。"

呼延王回头对女儿说:"蓉儿,还不快快与傅大人道别。"

公主蓉儿尚未与傅毅搭话,却一眼看见蔡愔马囊之中的那根竹笛。公主蓉儿笑着伸手对蔡愔说:"这么长时间你还留着呢?太好了,还给我吧。"

蔡愔愣了一下,赶紧挥手拒绝说:"这可不行!这是我的东西。"

公主蓉儿也愣了一下,上前一把抓住竹笛,大声责问:"为什么?这是我的东西,我又没有送给你,你留着它有什么意思呢?"

蔡愔也抓住了竹笛另一端,反驳说:"你当初在战场上扔给了我,就是我的战利品,我不可能归还的。"

呼延王听见女儿粗声说话,赶紧训斥:"蓉儿,怎么跟客人说话呢?"

公主蓉儿松开手,委屈地说:"他拿了我的东西,我要,他不还。那是别人送我的信物,那个人……就是竹笛的主人还欠我东西没有还呢。"

傅毅赶紧问:"蔡愔,怎么回事?"

蔡愔对公主蓉儿说:"竹笛不可以给你,他欠你什么,我还。"

公主蓉儿羞红了脸说:"你,你还不了的。"

蔡愔板着面孔说:"他不可能欠你什么。这根竹笛我很熟悉,你怎么说是你的呢。"

傅毅劝慰说:"蔡愔,你莫不是看错了吧,再熟悉,你也不能拿别人的东西呀。快快还给公主。"

蔡愔委屈地说:"若是别的竹笛,我早扔了。这根竹笛比我的岁数还大,我还知道这上边的红丝绸穗绳是我奶奶拴的,我怎么也想不明白,这根竹笛怎么会到了公主手里?他绝不会真心相送的,其中一定有诈。"

呼延王严厉地问:"蓉儿,这到底是怎么回事?"

公主蓉儿委屈地说:"那次,我带着一队人马追踪楚王刘英……他……就是那个人被楚王的侍卫追击,我恰巧路过,解救了那人,那人就把他的竹笛送给我了。我欣赏那人的胆量,却不知道他的名字。你认识他?你知道他在哪里吗?"

蔡愔说:"我不懂你说的人是谁,我只知道这根竹笛的主人是我大哥。"

"是吗?这么巧?你大哥?他的腿伤好了吗?他叫什么名字?"公主蓉儿十分惊讶,她瞪大眼睛看着蔡愔,"你们俩长得不太像啊。他返回洛阳了吗?这么说我若是去洛阳见到你,也一定能够找到你大哥了。"

蔡愔说:"我大哥不在洛阳,他在……他在梧桐岭。"

公主蓉儿说:"梧桐岭?就是南边的梧桐岭吗?"

蔡愔说:"是的。"

公主蓉儿高兴地说:"这么近啊,有时间我一定去找他。"

傅毅顿时听明白了,说:"原来误会一场。蔡愔,既是蔡鹏送给公主的,你就还给公主吧。"

公主蓉儿自言自语地说道:"蔡鹏?他叫蔡鹏?"

蔡愔还是有些怀疑,看看傅毅。傅毅表情严肃,瞪了蔡愔一眼。蔡愔不好再行辩驳,抽取竹笛递给了公主蓉儿。

公主蓉儿一把接过,脸上立刻绽放了笑容。傅毅对呼延王说:"呼延王请回吧,再会,再会!"

呼延王说:"路途漫漫,请早些赶路吧。"

公主蓉儿抱着竹笛独自幻想与蔡鹏相见暂且不说,傅毅一行牛车在沙漠边缘慢慢前行,牛车上的篷子蒙着羊皮,遮挡了即将到来的炙热的阳光。瞅了一个机会,傅毅悄悄责备蔡愔:"蔡愔,你身负和平使者的重任,为了一根竹笛,你怎么就不怕再次导致双方反目。"

蔡愔阴沉着脸:"我就是不相信北匈奴会真心与大汉和好,他们骨子里流的血液就是野蛮和叛逆。"

傅毅劝说道:"我知道你一直为令尊的事情怨恨他们。可是,既然竹笛是蔡鹏

第七章 汉匈和亲

的,既然蔡鹏已经送给公主了,一定有蔡鹏的道理。"

蔡愭提马向前走了,甩下一句话:"傅大人您不要说了,我已经按照您的盼咐做了。可是,我就是不信,我哥会把我们家传的竹笛送给害死我父亲的仇人。"

就在傅毅等人离开不久,呼延王命令北匈奴骑兵收了大帐向北转移,返回北方大漠的单于庭附近。

呼延王骑马正走着,一名骑兵过来报告说:"报呼延王,公主不见了。"

呼延王减慢了速度:"她去哪里了?"

骑兵说:"不知道啊!出发的时候她还在,刚才不见了。"

呼延王勒住缰绳,问:"她带走了多少士卒?"

骑兵说:"没有带走士卒,只是她和她的几名随从不见了。"

呼延王说:"算了,公主胆大心细,只要不带士卒,是不会惹事的。说不定她又扮作商人做什么去了,她说过那个蔡愭的哥哥欠她什么东西没有归还,估计是索要去了。由她去吧,咱们只管前行。傅毅走了,咱们若是走得慢了,说不定刘皖真敢反悔。"

"咱们要退到哪里啊?"骑兵问。

呼延王说:"单于庭,回去等消息吧。本王相信司徒傅毅一定会做好这件事情的。只要大汉皇帝肯把女儿嫁给本王,本王才能放下心来,才能相信大汉皇帝的诚意。只要大汉皇帝支持本王,本王就稳坐大单于的位子了。"

骑兵大声说:"到了那个时候,咱们缺少什么东西,让大汉皇帝的女儿回去向大汉皇帝索要就是了。"

呼延王哈哈大笑:"是吗?女人啊,她只要不往娘家拿东西就不错了。"

"我听说大汉皇帝赏赐起来很爽快的,经常是要什么给什么,还加倍地给。"骑兵说。

呼延王提马前行:"但愿吧。"

或许呼延王能够猜到,公主蓉儿带着几名女仆骑马去了梧桐岭。但是,呼延王无论如何也猜不到后来的变化居然让公主蓉儿尾随蔡鹏一路追到了大汉都城洛阳。

此时,公主蓉儿果然带着女仆正在前往梧桐岭的路上。女仆说:"公主是怎么知道他在哪里的?"

公主蓉儿得意地说:"这个可不能告诉你们。你们不是说西域这么大,又不知道他叫什么,怎么去找。现在,本公主不仅知道他在什么地方,而且知道他的名字叫蔡鹏。"

女仆问:"蔡鹏?"

公主蓉儿说:"是的,他就在梧桐岭。"

女仆问:"梧桐岭?"

公主蓉儿提马奔驰起来,几名女仆在后边追赶:"公主,你慢点儿。"

然而,当公主蓉儿来到梧桐岭的时候,梧桐岭已经人去山空。公主蓉儿带着女仆站在房屋前边的空地上,一位女仆从房间里出来说:"公主,这里已经没有人了,一个人都没有。"

另一位女仆说:"他们……会不会下山去了?"

女仆说:"不会,即便下山,山上也应该留人值守,现在连锅碗瓢盆都带走了,应该是迁徙了。"

另一位女仆说:"那会去哪儿呢?"

公主蓉儿说:"一定是傅大人路过的时候把他们带走了。想溜,没那么容易!走,下山,去洛阳。"

几位女仆十分惊讶,张大嘴巴异口同声地问:"去洛阳?"

公主蓉儿反而来了兴致,非常肯定地说:"你们都没有去过洛阳,听说那里十分繁华漂亮,我带你们前去游玩一番。怎么,你们不乐意?"

一位女仆担心地说:"咱们就这么三五个人,不会被大汉军队抓起来吧?"

公主蓉儿说:"咱们只说是经商,怎么会被抓起来呢?有人问起来,咱们就说是龟兹人。何况,前边还有咱们的两位使臣已经前往洛阳了,走吧,一切包在我身上。"

公主蓉儿带着女仆们下山了。

第二天正午的时候,特使队伍走上了长长的官道。正当大家都在为和亲一事感到心花怒放的时候,突然,身后传来了急促的马蹄声。蔡愔向后望去,远处尘土飞扬。蔡愔命令队伍停止前进,做好防卫准备。蔡愔提马来到傅毅的牛车前,担心地说道:"傅大人,一定是呼延王反悔了,派兵来追杀我们。大家不要怕,稳住。"

很快,一队北匈奴骑兵追了上来,远远地围着牛车马嘶人叫,并用匈奴语大声喝道:"汉贼休走,留下性命。"

傅毅看到北匈奴士兵真的赶来追杀了,立刻责问随行的两名北匈奴使者,使者一时也搞不清楚是怎么回事。一名使者提马上前刚刚问询了半句话,就被对方一箭射中了肩膀,摔下马来。接着,一阵箭雨向车队射了过来,显然,北匈奴士兵已经做好了充分的准备,不想留下一个活口。

箭雨落下,几名护卫受伤倒了下去,傅毅、迦叶摩腾所乘牛车也纷纷中箭。傅毅赶紧抱住迦叶摩腾俯下身体。好在牛车围有席棚,蒙着厚厚的羊皮,尽管车篷被插成了刺猬一样,却阻挡了箭雨。然而,一支箭矢还是穿透了羊皮席棚,刺进了傅毅的大腿。傅毅大叫一声,疼痛得翻转身体,跌出了牛车。

竺法兰滚下牛车,想救援傅毅,可是箭雨不断,他只得在车后躲避。

蔡愔拔出佩剑,一边拨打飞来的箭矢,一边冲上前去挡在竺法兰前边。蔡愔扭头高喝:"高僧赶紧趴下。"

竺法兰趴在了地上,然而,就在蔡愔扭头说话的瞬间,一只箭射中了蔡愔的左臂。蔡愔舞剑继续拼命拨打箭矢,保护自身。

箭雨过后,蔡愔等人立刻提马冲上前去,与北匈奴士兵打斗起来。蔡愔很快杀死了两名北匈奴士兵,然后挺长枪向第三名北匈奴士兵刺去。

特使侍卫受伤不少,北匈奴士兵以势取胜,逐渐接近了特使乘坐的牛车。侍卫们死伤人数不断增加,越战越少。就在这个关键时候,远处再次荡起烟尘,一队骑兵号叫着挥刀杀来。

蔡愔刚从一名北匈奴士兵胸脯上拔出长枪,看见此景,心里更加着急,说:"完了,又来一拨。"

然而,伴随烟尘而来的那队骑兵从后边偷袭北匈奴士兵,使得战场局势立刻发生了戏剧性的变化。骑兵队伍首领冲进战场,大声喊道:"傅大人休要惊慌,侄儿蔡鹏前来救援。"

看到哥哥蔡鹏来了,蔡愔立刻有了精神,倍感振奋。蔡愔挺枪向一名显然是北匈奴士兵首领的马匹刺去,首领用自己的长枪拨开了,横枪扫向蔡愔,蔡愔仰躺马背躲过对方,再次挺枪刺去,对方只是轻轻拨开枪尖,转身就走。蔡愔感觉这个场景非常面熟,似乎在哪里见过,正在犹豫,对方回手甩出一枚三角紫色暗器。

蔡愔早有发觉,仅仅用长枪就将三角紫色暗器拨开了。三角紫色暗器改变方向,"嗖"的一声扎进了坚硬的戈壁。

这时，蔡鹏杀死了几名北匈奴士兵，过来帮助蔡愔。北匈奴士兵首领看到自己大势已去，没有再试暗器，催马落荒而去。

烟尘散去，竺法兰替蔡愔拔下左臂棉衣上的箭矢，为他上药疗伤。几名侍卫也将傅毅抬上了牛车，撕开棉裤治疗箭伤。

蔡鹏跳下马来，对傅毅拱手施礼："傅大人，侄儿蔡鹏救驾来迟，蔡鹏这厢赔罪了，还望傅大人原谅侄儿昔日的愚昧行为。"

傅毅一脸疑惑："蔡鹏？你们怎么会出现在这里？"

蔡鹏满脸堆笑，拱手解释说："傅大人，我带来的这些士卒都是家父昔日的部下，因为畏惧楚王淫威，不敢回归汉军军营，才随侄儿占山，违反法度。现在，我等愿意保护傅大人与高僧一路返回京都洛阳，立功赎罪。"

士卒们齐声说："立功赎罪。"

傅毅一手捂住疼痛的伤口，强装欢颜："蔡鹏，我就知道你小子有出息。好了，你们这些人我全收下了。"

敷药之后，蔡愔穿上棉衣，他向傅毅出示了那枚从地上拔出的三角紫色暗器。傅毅看出来了，这枚暗器与自己在洛阳皇帝寝殿以及在黄台驿站发现的那两枚一模一样。蔡愔向傅毅提出了大胆推测，认为刚才的北匈奴士兵首领与镇西王刘皖的枪法非常一致。当年比武时，刘皖也曾打出暗器，不过那时蔡愔没有留意暗器的具体形状。蔡鹏更是直接提出，希望傅毅向汉明帝建议弹劾楚王刘英、镇西王刘皖，因为他们并非为大汉尽忠，而是在为自己篡权谋位。

蔡愔、蔡鹏的大胆推测让傅毅非常吃惊，他不能相信镇西王刘皖会铤而走险在官道上截杀他和高僧，更不明白刘皖截杀他和天竺国僧人有什么目的。傅毅是汉明帝的特使，刘皖这样做不是谋反是什么呢？刘皖的战功不及蔡愔，是靠着皇族的身份才得到了镇西王的位子，他怎么愿意轻易失去这份尊贵呢？即便他要夺权，可是他羽翼未丰，又处边地，谋反有何意义呢？根本抵抗不住大汉与北匈奴的一次夹击。如果此事与楚王有关，楚王怎么会如此幼稚地截杀傅毅和高僧，而不去直接刺杀汉明帝呢？

傅毅说："不管怎样，从今天开始，你们所有侍卫，包括蔡愔、蔡鹏都要穿上盔甲，保护好自己。"

蔡鹏的回归使得弟弟蔡愔非常高兴，蔡愔兴奋地逐一向哥哥介绍了特使队伍的每一个人。蔡愔还特别向哥哥介绍了迦叶摩腾、竺法兰两位僧人。

那名受伤的北匈奴使臣吊着绷带查看了死去的北匈奴士兵,突然,他发现了奇异之处,不由得惊叫起来。他非常肯定地告诉傅毅,不论从皮肤、长相还是服装的新旧程度上看,这些人绝对不是匈奴人,而是汉人,个个都是汉人。

队伍停顿休整了一天,大家埋葬死者,救治伤员。带着无穷的疑惑,傅毅与蔡愔等人就这样再次踏上了漫漫长路。

蔡愔、蔡鹏穿了盔甲,骑马并肩走在车队最前边。蔡愔忽然说:"哥,我问你一个问题。"

蔡鹏问:"什么问题?想知道我这么长时间在山里做什么?你不知道,我与刘皖已经交过手了……"

蔡愔回答:"不是。"

蔡鹏说:"那就是过去,我曾经袭击楚王刘英,我与楚王都受了伤,够本,我认了。"

蔡愔问:"都不是。我想知道,你为什么把咱们家传的竹笛送给了杀死父亲的仇人?"

"你说什么?"蔡鹏非常吃惊,"仇人?那个女……女子是仇人?"

蔡愔轻蔑地说:"你不知道她是谁,你就把竹笛送给她呀?她是呼延王的女儿,北匈奴公主。"

蔡鹏十分吃惊:"公主?你怎么知道?你认识她?你在什么地方见过她?"

"上次来西域作战的时候我就见过她,我为了寻找父亲,曾经与她交手,她打不过我,把竹笛当暗器丢给了我。前些日子在梧桐岭见到你,本来我想把竹笛还给你,可是当时……"

蔡鹏说:"不用说了,我真不知道她就是北匈奴公主。我抵不过楚王,她救了我一命,我当时腿部受伤,鲜血直流,只想感恩。当时想,我不能死,我若死了,谁来为父亲报仇呢?你知道在西域,见到匈奴人、乌桓人是常有的事情,匈奴人并不都是坏人,我真不知道她是北匈奴公主……"

"别说了,我已经把竹笛还给她了。那是爷爷送给你的竹笛……既然她救过你,我不能再说什么。不然,这一辈子我都不会原谅你。"

蔡愔提马前行,落在后边的蔡鹏慢慢体会刚才弟弟最后说的那句既充满亲情又非常凶狠的话语。

这一天，特使队伍走到了楼兰故城附近，傅毅邀请两位僧人参观遗址。傅毅对两位僧人说："鄯善国都迁走之后，楼兰日趋没落，最后，一场瘟疫彻底摧毁了楼兰。"

迦叶摩腾说："非常可惜啊，楼兰已经成为历史了。"

竺法兰抚摸着一段矮矮的城墙说："根据这一段段厚实的城墙，一根根粗大的栋梁，根据傅大人的讲述，我们还是可以想象得到楼兰曾经的辉煌啊。这都是人类文明的结晶啊。"

蔡愔说："大人，时间不早了，我们是不是继续赶路？"

傅毅说："两位高僧看过了，我们上路吧。皇上还在洛阳皇宫等着瞻仰佛像呢。"

大家纷纷上车、上马，一行人又出发了。不管如何，队伍扩大了，实力增强了，为了节省时间，经过讨论，大家一致同意向当地人问询前往西安的近道，以便缩短路程，早日回到京城洛阳。中午时分，特使队伍走入了山区，蔡愔带领着一行牛车在崎岖的山路上慢慢前行，旁边就是悬崖。这是东行的最近一条小道，比官道整整近了四十里地。

山崖边，几只山鸟被车队经过的声音惊起，在空中盘旋鸣叫不止。或许是赶车的侍卫只顾抬头观看空中的大鸟，正在行进的车轮撞上了一块凸起的山石，迦叶摩腾、竺法兰乘坐的牛车车轴"嘎巴"一声断开了，车辆歪斜，左右摇晃，将经书、佛像掉落在地。突然，右边的车轮碎裂了，牛车歪倒在地，驾车的随从翻身下车，僧人竺法兰却滚向了山崖。迦叶摩腾急忙伸出右手去抓，却没有抓住竺法兰的衣衫。竺法兰的身体滑出山崖，双手抓住了崖边的一块岩石，差点就落入了万丈深渊。

蔡愔飞身下马，迅速弯腰将长枪伸了过去。竺法兰一把抓住长枪，蔡愔使劲将他拉了上来。竺法兰站定之后喘了口气，双手合十："阿弥陀佛，好险哪。"

蔡愔捡起经书、佛像，对迦叶摩腾、竺法兰说："二位高僧，如若信任在下，请将经书、佛像交给在下保管吧。"

大腿受伤的傅毅在后边的牛车上伸出头来说："山里不便修车，就丢弃了吧。高僧坐我的车，经书、佛像就交给蔡愔保管吧。"

迦叶摩腾、竺法兰坐上了傅毅的牛车。蔡愔将经书、佛像收好，装进布兜，搭在马鞍前边，蒙上防雨布并与马鞍系在一起，之后翻身上马，一同前行。

晚饭的时候,竺法兰想表达一下对蔡愔的感谢,他端着饭碗找到蔡愔、蔡鹏,讨好地说:"我听傅大人说,你们家庭不幸,却胸怀大志,忍辱负重,真是难为你们了。"

忽然,蔡愔不说话了,表情肃穆地放下了饭碗。

竺法兰看了看蔡鹏,又向蔡愔说:"我……说错什么了吗?如果是,那就……太冒昧了。原本……我只想表达一下谢意……"

为了消除尴尬,蔡鹏赶紧打岔说:"高僧不必多虑。没什么,该过去的都过去了,我弟弟只是不想再提及过去的事而已。"

竺法兰非常愧疚地说:"我没有打探隐私的意思,我只是关心你们……你们的命运……这说明大汉王朝尚有不公不平。你们能够舍弃私利,忘记冤屈,为国效力,确属难得。"

听到表扬,蔡鹏来了兴致:"在下虽自幼习武,却也读过些诗书。我记得孔子说过:'天下有两个足以为戒的大法:一是天命,一是道义。做儿女的敬爱父母双亲,这是自然的天性,是无法从内心解释的;臣子侍奉国君,这是人为的道义,天地之间无论到什么地方都不会没有国君的统治,这是无法逃避的现实。'在这个道理上,蔡愔做得比我好。"

竺法兰说:"对对,孔子是这样说的。我喜欢中国文化,曾经读过孔子的书。孔子还说:'所以侍奉双亲的人,无论什么样的境遇都要使父母安适,这是孝心的最高表现;侍奉国君的人,无论办什么样的事都要让国君放心,这是尽忠的极点。注重自我修养的人,悲哀和欢乐都不容易使他受到影响,知道世事艰难,无可奈何却又能安于处境、顺应自然,这就是道德修养的最高境界。'"

蔡愔将筷子架在碗上,说:"我不同意你们的说法。"

看到蔡愔不悦,蔡鹏又赶紧打岔说:"兄弟,不管你同不同意,目前的现实是做臣子的原本就会有不得已的事情,遇事要能把握真情并忘掉自身,哪里还顾得上眷恋人生、厌恶死亡呢!"

蔡愔看着蔡鹏说:"哥,你变得太快了,变得我都快不认识你了。"

蔡鹏说:"我变了吗?我只是仇恨刘英那个奸臣,是他陷害了父亲。我的仇恨永远不会改变。"

蔡愔站了起来:"可是上次见面时,你还口口声声地骂狗皇帝,现在怎么不骂了?"

蔡鹏也变了脸："你到底怎么了？我左右都不是。你知道那时我还在山上，不太清楚洛阳的情况，现在……我要回去孝敬母亲和奶奶。"

蔡愔说："哼！你孝敬母亲？母亲和奶奶在狱中受煎熬，你去看望过吗？你一离家就是两年，连个口信也没有，你知道母亲和奶奶在家里有多么挂念你吗？你口口声声说要到西域保护父亲，却连父亲被囚在北匈奴都不知道，你有什么资格谈论孝敬？"

竺法兰赶紧阻拦："你们别吵，我原本不是这个意思……我只想表达谢意……你们怎么吵起来了呢？"

蔡鹏不顾竺法兰的阻拦，对蔡愔说："我没有派人送信，只是不想被楚王截获，不想被楚王当做证据加害母亲和奶奶。我知道是你在大漠之中找到了父亲，你有功劳，可是，我袭击了楚王，你敢吗？我负伤了，无法回到洛阳比武。你自恃武功高强，可是，你看护好父亲了吗？父亲还不是被人暗算，眼睁睁地死在你的面前。你尽责了吗？你回家怎么跟母亲说？"

蔡愔火往上撞："你……你……你保护不了父亲，也保护不了母亲，你连梅儿也看不住。你知道她不经世事，你知道楚王的魔爪在洛阳等着她，还故意让她一个人回洛阳，她若有个三长两短，我饶不了你。"

蔡鹏也站起身来："兄弟，我已经尽力了，我留梅儿在山上住了两个月，可是梅儿不听我劝说。明明是你丢了她，我救了她，你还责怪我？我劝了她两个月，她不听我的劝告，执意要一个人返回洛阳。"

蔡愔说："你不是口口声声要杀楚王吗？你为什么不随她一起去？你去了，也能保护她。我是无奈，我有皇命在身，你却是自由身，你为什么不随他一同回到洛阳。她和我们是一家人……你知道吗？我若娶了她，他就是你的弟媳。"

蔡鹏说："我就知道你的怨气根在梅儿这里，你怎么不说若是我娶了她，她就是你嫂子呢？你心中只有梅儿，只有儿女情长，我却舍不得丢下父亲一个人在大漠成为孤魂野鬼，我在西域，还能经常为父亲祭扫，还能有机会袭击刘皖。"

"别再跟我提父亲！"蔡愔愤怒地大吼一声，猛地向蔡鹏扑去，"砰"的一声将蔡鹏撞倒在地。由于两人都穿着盔甲，重重地撞在了一起。蔡愔死死卡住蔡鹏的脖子："你当初如果保护好父亲，他会被匈奴人抓走吗？他会死在西域吗？父亲如若平安，还会有后来那么多乱七八糟的事情吗？"

蔡鹏拼命反抗，翻过身来又将蔡愔压在地上："你太有本事了……竟敢目无兄长……你知道吗,你本不姓蔡,你是父亲领养的!"

蔡愔挣扎出来:"你胡说!你才是领养的!有本事……你去……征战北匈奴……你去杀死呼延王……"

蔡鹏说:"我知道你心中有怨气……可是……父亲已经死了……梅儿也走了……我……已经尽力了……我袭击了楚王……我……还击了刘皖……我阻止不了事态发展……你说我该怎么办?"

竺法兰扔了饭碗,连忙跑到傅毅面前,气喘吁吁地说:"不好了……傅大人……蔡……蔡……他们……打起来了……"

傅毅早早就望见了蔡愔、蔡鹏争吵,猜测他们一定是围绕蔡广利、梅儿的话题。傅毅理解他们的心情,却无法阻止他们争吵,更无法阻止他们打斗。傅毅在侍卫的搀扶下站起身来,微笑着说:"高僧不必紧张,年轻人精力旺盛,就让他们活动活动吧,他们两个我了解,打够了,他们自己会休息的。"

竺法兰依旧非常着急,捶胸顿足:"不行啊,他们这样争执,不仅会伤了和气,还会伤着性命的。"

傅毅无奈,只好摆摆手,命令几名侍卫:"那就依高僧所言,拉开他们。"

蔡愔、蔡鹏在撕扯,几名侍卫过来强行拉开了蔡愔、蔡鹏。蔡愔不停地挣扎,大骂蔡鹏:"你再敢说一句我不姓蔡,小心我废了你!"

蔡鹏大喊:"我就是说了,怎么着吧!你就是父亲领养的……"

竺法兰两头劝说:"别说了,你们都别再说了。"

兄弟俩闹到这个份儿上,尽管最终被大家拉开了,却谁都不再理谁。队伍出发行进的时候只得一个走在前头,一个走在队尾,一行人走在路上谁都感到别扭。竺法兰看看最前边的蔡愔,又扭头看看最后边的蔡鹏,两人都是一脸阴沉,谁也不说话。

傅毅考虑再三,终于想出一个将他们分开的办法,就是让他们兄弟二人的其中一人提前返回洛阳。路过长安的时候,傅毅吩咐停止前进,在长安停留几日,安排蔡鹏陪同两位高僧游览昔日的京城,祭祀汉高帝庙。傅毅腿脚不便,哪里都去不了,中午时分,蔡愔和傅毅就在客栈吃了泡馍。饭后,傅毅一个人拄着拐杖去茅房小解的时候,一名披头散发的武士拦住了他的去路。傅毅吓了一跳,问他有何事情,武士嘿嘿冷笑两声,说出了让傅毅十分吃惊的四个字:"弹劾楚王。"

虽然武士口出狂言,傅毅却来了兴致,约了他在客栈外间单坐,询问详情。武士看看左右无人,将一柄匕首扎在门框上,更吓了傅毅一跳。武士慢慢撩起额前长发,理向脑后,露出脸颊,说:"您不认识我了?我是燕广,大胡子都尉,我曾经跟随您前往皇上寝宫……您想起来了吗?那天,我差点被你陷害……"

傅毅终于想起那个在汉明帝寝宫门外失踪的大胡子都尉燕广,燕广一直记恨自己,曾经扬言要杀了自己。傅毅赶紧说:"我后来看到你辱骂我的书信,你一定是误会了,我既然带你去见皇上,怎么能害你呢……"

燕广冷笑一声:"误会?我若杀你,易如反掌,不会等到今天。"

傅毅问:"英雄究竟想怎样?"

燕广说:"把我的口信带给当今皇上。"

傅毅问:"什么口信?"

燕广拔下匕首,掖在腰间囊中:"我知道傅大人腿脚不便,然而,你这里不太安全,况且只有你主动找我,方能显示你的诚意。我住在城东豪客来客栈,希望傅大人前往一叙。"说完,燕广又将长发从脑后拨向前面挡住脸颊,慢吞吞地站起身走了,留下傅毅一个人静静地发呆。

下午,傅毅带着蔡愔来到城东豪客来客栈,秘密会见了燕广。燕广早已束起长发,洗净大胡子,坐在房间里等着傅毅到来。看到傅毅身边多了一个全身戎装的小伙子,燕广一脸不悦:"傅大人能够履约,燕某很高兴,不过,你不该带着保镖,你再难取得燕某的信任。"

傅毅解释说:"傅某并无他意,只想请你认识蔡愔。"

燕广并不理会傅毅,而是自己拔出匕首,割下一根胡须,放在桌案上一截一截切成碎末,不屑地说:"燕某走南闯北,备感世态炎凉,不想再结识任何人。燕某已经饶你性命,不想加害于你。今日,燕某所述只限你我之间,不想外人知晓。要么,你们一起请回,要么请保镖滚开。否则,别怪燕某不客气。"

傅毅赔上笑脸:"燕都尉,你所述之事百般不离蔡大将军的冤情,旁边这位就是蔡大将军的儿子蔡愔。你说,他该不该来听听都尉的讲述呢?现在,都尉是上次战役蔡大将军身边唯一的目击者,也只有都尉知道蔡大将军当时的状况。蔡愔一直想知道当时的情况,他比我更有资格聆听都尉的讲述。"

燕广十分惊讶,慢慢站立起来,反复端详蔡愔,仿佛蔡愔的额头、鼻梁、嘴巴活脱脱就是年轻的蔡广利。两行热泪顺着燕广的脸颊流下,燕广轻轻地摇着头:"这,这怎么可能?这怎么可能?"

蔡愔说:"是的,我是蔡广利的儿子蔡愔。"

燕广擦了擦眼泪,又慢慢坐下看着蔡愔:"你不该呀,你还年轻,身强力壮怎么能够不报杀父之仇?你怎能不向皇上申诉冤情?你,你不懂得我心中的仇恨比你强烈得多……我无法忘记……那时……蔡大将军身边漫天的火光,无法忘记蔡大将军身中六箭倒下的场景……那场战斗毁掉了多少人啊……为什么?为什么?士卒们流离失散,上告无门,天哪,难道人间就没有正义了吗……"

燕广放声大哭起来,长期以来压抑在心中的仇恨、委屈、落魄、无奈随着哭声发泄了出来,小小的客房里充满了凄惨和悲凉的哭声。蔡愔、傅毅也跟着抹了眼泪,劝说燕广不要太过伤心,一切都会好起来的。

半天,燕广擦了擦眼泪,开始讲述自己发现的有关楚王的异常举动。燕广说自己通过一年时间的潜心调查,发现一个重要情况——楚王刘英已经率先对佛教产生了兴趣,数次访求佛法,希望仰仗佛氏灵光,佑护己身。楚王刘英与渔阳人王平、颜忠等借信奉佛教为名,造作图书,图谋不轨。刘皖一直在西域招兵买马,楚王也命人在自己的封邑建起了皇宫一般的城堡。在函谷关两次截杀使臣都是楚王安排的,楚王早有反叛预谋。现在,不仅仅是提醒汉明帝提防楚王刘英,而是要尽快通知汉明帝直接处死楚王刘英。否则,一旦楚王反叛,局面将不可收拾。

听着燕广讲述,傅毅眼前不断闪现出蔡广利、李蒙冤死及刘皖使用暗器追杀特使等一系列反常情况。傅毅说:"都尉,傅某认为都尉还是一同返回洛阳为好,我会再为都尉安排面见皇上的机会,还可请蔡愔一同前往。"

燕广答应了:"好吧,燕某此生别无他求,只此一事了,就依傅大人所言。"

夜晚,回到自己的客栈房间,傅毅悄悄写了封密信,向汉明帝如实做了汇报。第二天早晨,傅毅单独叫来蔡鹏说道:"蔡愔是你弟弟,你知道他与令尊的感情深厚,那天,你说蔡愔是领养的,太伤他心了。另外,这个事情是谁告诉你的?"

蔡鹏不好意思地说:"侄儿十分后悔,侄儿不该那样说……侄儿也是情急之下脱口而出……家父在世的时候,曾经提及此事。我也常常奇怪,为什么父亲对蔡愔格外疼爱,就连他在外边与人打架,甚至伤及他人,家父也极少训斥他……"

傅毅说:"回到洛阳,皇上定会亲自宣布蔡愔的身世。"

蔡鹏吃惊地问:"皇上?蔡愔与皇上有什么关系?"

傅毅说:"我可以提前告诉你,不过你必须守口如瓶。蔡愔是当今皇上的亲弟弟,也就是十八年前失踪的皇子刘义。"

"什么?"蔡鹏瞪大眼睛跳了起来,"这……怎么可能,家父从来没有说过……"

蔡鹏万万没有想到,在自己家中一起生活了那么多年的弟弟蔡愔竟然是皇族后裔。现在,蔡鹏一下子明白了父亲生前为什么对蔡愔那么溺爱。

傅毅说:"此事对任何人,包括蔡愔都不能讲。啊,前边快到函谷关了,这里有蔡愔就行了。我腿脚不便,必定会耽搁大队人马更多的时间,我即刻写下书信,你带上我的两名随从,提前回到京城向皇上禀报,顺便看看高僧布教的场所修建得怎么样了,总不能让高僧到了洛阳坐在荒郊野外翻译经典吧。另外,两名北匈奴使臣与你一同前往洛阳。这样,你也算是为西迎佛像、为汉匈和亲做出了功绩,皇上一定会嘉奖你的。这是你,还有你那些兄弟唯一的赎罪机会。再者,最重要的是,我这里有一封密信,关系重大,你必须亲自当面呈给皇上,其他任何人都不得过目,也包括你。我信得过你,你不能信任任何人,如果没有条件当面呈交,宁可烧毁,绝对不能通过任何外人转交,明白吗?"

蔡鹏接过密信:"请大人放心,蔡鹏知道自己的使命,我一定做好。"

蔡鹏非常希望有机会继续陪同两位高僧参观长安,更希望自己能够一路陪同傅毅和高僧回到洛阳,然而,提前回到洛阳向汉明帝汇报高僧的行程也是一份非常重要的工作,况且,还有北匈奴使臣求亲,还有一封绝密信件。

蔡鹏出门吩咐自己带来的一帮兄弟们好好保护傅毅和高僧,自己将在洛阳等候他们。蔡鹏来到马厩,蔡愔正在给"雪里飞"喂食草料。蔡鹏走到蔡愔面前,拍了拍他的肩膀:"兄弟,别生气了,我真的尽力了,谁让我们蔡家……遭遇不幸了呢。"

蔡愔依旧不语,根本不看一眼蔡鹏。蔡鹏自己拱手作别弟弟蔡愔,与两位随从、两位北匈奴使臣牵了马匹,疾驰而去。

蔡愔慢吞吞地走出了马厩,望着哥哥远去的背影,也有了几分悔意。无论如何,他不该当众与哥哥打架。他知道自己也有不成熟的一面,早年在家都是哥哥忙前忙后,父母从不把紧要的事情布置给他,都把他当成小孩子看待。若不是家门不幸,或许,他还是经常在京城洛阳遛狗斗鸡、游山玩水,难以像今天这般成熟,难以认真考虑这么多有关人生的事情。

不过,那天哥哥蔡鹏说自己是领养的,原本不姓蔡,这是从何说起呢?刚刚出发西行的时候,梅儿曾经告诉蔡愔,使臣们也私下议论过他的身世,蔡愔当时并未在意。难道自己真的不是父母亲生的？如果真是领养的,为什么父母还那么疼爱自己呢？关于自己的身世,梅儿一定知道,可是现在梅儿不在身边;大哥也一定知道,可惜兄弟两人已经多日不说话了,现在更无法询问了。

如果说对哥哥的歉意让蔡愔沉思了许久,那么,正在发生的一件事情让蔡愔产生了更大的心理波动——蔡愔万万没有想到,他们一行人进入长安城之后,竟然与母亲擦肩而过了。蔡夫人与李夫人结伴前往西域为自己的丈夫祭扫,已经离开洛阳走在路上了。为了尽快到达西域,她们晓行夜宿,一直在官道上加速行进,甚至没有在旧都长安城逗留。母子擦肩而过,就连提前离开长安返回京城洛阳的蔡鹏也没能在路途之上遇见蔡夫人。

原来,自从出狱之后,蔡夫人有了人身自由,不仅精心为婆婆调养身体,还重新置办了家用物品,将大儿子蔡鹏的房间格外装饰了一番,等待李夫人出狱之后就为蔡鹏、梅儿筹办婚事。蔡夫人派出佣人打探梅儿的消息,可是始终打听不到。闲暇的时候,蔡夫人经常去探监看望李夫人,安慰她保重身体,放下心来,等待皇上转变态度。

李夫人等妇孺家属虽被关进了监狱,但久经世事的狱卒知道她们来自大户人家,况且并未判刑,说不定哪天就会出狱,并没有过分难为她们。只是这么长时间待在几平方米的小监牢里,不知道外边发生的情况,李夫人着急万分。丈夫李蒙冤死在西域,梅儿不知下落,李夫人很快愁白了头发。忧愁升华到极致的时候,她彻底想通了,丈夫的事情不再提了,即使皇上准她出狱,她也不会再去喊冤——自古人征战几人回？只当丈夫为国尽忠了。家产的事情也不说了,即使朝廷归还了家产,她也不会核对账簿,身外之物,有间房子遮风避雨即可,只求人生平安,再没有这般人间地狱的精神折磨。

李夫人唯独放心不下的就是女儿梅儿,梅儿从小被爹爹李蒙捧在手心,娇生惯养,身体纤弱却又争强好胜,经常跟随那个蔡家小子蔡愔四处打架斗殴、惹是生非,难以让人省心。李夫人知道梅儿心中倾慕蔡愔,可是李夫人不同意,她看中了蔡家老大蔡鹏,蔡鹏比蔡愔成熟得多,性格也宽厚得多。李夫人最后悔的就是没有及时让梅儿、蔡鹏早早成亲,如果成亲了,她就一定会和蔡鹏在一起生儿育女,平静生活,即便两人远走高飞,起码没有随时被楚王刘英抓捕入狱的危险。

好在汉明帝做了一个怪梦,好在汉明帝为了迎接西方到来的高僧和佛像、佛经,大赦天下,李夫人有了出狱的机会。就在李夫人出狱的三天前,尽管蔡夫人全力孝敬婆婆,蔡老夫人还是没能熬到看见孙子蔡鹏、蔡愔从西域返回的那一天。或许是过于思念蔡鹏、蔡愔,或许是在监狱损坏了身体,蔡老夫人病入膏肓,奄奄一息。

这天夜间,蔡老夫人躺在病榻上,气息虚弱,连睁开眼皮的力气都没有了。蔡夫人安慰说:"娘,您不用担心,堂医说您只是偶感风寒,不要紧的。"蔡老夫人断断续续地说道:"我心中有数,都是狱中留下的病根儿。看来,我等不到蔡鹏、蔡愔回来了……"蔡夫人眼圈红了,泪光盈盈:"娘,您不要这样说,您会没事的。"蔡老夫人说:"蔡愔虽说年轻,已经有了官位,皇上也不会再为难他了。我只是担心蔡鹏,快两年了,杳无音信,他到底去了哪里……"蔡夫人哭了:"娘,他早晚会回来的。"蔡老夫人说:"家门不幸啊,白发人送黑发人,只是我这身子骨到不了西域,我做梦都在想着为我那冤死的儿子烧上几炷香……"蔡夫人哽咽着:"这些事情……蔡愔已经做了……蔡鹏也在西域……想必他也已经做了……"蔡老夫人说:"伴君如伴虎,这个道理我懂。可是,我儿子毕竟是先帝任命的大将军,他受到了冤屈,草葬在了西域,有棺无椁,形同草民,蔡家已经颜面扫地了,为什么还要株连到我们这些女人们……"

一群仆人也跟着抽泣。蔡老夫人说:"蔡愔做得对呀,他忍辱负重,挽救了这个家庭。娘死了之后,你不要大肆操办,也不要禀报朝廷,只是家丁仆人将娘葬了就行,与我儿子一样有棺无椁。"蔡夫人说:"娘,您是自由人,这不符合大汉礼制啊。"蔡老夫人说:"娘就是要做给朝廷看,蔡家从不给朝廷添乱,蔡家上上下下都是忠臣。"

蔡夫人点点头。蔡老夫人说:"蔡愔在西域祭扫了他爹,可是,我没有亲眼看到,你要答应娘一件事情……"蔡夫人哽咽着:"娘,您说吧。"蔡老夫人说:"无论什么时候……我儿子蔡广利只要得到了平反,你一定要把我儿子的尸骨迁回来,跟娘葬在一起。"蔡夫人点点头:"娘!娘!"蔡老夫人完全闭上了眼睛,再没有睁开。蔡夫人大哭起来:"娘!娘!你放心吧,他是我的丈夫……我会把他迁葬回来的……跟娘葬在一起。"

由于蔡广利尚未平反,蔡夫人不敢声张。第三天,蔡夫人悄悄将婆婆的棺材拉到了郊外坟地,带着一群家丁仆人立坟祭奠,为婆婆办理了丧事。

在洛阳城外的墓地,蔡夫人跪在坟前,表情肃穆,一边焚香一边说:"娘啊,您以为我就不思念自己的丈夫吗?您走了,我也就没有了更多的牵挂了,过些日子,我就去西域,就是隐姓埋名,也要把我丈夫迁葬回来,就按娘说的,跟娘葬在一起。每逢忌日,我会来看他,也会来看爹和娘的。"

从墓地返回蔡府,蔡夫人一身素装,下了牛车,正准备走进蔡府。一名家丁跑过来说:"夫人,李夫人出狱了,李夫人出狱了。"

蔡夫人赶紧问:"是吗?皇上的特赦名单上不是没有她吗,她在什么地方?"

家丁指着远处说:"名单上是没有,她是单独被释放的,那儿不是吗,正往这边走。"

蔡夫人连忙回身上前几步,迎着李夫人:"李夫人,我们终于都自由了。"

李夫人蓬头垢面,潸然泪下:"自由了,自由了……"

蔡夫人一边搀扶着她一边说:"我都无法认出你来了……你还好吧……"

"还好,还好,做梦都盼着这一天呢。您这身……是……"李夫人问道。

蔡夫人叹息说:"婆婆不在了……今日刚刚下葬……"

李夫人问:"是吗?老人家身体那么硬朗……怎么不见送殡的队伍?"

"婆婆不让声张,所以就……李夫人若是不嫌弃,就来我家中暂住吧,咱们也能好好聊聊。"蔡夫人说。

李夫人说:"我这无罪便是无罪了,却连个落脚的地方都没有,正想找你做伴儿呢,也就只好如此了。"

两个孤独女人的寂寞情绪相互影响,总觉得应该做点什么。她们终于做出了一个大胆的决定——带上几位佣人,备了四辆马车,前往西域为丈夫上坟祭奠。至于是否迁坟,她们决定到西域看了再说。或许,将军葬在战场,家属更加荣耀,如果这样,她们决定不再迁坟,而是安排子女定期祭扫。

长安城外官道上,四辆带篷的马车在前行。蔡夫人坐在马车车篷里通过小窗向外张望。赶车的家丁说:"蔡夫人,前边就到旧都长安城了。"

蔡夫人说:"是吗?咱们呀,走得比我原先想象的要快。"

前边的马车停了下来,李夫人从马车上走了下来,走到后边一辆马车前:"蔡夫人,这就到了旧都长安了,你说,咱们还进城瞧瞧吗?"

蔡夫人没有下车,掀开布帘说:"李夫人,西域还远着呢,咱们还是赶路吧,到西域祭奠了,心里的石头方才能落地。想看,回来再看也不迟,你说呢?"

李夫人说:"那就走吧。"

蔡夫人说:"你也别坐你的车了,上来咱俩同坐,还能聊聊天呢。"

"好吧。"李夫人上了蔡夫人的车。四辆马车继续前行,绕过了旧都长安的城门。

就这样,蔡夫人、李夫人的四辆马车从长安城外绕了过去,继续北上。蔡鹏出了长安城门一路向东,第二天,蔡愔等特使队伍从长安城中缓缓出来,继续东行,返回洛阳。蔡愔怎么也没有想到,母亲竟然会前往西域,竟会与自己擦肩而过。

离开长安,蔡愔带着特使队伍走进了山区,天气迅速变得寒冷起来,山风夹杂着灰土刮得人们睁不开眼睛。

艰难地向东行走了一日,天空逐渐变得黑暗起来,雨滴夹杂着冰雹从天而降,傅毅一行人纷纷将马匹、牛车牵至树下躲避。一个时辰过去了,雨滴不仅没有减小反而加大了。无奈,一行人只得临近找了一个小小的村落,暂时住下以避风雨。

大雨一直下了三天三夜,天空方才露出晴朗的迹象。蔡愔向村落的农户购置了几辆牛车,添加了被褥,好让迦叶摩腾、竺法兰、傅毅各自乘坐一辆牛车,困倦的时候可以伸开腿脚在车上歇息。

阴雨天气加重了傅毅伤口的疼痛感,傅毅更加急迫地想回到京城洛阳,好让宫廷太医疗治腿伤。不等将淋湿的各种物品晒干,傅毅就招呼大家赶紧上路,继续东行。傅毅自言自语道:"出了长安,心中就开始惦记着函谷关了。"

然而,上路不久他们就后悔了,他们行走的是山区道路,多日的大雨将山上的泥土冲落下来已经把道路掩埋了,车轮在泥泞的道路上难以行进,速度非常迟缓。整整走了一个上午,眼看快要走出山口了,可是道路更加难行,泥浆常常淹没大半个车轮。傅毅因为大腿疼痛,驾车的侍卫为了减少颠簸,减慢了赶车的速度,渐渐地落在队伍的后边。

忽然,傅毅乘坐的牛车颠簸了一下,左边的车轮陷入了一个坑洼,牛车倾斜了,傅毅的大半个身子也陷入了泥浆之中。驾车的侍卫大声呼唤,蔡愔急忙策马返回,下马来与侍卫一起将牛车拉出了泥坑。不等傅毅查看自己的腿伤,大地突然颤动起来。很快,山上的泥土、石块、树木纷纷滚了下来,排山倒海一般。

"山崩了,快!掉头往回走!"蔡愔推动牛车,侍卫驾驭牛车迅速离开了山崩的地方,不顾颠簸,一路狂奔。蔡愔也骑马追来,看看没有危险了才停了下来,将傅毅搀扶到一块山石之上,替他检查被泥浆淹湿的腿伤。蔡愔正在马囊之中寻找药物,突然一声箭响,傅毅的身体颤抖了一下,被侍卫一把抱住了。

蔡愔急忙过来扶住傅毅,紧紧握住了他的右手。蔡愔感觉到了傅毅右手的颤抖,也看到了他的后背上插着两只箭矢,侍卫也中了一箭。蔡愔循着箭矢飞来的方向寻望,隐约看见几个身影在山上的林间消失了。

蔡愔刚要站起身来去追,却感觉傅毅的右手紧紧拉住了他,他只得又蹲下身来。傅毅痛苦地闭着眼睛,无力地说:"快……去!保护高僧!"

蔡愔突然意识到了自己肩头的重任,就在道路的东端,还有两位僧人和数十车物品情况不明。蔡愔站起身来高声喊喝:"高僧!大胡子都尉!"

远处没有任何回应。看到蔡愔还在犹豫,傅毅使尽最后的力气说:"蔡愔,你要明白自己的重任……没有了佛像,活着回去也是死……快……去……"

傅毅闭上了眼睛,脑袋歪向了一旁。蔡愔大声喊着:"傅大人,傅大人!"

侍卫痛苦地哭道:"傅大人,傅大人……傅大人死了……"

蔡愔根本不敢相信眼前突然发生的一切,他不相信傅毅会死,会死在即将完成汉明帝重任的前夕。他也更不会相信傅毅的死亡就是这么简单,简单得仅仅因为一只远处飞来的箭矢。可是,时间紧迫,蔡愔知道那个逃走的刺客绝不会独自前来,他们一定还有其他同伙潜伏在山中。蔡愔顾不上傅毅,飞身上马向着僧人和车队行进的方向、向着山路的前方追去。

大地再次颤动起来,远处传来了沉闷的巨大响声,这是大雨之后发生的山崩,山上不断有泥土、石块、树枝落下,然而,蔡愔顾不上自己,双腿不断地夹紧马肚,"雪里飞"在充满危险的泥泞山路上奔驰。远远的,蔡愔看见了高僧乘坐的牛车乱纷纷停靠在山口之外的一处平坦之处,大胡子都尉燕广和几名侍卫正在与蒙面刺客厮杀。蔡愔大吼一声,催马冲上前去加入了混战。

数个回合,当蔡愔用长枪将最后一个活着的蒙面刺客逼在一棵树干之上的时候,枪尖已经刺破了蒙面刺客的脖颈,鲜血直流。

蔡愔早已红了眼睛,怒吼不已:"谁派你来的!说!"

两位高僧走下牛车,前来阻拦蔡愔:"蔡愔,弃械之徒,当且饶过。"

蔡愔怒目圆睁,极不情愿地撤回了枪头,大喝一声:"绑了他!"

"傅大人呢?傅大人怎样?"两位僧人关切地问道。

两名侍卫过来正要捆绑靠在树干上的蒙面刺客,蒙面刺客看到了机会,迅速弯腰捡起佩剑向僧人迦叶摩腾的后背刺来。王遵看到此情此景,跳起来扑过去用自己的身体挡住了佩剑,佩剑刺透了王遵的身体,王遵慢慢倒了下去。

都尉燕广赶紧过来扶住了王遵,呼唤他:"王遵,王遵。"

"傅大人死了……"蔡愔喊了一声,怒火中烧,闪过两位僧人,一枪就刺穿了蒙面刺客的腹部。然而,蔡愔并未停手,而是用尽全力一直将蒙面刺客推向大树,将他牢牢地固定在了树干之上。蔡愔大声怒吼,又渐渐痛哭起来:"为什么?这到底是为什么?傅大人仅仅带回了一张佛像,你们就一定要置他于死地……傅大人马上就要完成使命回京师交差了呀……这……到底……是为什么呀……"

大胡子都尉燕广冲过来问道:"什么?你说什么?傅大人死了?那,我所言之事谁来禀报皇上呢?谁来替蔡大将军伸冤?谁来弹劾楚王?"

蔡愔痛苦地摇着头:"我不知道……"

燕广顿脚说道:"我就知道你们优柔寡断做不了大事!罢罢罢,我的事情还是我来办!一不做二不休,我这就去洛阳,就不信杀不了楚王!"

牵过马匹,燕广疾驰而去。竺法兰望着燕广的背影,问蔡愔:"蔡将军,到底发生了什么,刚才到底发生了什么?傅大人呢?傅大人到底怎么了?"

蔡愔猛地拔出长枪,对侍卫们说:"你们保护好两位高僧。"

蔡愔上马,又向山里疾驰而去。当蔡愔带着牛车缓慢地再次返回山口的时候,傅毅的尸体躺在牛车上,一件衣服蒙住了他的脸。

竺法兰揭开衣服,看见了傅毅的脸庞,又慢慢将衣服盖上,双手合十说:"阿弥陀佛。"

蔡愔一行人埋葬了傅毅、王遵,还有两名侍卫。蔡愔给每个人都立了一块石碑,好让以后前来迁坟的人们寻找墓葬所在。蔡愔知道,傅毅等人九死一生为汉明帝立下了汗马功劳,汉明帝一定会派人前来祭奠,还会将傅毅迁至京城洛阳城外的贵族墓地。

傅毅坟前,蔡愔脸上挂着泪珠,在默默地焚香。迦叶摩腾摇了摇头,看着竺法兰说:"临行之前,傅大人还说西域已经和平了,不再有战争。这一路之上的险恶,不亚于战争啊。"

特使队伍一行人在大道上默默行进,蔡愔一脸肃穆加重了所有人对傅毅的思念之情,继续行进的气氛万分沉闷,路途也显得遥远起来。

时间就这么一天一天过去了,悲痛的气氛笼罩着特使一行人,除了吃饭,大家很少交流。尤其是蔡愔,不洗发不剃须,已经完全变成一副邋遢的样子了。谁也不知道该如何安慰他,谁也不知道该如何安慰自己。

第七章 汉匈和亲

这天中午,蔡愔独自躺在一块石头上,一名侍卫端着饭碗站在一旁,心情沉重地说:"你一直不吃饭,就算铁人也扛不住啊。"

蔡愔闭着眼睛没有说话。侍卫又说:"蔡大将军的事情还没有平反,傅司徒又遭遇了不幸,我们大家的心情都很沉痛。可是,我们若是都不吃饭,别说与楚王斗,就是来几只野狼也会把我们吃了的。"

蔡愔摆摆手说:"别来烦我好不好?"

"你不吃饭也就罢了,若是你病倒了,谁来带队?说不定这个队伍也就散了,皇上如何才能看到佛像呢?"侍卫问。

蔡愔不说话。侍卫又说:"我等一帮家奴来的时候十六个人,现在只剩下七个了,可是他们死在了搏杀之中,皇上早晚会奖励他们的,总比你这样等着饿死强过百倍。你不吃就算了,你天天板着脸,影响了整个队伍的情绪,说句气话,病倒了也休想让我们照顾你。"

蔡愔正想发火,侍卫端着饭碗转身走了。侍卫捧着饭碗走到竺法兰面前:"不行啊高僧,蔡愔还是不吃饭。这可怎么办呢?"

竺法兰起身接过饭碗走到蔡愔面前:"蔡愔,你还是吃些东西吧,这样会饿坏身体的。"

蔡愔自言自语地说:"我完全可以让傅大人晚一些时间再换药,可是……高僧,我想问一个问题。"

竺法兰将饭碗放在石头上:"你先吃了饭再说。你已经尽力了,大家也都认为你已经尽力了,世事难料,你不要再妄自自责了。"

蔡愔固执地说:"不行,有很多问题憋在我心中,我真的寝食难安啊。"

竺法兰叹了口气说:"那你请讲。"

蔡愔问:"人间为什么会有争斗?残酷无情的争斗?"

竺法兰说:"不是我不回答你,这个问题,并非一两句话可以解释,你还是先吃了饭,咱们再慢慢细聊。"

蔡愔摇着头说:"都是那么无情,都是那么凶诈,上来就是你死我活,没有任何回旋的余地。"

竺法兰说:"善因得善果,恶因得恶果,那些坏人早晚会遭到报应的。"

蔡愔不解地问:"报应?什么报应?"

竺法兰说:"改日我们再聊这个问题,你还是先吃些东西吧。既然已经知道对手凶诈,就得保护好自身,无情也罢,凶诈也罢,别再拿别人的错误惩罚自己。我等的路途还很遥远,凡事行善积德才能保护自己,不知不觉有菩萨护佑,可以消除业障,即便灾难来临,也可逢凶化吉。"

蔡愔又问:"高僧所言……蔡愔一时不太明白。"

竺法兰说:"你应该学会忘记。"

蔡愔不解:"忘记?我还是不明白?"

竺法兰说:"你们汉人有句俗话:飞鸟尽,良弓藏,狡兔死,走狗烹。总有一天战争会结束的,大漠也会长出荒草掩埋了昔日的战场,生命的牺牲将会变得没有意义。因此,你要尽快学会忘记,过去的自然有过去的道理。"

蔡愔还是不明白,又问道:"可是……可是我怎么能够忘记?那些坏人始终要置我们于死地。"

竺法兰端起饭碗,说:"所以呀,那些坏人那么险恶,而且躲在暗处,我们未来的路途可能更加困难重重,若是你也病倒了,我们何日才能顺利到达洛阳呢?大家如果都是如此伤心,岂不是恰恰中了那些坏人的圈套。皇上等着瞻仰佛像,我等急着弘扬佛法,你若如此糟践自己,岂不是因小失大?岂不是故意让别人瞧不起你?"

蔡愔没有说话。竺法兰放下饭碗,说:"这一路之上,我也了解了你们的职责,知道大汉皇帝对蔡将军格外器重。蔡将军若是执意如此自残,真的就辜负了大汉皇帝的期望。"

"阿弥陀佛。"竺法兰走了。蔡愔想了一下,慢慢端起了饭碗。

不知道走过了多少时光,远远望见了函谷关,久久阴郁的蔡愔脸上露出了笑容,回马向迦叶摩腾说:"高僧请看,前方就是函谷关,现在时间尚早,是否在关楼停留?"

迦叶摩腾说:"皆可,一切听从蔡将军安排。"

蔡愔说:"出发之时,傅大人答应关令回来时在此停留,傅大人虽然不在了,我们不能言而无信。蔡某先去侦察一番,若无异常,请高僧歇息半日,其他人等自由活动,爬山游玩都可以。蔡某陪同两位高僧参观太初宫,感悟老子先生是如何著述《道德经》的。"

关令郭明听说蔡愔等人已经从西方取经返回,高兴得不亦乐乎。郭明吩咐守关士卒赶紧收拾两排客房,杀鸡宰鹅安排饮食,迎接蔡愔一行进驻函谷关。

不见了傅毅、张梁、李明轩、王遵等人,关令郭明十分悲痛,表示将立刻安排人前往祭扫傅毅等人。不过,听说两位西方的僧人将要在函谷关参观一番,关令郭明又振作了起来,不断夸赞当年老子先生在此留下的千古妙笔。

说及老子,两位僧人也来了兴致,在关令郭明的带领下与蔡愔一起来到了位于函谷关东城门右侧的太初宫。迦叶摩腾望着太初宫殿脊和山墙檐边塑有麒麟、狮、虎、鸡、狗等神形兼备的珍禽异兽,感慨地说:"真是不可思议,看见这里不由得心生敬意,这里就是老子先生著述《道德经》的地方?"

关令郭明赶紧附和说:"是是是,当初,关令尹喜迎候老子先生来到函谷关,行以师礼,恳求老子为其著书,老子便在此写下了《道德经》五千言。这里原本没有宫殿,因为《道德经》对后世影响很大,为了纪念这件事,后人在老子著经的地方修筑了太初宫,太初宫曾是一座道观。"

走进绿树环绕的太初宫大殿,迦叶摩腾仰头看来看去:"啊,飞梁纵横,椽檩参差,殿宇宽阔,中无撑柱,这是何等的让人惊叹啊。"

关令郭明笑了:"刚才高僧说先哲老子与天竺国的释迦牟尼岁数相近,所以他那个时代哪里有这样的建筑,他当初著述《道德经》的时候,这里什么都没有,老子先生就是趴在石头上写的。这里的建筑是后人修建的,距今也有几百年了,也是前汉翻修的。"

迦叶摩腾自言自语地说:"无为而治,老子先生这样说,对吧?"

蔡愔说:"是的,上善若水,厚德载物。"

迦叶摩腾接着说:"知足不辱,知止不殆,可以长久。"

竺法兰赞叹说:"我等甚是喜欢大汉的道家、儒家、法家思想,它们各有见地,道理无穷。"

夜晚,蔡愔在函谷关关楼之上宴请两位僧人。蔡愔举起酒杯,感慨地说:"上次路过函谷关的时候,出现意外,蔡某差点死在这里。"

关令郭明赶紧举起酒杯,站起身来说:"蔡将军,羞煞下官,下官已经无地自容了。下官自罚三杯。"

迦叶摩腾问:"自罚……是什么意思?"

关令郭明喝了酒说:"就是我知道自己错了,惩罚自己。"

竺法兰又问:"用酒惩罚?"

蔡愔解释:"这是大汉子民的一种情感交流方式。"

竺法兰点头:"自罚？有意思,有自省的含义。"

第二天,在函谷关关楼之上,一名侍卫拿着铜镜,蔡愔对着铜镜用剪刀剪去自己的胡须。侍卫着急地说道:"这里……这里,你又看不清,我说我剪吧,你还非要自己剪,剪得长一根短一根的。"

蔡愔气道:"少废话。"

侍卫嬉笑着说:"那咱们说好,等你与梅儿小姐结婚的时候,我来给你剪。不然,梅儿小姐细皮嫩肉……会嫌弃你的,扎得疼。"

蔡愔拿起剪刀装作要刺侍卫,侍卫丢下铜镜跑开了。蔡愔自己扶起铜镜,接着剪胡须。

第八章　梅儿出嫁

不管黄河是否回归故道,不管黄泛区的百姓是饥寒还是落魄,都不会影响楚王刘英的快乐生活。这天无事,楚王刘英带着几名侍从在京城洛阳街头闲逛,街道两旁稀稀拉拉地散布着一些小贩贩卖瓜果蔬菜。楚王刘英一眼就看见一个梨摊,一个农民推着一辆小车,两边搭着两只竹篓,竹篓里装满了红梨。

楚王刘英抡起竹扇敲了一名侍从的脑袋:"瞧瞧,昨天让你买红梨,你愣说找不到。怎么样,屁大的事情都要三爷我亲自出马,我出来准有。快快买了,回去给霞儿熬汤喝,霞儿最近老是咳嗽。"

那名侍从赶忙上前,连吆喝带威胁,算是低价买了一篓红梨,连同竹篓一起扛在了肩上,临走还顺手在另一个竹篓里抓了两个红梨塞进了自己怀里,惹得卖梨农民牢骚满腹,私下骂娘。

这边正在称梨,楚王刘英看见一处空场围着一些百姓,自己挤过去一看,是一个武术班子在卖艺,正在表演的是一位年轻姑娘。这年轻姑娘的主要功夫就是轻功,围着一张四方桌子上下翻飞。表演完轻功,这年轻姑娘,又练了一套剑术。

楚王刘英看得出神,两眼瞪得大大的,望着那个长相俊美的姑娘。姑娘练完剑,周围的人们发出一片喝彩声。楚王刘英立刻对手下一名留着小胡子的侍从耳语了一番,小胡子侍从挤进人群,额外赏了年轻姑娘一串铜钱。小胡子侍从告诉年轻姑娘,自己的官家老爷十分欣赏姑娘的武功,希望能够有机会见面切磋,见面的地点就在西边不远处的真不同酒楼。

看到有人与年轻姑娘交谈,五十多岁的班主立刻过来探听,听说有人邀请年轻姑娘吃饭,立刻回绝了:"不行,不行,我等只卖艺,不陪吃陪喝,我们不去。"

年轻姑娘对班主说:"真不同酒楼是京城洛阳一家较大的酒楼,平时客人众多,十分热闹,并非僻静场所,不怕对方使坏,应该答应前往。"

班主看了看小胡子侍从,犹豫片刻,答应让李刚阗陪同年轻姑娘一同前往。不到半个时辰,李刚阗与年轻姑娘一同来到了真不同酒楼门前。真不同酒楼外早有小胡子侍从在等候,迎过李刚阗和年轻姑娘,顺着楼梯将他们一路引到二楼雅间。楚王刘英看见李刚阗和姑娘进来,忙让酒店小二斟了茶水。李刚阗和年轻姑娘在几案对面席地坐下,警觉地询问楚王刘英究竟想切磋什么武功,刘英哪里有心情切磋武功,只是一边支支吾吾夸赞年轻姑娘的轻功,一边仔细端详她。他真的迷上了这位年轻姑娘。

自打夫人去世后,刘英把注意力转移到了自己两名小妾身上。这两名小妾也各自生育了一个女儿。但是,两名小妾只是当初皇族之间的权势联姻,相貌平平,且已过了青春期,没有年轻姑娘身上的那股子青春和稚嫩。今天在街头遇见的这位漂亮姑娘让刘英再次萌动了纳妾的念头。

年轻姑娘喝了口茶水,询问刘英是否练过武功。刘英谦虚地说自己的三脚猫功夫根本说不出口,拿不出手,更不敢跑到街头去现眼。他也借机询问年轻姑娘的身世,是否婚配。提及婚姻,年轻姑娘立刻红了脸颊,非常腼腆地述说自己来自城外农家,自幼习武,尚未婚配,如今父亲早亡,母亲下落不明,为了活命只得在街头杂耍卖艺。

年轻姑娘我见犹怜的模样让刘英心猿意马。酒菜上齐,刘英非常客气地请年轻姑娘就餐。年轻姑娘看见刘英也用筷子夹起菜来吃,知道菜肴不会有问题,遂放下心来,一同享用佳肴。只是,年轻姑娘滴酒不沾,以茶代酒与刘英碰杯。

酒过三巡菜过五味,刘英询问年轻姑娘有何难处需要帮忙,如果准备长期待在洛阳,住在客栈生活不便,可以到自己府上与自己女儿住在一起,自己女儿也喜欢习武。

李刚阒立刻接过话茬儿,替年轻姑娘谢绝了,说她行走江湖并非因为生活困难,而是要寻找自己的母亲。刘英赶紧询问是否可以帮助解决。年轻姑娘说她的困难今生今世谁都解决不了,只有她自己才能解决。刘英更加好奇了,不过,他还是没有忘记自己的初衷,非常婉转地向年轻姑娘倾诉了自己早年失去夫人的痛苦。

绕了八百圈,李刚阒终于听明白了,对面的这个中年男人是看上年轻姑娘了,想娶她为妾。李刚阒正要拒绝,年轻姑娘开口说自己没有找到母亲之前绝不会谈婚论嫁。刘英不好再提婚事,只好改述自己年轻时习武的尴尬经历,算是找了一个台阶。即使这样,年轻姑娘也已经流露出不悦的神情了。

其实,此刻的刘英与面前的年轻姑娘都在上演一出盲人戏——刘英不知道对面坐着的年轻姑娘就是自己亲手斩杀的政敌李蒙的女儿,同样,梅儿也不知道对面坐着的这个和蔼可亲的长者正是自己日日夜夜伺机想暗杀的楚王刘英。

饭后,刘英与梅儿各奔东西。分手前,刘英给了梅儿一张字条,写了自己在洛阳城中的住址,希望梅儿今后有事无事均可前去坐坐。他顺着几案将字条推了过去,梅儿没有太多的表情,看也未看,更没有拿走字条,只是嘴上谢过,拎起自己的包袱跟着李刚阒走了。

街道上,武术班一群人收拾了物品走了过来,梅儿提出要去蔡府看看,说那里住着自己的一个亲戚。李刚阒高兴地要陪同她一起去,班主王田义不同意,他很平淡地随口说:"蔡府?你是不是还想去李府看看?你怎么想去那里?你知道吗,他们还没有平反,还是叛臣。他们府门外经常有一些朝廷密探,还有楚王的密探,有的甚至扮作茶商、果农、货担郎,时刻准备捕捉可疑之人。没事儿少往那一带转悠,免被误抓,抓住了就会屈打成招。你若被抓了,武术班所有的人都会遭殃,你可别给我惹事啊。"

梅儿吓了一跳,撅着嘴,没有说话,不敢再提此事。

楚王刘英回到家中,每每回想起与年轻姑娘的相遇,总是感到心头热乎乎的,也总是在心中埋怨自己没有留下年轻姑娘的住址,甚至没有留下她的芳名。

梅儿并没有闲着,而是每天都在打听楚王刘英的行踪,策划趁着楚王刘英外出的时候在城外暗杀他。她知道,刘英的保镖随从众多,他自己也有了不起的武功,单凭她一个人,暗杀计划在京城无论如何也难以得逞。

自打从西域回来之后,梅儿结识了武术班,每天跟着武术班沿途卖艺,赚些铜

第八章 梅儿出嫁

钱糊口,同时结交愿意帮助她的仁人侠客。可惜,岁月荏苒,她遇到的几乎都是好色之徒,没有真心真意舍命助她之人。武术班的人知道她母亲失踪了,并不知道其中的真情。梅儿之所以保密,并非信不过武术班的成员,而是知道他们武功一般,难以帮助自己完成刺杀刘英的大业。来到洛阳之后,梅儿不敢回到那个被官兵贴了封条的家中,也不敢到狱中探望自己的母亲。

这一天,梅儿和武术班刚刚在街头扎好摊子,尚未表演,一个熟悉的身影闯进了她的视线。这人就是前一天在真不同酒楼遇见的那个中年男子。梅儿愣了一下,中年男子并不答话,而是微笑了一下,转身走了。梅儿表演结束,那名留着小胡子的侍从上前赏了一串铜钱,催促梅儿早日前往三爷家中相会。

梅儿生气地告诉小胡子侍从,自己绝对不会前往,请他断绝了这个念头。小胡子侍从并没有走,他像地痞流氓一般站在人群中看梅儿继续表演,准备继续赏钱。梅儿也不理他,只管表演自己的轻功。

忽然,人群外边一阵骚动,几个衙役走了过来,驱赶人群,阻止梅儿卖艺。随着一声声铜锣的清脆响声,河南尹的大轿缓缓走过。然而,梅儿的灾难并没有结束,衙役大声呵斥梅儿,呵斥班主,说他们不懂京城的规矩,繁华街道上不许擅自摆摊儿卖艺,阻塞了交通,妨碍官府大人前往皇宫觐见皇上。为了惩前毖后,衙役们一定要让班主缴纳罚款,否则就要带梅儿到衙门走一遭。

围观的人群很快散了,梅儿的表演道具也被衙役们扣留,班主王田义不愿惹事,可是罚款金额太多,他实在交不出来。一名衙役抓住梅儿的细嫩手腕不放,要带她前往衙门。梅儿从小到大哪里受过这等侮辱,却又挣脱不过,羞得两颊绯红。

李刚阒冲了过来,试图将梅儿解救出来,却被衙役一把推开了。李刚阒不甘示弱,绰起一把砍刀再次冲了过来,被班主王田义大声喝止了。站在一旁的小胡子侍从走上前来,满脸堆笑地拿出自己随身的一串五铢钱:"几位,少罚点,我替他们交吧。他们卖艺糊口也不容易,让他们早点散了,你们哥几个也去喝壶好酒。"

衙役看看五铢钱,不满地说:"打发要饭的呢?"

另一位衙役也盛气凌人地说:"去去!瞧你穿的戴的也像有钱人,你若愿意,也就多交点,要是没钱,别在这里丢人现眼。这里是皇城,知道吗?"

小胡子侍从觉得自己很没面子,收起五铢钱,换出几块银子:"这个可以吗?"

几名衙役你看看我,我看看你,不知道小胡子侍从是什么意思。不料小胡子侍从收起了银子,当即板起面孔亮出自己的腰牌:"给脸不要脸,瞪大狗眼看清楚了,老子是楚王的贴身侍从。楚王就喜欢看这姑娘表演,而且正在看她表演。"

听到楚王的名字,衙役们不寒而栗,知道碰见了皇族出游,楚王很可能就在附近溜达,自己弄不好就要吃不了兜着走了。

"你,别让我们再看见啊!"衙役们训斥梅儿之后,转身溜之大吉。

"楚王?"梅儿也大吃一惊。她不敢相信自己天天希望找到的楚王竟然就在自己附近。梅儿迅速看了看四周,没有看见可疑人员。梅儿担心楚王保镖众多,自己难以下手,甚至连同归于尽的可能都没有。梅儿询问小胡子侍从:"你刚才说的楚王在哪里?"小胡子随从笑着看看远去的衙役,回头对梅儿说:"我就是吓唬吓唬那帮衙役而已,你不必当真。不过,你们还是不要再当街卖艺了,有什么困难找三爷商议,三爷一定会帮助你们,吃的喝的都不用愁。"

就在小胡子侍从说话的一刹那,一个念头在梅儿心中产生了,而且很快确定下来——她一定要证实那个中年男子是不是楚王刘英,如果真是,那么她别无选择,她要嫁给楚王刘英。武的不行就来文的,她要通过其他方法杀死刘英。

梅儿压抑住内心的剧烈跳动,眼睛里闪过一丝杀机,她装作平静的样子对小胡子侍从说:"既然三爷很有诚意帮助我们,我决定投奔三爷,希望得到三爷的帮助。"

小胡子侍从喜出望外,立刻约定第二天下午在三爷府外等候。在小胡子侍从的再三询问下,梅儿说自己的名字叫做红柳。小胡子侍从走了,梅儿平静地对班主王田义说自己将要完成一件人生大事,一件事先不能透露的大事情。班主王田义嘟嘟囔囔地埋怨梅儿太过幼稚,太感情用事。

"你……你不能轻易相信别人。"李刚瞋更是不满,他一直暗恋梅儿,心中无法容忍梅儿与别的男人约会,尤其是与中年男子约会。

按照约定的时间,梅儿独自一个人来到楚王府外,远远地就看见大门上"楚王府"三个大字。其实,梅儿早就知道楚王府的地址,也曾经无数遍暗探过这里,熟悉这条街道上的每一棵大树。但是,就在刘英写给梅儿那张字条之后,梅儿并没有看上边所写的地址,也没有带走字条,以至于错过了第一时间察觉对方就是楚王的机会。现在,梅儿站在楚王府门外,她已经坚定了自己那个大胆的念头——嫁给楚王,即便在床上,她也要杀死楚王。以她的功夫,只有在两个人的情况下,只有在楚王没有防备的情况下,她才有可能杀死他。

跟随着小胡子侍从走进楚王府,梅儿的心怦怦直跳。她根本没有想到,平日

第八章 梅儿出嫁

里戒备森严的楚王府,竟然这么容易就走了进来,而且一连过了三道门岗,直接走到了内府。在其中一个庭院里,梅儿看见了穿着一身黑衣黑纱的许太后。许太后一言不发地看着梅儿慢慢走了过去,小胡子侍从也只是向她施礼,并未说话。梅儿察觉到,这个老太太或许就是蔡鹏说的那个楚王府里最狠毒的女人。

楚王早早地就在内府等着了,看见梅儿到来,楚王心花怒放,吩咐下人:"赶紧上茶,上点心。"

楚王刘英说:"不知红柳姑娘今日会来,我女儿不在家。嗐,那个疯丫头……又到郑县游玩去了,你说说这么冷的天气……"

梅儿装作不知楚王的身份:"请问三爷,小女进门的时候,发现这里是楚王府,请问三爷在楚王府是做什么的?"

楚王刘英笑了:"红柳姑娘问得好,这么说吧,除了当今皇上能够做到的事情之外,三爷什么都可以为你做。"

梅儿装作吃惊,赶紧离席跪拜:"小女刚刚明白,莫非……您就是楚王。小女拜见楚王。"刘英连连摆手说:"不必不必,红柳姑娘快快请起。"梅儿归座,不好意思地问道:"楚王如此费心,莫不是……想……娶了小女吗?"刘英兴奋地说:"红柳姑娘果然聪明。自打在街头见了红柳姑娘第一眼,本王就夜不能寐。所以,还请红柳姑娘仔细考虑,有什么条件尽管提出来。"梅儿装作十分羞涩地说:"只是,小女自己不能做主,既然跟随了老班主四处卖艺,得让老班主做主。"刘英即刻应允:"只要姑娘答应嫁给本王,本王即日就为老班主在府中安排一个职位,为他养老送终,也不枉红柳姑娘跟随他一场。"梅儿起身说:"楚王真是爽快。小女这就回去与老班主商议,尽快回复楚王。"

告别刘英,走出了楚王府,梅儿忽然感到心旷神怡,自己走在街上莫名其妙地大笑起来,笑着笑着眼泪就落了下来。虽然尚未杀死楚王,甚至没有摸任何利刃,但是,楚王已经拜倒在她的石榴裙下,她终于可以利用更为简便的方法杀死楚王了,她的内心不由得一阵狂喜。她擦了擦眼泪,心里默默念叨:"爹,女儿就要为您复仇了!"

回到住处,见到班主王田义,梅儿装作十分平静的样子。班主王田义还是看出了她的异样,他一定要梅儿说出下一步的想法,不然他不放心。无奈,梅儿装作若无其事,平静地承认自己将要嫁给楚王刘英了。

听到楚王刘英的名字,班主王田义似乎早有心理准备,他面无表情,只是打听具体的婚宴日期,但心中暗自拿定了一个主意,他一定要赶在梅儿嫁给楚王之前杀死楚王。

那天,就在小胡子侍从与梅儿在街头谈话的时候,王田义已经听到了楚王刘英的名字。他之所以同意梅儿前往楚王府,他就是想通过梅儿打探楚王府的虚实,他要刺杀楚王。他心中的仇恨只有他自己知道,从来没有告诉过任何人。

梅儿告诉班主王田义,自己出嫁之前,还要去办一件大事,可能会给武术班带来杀身之祸,要他们离开洛阳,走得越远越好。梅儿走出房间来到院子里,李刚阗将梅儿拉到一旁,大声埋怨她:"你怎么能嫁给那个……那个老东西?京城多少人都在骂他,你……"

梅儿冷冷地说:"这是我自己的事情。"

李刚阗着急地说:"怎么会是你自己的事情呢?你知道武术班的每一个人都很关心你……你不能就这么一走了之,你不能抛弃大家……"

梅儿申辩说:"抛弃?我不明白你在说什么。"

李刚阗结结巴巴地说:"红柳,你来武术班时间不长,可是,我……已经爱上了你。你心里明白的,你明白的……"

梅儿摇头道:"刚阗,你根本不了解我,我有我的难处……"

李刚阗说:"我知道……你要寻找母亲,我可以帮你啊,我们一起去找,人多力量大……大家都可以帮助你……"

梅儿转身要走:"我心中的困难绝不是你可以想见的,你永远都不会明白。"

李刚阗拦住她说:"我怎么不明白,你听我说,我们先固定一个住处,然后到你母亲可能去的地方四处发布启事……"

梅儿说:"我说的不是这些,我说的是我心中的仇恨!"

李刚阗说:"到底有什么仇恨?你说出来大家一起帮助你啊!"

梅儿急了:"我……你们怎么帮我?依你们的武功?"

李刚阗像打赌一般地说:"我们武功怎么了?你说吧,什么仇恨,仇家是谁?我一定杀了他!"

梅儿冷冷地说出两个字,让李刚阗张着大嘴呆住了:"刘庄。"

梅儿走了,班主王田义在房间拉过一块油石打磨一把软刀,看见李刚阗怅怅进来,问他:"怎么不高兴了,是在为我们的生计发愁吗?不用发愁,咱们练武之人走到哪里都能养家糊口。"

李刚阒看见班主打磨的那把软刀不长，可以藏在衣袖之中，之前从没见过，不知道班主平时将这把软刀存放在了什么地方。他边看边回答说："不是……"

班主王田义一边磨刀一边问："那是什么？"

李刚阒吞吞吐吐地说："我……我想求您件事情。您能做到，所以……我才求您……"

班主王田义停止了磨刀，看了一眼李刚阒："今天你是怎么了，说话像变了一个人似的。说吧，什么事情？"

李刚阒鼓足勇气说："我想娶红柳……我知道她听您的……所以……"

班主王田义不再说话，又开始磨刀。李刚阒说："我知道她气质高贵，我有许多地方配不上她，可是，我能保证她生活幸福……"

班主王田义又一次停止磨刀，直直地看着李刚阒："就这事？"

李刚阒说："就这事……您答应了？您只要发话，红柳会同意的……"

班主王田义又开始磨刀："你不止一点配不上她，当然，不是因为她气质高贵，而是你根本不了解她。"

李刚阒说："我了解她，她跟随我们，就是为了寻找她的母亲……"

班主王田义说："她母亲在哪里你知道吗？她姓什么你知道吗？"

李刚阒急切地说："不知道，我问过，她不说……我会问出来的。我们可以一起去找她母亲啊。"

班主王田义说："她的杀父仇人是谁，你知道吗？"

李刚阒十分惊讶："杀父仇人？啊，我想起来了，她说过……她说过是……当今皇上……"

班主王田义用手指试了试软刀的锋刃，在毛巾上蹭亮了刀锋，说："你什么都不知道，还说自己了解她。听我一句话小伙子，省省心吧，这不是你是否了解她的问题，而是你根本不懂她的心。你无法赢得她的心，就无法赢得她的感情。"

楠儿在外边喊着吃饭了，班主王田义起身走了，剩下李刚阒一个人傻傻地发呆。当今皇上？李刚阒琢磨，皇上杀了她父亲，她父亲该是个什么样的人呢？莫非皇上抢走了她母亲，所以她才四处寻找不到？

三天之后，班主王田义带着武术班一行人坐车、骑马，前往郑县。李刚阒一脸不高兴："班主，我们在洛阳卖艺好端端的，为什么要离开洛阳啊？"

班主也是阴沉着脸："你没听红柳姑娘说吗，她要去报仇。"

李刚阒十分不解地问:"她要报仇就去报吧,咱们又不阻拦她,她为什么非要把咱们赶到郑县呢?再说,她一个弱女子势单力薄,办事又毛毛糙糙的难成大事,我们若是跟着她,说不定还能帮她的忙呢?"

班主王田义说:"可是这次,谁都帮不了她。"

小楠儿问:"干爹,你一定什么都知道,你为什么不告诉我们?"

班主王田义说:"你们不知道更好,知道了,对你们没什么好处。"

李刚阒着急地说:"是不是她会有什么危险?不行,我得回去救她。"

李刚阒拉住了马缰,小楠儿也拉住了马缰:"姐姐会有危险?我也要回去救她。"

班主王田义拉住了牛车缰绳,命令说:"谁都不许去!"

小楠儿生气地说:"干爹,为什么?你明明知道姐姐有危险,难道你就愿意这么眼睁睁地看着姐姐被害?"

李刚阒说:"班主,如果我们救不了她,起码我们可以阻止她不去冒险。我们总不能什么都不做吧?"

"你们谁都不许去,谁若是去了可别怪我翻脸。"班主王田义固执地说。

小楠儿跳下马,走到班主王田义身边,气愤地说:"干爹,我看出来了,你什么都知道,可是你却不愿意去做,她是不是曾经得罪过你,你是不是和她有仇啊?李哥看见过你几次在夜里去楚王府外溜达,是不是楚王收买了你?"

班主王田义挥手抽了小楠儿一个耳光,训斥道:"胡说!我怎么会投靠楚王?难道为了她,你连干爹都不认了吗?"

小楠儿捂着脸,眼含泪水申辩说:"那你为什么不去救她?"

武术班成员纷纷围拢过来,有的安抚小楠儿,有的问班主:"就是呀,我们可以去救她的呀,为什么不让我们去救她?"

班主王田义说:"唉,你们都不懂,她的仇恨不是街头打架,而是政治斗争啊。"

李刚阒说:"班主,你不说我们怎么会懂?"

"干爹,你不承认你与楚王有关系,可是你为什么不去救她?"小楠儿说。

班主王田义叹息一声说:"你们不该知道啊,一直到今天,还有多少知道这些事情的人在痛苦地生活着。"

李刚阒问:"到底什么事情吗?"

第八章 梅儿出嫁

班主王田义说:"楠儿,你不要记恨干爹,干爹刚才也是一时恼怒,才……才失手打了你,你的话触到了干爹的痛处,就像在干爹的伤口上撒盐一样。干爹心痛啊。我实话跟你们说吧,我原本不是耍把式卖艺的,我是李蒙大将军的马弁王田义。自从我们在天水第一次看见红柳姑娘,我就认出她来了,她就是李蒙大将军的女儿李梅儿。"

李刚闻吃惊地说:"什么?"

小楠儿也十分意外:"怪不得呢,去年我第一次见到她的时候,她就口口声声说要杀了楚王,还要放火烧了光武帝陵。可是,现在她为什么还要嫁给楚王呢?"

班主王田义说:"她是要去杀楚王,她担心杀死楚王之后,事情败露,会给我们带来灾祸,所以才让我们离开洛阳的。"

皇宫议事大殿里,汉明帝刘庄坐在龙座上一副笑脸对众臣说:"司徒傅毅他们迎奉了佛像,而且带回了两位天竺国高僧,还有很多经书。他们即将到达京师,诸位看看如何安排仪式迎接他们啊?楚王先说说……哎,楚王怎么没有上朝?"

张宦官说:"禀皇上,楚王昨夜偶感风寒,今天本来想带病上朝,走到路上又感不适,所以返回了家中。"

汉明帝问:"看太医了吗?"

张宦官说:"事发突然,刚才也只是家仆前来告假,尚不可知。不过,臣听说……听说楚王要纳妾了,日子就定在下旬。虽是纳妾,也是喜事,楚王想在府中宴请同僚……"

汉明帝打断他的话:"此事,楚王已经向朕禀告了。下朝之后,你带些礼物过去,代表朕前往恭贺。虽为喜事,却是纳妾,又是民间女子,朕不便亲自出面。你们同朝为官的可以过去祝贺。另外,下朝之后你带一名太医过去看看,希望楚王能尽快恢复健康,朕还有很多事情需要与楚王商议。"

张宦官很高兴,汉明帝自己发话了,他就可以光明正大地前往楚王府,再不用担心汉明帝多心了。

下朝之后,张宦官带着汉明帝的贺礼来到了楚王府。刘英躺在床上,显得有气无力。张宦官进来之后,看到刘英痛苦的表情,连忙示意楚王不必起身。张宦官站在一旁,为刘英转述了刚刚颁布的皇帝诏书:"今日皇上颁诏说:为迎佛像,赐天下男子爵,人二级,三老、孝悌、力田每人三级,流民无名数欲占者每人一级;鳏、寡、孤、独、笃癃、贫无家属不能自存者粟,每人三斛……"

刘英不屑地摆摆手:"行了,收买人心,不就是为了让百姓跟着他信佛吗?"

张宦官说:"今日,皇上再次说自己提倡儒学,还命令皇太子、诸王侯及大臣子弟、功臣子孙等习经,又为外戚樊氏、郭氏、阴氏、马氏诸子立学于南宫,臣子们都称为'四姓小学',还设置'五经师'以授其业。"

刘英不满地说:"标新立异!别树一帜!他提倡儒学?他兴师动众西迎佛像干什么?这不是自相矛盾吗?"

张宦官奉承说:"在这一点上,楚王最有发言权。"

刘英很得意:"要说佛教,在本朝之中接触最早的要数本王了。本王研究过,探讨过,不过,本王认为它只适应皇族,不符合大众需求,如果它来了,它会挤占儒学的地位,所以本王才要积极抵制。"

张宦官奉承说:"楚王一心为公,积劳成疾,当为众臣的师表楷模,大汉满朝之中只有楚王的思想可以彪炳千古。哟,瞧瞧这都几点了,臣带着沉甸甸的贺礼反比太医空着手走得还快。楚王稍事休息,臣到大门口迎一迎太医。"

张宦官转身走出了房间。楚王府大院里,梅儿端着汤煲过来,与张宦官擦肩而过。张宦官瞟她一眼,觉得她很像一个熟人,却一时想不起来。张宦官走到楚王府大门内的时候,看见了那个穿着一身黑的许太后,连忙上前施礼说:"恭喜许太后,许太后没有急于返回封邑,这不恰巧赶上了楚王的大婚喜事……"

许太后面无表情地说:"什么喜事?你难道看不出来那个小女子满脸杀气吗?"

张宦官一惊:"杀气?啊,现在的年轻姑娘大多不服管教,性子刚烈些罢了。再说,楚王阅人无数,心中自然有数,何况一个小姑娘?"

许太后说:"阅人无数,那是对幕僚,对这样的美貌女子,他是干柴烈火,毫无理智可言。你去转告他,他的婚礼,我不参加。走,回房间。"

佣人们抬起晒了一个时辰太阳的许太后返回了房间。张宦官愣愣地站在那里,一直等到许太后不见了才挪动自己的脚步。他不明白为什么许太后瞧不上楚王即将新娶的那个女子。或许,她是怕楚王从此沉湎于女色,忘记了自己的大事。

张宦官走到大门外的时候,并没有看见太医,而是看见了楚王的小女儿霞儿。霞儿刚刚从外地游玩回来,一脸喜悦掩盖不住四肢的疲倦。张宦官搭讪问她:"霞儿……你父王就要新娶小妾了,你不在家里忙碌,这是到哪里去了,如此大包小裹的?"

霞儿下马施礼,不屑地说:"小女见过张大人。张大人知道,小女一向喜欢外出游历,父王懒得管我,我也懒得管他的事情,他想娶就娶呗。"

门口的佣人牵过了马匹,霞儿吩咐说:"我外出游历买了不少稀罕东西,你们把包裹都送到我的房间去。"

霞儿走进了楚王府,一位老妈子正在打扫卫生,看见了霞儿赶紧说:"公主回来了。楚王就要娶亲了,公主还不赶紧去向楚王请安。"

霞儿顺嘴问:"那女子叫什么名字啊?是不是京城的?"

老妈子说:"听口音像是京城的,叫红柳。"

霞儿高兴地:"京城的,说不定我还认识她呢?"

老妈子说:"要是认识就更好了,以后相处起来就容易了。公主,为了楚王的婚礼,下人们已经忙了十多天了,小姐是不是四处看看,看哪里准备的还不周到啊。"

霞儿说:"娶就娶呗,你们该准备就准备,我才不来凑热闹呢,我还要收拾我买回来的稀罕东西呢。"

老妈子又说:"公主,楚王近来身体欠安,公主出门一个月了,既然回来了,还是先过去瞧瞧为好。"

霞儿说:"好吧,我安顿好了自己的物品,马上就过去问安。"

霞儿独自回到了自己的闺房,佣人们放下包裹走了。霞儿打开包裹开始整理自己外出游历的收获,此时,她压根儿不会想到,满院子家丁佣人都在传说的那个红柳竟然是和自己一起长大的梅儿。

霞儿从包裹中取出一件件玉器,又拿起一件件铜手镯,想了想:"这个就送给父王,这个送给奶奶,这个就送给未来的后妈。"

霞儿拿了玉手镯走出闺房,向楚王刘英的寝室走去。

梅儿端着汤煲走进房间,楚王刘英笑容满面地说:"宝贝,你怎么还没有回去准备?你早些回去吧,府中有这么多佣人……"

梅儿说:"小女孤身一人,也没有什么嫁妆,多亏班主给小女购置了几件新衣,明天才能取回。再说,楚王婚宴也是楚王府的大事,佣人们怎么能忙得过来呢?小女新来,自然要多做些事情。楚王心系大汉,公务繁忙劳累致病,就不要再为小女的事情操心了。"

楚王刘英拉过梅儿白皙的小手,顺着手臂向上摸:"午餐时,本王吩咐厨房炖了参汤,一会你去看看好了没有。"

梅儿赶紧逃脱了,打开煲锅,盛出热气腾腾的参汤:"这就是,厨师炖了一个多时辰呢,楚王趁热喝了吧,保重身体要紧。"

在梅儿搀扶下,刘英坐直了身子,但是,楚王刘英并不急着喝汤,而是执意拉过梅儿,搂住了她。他一边抚摸梅儿一边解梅儿的衣扣,梅儿羞红了面颊,又不好挣扎,只得借口房门开着,再次逃脱。

刘英急切说:"那你就关上房门。怕什么,早晚你是本王的人。今天,本王一定要与你亲热一番。"

梅儿走过去关上房门,插上了门闩,回头劝慰说:"楚王别闹了,小女早晚是楚王的人。只是楚王近日身体欠佳,还是快快把参汤趁热喝了吧。"

刘英说:"行,我喝,可是宝贝,尽管今日不可同房,你得光着身子喂我,我要先行看看宝贝白皙的肌肤,不然我就不喝。"

可以看出,梅儿的眼神犹疑了片刻,只是那么短短的几秒钟。这几秒钟的犹疑,代表着一个少女的羞涩必须服从于一个天大的阴谋,她必须牺牲自己的色相来达到自己血淋淋的目的。梅儿终于横下心来做出了决定,她眼睛含着泪,几乎像要喷出火来,却偏偏不能表现出来,一边慢慢脱下自己的上衣,仅仅剩下一个遮羞的兜肚,然后端起汤碗,端过来喂楚王。

"果然是风光旖旎,美不胜收啊。"刘英看着梅儿的肌肤,一边喝汤一边动手抚摸。梅儿哪里经过这等场景,羞得不时躲闪,手中的汤匙不时洒出参汤落在刘英的薄被上。刘英并不责怪,反而更加兴奋,很快喝完了一碗参汤。他说:"本王告诉过厨房,你也再去吩咐一遍,煲汤并不是时间越长越好,半个时辰足够了。"

梅儿再盛了第二碗,又端到刘英面前。刘英刚喝了两口,又趁机摸向梅儿的乳房:"宝贝,你祖上是哪里人啊?"

梅儿猛地转身躲闪开了,不料,身后腰间的一把锋利的匈奴短剑"啪"的一声跌落地上。这把匈奴短剑,是班主王田义在天水城第一次遇见梅儿的时候赠送给梅儿的。

看到地上的短剑,刘英和梅儿都大吃一惊。眼看阴谋就要暴露,"哗啦",梅儿扔了汤碗,迅速捡起短剑,将锋利的剑刃对准了刘英。刘英尚未从温柔乡中回过神儿来,被冰凉锋利的尖刃刺痛了脖颈,一时不知道说什么才好。

梅儿完全变了脸,笑容全无,咬牙切齿地说:"小女祖上是哪里的并不重要,可是小女知道楚王的祖上是哪里人,还知道楚王的生辰八字,知道楚王的死期是哪一天。"

刘英十分吃惊:"宝贝,此话怎讲?你,你这话是什么意思?"

梅儿又将短剑使了点劲儿,鲜血从刘英的脖颈上流了下来:"谁是你的宝贝!老贼休要多问,你陷害忠良,杀害无辜,今天就是你的死期。我要为死去的爹爹报仇,要为我娘无辜入狱报仇……"

如果这时,梅儿使劲儿将短剑划过刘英的脖颈,刘英必定凶多吉少。怎奈梅儿尚属幼稚少女,只顾气愤,根本没有想到这样稳操胜券的局面还会改变。

也是刘英见多识广,突临这样的濒死局面依旧平静,他装作无奈:"你……刺痛我了……红柳,本王……知道……你是谁了,你一定是李蒙的女儿梅儿。唉,本王应该早点想到啊,你是在寻找你的母亲……可是……西域战场上的一些情况你一定误会了,你母亲也一定不理解……当时……"

刘英突然抬手打掉了梅儿的短剑,梅儿毫无准备,踉跄了一下,跌倒在床边。刘英从床褥下抽出自己的短剑,指向梅儿的胸口,大声吼叫:"本王也是被逼无奈!你知道吗?"

仅仅穿着兜肚的梅儿一下子陷入弱势:"你,你不是风寒气虚……"

刘英恶狠狠地说:"那是本王演给皇上看的,我就是不想上朝,就是看不惯他西迎佛像,我就是看不惯你们这些外姓人来挤占刘氏天下。你永远给我记住,大汉王朝姓刘,不姓李!我不仅杀了你爹,我还要杀你,还要杀更多的人。"

话未说完,刘英突然感到一阵眩晕,像是五脏六腑搅在了一起,难受无比,满头冒汗。梅儿脸上闪过一丝冷笑,得意地说:"你刚才已经喝了毒药,不出一个时辰,你就会中毒身亡。"

这时,霞儿走到了楚王刘英寝室门前,她大大咧咧地直接推门,门从里边插上了。霞儿在外边喊道:"父王,你在里边吗?大白天的怎么插着门?父王,你在里边吗?"

张宦官和太医也来到了寝室门外,张宦官禀报:"启禀楚王,太医到了。"

刘英刚要回话,又感一阵眩晕,梅儿猛地推开刘英,纵身攀上后窗,一脚踹开窗户,跳了出去。

张宦官听到房间里有动静,正要推门,门闩打开了,门扇也拉开了,楚王刘英踉跄着向后仰了两步,又向前冲来,抱着门扇扑倒在地。霞儿吓了一跳:"父王,你怎么了?"

张宦官吓得后退了一步,大吃一惊:"楚王这是怎么了,快快施救。"

太医看了一看楚王刘英的眼睛,说:"一定是中毒了。"

张宦官着急地说:"太医,您还说什么,赶快用药啊。"

张宦官走进房间,看到了柜子上的汤煲和地上粉碎的瓷碗,他立刻对那个面孔冰冷的许太后有了几分敬意。

抢救、医治,太医忙活了半宿。夜晚,月牙儿高高地挂在半空,刘英睡了,乱纷纷的楚王府终于安静了下来。张宦官一直等到刘英苏醒过来才离开了楚王府,他非常关心刘英,害怕他因此丧命,如果那样,几年来的秘密谋划就全白费了,仅仅剩下年迈的许太后和稚嫩的刘皖是难以成事的。

然而,许太后并没有闲着,她吩咐侍卫们不许睡觉,严密防守,因为那名女刺客并不知道楚王中毒的结局,一定还会前来探营。

果然,凌晨时分,月牙儿高高地挂在半空,一个黑影翻过高墙,跳进了楚王府。两名侍卫发现了黑影,却没有阻止黑影潜入。之前,楚王醒后布置的第一个任务就是张网等待梅儿。梅儿一定会再来第二次,她要打探下毒的结果如何。

黑影潜到刘英的寝室,将耳朵贴在窗户上听了听,然后来到门前,轻轻一推,门"吱呀"一声开了。黑影犹豫一下,知道上当了,正想后退,突然,一张大网从天而降,将黑影牢牢罩住,黑影几经挣扎,始终无法逃脱。周围的火把围拢过来,照亮了黑影——原来是王田义。

被人抬到庭院的许太后缓缓地说:"哀家就知道你们还会再来,果然,你比那个梅儿更有胆量。可惜,你的武功太差,差得令人不屑一顾。楚王命大,岂是你们所能够刺杀的。来呀,绑了!让楚王辨认一下他是谁,和那个梅儿是不是一伙的。如果不是,得查清楚他有什么阴谋。"

王田义被侍卫们绑了,押进另一间房内。刘英脖颈上包扎了白布,躺在床上。看到刘英,王田义拼命挣扎并且破口大骂:"老子就是要赶在梅儿出嫁之前先杀了你!"

刘英冷冷地说:"这么说,或许你有所不知,梅儿已经逃走了,我一定会把她抓回来的。到那时,你们就能在本王的地牢里相见了。"

王田义破口大骂:"老贼!你在西域滥杀无辜,实为摇撼大汉基石,图谋不轨。

第八章　梅儿出嫁

早晚有一天,有人会杀了你的!"

刘英十分吃惊,知道对方并非一般人士,他命令将王田义押解得更近一些,用火把照亮他的脸。刘英看了,觉得有些面熟,似乎在哪里见过。再三打量,刘英终于断定了他的身份,这张面孔曾经在西域战场目睹了李蒙被杀。刘英倒吸了一口冷气,感到致命的危险已经来到了他的身边,咬着牙说:"本王不怕,有胆尽管来。"

王田义被押下大牢,等候处置。许太后料定梅儿一定还会再来,吩咐侍卫们再辛苦些,张网捕鸟,静静等待梅儿自投罗网。紧张的一夜就这么过去了,然而,梅儿并没有回来。

第二天一早,许太后吩咐不许任何人对外声张梅儿投毒的事,她警告刘英一定要把梅儿的事情隐瞒起来,不能让满朝文武知道楚王是个好色之徒,而因此在汉明帝刘庄面前抬不起头来。况且,一旦公开梅儿的疯狂报复行为,汉明帝刘庄便会对李蒙之死产生疑惑,一定会加紧对梅儿的搜捕,甚至参与对梅儿的审讯,这样斩杀李蒙的行为便会败露。

就在大家对即将到来的婚礼一筹莫展的时候,许太后果断吩咐,婚礼照旧,一切不变。

到了请柬通知的日子,楚王府中张灯结彩,满朝文武几乎都来了。皇帝三哥的喜事,谁敢不给面子?何况,能够被当朝第一权臣楚王邀请,本身就是一种荣耀。当然,让文武百官奇怪的是,楚王纳妾没有拜堂,而是邀请大小官员直接进入了宴席。楚王刘英用衣着将脖颈的伤处伪装起来,强撑不适的身体接待宾客。酒宴期间,好事儿的客人们纷纷要求见一见新娘子。对于来宾的要求,许太后早有心理准备,从来没有笑容的许太后冷冷地说,红柳病了,不便见人,日后一定让楚王携红柳逐一登门造访。

楚王婚宴上依旧一身黑衣黑纱的许太后确实让所有人捉摸不透,尤其是她那冷若冰霜的面孔,不怒自威,她发话了,客人们谁敢反对呢?

客人们并不知道,在酒宴上,许太后十分警惕,她尤其关注前来贺喜的女人们,怕是梅儿冒名顶替的。许太后知道,梅儿绝对不会善罢甘休,一定还会再来,单纯幼稚的她一定会来营救王田义。许太后等待着这一刻,她吩咐府中所有侍从全副武装,加强戒备,利用婚宴这个机会将梅儿那伙人一网打尽。

可惜,婚宴这天,梅儿依旧没有出现。梅儿在哪儿,她什么时候才会杀气腾腾地再次出现呢？

秦景也参加了楚王刘英的婚宴,当秦景非常殷勤地向许太后敬酒的时候,许太后故意当众对秦景说:"楚王纳妾,小事一桩,怎敢有劳皇上特使的大驾,一会儿,哀家还望特使赏光,到内宅一叙。"

"不敢不敢,太后有事尽管吩咐,秦景一定照办。"秦景讨好说。

佣人们抬着许太后向内宅深处走去,秦景只得在后边跟随着。他小心翼翼地问:"不知太后有何吩咐,如此机密?"

许太后说:"外边不过场面的事情,哀家只是应付而已,他们也是趋炎附势,没有人像你秦景对楚王这般真心的。"

"太后过奖,不过,秦景真的是十分敬重太后和楚王。"秦景说。

忽然,许太后挥了挥手,抬着她的佣人们停住了脚步,许太后说:"其实,哀家并无事情,是楚王要找你聊聊。"

佣人们抬着许太后转身走了,楚王刘英走了过来笑呵呵地拍着秦景的肩膀:"其实,本王也无事情,只是……只是……"

秦景已经被这娘儿俩弄得如堕雾里,赶紧说:"请楚王明示。"

楚王刘英说:"只是……想请问洛阳城西的那个种满槐树的小宅院是怎么回事啊?"

秦景听了,顿时浑身哆嗦起来。刘英摸了一下脖子,笑着:"你不要害怕,本王只是随便问问。"

秦景故作镇静:"在下……不……不明白楚王所言之事……还请楚王明示……明示……"

刘英突然翻脸呵斥:"秦景,你胆子真大啊,身为皇上特使竟在西域私通蛮夷女子,贪图淫逸,还将蛮夷女子勾结到京城,潜伏在天子脚下。秦景,你私通藩国,可知自己身犯何罪?株连三族啊!"

秦景知道事情已经败露,"扑通"一声跪倒在地磕头哀求说:"秦景一时糊涂啊……秦景并不愿意这样,可是秦景无奈……秦景无奈啊……一失足成千古恨,秦景甩不掉了啊……"

楚王刘英训斥说:"糊涂?你秦景那么聪明的人,博士弟子,怎么会糊涂?不要再给自己找借口了,甩不掉就可私通藩国吗?"

秦景说:"秦景不想死……秦景在朝中兢兢业业快十年了还没有丝毫起色,秦景家中还有老母……还有妻儿老小……还望楚王为秦景指点一条生路。"

刘英恢复了笑容:"不想死?那就赶快请起。"

秦景赶紧站起身来。刘英说:"原本,下人们得知此事,要将此事禀报皇上,本王不许,本王绝不乘人之危。你是一个聪明人,一定会处理好这件事情的,对吗?"

秦景连忙说:"是的是的,只要楚王稍稍指点,秦景一定感激不尽。"

刘英说:"在人生奋斗的道路上,有时候,你只要改变一下方向,或许就是数一数二的拔尖人才了。"

秦景心里七上八下,哆哆嗦嗦地说:"属下愚钝,不太明白楚王的意思。"

刘英说:"不想死,还想得到升迁,不难,你可以考虑是否去做——就是找到梅儿,告诉她,蔡愔已经死了。"

秦景迟疑道:"梅儿?梅儿不在洛阳,再说,蔡愔并没有死啊……"

刘英说:"不忙,不忙,本王已经说过决不强求。有一点你要明白,不管你是否愿意出面捎话,本王一定会在蔡愔回到洛阳之前杀死梅儿。难道你不相信本王的能力?梅儿只要死了,之后的任何事情都与你无关,你明白吗?"

刘英仿佛忽然忘记了这件事情,转身去前院招呼客人了,丢下秦景一人擦擦额头的汗水,稳了稳心神,慢慢回到了宴席。别人问他与楚王说了些什么悄悄话,秦景搭讪说楚王让自己帮助辨认一块和田玉,自己也不懂行,看不出个门道儿。

回到家中,秦景一病不起,高烧了数日。病中,秦景迷迷糊糊地吩咐家人前往蔡府,寻找梅儿的踪迹。家人谁都不明白他的意图,他托辞说是李蒙大将军给他托梦,让他代为看管梅儿,照料她的生活。

为了避免王田义说出对自己不利的言语,楚王刘英心生一计,他把自己中毒一事全部赖在王田义身上,并向汉明帝作了汇报。汉明帝听说竟然有人混入戒备森严的楚王府投毒,企图谋害皇族,显得非常气恼。凶手今天能够混进楚王府,明天就敢混进皇宫,这还了得!听说抓住了投毒的凶手,为了杀一儆百,也为了安抚楚王,汉明帝命令刘英就地处决王田义。

楚王刘英知道这是汉明帝为自己设下的一个圈套,自己怎么能够在众多亲王之中带头违反法度、落下一个动用私刑的罪名呢?刘英很想直接回应汉明帝的装傻充愣,但是,君臣有别,他不敢较真,只得委婉地提出自己身为皇族,直接动用私刑处置凶手不合法度,还是交由地方官府处置比较合适。

汉明帝应允了刘英的请求,刘英退出殿外,跟张宦官密谋:"本王要将罪犯交由地方官府处置,然后,你去安排河南尹找一个哑巴犯人过来替换罪犯,将王田义尽快处死。"

张宦官问:"不等秋后了?"

刘英说:"只有尽快问斩,将消息散布出去,才能将梅儿一伙人钓上钩。"

在洛阳城外的监狱里,王田义被狱卒施用重刑,折磨得死去活来。尽管他并不承认投毒,但在刘英的授意下,他很快被判为死刑,立即问斩。

一个漆黑的夜晚,楚王刘英秘密派遣几名侍从将王田义从监狱里接了出来,悄悄用牛车拉到洛阳郊外活埋。

王田义被五花大绑,堵住嘴巴、黑布罩头。走在寂静的道路上,几名侍从十分警惕,害怕走漏消息,遭到梅儿一伙儿的埋伏。还好,一路平安,他们来到早就看好的一处山林之中,开始挖坑。火把照亮了周围数米范围,侍从们平时吆五喝六,养尊处优,不是刨坑挖井的料,却因事情机密,无法雇佣当地农民,只得亲自动手。他们个个牢骚满腹:"一刀刺死算了,楚王非得让活埋,亏他想得出来。"

突然,电闪雷鸣,天空飘下了雨点,火把也被风刮得忽明忽暗,几欲熄灭。侍从们急匆匆地将王田义抛进坑内,开始向王田义身上填土。就在这时,天空一个霹雳,将坟坑旁边的一棵大树劈为两半,树干冒烟了,一些零零星星的树枝叶落进了坟坑。侍从们不敢停顿,冒雨拖开倒下的树干,匆忙将坟坑填平,又在上边踏了几脚,算是完成了任务。

侍从们准备撤退的时候,火把光芒照亮山林中一个人影,一个侍从颤巍巍地喊道:"有……鬼!"

一个霹雳闪过,他们看见一个披头散发的野鬼直挺挺地站在那里,仿佛接受了上天的雷电,两眼在乱发后边放出光芒,嘴里咬牙切齿地念叨:"我要弹劾楚王——"

闪电过后,四周一片漆黑,就连火把的光亮也失去了作用。突然,又是一个霹雳,披头散发的野鬼又直挺挺地站立在另外一个地方。侍从们慌忙将火把掷向野鬼,连滚带爬地牵过马匹,头也不回地跑了,连牛车也丢弃在山林里了。回到楚王府,侍从们没有向楚王报细节,在所有人的心中,王田义绝对是死了。他们心里盘算,即使灰土压不死班主,雨水也会将他淹死,野鬼也会吸尽他的血。

楚王刘英为了让梅儿上钩,更为了掩盖密杀王田义的真相,授意河南尹四处散布消息,制造声势,准备在洛阳城外对王田义执行绞刑。为此,他特意命令在处

第八章 梅儿出嫁

决班主王田义的布告中写明官府将安排羽林军维持法场秩序。布告让所有百姓都看明白了,官府早有准备,谁敢心存不轨,一定会被官府瓮中捉鳖。楚王刘英就是要激怒梅儿,让她自投罗网。行刑这天,刘英派出了自己所有的侍卫和亲信,沿途加强戒备。他判断梅儿以及武术班的成员一定会前来洗劫法场。

梅儿对于自己毒杀楚王未遂十分懊恼,她十分后悔自己事先没有缜密安排,十分后悔那天过早暴露了自己,以至于多日的筹划功亏一篑,以至于一年来的满腔仇恨不减反增。为了防止楚王刘英在洛阳城中大肆搜捕自己,梅儿逃出洛阳城奔向郑县。白天,梅儿躲藏在树林深处,夜晚才敢在官道上行走。

几天之后的一个夜晚,她正在大道上徒步走着,忽然看见一伙人远远地沿着道路迎面而来。梅儿停住脚步望了望,觉得他们三三两两轻步前行,不像匪寇。梅儿将头巾拉紧,裹住面孔,手握剑柄低头继续向前走去。

那伙人也没有说话,急匆匆与梅儿擦肩而过。梅儿的余光看清了一个熟悉的身影,她忽然喊了一声:"刚阗?"

那伙人立刻止住脚步,集体回头看向梅儿,年龄最小的小楠儿高兴地喊道:"姐姐。"

武术班的人立刻围拢过来,李刚阗十分诧异地问:"梅儿?你怎么在夜晚前往郑县?你不是嫁给楚王了吗?你报了仇了吗?"

梅儿说:"我怎么会嫁给他呢?我是要去报仇,没有成功,搞砸了。"

李刚阗说:"怎么会搞砸了呢?你安排得那么精细,怎么会搞砸了呢?"

梅儿说:"先不说这个了,我有急事要跟班主商量,班主呢?"

大家刚才还喜笑颜开,现在纷纷沉默,都不吱声了。梅儿说:"刚阗,班主去哪里了?你快告诉我,我有急事要和他商议。"

还是没有人答复她,李刚阗也不说话。梅儿急了,抓住小楠儿:"你快说啊,你干爹到底去哪里了?我真的有急事要和他商议,我们必须马上离开这里,这里很危险的,洛阳更危险,我已经连累你们了,你们不能再去洛阳了。"

小楠儿掉下了眼泪,吞吞吐吐地说:"他……临走之前吩咐不要告诉任何人……"

梅儿生气了,万分委屈:"我真的有要紧的事情。你们都不知道,我一直在伺机刺杀楚王,整整筹划了两个月,终于有了极好机会,却被我自己搞砸了。都怪我心不狠啊,我当时应该让楚王多喝些参汤。我已经答应嫁给楚王,我已经……脱了……衣服,我为什么还要怜惜自己的身体……却不能给父母报仇啊……"

说着,梅儿蹲在路边放声大哭起来。她想起了蔡鹏的劝阻,想起了蔡愔的劝阻,后悔没有听取他们的意见,她深深体会到了一个女子孤立无援的苦痛。小楠儿劝说梅儿不要哭了:"我干爹……一个人返回了京城洛阳,就是为了不让楚王娶到姐姐,他说一定要赶在你结婚之前杀死楚王。"

听说班主王田义独自前往楚王府行刺,梅儿大吃一惊,擦了一把泪水:"你说什么?他去洛阳了?我不是说过让你们千万千万要离开洛阳吗?"

梅儿不明白班主为什么要去冒险行刺楚王。现在,轮到小楠儿落泪了。小楠儿说:"干爹说他名叫王田义……他在西域亲眼目睹了楚王杀害了李大将军。前不久,干爹见到了蔡愔,才知道外边发生的事情。干爹离开西域,开始一路向着洛阳乞讨流浪,靠耍枪弄棒糊口。干爹一直沉浸在自己无法说明真相的痛苦之中,也一直在寻找报复楚王的机会。其实在长安城外收留姐姐你的时候,干爹已经知道了你的身份,他暗中保护姐姐,直到姐姐要嫁给楚王了,干爹为了替李大将军报仇,也为了阻止姐姐嫁给楚王,决定提前夜袭楚王。现在,干爹被抓了,被判绞刑的布告已经贴到了郑县,说即将在洛阳的法场公开行刑。"

梅儿十分感动,她没有想到班主就是王田义,没有想到王田义居然会在西域见到蔡愔,她擦着眼泪表示:"我一定要洗劫法场,救出班主。"

小楠儿说:"我们就是要去洛阳看看有没有劫法场的机会。"

李刚阗问梅儿:"你认识一个叫做秦景的人吗?"

梅儿忽然一愣:"秦景?我当然认识,我们一起前往西域……我也是逃出来的时候才在街头听说他提前回来了,可是不知道他住在哪里……他来过了?你们有谁见过他?他说过什么没有?蔡愔走到哪里了?"

李刚阗说:"秦景说……蔡愔死了……"

梅儿一惊:"死了……谁死了?蔡愔不会死的……一路之上那么艰难危险都没有难住蔡愔,他会大难不死的。何况,他还有免罪龙符……他不会死的……是不是秦景在开玩笑?啊,你说呀,是不是他在开玩笑?"

李刚阗取出一块丝帛说:"这是地址,你自己看吧……秦景住在洛阳城西,你可以自己去问他。"

梅儿说:"我原本要去见他,可是被楚王的事情耽误了。我会去问他的,我一定要去问他,他不能开玩笑的……他怎么能这样开玩笑呢?"

第八章　梅儿出嫁

李刚傻问:"那……咱们怎么办?"

梅儿带着武术班的成员来到了洛阳城外,梅儿嘱咐武术班一行人各自化装进城,然后到秦景的小院集合。秦景站在门口,看见武术班的人远远过来,连忙招手说:"快点快点,赶紧进院,别让人看见。"

秦景返身关了院门,插上了门闩。他带着大家进入了小院的一个房间,秦景说:"今天……你们怎么都回来了。回来也好,都在这里住下,我们慢慢商议下一步的出路。"

梅儿问:"秦先生,我来你这里就是急着想知道,蔡憎怎么样了,他究竟死在了哪里?"

秦景流出了眼泪,哽咽说:"蔡憎……梅儿你不知道,越往西北走越是……九死一生,蔡憎被大月氏人杀死了……原先,蔡憎在西域作战的时候……曾经饿死了大月氏的王子……"

梅儿问:"蔡憎埋在哪里了?"

秦景说:"就埋在大月氏了。嘻,李明轩死了,这你知道;张梁也死了,他实在不堪忍受路途的艰辛,自杀了……你还有不知道的。"秦景挽起裤腿,"我不幸遭遇血吸虫,那些日子披星戴月,茹毛饮血,不堪回首啊。"

秦景回身抱出一叠丝帛和一些竹简,说:"我把西去路上所有发生的事情都记下来了,原本是想写一本《西域游记》,这是草稿,你自己看看就知道了,唉。"

梅儿一直在默默流泪:"那,秦先生返回的时候可曾见过蔡鹏哥?"

秦景说:"为了尽快把消息禀报皇上,我奉命提前赶回了洛阳,路过梧桐岭的时候,北匈奴已经火烧山林,蔡鹏失踪了,生死不明。"

梅儿擦了眼泪说:"秦先生,可否带我前往李府、蔡府看一看?"

秦景连忙摆手说:"不行,坚决不行。你若出现了意外,不仅自己会身陷牢狱,还会连带你身边这些朋友。"

小楠儿说:"我们不怕,秦大哥,你就带梅儿姐姐去看一眼吧。"

梅儿态度坚决地说:"我不再奢望什么了,就当我与蔡府、李府告别吧。"

秦景埋怨说:"你呀,那地方是你们可以去的吗?楚王正在四处抓捕你们,那地方……"

梅儿说:"我知道危险,我只是到门外看看,就看一眼。"

小楠儿说:"秦大哥,你就带梅儿姐姐去看一眼吧,看了就回来。"

秦景推托不过，只好硬着头皮陪着梅儿一起去了。李府的大门依旧贴着封条，结满了蜘蛛网。秦景小声地埋怨道："说了你还不信，这下亲眼看到了吧，一直就是这样，大门都结蜘蛛网了，有什么好看的。"

梅儿含泪低下了头。他们又来到蔡府，大门紧闭，他们也就是站在远处看了看，没敢走近，更不敢进去。秦景颇为沉痛地说："蔡府祸不单行啊，为了不让家属伤心，至今仍未将蔡憎去世的消息告诉蔡夫人，也希望你不要前往蔡府叙述此事。"

蒙面的梅儿悻悻不快，跟在秦景身后转身返回。梅儿忽然止住脚步说："秦先生，我不进去，你是否可以代我前往蔡府探问蔡夫人，告诉她我已经回到了洛阳。"

秦景反对说："根本不行，你知道楚王与蔡府势不两立，蔡府佣人之中都有楚王的卧底探子，说不定会跟随出来找到我们居住的小宅院。楚王一直等着捕捉你，千万不能拿你们武术班那么多人的生命冒险。"

梅儿说："你就告诉蔡夫人一个人，要她不要告诉别人。"

秦景说："你呀你呀，我实话告诉你吧，蔡憎的奶奶……等不到蔡憎回来，已经去世了。"

梅儿一惊："奶奶去世了？"

秦景点点头："蔡夫人精神上备受打击，出门散心已经很久了，现在根本不在家，她去哪里了谁也不知道。你还让我进去告诉谁呢？"

梅儿和秦景即将返回城西小宅院的时候，两人遇到了一位高鼻梁的姑娘和几位女仆询问蔡鹏的住处，梅儿一下子来了兴致，秦景却吓了一跳，不知道对方是从什么地方来的，有什么目的。

梅儿说："蔡府离此有些距离，我知道，请问你是？"

高鼻梁姑娘就是北匈奴公主蓉儿，她用生硬的汉语说："我是蔡鹏的一位朋友，从西域来找蔡鹏。"

梅儿拉下面罩，问："西域？请问你什么时候在西域见到了蔡鹏？是近几天吗？"

看到梅儿情绪激动，公主蓉儿显然有些戒备："近几天？怎么可能，早了……很早，不是近几天……"

梅儿说："我也是他的朋友，而且……是非常要好的朋友，差一点……差一点嫁给他……你懂吗？请问你来找他干什么？"

第八章 梅儿出嫁

公主蓉儿说:"未婚妻?"

梅儿说:"就算是吧。"

公主蓉儿顿生醋意,取出蔡鹏的竹笛摇摇头说:"未婚妻不能有两个的,我才是他的未婚妻,这是信物,他在西域送我的。你怎么会是,你有他的信物吗?"

秦景听出了其中的含义,这位高鼻梁姑娘与大眼睛美女的性质差不多,总之与蔡鹏有关,说不定已经上了床。秦景不能让她再说下去了,赶紧阻拦说:"这位姑娘不要着急,蔡府就在前边右转不远,你自己前去询问。我们还有急事,要忙事去了。"

秦景急匆匆地拉着梅儿走了。秦景批评梅儿:"梅儿,你不该乱与陌生人搭话,谁知道她是不是楚王的探子?万一察觉了你的身份,你可怎么逃出洛阳城?你若在我家出现了意外,我死是小事,我可怎么对得起死去的蔡慴,你又连累了武术班十多个人都得被砍头,那可怎么办?"

公主蓉儿通过一番寻找,带着几位女仆来到蔡府,看了半天:"就是这里了。"

公主蓉儿上前拍打门环,半天,大门错开一条缝隙,一位中年妇女问:"你们,找谁呀?"

公主蓉儿笑着说:"我可找到蔡府了。请问,蔡鹏在家吗?"

中年妇女十分警惕:"你们是谁?"

公主蓉儿看看左右无人,说:"我从西域来的,来找蔡鹏。我是蔡鹏的未婚妻。"

中年妇女问:"未婚妻?没听说蔡鹏有未婚妻啊?"

公主蓉儿急忙掏出竹笛:"这是蔡鹏送我的定情物,你仔细看看。"

中年妇女没有伸手,只是低头看看:"这只竹笛我倒是见过,原先是蔡老将军的,怎么会在你手上?"

公主蓉儿笑了:"我说了嘛,蔡鹏送我做定情物。"

中年妇女说:"可是蔡鹏已经两年没有回家了,不知道去了哪里。你说的这些,我们下人可不敢断定。"

公主蓉儿恳请说:"让我们先进去慢慢谈,好吗?"

中年妇女拒绝了:"那可不行,没有主人发话,你们是不能进府的。"

公主蓉儿的一位女仆生气地上前说:"太无礼了,她是我们匈奴的公主。千里迢迢来到洛阳,难道连大门都不让进吗?"

中年妇女吓得赶紧关门:"北匈奴?那就更不行了。"

公主蓉儿阻挡关门,又问道:"请问,蔡夫人在吗?"

中年妇女使劲关门:"蔡夫人外出了,要半年以后才回来呢。你们还是走吧。"

公主蓉儿松开手,大门"砰"的一声关上了。

女仆问:"怎么办?"

公主蓉儿生气地说:"蔡鹏应该还在路上,嗨,我还真就拧上了。走,去客栈住下,我就不信等不到蔡鹏。他敢不见我,我就砍了他。"

回到小院的房间,梅儿又想起了蔡愔,想起了将心爱的竹笛送给西域姑娘的邻家大哥蔡鹏,蔡愔死了,蔡鹏也喜欢上了西域姑娘,梅儿怎能不伤心呢?梅儿放声大哭,武术班的几个人劝都劝不住。

"怎么了?""出现什么事情了?""蔡愔真的死了吗?"

秦景也过来相劝:"梅儿,蔡府遭遇的不幸,我们也很悲痛,可是,福无双至,祸不单行,老天不开眼啊,我们也无能为力。你也不要太难过了,我们毕竟还要继续生活下去。"

小楠儿说:"姐姐,你也不要再哭了。蔡愔哥哥虽然死在了西域,可是如果没有楚王的陷害,蔡府不会出现这么多事情,我们帮你,一起去刺杀楚王。"

李刚阗说:"是啊,梅儿,我们来帮助你,帮你寻找你的母亲,帮你报杀父之仇,你的困难就是我们的困难。不杀楚王,我李刚阗誓不为人!"

梅儿哭着说:"不……我不想连累你们……"

李刚阗说:"我们不怕连累。"

李刚阗突然给秦景跪下说:"秦大哥,我和梅儿同姓李,我想求秦大哥作证,我李刚阗要和梅儿结拜为兄妹。如此,我刺杀楚王名正言顺,生死有命,我不是被连累的。"

梅儿哭着说:"不——"

李刚阗吃惊地问:"你不同意?"

梅儿突然起身,缓缓地说:"秦大哥,我想求您帮我做一件事情。"

秦景问:"什么事情?你可不能再去蔡府了,也不能再去李府,你必须永远隐姓埋名。"

梅儿擦了眼泪，平静地说："蔡愔死了，蔡鹏哥心中已经有了别的姑娘，我不再有任何奢求了。"

秦景说："可是……你也得好好生活下去啊。"

梅儿说："现在，班主身陷囹圄，我无依无靠，您就是我的哥哥，我想求您为我主婚，我要与李刚闰成婚。"

秦景和李刚闰显得不知所措，两人谁也说不出话来。

秦景满头大汗，眼神慌乱，连忙摇头："这……这……这怎么可以……我……"

梅儿又说："班主是为了我才被楚王抓获的，即将处斩，我不能见死不救。我们计划前往洗劫法场，救出班主。可是，我不想让我身边的人再像蔡愔那样遗憾终身，再像蔡愔那样记恨我。我一弱小女子，无亲无故，无德无才，算得了什么呢？李刚闰喜欢我，我要嫁给李刚闰。即便在劫狱时我死了，也不能让李刚闰失望。"

李刚闰更是结结巴巴："什么死了死了，梅儿……咱……咱们还不太了解……主要是我对你不太了解……我不知道你还有杀父之仇……就是那天……你拒绝我那天……班主告诉我咱们是萍水相逢……"

梅儿说："不，你了解我，我也了解你，我父亲死在了西域，沉冤莫白。你不是曾经许诺要与我一同寻找母亲吗？你只要答应同我一起救下班主，再去劫狱，我今天就嫁给你。你敢吗？"

李刚闰吞吞吐吐地说："我倒没什么……只是……我们如何去救班主……"

小楠儿埋怨说："李哥，姐姐都说到这个份上了，你怎么不像个男子汉？你说句痛快话呀，到底同不同意？"

李刚闰委屈地看了一眼小楠儿，站起身来，提高嗓门大声说："我同意！我早就说过，为了梅儿，上刀山下火海我都愿意！"

小楠儿高兴地说："好哇好哇，李哥同意了。"

秦景掐着手指算了算日子："明天……要说也是个好日子，这样吧，我现在就去询问一位风水高人，他若说明天可以，咱们今天就要早做准备。朝廷正在通缉你们，你们在城中行动不便，为了安全起见，大家也不要张扬了，咱们就在这小小的院落之中自己庆贺一番吧。"

秦景所说的高人就是楚王刘英。他悄悄来到楚王府，看看左右无人跟梢儿，立刻溜进去了。秦景对刘英说："报楚王，梅儿回来了。"

刘英听说此事，十分兴奋地问："现在哪里？他们可有什么计划？"

秦景说："就在洛阳城，就在我的小院子里。您放心，我已经稳住了他们，近几日他们是不会离开洛阳的。他们听说的班主要被处斩，打算劫法场。"

刘英哈哈大笑："好，本王等的就是这一天。来一人抓一个，来一群抓一帮；看看是她李梅儿的轻功厉害，还是本王的王权厉害。"

秦景问："那我……下一步怎么办？"

刘英说："你暂时不要暴露，该怎么样就怎么样，积极配合他们，本王不会在你的小院子里抓人的。如果出现什么意外，你再来禀报。"

秦景如释重负："喏！"

刘英吩咐秦景只管按照梅儿的意思去办，成人之美，自己满口承诺绝不在秦景的小宅院动手捉人。只要梅儿等人敢劫法场，刘英有的是办法抓获他们，也增添了抓获他们的理由。刘英不想现在捎带收拾了秦景，他还要留着秦景的小宅院继续给其他政敌下套。满朝文武都知道，秦景是跟随傅毅九死一生闯荡过来的人，是傅毅的铁杆粉丝，与他刘英不是一路人。

第二天，武术班的成员一起动手将小宅院的一个房间打扫一新，贴上喜字，摆上瓜果梨桃，算是新房了。秦景和大眼睛美女各自端了一个托盘的酒菜进了房间，将七八个盘子分别摆放在桌案上，大家席地而坐，一起吃饭。秦景一边斟酒一边："尽管痛苦总是接踵而至，可是，我们的意志不能消沉，我们要勇敢地生活下去，我们就在这小小的院落里，就在这小小的房间见证梅儿和刚阗的婚礼。哟，忘记介绍了……"

秦景介绍大眼睛美女说："这是我西域的朋友，大月氏国的。这是武术班一帮朋友，这两位就是梅儿、刚阗。"

大眼睛美女抗议说："什么朋友？你答应娶我的。"

秦景无奈地说："好，好，咱们也像他们这样举办婚礼。"

小楠儿好奇地问："大月氏国，您可见过蔡愔？"

秦景吓了一跳，放下酒杯，假装批评道："楠儿，今天大喜之日，怎么还提死人……"

小楠儿伸了一下舌头："对不起。"

大眼睛美女说："这些名字我头一次听说……"

秦景更慌了，连忙用手捂住大眼睛美女的嘴："不要乱讲……"

第八章 梅儿出嫁

大眼睛美女拨开秦景的手，笑着说："我就认识秦景，他们的名字我都是听秦景说的……好像还有张梁、王遵……"

不等大眼睛美女说完，秦景连忙插话说："不提过去了，来，大家共同干一杯。"

晚上，大家散了，梅儿和李刚阒入了洞房。梅儿对李刚阒说："对于救出班主，我有信心，可是去大狱救出我母亲，我觉得把握不大。要不，我早就劫狱了。"

李刚阒坐在床边搂着梅儿说："你放心，我们现在成婚了，你的事情就是我的事情，我会拼上性命去办的。"

梅儿说："如果劫狱……遇到危险，我来掩护，你必须活着背上我母亲逃出去，你必须活着。"

李刚阒说："你看你，我们刚刚结婚，洞房的花烛尚未熄灭，你就活了死了的，多不吉利。"

梅儿说："好了，不说了。不过，我无所谓，你一定要活着逃……"

李刚阒埋怨："又说上了？"

梅儿笑着说："不说了，绝不说了。"

吹灭了红烛，梅儿度过了她成为女人的初夜，她一直暗中警告自己，不要再想蔡愔了，蔡愔已经死了。或许，过几天去城外劫狱，自己也会死，可是，她已经嘱咐李刚阒赡养她的母亲了，母亲的后半生就指望李刚阒了，母亲会把他当做儿子，李刚阒也一定会为母亲尽孝……

梅儿依然在为营救班主的事情筹划着。第二天，为了商议对策，梅儿让秦景在小院门口望风，她和武术班的成员在房间研究劫持法场的方案。梅儿分析洛阳官府一定会在法场四周部署大量的羽林军，于是，她把行动的地点选在了监狱到法场之间的一个路口，路口四周有着茂密的柳树，大家可以提前埋伏在树上。

梅儿的愤怒情绪和果敢勇气深深感染了大家，更把大家带入了以卵击石的莽勇行动之中。

洛阳官府公告的行刑时间是在下午，梅儿为了掌握主动权，吩咐大家提前行动，一大早就分散向城外伏击的地点出发。但是，天不作美，尚未出城，就下起了瓢泼大雨，梅儿与楠儿沿着街道路过一家客栈，只得站在客栈的屋檐下避雨。

小楠儿说："姐姐，如果这样避雨，我们很难提前到达预定地点。你等着，我去找两件雨具,不然,我们会误了大事的。"

小楠儿说完就冲进了雨中,不见了。突然,梅儿听见背后有人说:"公主,窗外有人。"

梅儿警觉地握住了佩剑,这时,梅儿身后的窗户打开了,前几天见过的那位高鼻梁的西域姑娘露出了脸,显然,她也看见了梅儿。

公主蓉儿主动与梅儿答话:"你好啊,真巧,在这里……又见到你了……"

梅儿心中着急有事,不想与她搭讪,非常勉强地点了点头。公主蓉儿自我解嘲说:"我就住在这家客栈……蔡鹏不在家,在西域还没有回来,快回来了……"

提及蔡鹏,梅儿来了兴致,问道:"你怎么知道……他就要回来了?"

公主蓉儿说:"我来的时候,梧桐岭已经人去山空了,一个人都没有了,听说他跟随特使们返回了洛阳。我来的一路上都没有遇见他们,只好住在洛阳等他了。"

梅儿解释问:"我没有别的意思,那根竹笛,我从小就见过……我只想问你,蔡鹏哥是在什么地方给你的?"

公主蓉儿说:"很早了,蔡鹏在与楚王的争斗中受伤了,我救了他,他就送给了我。后来打仗,竹笛被他弟弟抢走了,再后来……"

梅儿惊奇地问:"他弟弟?你见过他弟弟?"

公主蓉儿问:"你也认识他弟弟?好像是叫蔡愔……"

梅儿更加惊奇,赶紧说:"是的是的,你见过蔡愔?什么时候见的?"

公主蓉儿说:"就在我出发之前,就在楼兰故城以西。算算日子,蔡愔现在应该走到函谷关了,他们是车队,十几辆马车牛车,一定走得慢些……"

梅儿惊诧得差点跌倒:"你到底是什么人?是不是楚王的探子?你到底想编什么圈套?"

公主蓉儿奇怪道:"我不懂你说什么?你怎么突然生气了?什么探子?我就是见过蔡愔,是他把竹笛还给了我,我才知道蔡鹏是他哥哥,我就私下里逃跑出来,去那个梧桐岭寻找蔡鹏,可是没找到,我只好来到洛阳。他们两个都没死,很快都会回到洛阳的。"

梅儿生气地说:"你撒谎!蔡愔早已死在大月氏国了,怎么会在楼兰故城把竹笛还给你?你若不是探子,怎么会一直尾随着我?"

公主蓉儿委屈地说:"是你要站在我的窗外,好了,我不与你说话了,不可理喻!"

公主蓉儿使劲儿关上了窗户,房间里,女仆问:"公主,那个女子见到你就那么生气,他真是蔡鹏的妻子吗?"

公主蓉儿摇摇头说:"他们汉人的司徒大人亲口告诉我,蔡鹏的妻子十年前就死了,蔡鹏一直在西域,他没有妻室。"

女仆隔着窗缝向外看了一眼,狠狠地说:"要不要我们出去教训她一番?中原的女子真是太没有礼貌了。"

这时,小楠儿跑了回来,抱来了斗笠和蓑衣。梅儿匆匆穿戴完毕,朝着窗户瞪了一眼,骂道:"呸!若非急事,今日饶不了你个楚王的探子!"

梅儿与小楠儿一起冲入雨中,离开了洛阳城。出城的时候,守城士兵早已没有了踪影儿,小楠儿悄声说:"姐姐,今天出城怎么不检查了?"

梅儿说:"别四处乱看,可能是因为下大雨吧。"

由于大雨,树枝树干上十分湿滑大大增加了隐藏在树上的难度,小楠儿担心地说:"姐姐,官府会不会因为大雨而取消今天的行刑?怎么沿途之上没有看热闹的百姓呢?不太正常啊。"梅儿说:"再等等吧,我们既然来了,就不能轻易撤走。"

就在梅儿焦急的盼望中,负责在监狱门口瞭望的李刚圊跑了回来,说一队羽林军押解蒙着黑布的囚车出了监狱。梅儿的心一下子提了起来,囚车为什么要蒙着黑布呢?是为了让囚犯避雨?或许囚车是个骗局,里边空荡荡的根本没有班主。来不及犹豫了,不管囚车之中有没有班主,梅儿都要一试,成仁取义。

李刚圊又向树上说:"梅儿,我听监狱附近的人说,你妈妈昨天已经被释放了,朝廷特赦,她已经不在监狱了。"

"不在监狱了?"梅儿一时转不过弯来,"什么时候?前几天我亲自看过,特赦名单上没有她呀。"

小楠儿望着远方,小声喊道:"来了,囚车来了。"

就在这时,囚车已经出现在梅儿等人的视线里了,梅儿再也无暇考虑其他,只得不计成败得失,全力以赴救出班主。梅儿吩咐大家:"准备战斗,先救出班主再说。"

囚车到达预定地点的时候,梅儿他们突然跳下了柳树,出现在囚车四周,与羽林军厮杀起来,逐步靠近囚车。然而,不等梅儿挥剑割破蒙在囚笼外边的黑布,囚笼自己裂开了,黑布也撕裂了,里边跳出十几名虎狼一般的羽林军。

发觉上当了,梅儿他们赶紧撤离,然而晚了,更多的羽林军出现在四周,一番殊死搏斗在所难免。突然，一个军卒弯弓搭箭射向梅儿，李刚闉猛地跳了过来，用刀柄挑开了箭矢。李刚闉刚刚转身，发现一柄长枪向梅儿的后背刺来，他大喝一声，挺身扑过去挡住了长枪，长枪猛地刺进了李刚闉的胸膛。梅儿回身砍倒了持枪的军卒，扶起倒在地上的李刚闉，李刚闉的胸口鲜血直流，梅儿呼喊着："刚闉，李刚闉，你怎么了？"

梅儿迅速将李刚闉拖到路边，然后挥剑再次投入战斗。但是，悲愤的梅儿刚刚抓起佩剑，尚未站起，一只流矢擦过她的小腿，梅儿趔趄了一下摔倒了。梅儿爬到了李刚闉身边，李刚闉勉强微笑着说："你一定要逃走……为我……生个儿子……"梅儿含糊着点了点头，尚未站起身来，李刚闉微笑着闭上了眼睛。梅儿急了："刚闉，你别吓唬我好不好，你可不能死啊，我还指望你替我赡养母亲呢！你怎么死在我的前面了呢？咱们不是说好了我来掩护吗？你怎么就这样走了呢？我们刚刚结婚几天你就死了，你怎么能丢下我呢，你不是想要儿子吗，我给你生个儿子……"

失声痛哭的梅儿被羽林军生擒活捉。武术班的其他人也悉数被捕，小楠儿险些被刀砍伤，仗着身材矮小，闯过一个空当逃了。

一切都平静了下来，一身黑衣黑纱的许太后出现了，虽然楚王刘英在旁边给她撑着雨伞，但大雨还是很快淋湿了她的衣服，黑纱垂下来遮住了她的面孔，谁也不知道她在想些什么。她被佣人们抬着慢慢前进，佣人们踩过李刚闉的尸体，走到被捆绑的梅儿身边，许太后恶狠狠地瞪着梅儿，弯下腰来一把揪住梅儿湿漉漉的头发："贱人，敬酒不吃吃罚酒。你不是想知道你爹怎么死的吗？他就是楚王杀的，你想去西域看看他吗？好，哀家就把你送给北匈奴人，看那些生吃牛肉的野蛮男人怎么折磨你。对了，顺便告诉你，蔡愔没有死，过几天就要回来了，哀家会让蔡愔像你的这个新婚郎君一样死在你的面前，好好等着看吧！"

梅儿愤怒地说："就算蔡愔死了，还会有很多像蔡愔那样的人活着，他们随时都会杀死你，杀死楚王……"

许太后松开了梅儿，双手伸向空中，仿佛要接住漫天的大雨："哈哈哈哈，那就来吧，那就快些来吧！"

第九章　白马禅寺

为了及时了解老爹的谋略计划进展情况，刘皖派遣一名心腹军卒小成子返回洛阳打探情况。这天，刘皖坐在西域汉军大营的大帐之中喝茶，小成子背着小包走进了大帐。刘皖放下茶杯问："洛阳那边怎么样啊？"

小成子结结巴巴："还……还行吧……"

"你怎么磨磨唧唧的，家里一切都好吧。你要急死我呀，有事就说。"刘皖急问。

小成子摘下背后的小包，慢吞吞地说："那……那个……听说楚王迎娶了……李……李梅儿……"

刘皖放下茶壶，瞪大眼睛："你说什么？哪个李梅儿？"

小成子说："就是李蒙大将军的女儿李梅儿，不过她跑了，楚王正在四处抓她。"

刘皖站起身来："不行，我得回去看看。"

小成子从小包里拿出一封信函："这是楚王的密信。"

刘皖看完信后将信拍在桌子上，不满地说："两万？亏他想得出来，他没有带过兵啊？本王把两万军队都带走了，窦固怎么办？能不向朝廷举报吗？再说，两万军队能够通过官道直达洛阳吗？那不是明摆着逼宫造反吗？半路还不早被拦住了？"

小成子问："那怎么办？楚王那边非常着急，事情已经到了关键时刻，火烧眉毛了。"

刘皖想了想，说："我今日就出发，你去把窦固将军请来。"

窦固接到指令，匆匆走进了刘皖大帐。刘皖拎起了盔甲，故作平静地说："窦将军，事关紧急，本王就不详述了。本王接到密报，一伙北匈奴骑兵曾经在距此四十里外的大漠出现过，为了大营的安全，本王即刻挑选五千人马外出巡防，本王不在期间,请窦将军守好大营。"

听说有敌情,窦固不甘落后,说:"镇西王公务繁忙,还是窦某前往巡防吧。"

刘皖说:"不要争了,这次就本王去吧,你固守大营就是了。这一次,他们来人不多,本王争取将他们一网打尽。如果他们潜逃,本王决定追踪得远一些,也好给他们一些教训,所以时间可能会长一些,本王不在的时候,凡事你均可独自做主,不用商议。"

窦固问:"这样是否不妥?"

"就这样安排吧,没有什么妥不妥的,你尽管执行就是,出了事情本王负责。"刘皖说。

刘皖走出了大帐:"牵马!点齐五千骑兵随本王同行。"

那天在客栈窗外看见了梅儿,公主蓉儿一肚子不高兴。她不高兴了,几名女仆也没有了刚来洛阳时的兴致。一名女仆建议说:"咱们怎么办呢?咱们是不是去汉人皇宫看看,万一汉人皇帝接待了公主,皇帝发话了,量蔡鹏一家人也不敢这么轻视公主了。"

公主蓉儿想了想说:"咱们是私自跑出来的,既不是使臣,连张通关文牒也没有,汉人皇帝能相信咱们的身份吗?咱们还是再等等吧。"

其实这个时候,蔡鹏刚刚回到了京城洛阳。在皇宫议事大殿,张宦官走近汉明帝说:"皇上,特使傅毅着差人回来了,正在宫外等候,带回书信说呼延王想与大汉和亲。"

听说傅毅有信,汉明帝眼睛放光:"傅毅?差人呢?快快遣他进来。"

张宦官走了,校尉窦林看了一眼自己的同党楚王刘英,出列进谏说:"皇上,北匈奴喜怒无常,多变诈,今见南单于来附,惧谋其国,故乞和亲,说不定还要远驱牛马,与汉合市。皇上明鉴,万万不可应允。"

楚王刘英赶紧附和声援:"虽同是匈奴,南北不同。南单于携众向南,款塞归命,得到了大汉照顾,数请兵将,归扫北庭。所以在西域,呼延王已经没有朋友。皇上若答应和亲,能够稳定一时;再战,或许能趁机彻底消灭北匈奴。各有利弊,还请皇上定夺。"

东平王刘苍非常肯定地说:"天下没有永恒的天下,和平也没有永恒的和平,治国之策本身就是此一时彼一时。先帝曾言:'吾治天下以柔道行之,非徒治天下也。'先帝也曾与北匈奴和亲。臣以为,和亲是一件好事,也是北匈奴祈和的信号,一次和亲足以换来十年的和平,皇上应当应允。"

校尉窦林说:"皇上,臣以为此事万万不可,他们已经战败,没有权利向大汉提任何条件,我们神圣的大汉为什么要与野蛮人谈判?"

对于西域和平,再没有人比汉明帝更加关注了。过去,老爹光武帝刘秀生前反复告诫他,王莽之败与王莽接连发动不义战争、社会动荡有着必然联系。汉明帝也知道和亲是一条捷径,可是现在,他没有解决和亲问题的合适人选,不能急于表态。

张宦官带着蔡鹏进来了。蔡鹏跪倒叩首:"罪臣蔡鹏见过皇上。"

汉明帝觉得蔡鹏的面孔有些熟悉:"蔡鹏?是蔡广利之子蔡鹏吗?你曾经担任黄门侍郎?"

"正是。"蔡鹏取出傅毅的奏折,张宦官接过呈给了汉明帝。

楚王刘英十分怀疑蔡鹏的身份,问道:"信差怎么会是你?皇上派遣使臣十几个人呢,你又不是使臣,怎么单单派你回来送信?"

看到楚王刘英,蔡鹏也是怒火中烧,没好气地回答:"楚王此言差矣,天下仁人志士皆可为国出力,为何单单我不可?"

楚王刘英不屑地说:"你爹投降了北匈奴,你现在又来提北匈奴求和,果然是有什么爹就有什么儿子。"

蔡鹏申辩说:"我爹绝非投降,他是受到陷害……"

校尉窦林说:"启禀皇上,傅毅的职责只是迎奉佛像,他不可能派遣使臣以外的差人回京送信,蔡鹏一定是在假冒傅毅的名义替北匈奴说话。"

此时,汉明帝也没有想到傅毅竟然派遣一位占山为王与朝廷作对的山匪前来送信。可是,既然授权于傅毅,傅毅有权选择自己的差人,或许,傅毅派遣蔡鹏回京有什么其他意图。汉明帝看完奏折,说:"哎,此信真为傅毅亲笔所书,朕看得出来。"

楚王刘英说:"那么一定是傅毅受到了他的胁迫,被迫而为。"

蔡鹏赶紧解释:"傅大人能够派遣秦景提前返京,为何不可派遣蔡鹏提前返京?"

校尉窦林反驳说:"秦景是皇上钦命的使臣,可你不是,你无权承担递交北匈奴求和信函的职责。"

蔡鹏又辩解说："皇上，傅大人是皇上钦命的特使，他有权代表皇上处理遇到的紧急事务，蔡鹏正是傅大人派遣返回京城向皇上复命的，送递信函只是临时任务。傅大人命我等提前回来，也正是要给皇上留出斟酌的时间。"

汉明帝装作十分和蔼地问："和亲？傅毅在哪里遇到了呼延王？"

蔡鹏说："就在楼兰故城附近。"

校尉窦林再一次插嘴："启禀皇上，臣下认为西域大部已在大汉统御之下，又有刘皖和窦固镇守前线，呼延王不可能孤军深入与傅毅相遇。"

汉明帝顺着窦林的话说："朕也觉得有些蹊跷。"

蔡鹏没有想到朝中大臣如此各执己见，赶忙又解释说："皇上应当信任傅大人。况且，还有呼延王的两名使者在鸿胪寺等候，还望皇上明鉴。"

不等蔡鹏回答，汉明帝故意端起架子："求和是好事，可是，大汉有大汉的面子，和亲一事不是北匈奴想和亲就能和亲的。秦景，你也曾跟随傅毅前往西域，你来说说。"

秦景赶紧出列，一边揣摩汉明帝的心理，一边小心翼翼地说："既然皇上已经认定信函是傅大人亲笔所书，此事当认定属实。既然是北匈奴主动提出求和，说明北匈奴已经惧怕了大汉，臣下认为此时恰恰不能急于答应呼延王。"

东平王刘苍清晰地表达了自己的观点，说："皇上，呼延王求和是件好事，有利于西域的长期稳定，皇上应当允诺。"

楚王刘英说："皇上，既然和亲，就应该双方平等，呼延王想娶大汉公主，大汉……起码王公大臣要娶北匈奴公主，这样才能真正保证西域的和平。"

校尉窦林反对说："南单于归附大汉之后，饱受大汉恩惠。北匈奴十分羡慕，又惧于四面受敌，故倾耳而听，争欲归义。如果说傅毅等人上次出征之时尚可理解，如今大汉未出一兵一卒，北匈奴反而主动议和，其中必定有诈，况且，如果皇上接受了北匈奴议和，臣担心南单于将有二心，大汉不能接受了呼延王，再失去了南单于啊。"

汉明帝说："此事不再议了，明日由东平王出面婉拒了呼延王的使臣，打发他们早早返回。"

蔡鹏显然不太情愿，脸上露出了为难表情，却又不好违背汉明帝的意愿。汉明帝说："傅毅一直关心布教一事，蔡鹏啊，正好朕想和楚王、东平王走动走动，下朝之后，你和秦景随朕前往郊外，看看朕为高僧们建造的布教场所。"

蔡鹏十分兴奋,觉得有了杀死刘英的机会,他瞅了楚王刘英一眼,不由得两眼冒出杀气。

洛阳郊外,一片建筑工地,很多工匠正在忙碌。汉明帝带着楚王刘英、东平王刘苍、秦景、蔡鹏等人来到建筑工地,后边跟着十几名羽林军士兵。蔡鹏想拔出袖剑刺杀楚王刘英,但因周围人多而罢手。

瞅了一个机会,蔡鹏看看四周无人注意,悄悄对汉明帝说:"启禀皇上,傅大人还让我带回一封密信。傅大人交代必须请皇上亲阅,其他人不得过目。"

"哦?"汉明帝没有料到傅毅还有密信,他接过密信,撕开封口,看过密信,眉头皱在了一起,表情十分狰狞。很快,汉明帝镇静下来,面带微笑,将密信叠好递给张宦官:"马上烧掉。"

张宦官不敢当众偷看密信内容,让羽林军士卒出具火镰,把密信烧得一字不剩。

汉明帝换了个话题对蔡鹏说:"蔡鹏,你知道朕为什么要把布教场所建在这里吗?清凉台,是朕小时候避暑、读书的地方。朕叫你来这里,是因为朕喜欢这里,觉得这里清静。蔡鹏,朕知道蔡氏一门忠良,你与蔡愔……"汉明帝拍了拍一堆原木,"都是栋梁之才啊。"

蔡鹏的注意力都在楚王刘英身上,看到汉明帝一直跟他说话,只得应付说:"谢皇上夸奖。"

终于有了一个机会,楚王刘英背过身去了,蔡鹏悄悄想拔出袖剑,但汉明帝又对蔡鹏说:"蔡鹏啊,你前些日子的举动,朕已知晓,你恨朕,恨得咬牙切齿,那是因为你对朕颇有误解。"

蔡鹏连忙施礼:"蔡鹏知错。"

汉明帝问:"蔡鹏,你信差的使命已经完成了,可是你攻击汉军的罪责尚未论处,知道朕为什么不杀你吗?"

蔡鹏连忙跪下叩首:"谢皇上不杀之恩。蔡鹏愚钝,不知皇上的宏韬大略。"

汉明帝压低声音:"是因为你与朕有着同样的敌人。"

蔡鹏一时不解:"这个……"

汉明帝恢复原来的音调说:"朕念及你行孝心切,又为迎奉佛像做出了贡献,你的过去,朕不予追究。你知道,前不久,朕还宽赦了李夫人,不再追究李蒙的过失。朕知道你的功夫与蔡愔不相上下,只要你肯为国效力,朕同样可以重用你。

明日上朝,朕任命你为羽林右骑,随朕做驾前侍卫。"

蔡鹏连忙说:"谢皇上恩典。"

汉明帝说:"蔡鹏请起。朕提携你,不仅仅是给你荣誉,而是要你为朕、为大汉认真履职的。"

蔡鹏站起身来,说:"蔡鹏肝脑涂地,在所不辞。"

汉明帝说:"你一路劳顿,先回家看望令堂吧。你休息几日,待傅毅与蔡愔回来,朕再一同为你们接风洗尘。你先走吧,朕还想在这里多待一会儿。"

蔡鹏有些犹疑,不愿意错过这个刺杀楚王的良机。汉明帝以为蔡鹏不好意思离去,非常大度地说:"去吧,去吧,令堂一定在家中等候你呢。"

"喏!"蔡鹏只好走了。

秦景有了表现的机会,高兴地指给汉明帝看:"皇上请看,按照布局规划,在建的就是毗卢殿,那边的清凉台是特意为皇上保留的……"

楚王刘英压抑住满心厌恶,不屑地说:"皇上也早些回去休息吧,这里什么都没建好有什么好看的?"

汉明帝话里带刺:"朕知道楚王并不是真心反对佛教,而是认为佛教不应在民间传播。可是,楚王看看大汉的建筑艺术又有何妨?朕准备让天竺高僧看了之后大吃一惊。"

离开了建筑工地,蔡鹏骑马回到蔡府门前,看看两年没有进出过的大门,蔡鹏十分感慨,跳下马来准备走进府门。忽然,公主蓉儿从路边走了过来:"蔡鹏!"

蔡鹏停住了脚步,扭头张望,又回身走了两步:"你……是谁?"

公主蓉儿走上前,拿出竹笛高兴地说:"是我,你忘记了?我叫蓉儿,我在敦煌救了你,想起来了吗?我来洛阳找你……"

蔡鹏认出了蓉儿,赶紧看了看四周,将公主蓉儿拉到一边,悄声说:"恩人,我已经知道你是北匈奴公主了,你怎么会……突然来到洛阳?"

公主蓉儿责问道:"你还好意思问,是你侮辱了我,我不得已才来找你的。你知道了更好,我就是呼延部族的公主,再说,大汉与匈奴即将是一家人了,我为什么不能来洛阳。"

蔡鹏紧张地又问:"你,你跟别人说过是来找我的吗?"

公主蓉儿高兴地说:"说过,我逢人就说,我是来找蔡鹏的。"

第九章 白马禅寺

蔡鹏顿时傻了眼，顿足说："嗐，你不懂啊，你会害了我的！"

公主蓉儿问："我怎么会害了你呀？我救过你的命，我怎么会害你呢？再说，是你侮辱了我。"

蔡鹏解释说："你不懂得大汉的规矩，皇上已经给我任命公职了，我已经是羽林右骑了，执掌皇上的宿卫侍从，我不能随便与外夷女子交往……"

公主蓉儿反驳道："可是，我没有告诉任何人我是谁啊，他们怎么会知道我是匈奴人呢？"

蔡鹏无奈地说："废话，你的长相一眼就能看出来是西域人，还用介绍吗？"

公主蓉儿根本没当回事："西域怎么了，何况大汉与我们匈奴和亲了，亲戚，怎么就不能来往？"

蔡鹏解释说："不是不能来往，而是必须事先向朝廷报告。"

公主蓉儿一脸疑惑："那你就报告好了啊，就说我是私自来的，不是你的同伙，我真的是自己来的，连我爹都没告诉。"

蔡鹏哭笑不得："啊？你也太莽撞了，这会很麻烦的……你怎么什么都不懂……听我的，赶紧回去吧……"

公主蓉儿猛地拔出马刀，指向蔡鹏的鼻尖，生气地说："回去？你说得轻巧，好几千里地呢！我花了几个月时间才找到洛阳，大汉的京城如此繁华，我不回去！"

蔡鹏结结巴巴地说："那你……你……你……你就住在客栈，待我禀报了皇上，才能去见你。"

公主蓉儿问："怎么，连见面都不可以吗？那以后还怎么在一起生活？"

蔡鹏又问："生活？什么生活？"

公主蓉儿急了，挥舞马刀砍向蔡鹏，一边砍一边说："你个忘恩负义的坏蛋！你送我信物，不就是说你喜欢我吗？你若是不喜欢我，为什么要把你的心爱之物送给我？你侮辱了匈奴姑娘，你知道吗？"

蔡鹏四处躲避，不停地解释说："当时，我是感激你……当然，我是喜欢你，可是……你没有说你是匈奴人……再说我还不了解你……更到不了谈婚论嫁的地步。"

公主蓉儿继续挥刀威逼说："哪里不了解，你问我就是了，我都回答你。"

蔡鹏不停地往后躲闪："你把刀放下，快放下，咱们是说理又不是打架。我简单跟你说吧，你不能来家里找我，你要等我禀报了皇上，等到皇上许可之后，我才能去客栈找你,我们才能在一起吃饭、谈话……懂吗?否则我们两个都会被砍头。"

公主蓉儿收了马刀,埋怨说:"这还简单?你们大汉怎么这般啰唆?"

蔡鹏试探地推着公主蓉儿的肩膀:"听话,你先去客栈,我随后就去找你,赶紧回去吧。"

公主蓉儿委屈地说:"我已经在客栈等了你半个多月了。"

蔡鹏推着公主蓉儿说:"去吧去吧,我禀报了皇上,随后就去找你。"

公主蓉儿极不情愿地走了。蔡鹏回身走进了蔡府,换上便装坐下休息,不顾家丁仆人的问候,独自思索着该如何向汉明帝汇报这件事。蔡鹏知道,因为他回来给汉明帝送了傅毅的密信,现在正是受到汉明帝信任的时候,自己应该趁热打铁,尽快向汉明帝禀报此事,万一被别人举报上去,不仅自己会失去汉明帝的信任,说不定还会受到处罚。事不宜迟,蔡鹏决定连夜去找汉明帝。

皇宫门外,汉明帝下了銮辂,准备坐上小轿。宗正大夫慌慌张张地走了过来:"启禀皇上,臣参见皇上。"

汉明帝说:"朕急着召你来,是因为事情紧急。"

说到这儿,汉明帝看看周围随从众多,就示意宗正大夫向旁边走了几步。汉明帝低声对宗正大夫说话,张宦官等人远远看看,听不清汉明帝在说些什么。

夜晚,汉明帝在书房中来回踱步思索问题。张宦官进来说:"皇上,东平王求见。"

汉明帝说:"让他进来。"

张宦官走了,东平王进来施礼说:"皇上,臣弟来了。"

"坐吧。这么晚了,有什么要紧的事情吗?"汉明帝问。

汉明帝坐下了,东平王并没有坐下,他说:"臣弟这么晚叨扰皇上,就是因为皇上给臣弟布置的任务,明日驱赶北匈奴使臣,臣弟明日难以完成。"

汉明帝奇怪:"为什么?你是来撂挑子的?"

东平王赶紧躬身说:"臣弟不敢,臣弟只是想不明白,呼延王求和一事,皇上为什么不同意?"

"今日朝议的时候,朕不是说了吗,此事不再议了。大汉得有大汉的面子,他呼延王想打就打,想和就和,还想让朕重赏他,还要将公主嫁给他,这不是白日做梦吗？朕若是善待了他,西域诸国怎么看朕,南单于怎么看朕?"汉明帝问道。

东平王解释说:"皇上,西域之乱,首推匈奴。为什么有些小国常常敢于跳出来与邻国刀兵相见,就是因为背后有匈奴的支持。长期以来,其余众多小国要么降于大汉,要么降于匈奴,可以说,大汉朝与匈奴的关系如何直接关系到西域的稳定与否。"

汉明帝反问道:"东平王的意思是说,只有答应了呼延王求和,西域才能和平?不见得吧。"

东平王说:"按照匈奴的风俗,每年正月、五月、九月戊日都要在三龙祠祭祀天神。匈奴一分为二之后,南单于内附大汉,在他们的祠堂里也开始供奉大汉皇帝。匈奴的首领之所以称作单于,是因为他的大臣还有左贤王、左谷蠡王、右贤王、右谷蠡王,谓之四角;次左右日逐王、次左右温禺鞮王、次左右渐将王,是为六角;另外还有一些异姓大臣左右骨都侯、次左右尸逐骨都侯,其余日逐、且渠、当户诸官号,各以权力优劣、部众多少为高下次第。"

"这些……朕都听说过,东平王究竟想说明什么?"汉明帝不解地问。

东平王说:"臣弟是想说,在北匈奴同样如此,北匈奴蒲奴大单于病重两年了,说是左贤王代理大单于的职权,实际上掌权执政的是呼延王。皇上明鉴,匈奴单于之外的异姓有呼延氏、须卜氏、丘林氏、兰氏四姓,为匈奴名族,常与单于联姻,呼延氏只是北匈奴的……国戚,他不是匈奴单于的嫡亲,所以,呼延王若想成为单于,困难很大。"

汉明帝一惊:"哦,东平王何出此言?难道你还想帮助呼延王成为大单于?"

东平王说:"北匈奴蒲奴大单于死了。"

汉明帝更加吃惊:"是吗?消息可靠吗?"

东平王说:"臣弟刚刚得到确切消息,确实死了。或许几日之后,镇西王刘皖的快报就会送达洛阳。"

"死了……这与呼延王向大汉求亲……有关系吗?"汉明帝问。

东平王说:"尽管两年多来,北匈奴都是呼延王在执政掌权,可是,呼延王依靠自己的力量很难坐上单于的位置,他斗不过其他诸王,又不想长期与大汉为敌,所以,这次求和,皇上应当看出呼延王求和背后的企图,他是真心归附大汉,希望皇上任命他为北匈奴的大单于。之后,他既可借助大汉的力量弹压北匈奴的其他部落诸王,又可以名正言顺地坐上单于的位置向周边的小国炫耀。所以,只要走到了这一步,北匈奴就安静了,西域诸多小国再也没有了闹腾的理由了。"

汉明帝反驳道:"北匈奴人会那么听话吗?若是其他诸王不服朕的诏命呢?"

"以匈奴治匈奴。"东平王平静地说。

汉明帝问:"以匈奴治匈奴?"

东平王解释说:"只要呼延王归附了,大汉与呼延王的联合会让其他诸王臣服的,即使北匈奴会有些内战,那只会加速北匈奴的瓦解,有利于大汉。还望皇上三思。"

汉明帝点头:"有道理,有道理啊。可是,若是南单于生了异念怎么办?"

东平王继续解释:"皇上任命呼延王为北单于,南单于并没有任何实际损失。任命呼延王的同时,诏令他不可侵入南单于领地,切实保护南单于的利益。同时,皇上派出使臣,再赐南单于牛羊数万头,尽力安抚。皇上明鉴,西域和平了,大家各安其好,南单于也不想打仗的,只要没人侵犯南单于的利益,南单于不会有意见的。"

汉明帝说:"明日上朝,朕要改变今日的说法,允许呼延王求和。"

东平王刘苍刚刚抬腿走人,张宦官又来禀报说蔡鹏求见。此时,汉明帝正在地图上查看呼延王的具体方位,汉明帝问:"蔡鹏?他来干什么?"

张宦官回答:"好像为了与北匈奴和亲的事情。"

汉明帝想了想说:"和亲一事由东平王负责……他怎么……让他进来吧。"

张宦官出去将蔡鹏带了进来。蔡鹏跪地磕头:"罪臣蔡鹏叩见皇上。"

汉明帝放下地图:"快快请起,蔡鹏,你近来屡有建树,何罪之有?"

蔡鹏依旧跪着:"罪臣蔡鹏在敦煌之时,一次与恶人争斗受伤,被北匈奴呼延部族公主蓉儿所救,当时,她穿着汉人服装,蔡鹏并不知道她的真实身份,她也不知蔡鹏的身份,蔡鹏为了表达感激之情,送了她一只随身携带的竹笛。谁知,后来傅大人、蔡愔等人在与呼延王谈论和亲的时候,将蔡鹏的身份告诉了公主蓉儿。前些日子,公主蓉儿私自来到了洛阳,今日找到了蔡鹏,要求嫁予蔡鹏,蔡鹏不敢应允,连夜禀报皇上,请皇上定夺。"

汉明帝问:"有这等事情?"

"蔡鹏句句实话,请皇上明鉴。"蔡鹏回答道。

汉明帝笑说:"十年前,先帝就曾经为你赐婚,怎奈你没有艳福,还因此与楚王结下了冤仇。这次又要与呼延王……朕可是听说呼延王就此一个女儿,此事非同

第九章 白马禅寺

小可,事关大汉与北匈奴的交往,今日,朕不可答复你,朕要与诸王、三公商议之后再行定夺。"

蔡鹏拱手说:"谢皇上宽恕。"

汉明帝说:"不是朕宽恕,而是你无责,此事由她一人挑起,与你无关,你忙自己的事情就是了。匈奴屡次提出和亲,对于西域和平是件好事,不过,即便诸王、三公同意迎娶了北匈奴公主,指定谁娶,还不一定,或许是王族公子,你也不要妄自猜测。你先去吧。"

蔡鹏赶紧叩首:"谢皇上,臣告退。"

尽管汉明帝没有立即答应蔡鹏的请求,可是,蔡鹏依然感觉如释重负。起码,他及时汇报了此事,即便无法获准迎娶公主蓉儿,他也不会因此受到汉明帝的处罚。

第二天,在皇宫议事大殿,汉明帝说:"列位爱卿,昨夜朕辗转难眠,一直纠缠于呼延王的请求是否允诺一事。今日,朕决定答应呼延王求和,悉纳从之。"

校尉窦林赶紧出列说:"皇上,匈奴多诈,万万不可呀。"

汉明帝说:"北匈奴数年兵乱,国内虚耗,求和也是迫不得已。况且,北匈奴的蒲奴单于死了,呼延王期待与大汉友好,以期得到大汉的支持。朕决定送个顺水人情,就任命呼延王为北单于,统领北匈奴各部族。同时,朕已经想好了安抚南单于的方法,各位不必担心。"

校尉窦林说:"既然圣意已决,臣不再多言。不过昨日议过,既然和亲,就应该双方平等,呼延王想娶大汉公主,大汉也该有诸王列侯娶北匈奴公主,这样才算是和亲,才能防止呼延王变卦。"

汉明帝说:"有道理。不过,朕不能与呼延王一般见识,既然呼延王先提出了和亲,就先把大汉公主嫁过去,至于迎娶北匈奴公主,朕无此意,各位王公大臣若有此意,随后可以提出。"

楚王刘英说:"恐怕大汉天下无人愿娶匈奴女子为妻。"

楚王话音刚落,东平王出列说道:"皇上,一次和亲足以换来十年的和平,这是大汉数万将士的鲜血换来的机会,非常珍贵。傅毅既然派遣差人提前返回,也证明他认识到了这一点,和亲是一件好事,皇上应当尽快应允。"

汉明帝板着面孔说出了实情:"当然,朕也有难题,就是朕没有年龄合适的妹妹,更没有年龄合适的女儿。"

东平王说:"启禀皇上,和亲并不一定是皇上的女儿或者妹妹,亲王或者大臣的女儿,只要拥有大汉公主封号即可。"

汉明帝说:"朕不是不知道,可是你们在座的哪个愿意让自己的女儿远嫁西域啊?"

众臣都不说话了。就在这个关键的时候,谁也没有料到,楚王刘英突然出列说:"臣下冒昧请求,臣下与皇上同脉,如果皇上能够认领臣下小女为义女,加封大汉朝公主封号,臣下愿命小女前往西域,与北匈奴呼延王和亲,稳定西域局势。"

东平王刘苍有些吃惊,校尉窦林也赶紧阻止:"楚王……"

汉明帝终于找到了台阶,高兴地说:"极好,极好。只是,朕怎么不知道楚王有个年龄适合的女儿……"

楚王刘英解释说:"臣下小女霞儿,尚在闺中待嫁。"

汉明帝高兴地说:"朕即认霞儿为义女,加封……加封齐国公主封号,明日颁诏。下朝之后,楚王会同大鸿胪在鸿胪寺接见呼延王使者,至于送亲……楚王安排日子就是了,一切由楚王说了算,早早安抚了呼延王,也让西域之事早日尘埃落定。"

楚王刘英答道:"谢皇上,下朝之后,臣就去办。"

校尉窦林一脸疑惑,他不知道楚王刘英为什么从反对和亲一下子转到了愿意将自己的亲生女儿送向北匈奴呼延王的怀抱。

离开皇宫,楚王刘英来到了鸿胪寺,与北匈奴的两名使臣坐着喝茶。刘英说:"原本,皇上并不同意你们的请求。今日,皇上闻听你们大单于去世了,所以一时悲切,允诺了你们呼延王的和亲请求。"

两位使臣施礼说:"谢大皇帝,谢楚王。"

楚王刘英说:"不过,你们回到西域,一定要将你们一路所见如实禀报呼延王,汉秉威信,总率万国,日月所照,皆为汉地。今呼延王欲修和亲,皇上又允诺和亲,是皇上怜惜呼延王,欲助呼延王一臂之力。希望呼延王好自为之。"

瘦脸使臣问:"敢问,大皇帝拟定的公主……是哪一位啊?"

楚王刘英说:"齐国公主霞儿。"

胖使臣说:"齐国公主……没有听说过啊,也不知道她长得什么样子。"

楚王刘英站起身来,冷冷地说:"大汉朝公主,岂是你们随便能见到的?到了出嫁送亲那一天,你们会见到她的。"

第九章 白马禅寺

洛阳楚王府中,张宦官乘坐大轿前来宣诏的时候,霞儿正穿了一身戏装独自唱戏。听到宫人通报,霞儿来不及换装,穿着戏装跟在老爹楚王身后接受诏令。汉明帝加封楚王的女儿霞儿为齐国公主,择日起身前往西域,远嫁北匈奴呼延王。

跪在地上的霞儿十分激动,她非常高兴父亲终于为她争得一个能够公开前往西域的机会。现在,她是公主,是代表大汉王朝与北匈奴联姻的和平使者。到了西域,别人也会对她高看一眼,她是大汉的化身。况且,一路游玩食宿都由朝廷负责,还能过上蓝天白云下尽情驰骋的快乐生活,这种机会,求之不得。

张宦官收起诏令,与楚王一起到正堂喝茶。霞儿立刻跑到闺房,在镜子前面左照右照,思量自己应当穿戴什么样的衣着前往西域,好让呼延王耳目一新。她不敢去正堂打扰楚王与张宦官谈话,而是前去询问奶奶为什么皇上会给她这样的机会,她还想向奶奶询问呼延王的年龄,有什么兴趣爱好。许太后心中构思着一个天大的阴谋,却又不能告知天真烂漫的霞儿,只能微笑着反复说:"你就听你爹的安排就行,不要多虑。你爹会为你安排的。"

汉明帝所走的每一步都在许太后的谋划之中,许太后只是不太明白汉明帝为什么要霞儿提前出发,不必等待傅毅等人到达洛阳。霞儿只顾兴奋,并未考虑很多。吃饭的时候,平时半个馒头都吃不完的霞儿心情愉悦地抓起第二个馒头。许太后立刻板起面孔:"傻丫头,你今天怎么了?你吃胖了,呼延王会把你退回洛阳的。"

霞儿出嫁这天,洛阳城内的街道上人头攒动,锣鼓喧天,皇家婚嫁队伍离开楚王府,在洛阳城内游行一圈之后,向城外进发。沿街百姓喜上眉梢,奔走相告:"齐国公主要嫁给匈奴王了,不打仗了,再也不打仗了。"

婚嫁队伍中最抢眼的就是公主的轿车——八头黄牛披红戴花牵引一辆带篷的大轿车,这辆轿车要从洛阳一直驾驭到西域,最终停留在北匈奴的大营之中,然后举行隆重的婚礼。在洛阳百姓想象之中,北匈奴的婚礼一定和大汉不一样,起码,那边的男人要比大汉的男人喝得更醉。

沿街成千上万的百姓谁都没有想到,此时在轿车之中,梅儿被毛巾塞嘴,双手双脚捆绑,动弹不得。她被秘密押进轿车,代替霞儿前往西域。经过一连串的困苦遭遇,此时的梅儿已经认识到了蔡愔、蔡鹏的忍耐有着一定的道理,男人尚且如此,大汉朝廷实在不是她一个女孩子能够轻易撼动的。

就在梅儿即将离开洛阳的时候,蔡愔一行人回到了洛阳,送亲队伍正好走出城门，两队人马在官道上擦肩而过。梅儿透过轿篷的缝隙，突然看见了秦景，那个曾经在西域路途中十分熟悉的身影。如今，那个身影变得如此的狰狞，让梅儿恨得咬碎了银牙。

梅儿还看见了骑着白马的蔡愔。这时，她已经确信蔡愔没有死，秦景所说的都是谎言。梅儿仿佛找到了救命稻草，心中充满了希望，她拼命挣扎。然而，由于嘴被堵住，只能发出很小的呜咽声，梅儿在心里喊道："蔡愔，快来救我。"

蔡愔一脸喜悦，盯着八头黄牛牵引的红色轿车看了许久，可是他根本看不见轿车之中的梅儿。很快，蔡愔走出了梅儿的视线，梅儿知道自己再也没有逃脱的可能了，失望地痛哭起来。委屈、痛苦、悔恨，无穷的失望化做一串串泪珠，打湿了轿车的座椅。

蔡愔在人群之中看见了霞儿，正要打招呼，霞儿连忙低头走开了。蔡愔十分诧异，霞儿这是怎么了，怎么没了当初站在路中间拦截特使队伍的霸气？

看见蔡愔的特使队伍，早早在城门迎候的蔡鹏、秦景下了马，上前迎接说："辛苦辛苦，皇上在皇宫等候高僧呢。"

秦景看见了蔡愔，立刻心跳不止，唯恐蔡愔看出什么破绽。如今，秦景十分后悔，同样喜欢西域姑娘，蔡鹏就是比他直率，也比他走运——蔡鹏向汉明帝禀报了实情，说公主蓉儿是自己偷跑过来的，请汉明帝决定如何处置北匈奴公主。汉明帝考虑再三，既然大汉已经与北匈奴和亲，何不来个公主互换呢？既满足了蔡鹏的要求，收买了人心，又将北匈奴公主留在洛阳作为人质，一举两得。汉明帝下诏赐婚，让蔡鹏、蓉儿择日举行婚礼，并请北匈奴使臣将此喜讯带回西域转告呼延王。秦景后悔死了，自己一着不慎，满盘皆输，无论如何都落下了私通的罪名，又欺骗了梅儿，对不起蔡愔，心中忐忑不安，还被楚王抓住把柄不放，天天提心吊胆，坐卧不宁，苟且偷安。

蔡愔与秦景施礼，秦景连忙转移话题，表情痛苦地说："我等也是刚刚听说傅大人……唉，人生不幸啊……"

蔡愔轻轻叹口气说："我们都节哀保重吧。"

蔡鹏走了几步，来到两位僧人车前："高僧不必下车，咱们先去鸿胪寺歇息，沐浴更衣，然后前往皇宫面见皇上。这里离皇宫还远着呢！"

大家重新上车上马，继续向鸿胪寺走去。蔡愔悄悄问蔡鹏："哥，这么多人是干什么的？"

第九章 白马禅寺

蔡鹏说:"不是与北匈奴和亲吗,那是前往西域的送亲队伍。你猜公主是谁,楚王女儿霞儿,他被封为齐国公主了……"

蔡愔一愣:"霞儿?怎么可能,刚才我还看见她……在人群之中疯跑着玩儿呢……"

蔡鹏笑了:"刚才?你一定是眼花了,霞儿正在大轿之中呢,她要前往西域,她是今天的主角儿。"

蔡愔说:"我敢打赌……算了不说她了……母亲还好吧。"

蔡鹏一脸困惑:"我不知道,母亲不在家。佣人说在我回来之前,她与李夫人一起前往西域祭扫了,我也正在着急呢……"

蔡愔立刻急了,大声说:"西域?她们怎么能够去西域呢,这可如何是好?"

蔡鹏说:"听说……她们执意要去,带了佣人和盘缠,应该不会有事的。"

蔡愔奇怪地问:"李夫人不是还在狱中吗?她怎么会去西域?"

"皇上为了庆祝你们顺利迎奉佛像,下诏大赦,李夫人早就出狱了。"蔡鹏说。

蔡愔说:"离开洛阳之前我还反复叮嘱母亲不要把奶奶一个人丢在家里,奶奶年纪这么大了……"

蔡鹏低声说:"奶奶……已经过世了。"

街道上人声鼎沸,蔡愔没有听清:"你说什么?"

蔡鹏重复说:"奶奶过世了。"

蔡愔愣住了,他万万没有想到奶奶会这么早离开人世。过了一会儿,蔡愔又问:"梅儿呢?"

蔡鹏说:"我找遍了整个洛阳城也找不到她,谁也没有见过她,她应该还在西域。"

看到蔡愔、蔡鹏兄弟俩交头接耳,秦景假装欢喜地回头问:"你们两人嘟囔什么呢?"

蔡愔说:"没什么。"

秦景笑着说:"蔡愔,是不是急着见梅儿呢?放心,只要梅儿回来,我会求皇上为你们赐婚的。对了,还要请两位高僧为你们祈福。"

刚刚批完奏章,张宦官赶来报告:年俸两千石以上的京官都在皇宫外边列队迎候,两位高僧即将到达皇宫。汉明帝喜出望外,连忙乘坐小轿赶往皇宫正门。

张宦官跟随小轿一路小跑,边跑边说:"禀皇上,听说司徒傅毅死了。"

汉明帝正在满心欢喜,听了之后一时难以反应过来:"停,停下!"

说完撩开轿帘,探出脑袋提高了声音:"你说什么?傅毅怎么了?"

张宦官停下脚步气喘吁吁:"死……死了,遇到山崩……又中了一箭……死了……"

汉明帝听清楚了,却还是难以接受:"死了?什么人干的?今天朕这是怎么了,东平王刚刚回了封邑,你又来告诉朕……傅毅死了,朕的左膀右臂啊……还有谁死了?"

张宦官说:"皇上派遣十三位使臣,往返途中死了六位,伤了一位,提前返回一位,今天共有五位回到了京城。"

汉明帝不耐烦地说:"那么啰唆!蔡愔回来了吗?"

张宦官答复:"回来了。傅毅死后,正是蔡愔带队返回了京城。"

汉明帝迟疑了一下,没有说话。他心想,只要蔡愔活着回来了,他就可以向皇太后有个交代了。张宦官又说:"皇上,傅毅的事情……可以改日单议,今日还是欢欢喜喜地迎接了两位僧人,安置了客人再说吧。"

汉明帝清醒过来,放下了轿帘,小轿很快来到皇宫正门之外,汉明帝下轿与两位僧人见了面,相互问候,极尽礼仪。随后,大家重新上轿,汉明帝率领大臣们将两位僧人带到了皇宫议事大殿。

汉明帝命人将诸位大臣逐一介绍了,两位僧人寒暄片刻,言归正传,在大殿之中像打开卷轴画卷一样将一路艰难带来的佛像慢慢展开了。

看到佛像,汉明帝高兴极了:"这正是朕梦中的西方神灵。高僧一路劳顿,请稍事休息。朕即刻命令画工按照天竺国的范本绘制,在大汉广传佛法。"

满朝文武纷纷过来观看。秦景建议说:"启禀皇上,布教场所的名称应当响亮些才好。"

没等汉明帝回答,迦叶摩腾说:"接待贫僧的机构叫鸿胪寺……"

秦景解释:"鸿胪寺,是大汉专门接待外宾的外交机构。"

竺法兰说:"大汉的寺宇最好。"

校尉窦林不满地说:"寺是大汉中央官府机构的称谓,民间布教场所,怎么能称寺呢?"

汉明帝说:"可以改嘛。"

楚王刘英不高兴地追问："怎么改？"

汉明帝说："朕即日命令所有官府机构，一律不许再称寺。"

楚王刘英生气地说："皇上，臣下以为此事过于儿戏，不可不可。"

汉明帝拉下脸来说："朕意已决，不要再说了散朝！朕要陪同高僧前往布教场所看看，两位高僧请参乘朕的銮辂。"

汉明帝与迦叶摩腾、竺法兰二位僧人及蔡愔、蔡鹏、秦景一同走了。楚王刘英哼了一声，拂袖而去。校尉窦林也无奈地摇了摇头，走了。

两位僧人坐着汉明帝的銮辂来到了洛阳雍门外向西两里地的御道之北，迦叶摩腾、竺法兰走下銮辂，展现在他们眼前的是一片恢弘的建筑群。虽然尚未完工，但仍可以看出这片建筑规模雄伟，仿天竺国祇园精舍，呈南北长方形院落，共百余间房间。整片建筑布局规整，左右对称，山门为牌坊式，歇山顶，下以青石砌三座门洞。附属建筑分布于轴线两侧天王殿前，东侧为马门头堂，西侧为云水堂。大佛殿两侧，东西为客堂、斋堂，西面为祖堂、禅堂。天王殿面阔五间，进深四间，歇山顶，正脊中央饰圆形佛光。大佛殿建于高约一米的台基上，单檐歇山顶为五铺单抄双下昂拱，格扇棂窗门，石鼓式柱础。二殿的殿壁上皆砌有一种"梯形"的青砖和青石，在殿宇建筑上甚为少见。大雄宝殿面阔五间，进深四间，悬山顶，殿前有月台。清凉台位于整个布局的后部，高约六米，青砖围砌，雄伟壮观。

迦叶摩腾、竺法兰二位僧人连连赞叹说："太壮观了，太壮观了。"

汉明帝得意扬扬："这算什么，大汉疆域广阔，历史悠久，这么点建筑算得了什么呢？"

迦叶摩腾双手合十："此乃华夏第一座菩提道场。"

秦景说："皇上，臣从西域返回路上一直在思考，布教场所的名字叫什么，啊，叫什么寺呢？"

汉明帝顿时感慨起来："唉！朕的傅爱卿不在了，他若在，这等事情他早就办好了。"

大家听了，谁都不再说话。汉明帝忽然看到蔡愔正在从"雪里飞"马鞍前卸下经书，就说："那匹白马是西域诸王献给朕的，既然，佛像、经书是白马驮来的，就叫白马寺吧。"

秦景、迦叶摩腾、竺法兰异口同声："皇上英明。"

迦叶摩腾，生辰不详，史书记载卒于公元73年，中印度人。据记载，迦叶摩腾能解大小乘经,以云游四方、宣扬佛教教义为己任,曾因讲《金光明经》使交战的两国和解而声名鹊起。迦叶摩腾在洛阳翻译佛经,传播佛教教义,度过了生命中的最后时光。东汉永平十六年(公元73年),迦叶摩腾圆寂,葬于白马寺内东侧。

竺法兰与迦叶摩腾一样,也是中印度人,然而奇怪的是,竺法兰不仅生辰不详,卒年同样不详。竺法兰自言诵经论数万章,为印度学者之师。竺法兰到洛阳后,与迦叶摩腾同住白马寺,并很快学会了汉语,与迦叶摩腾一起翻译了《四十二章经》。永平十六年迦叶摩腾圆寂后,竺法兰又单独翻译出蔡愔从西域带回的《十地断结经》、《佛本生经》、《法海藏经》、《佛本行经》等佛教典籍。由于战乱,竺法兰单独翻译的四部佛经后来都失传了,只有《四十二章经》传了下来。中国所存各类佛经以此经为始。史书只记载竺法兰六十多岁卒于白马寺,葬于白马寺内西侧。这是后话。

回到洛阳,蔡愔、蔡鹏并没有自由时间,蔡鹏期盼着再立新功,加官晋爵,弟弟蔡愔却执意立刻回家看望家人,汉明帝批准他们回家探望一天,白天不必上朝。可是,将两位高僧安顿好后,蔡愔、蔡鹏从白马寺回到家中已经是下午了,蔡愔不顾一路鞍马劳顿,披麻戴孝前往奶奶的坟上祭祀。这个场景恰恰被一直在蔡府门前监视动静的公主蓉儿的一名女仆发现了。

在洛阳郊外,蔡愔抱着奶奶的墓碑放声大哭:"奶奶,你答应过孙儿,一定会等待孙儿回来的……奶奶若是还在,母亲就不会外出,咱们一家人就可以团聚。奶奶不在了,母亲也外出了,我好容易找到了哥哥,可……现在我们怎么办啊?"

佣人、奴仆纷纷前来劝说,蔡愔只顾自己哭泣,谁也不理。他的哭声饱含了自己对父亲、对母亲、对奶奶的愧疚:"奶奶,蔡愔已经长大了,蔡愔学会了宽容,学会了慈悲,学会了理解别人,学会了尊重别人,蔡愔已经不是过去那个整日打架、惹是生非的蔡愔了……蔡愔明白了只有到了自己成熟的时候才能体会到别人对蔡愔的宽容和关爱……奶奶……蔡愔两次前往西域,实现了原来的愿望,母亲和您自由了,咱们的家产返还了,可是,蔡愔心中的疑问越来越多,多到有时候蔡愔自己无法承受……我不知道自己是谁,不知道自己的出身到底如何……奶奶您一定知道……可是您不在了……甚至……甚至这过去的一年多时间真像是做梦一般……我心中苦苦记忆的那个家已经找不到了……奶奶,蔡愔听说了……您要把我父亲的灵骨迁回来……您放心……等忙完佛像的事情,蔡愔一定前往西域,将父亲迁回洛阳……"

蔡鹏也站在一旁哭泣。忽然，一个身影跪倒在蔡愔身后的地上，给奶奶的坟墓磕头。蔡鹏连忙上前阻拦说："你……"

公主蓉儿抬起头来："你的奶奶就是我的奶奶，我要给奶奶磕头祭拜。"

蔡鹏将公主蓉儿拉起来，看了蔡愔的背影一眼，赶紧将公主蓉儿拉到一边，悄声说："你怎么来了，怎么找到这里的？"

"我为什么不能来？"公主蓉儿问。

看看蔡愔哭泣着在坟前上香磕头，蔡鹏接着说："今天都是我的家人……你不是蔡府的人，不能随我们一起祭祀的。"

公主蓉儿害羞道："早晚会是的，为什么不能早点过来？今天过来还能见到蔡愔，你也可以把我介绍给你的家人。"

蔡鹏急道："你不能这样着急，必须等皇上下诏之后才能来找我，我也才能正式介绍你。"

公主蓉儿问："可是，若是大汉皇帝永远不下诏书呢，难道你还真的想让我返回西域不成？"

"嗐，到时候再说嘛，你不懂……你如此性急，会害了我，也会害了你自己……"蔡鹏说。

公主蓉儿不解道："我怎么会害了你呀？"

蔡鹏见蔡愔依旧在坟前烧纸，又说："好了好了，皇上就快要下诏了，你先回客栈吧。回家我与蔡愔商议一下，让他也找机会催促皇上尽快下诏。"

公主蓉儿不放心地问："那……我到底要等多长时间啊？"

蔡鹏催促说："快了……快了……你快回去吧，就在客栈休息……"

公主蓉儿还是不明白："我天天睡觉，还休息什么，我不累啊……"

蔡鹏突然觉得自己很无助，半天憋出一句话："回吧，回吧，等我的信儿……"

蔡愔在坟前回头问："大哥，你在与谁讲话？"

蔡鹏说："好了好了，我就来。"

蔡鹏推着公主蓉儿："你先去客栈，我很快就去找你，赶紧回去吧。"

公主蓉儿说："我已经在客栈等了你半个多月了。"

蔡鹏推着公主蓉儿说："我禀报皇上已经有些日子了，不要着急，去吧，去吧，我很快就会去找你。"

公主蓉儿极不情愿地走了。蔡鹏回身来到坟前,扑通一声跪下了。

现在,蔡愔最放心不下的就是母亲,按照日子推算,她应该到了敦煌,可是,那只是理论推算,不包括路途歇息,不包括生病医疗。她和李夫人究竟到了哪里,究竟遇到了什么危险……这些,成为蔡愔心中的一大疑惑。

蔡愔心中还有另外一个疑惑,就是梅儿到底去了哪里。难道她没有返回洛阳?难道她在中途出现了意外?

得知蔡愔返回了洛阳,皇太后不断催促汉明帝尽快安排自己与蔡愔相见。半年前,皇太后已经见过了蔡夫人,详细询问了蔡愔的情况,然而,蔡夫人的回答与皇太后想象的情况大相径庭,大大出乎了皇太后的预料。不过,先帝密诏和玉璜是不会有错的,皇太后只好将最后的希望寄托在亲自与蔡愔相见上。这天有了空闲,汉明帝诏令蔡愔与自己一起来到皇太后的寝殿。蔡愔第一次见到皇太后,倍加恭敬,连连请安,同时感谢皇太后赐给他免罪龙符。皇太后慈祥有加,连忙吩咐赐座。

皇太后望着眉清目秀的蔡愔,心里乐开了花。她不停地询问蔡愔的生活经历,蔡愔不明就里,以为皇太后喜欢唠嗑,就一一回禀了。蔡愔刻意提到父亲蔡广利的冤屈,皇太后草草应付,似乎并不关心蔡广利的事情,而是话题一转,说自己听闻算卦仙人所言像蔡愔这般清秀的青年或许左手之上会有一块青色胎记,而且很大。蔡愔笑了,说算卦仙人也有可能算错,自己除了右脚后跟有一只痦子,其他部位没有任何胎记。皇太后还说蔡愔的右上第三颗牙齿应该是两颗叠在一起的。蔡愔笑着说自己的牙齿比较整齐,从来没有听父母说起儿时牙齿畸形的事情。

汉明帝看到母亲收敛了笑容,知道母亲已经开始怀疑蔡愔是否是真正的刘义,赶紧插嘴说皇太后也是推测,今天带着蔡愔来向皇太后请安,一会儿还要回去商议别的事情。汉明帝与蔡愔一同告别了皇太后,返回了皇宫议事大殿。

汉明帝私下命令宗正认真调查蔡广利府中所有人员的来历,尤其是蔡愔的身世以及为什么蔡广利拥有先帝的密诏和皇太后的玉器。留下皇太后一脸疑惑、暗自神伤不说,至此,蒙在鼓里的蔡愔根本不知汉明帝葫芦里卖的什么药,不知道皇太后为什么关心年轻人的手腕之上是否长有胎记。骑在马上,蔡愔忽然想起来,自己的哥哥蔡鹏右手之上确实有块胎记,不过,他是右手,不是皇太后所说的左手。蔡愔将此事报告给明帝,明帝听了没有说话,他知道,蔡愔并不是他的幼弟刘义。

张宦官得到空闲,连忙来到了楚王府,与刘英秘商事宜。刘英对张宦官说:"近日,皇上的举动有些异常,傅毅会向皇上密报些什么呢?"

张宦官说:"当时众目睽睽,臣下没敢私看傅毅的密信。"

刘英分析说:"傅毅见到了蔡广利,蔡广利除了诬陷本王,还能说些什么呢?"

张宦官突然说:"会不会……会不会说些关于皇子刘义的事情……当年先帝下的是密诏,这件事情,只有蔡广利知道,他在临死之前,会不会告诉傅毅……"

刘英问小胡子侍从:"中常侍大人分析得很有道理。当年将刘义与蔡憎调包的老管家呢?"

小胡子侍从说:"他还活着,不过,已经被割了舌头,说不了话了。"

张宦官着急地说:"那个老管家是个识文断字的人,没了舌头,他还可以写字……对了,楚王,昨日返回皇宫的时候,皇上命臣将宗正大夫召到了皇宫,他们密谈了很久,不知道说了些什么。"

刘英说:"宗正大夫?先帝立下的规矩,宗正大夫有权调查皇亲国戚的一切事情。看来,皇上真的是要调查刘义的踪迹了,说不定他已经派人去了本王的封邑。"

张宦官说:"那……我们怎么办?"

刘英对小胡子侍从说:"你马上赶到本王的封邑去,找到老管家,杀人灭口!而且一定要赶在宗正大夫前边,要快!"

小胡子侍从答道:"喏!"

刘英的封邑已经建设成了一座坚固的城堡。在城堡的田地边、店铺里,宗正大夫带着几名随行以算卦为由,不断询问百姓是否知道算命的李先生住在什么地方。然而,只要听说老管家李先生的名字,没有人敢与他们多说,害怕自己多话也会被楚王割了舌头。终于在城堡里的一家小饭庄里,宗正一行人一边吃饭一边向饭庄掌柜询问老管家的事情。饭庄掌柜说:"这位爷,老管家的事情您是问不出来的。您想想,这里是楚王的封邑,我们都是楚王的臣民,谁敢得罪楚王啊。"

宗正大夫说:"老人家说得有道理,我也不会得罪楚王,我只是听说老管家算卦很准,想求他算上一卦,问问前程。"

饭庄老板说:"算卦啊,不远,右手的胡同,西边第四个门。不过,听说他很长时间没给人算卦了。再说,天算不如人算,楚王在朝廷一手遮天,巴结上我们楚王,还怕没有前程吗?"

宗正大夫拿出银两说："谢谢老人家指点。"

就在宗正大夫四处打听消息的时候，小胡子侍从急匆匆赶到了楚王的封邑，在城堡里的王宫门前下了马，询问守门士卒："原来的老管家住在什么地方？"

一名士卒说："就在前边的胡同里。"

小胡子侍从说："叫上十几个人，跟我来！"

此时的老管家正坐在房间里给自己算命。突然，他瞪大了眼睛，连忙下床收拾了包裹，系在身上，然后回身从墙上摘下佩剑，准备逃走。

房门被一脚踹开了，小胡子侍从带着一群士卒闯了进来。小胡子侍从笑嘻嘻地问："老管家，近来过得可好啊？"

老管家没了舌头，言语不清："呜……呜……"

小胡子侍从夺过老管家的佩剑，拔剑出鞘，一剑挑开了老管家的包袱，命令士卒说："看看里边都有什么。"

一名士卒打开看了，说："全是衣服。"

小胡子侍从将佩剑架在老管家的脖子上："看来，是想溜走啊。说，这几天有没有人找过你？"

老管家使劲儿摇头。

小胡子侍从说："那就好。不过，根据楚王的意思，你活着早晚是个祸害，今天我就来为你送葬。"他挥剑割断了老管家的咽喉，老管家立刻血流如注，倒在地上。小胡子侍从扔掉了老管家的佩剑。

"住手！"宗正大夫带着随行人员赶到了，士卒们连忙闪开了，宗正大夫走了进来。小胡子侍从挡住宗正大夫，问道："宗正大人，这里是楚王封邑，您来凑什么热闹？"

宗正大夫说："本官例行公事，你闪开！"

小胡子侍从说："本人也在例行公事，有人报告说这里有人企图自杀。"

宗正大夫拿出腰牌："皇上有令，宗正有权调查所有皇亲国戚。即便是在楚王的封邑，宗正也有调查的权力。"

小胡子侍从闪开了，无奈地说："不就是死了个家奴吗，下人轻生厌世很正常。反正人已经自杀了，你就调查吧，我们走！"

小胡子侍从带着一群士卒走了。来到外边，有士卒问小胡子侍从："咱们就这么走了？"

小胡子侍从说:"走?他们想得美!我先返回京城,面见楚王,你们全部备上快马,携带弓箭,藏到楚王封邑的地界以外,半道上恭候他们!"

士卒说:"可是……那边是淮阳王的封邑……"

小胡子侍从训斥说:"怕什么,淮阳王快被废了,你们只管去。不管埋伏几天,一定要等着他们经过,一个活口都不许留下。"

房间里,宗正大夫连忙过来从地上扶起老管家:"老管家,我是宗正,奉皇上的密令前来找你,关于皇子刘义,你都知道些什么,赶紧告诉我。"

老管家无力地摇摇头,慢慢转身从床榻下边抽出半块砖头,从里边抽出一封密信。宗正大夫接过沾着老管家血迹的密信,慢慢打开看了,大吃一惊。

老管家忽然伸直了双腿,头一歪,死了。由于老管家已经没有了家人,宗正大夫等人只得出面埋葬了他。在老管家的坟前,宗正大夫自言自语说:"老管家,你立了大功了,我要立刻向皇上禀报。"

宗正大夫立即带着几名随行一起骑马返回洛阳。在驰过一处林间大道的时候,突然,树林里闪出一群士卒,个个弓箭在手,一阵箭雨射向宗正大夫等人,宗正大夫等人纷纷坠马落地,一个随行刚刚挣扎着爬起来,又被一阵箭雨射穿了身体。这时,有个士卒发现了远处的情况,惊慌地说:"不好,有人来了,好像是淮阳王在打猎。""快走!"士卒们纷纷上马,从一片死尸上踏过,并且牵走了宗正大夫等人的马匹。

宗正大夫艰难地推开身上的尸体,挣扎着坐起来,使劲掰断了插在腹部的箭矢。他扶着树干站立起来,撩起衣袍用嘴咬开一个口子,撕下布条缠在腰间,将腹部伤口扎紧了,然后一步一步向着淮阳王的封邑挪动。忽然,筋疲力尽的宗正大夫摔倒在地,昏厥过去了。

第十章　逼宫谋反

这天,汉明帝提出要到傅毅家中看看,祭奠傅毅,慰问家属。明帝的銮辂从皇宫向傅毅家中行进，周边有羽林军随行，蔡鹏、蔡愔在队伍最前端并马前行。蔡鹏已经把自己与公主蓉儿的事情告诉了蔡愔，蔡愔立刻就提出了反对意见。现在，蔡鹏再次试探着诚恳地对蔡愔说："那一次，若不是公主蓉儿帮我，我一定死在了楚王侍卫的剑下。她是我的救命恩人，现在恰逢汉匈和亲的好时机，我已经向皇上禀报了，我想，你再去向皇上提议，皇上非常器重你，肯定会同意的。"

蔡愔摇摇头说："既然大哥如此打算，我不便再说什么。可是，这个忙我不能帮。她不是汉人，她是北匈奴人，是私自偷跑出来的，连份文牒也没有，皇上怎么会轻易同意呢？"

蔡鹏板着脸说："你是在帮我出主意，还是在责难我？不管怎么样，我已经觐见了皇上，向皇上说明了公主蓉儿的情况，现在只能等结果了。"

队伍来到了傅毅府门前，蔡愔、蔡鹏下了马，带领羽林军四处散开，担任警戒任务。张宦官站在门口高声喊喝："皇上驾到！"

汉明帝走下銮辂，走进了傅毅府中，傅毅的亲属、仆人纷纷来到院子里，跪了一地："皇上。"

汉明帝直接去了灵堂，抚摸着傅毅的灵位，嘴唇微微抖动："爱卿……朕还等着你返回京城向朕述职呢……你怎么就……你走了，东平王也回家了，你们怎么都那么狠心哪……"

傅毅的亲属纷纷跟进了灵堂，在两旁肃立。汉明帝表情沉痛，两颗泪珠慢慢地滑出了眼眶。汉明帝接着说："无论如何，朕执意要按照自己的想法去做，朕绝不向任何人低头，绝不向任何反对势力低头！"

张宦官发现了汉明帝脸上的泪珠，连忙拿块绢帛递给明帝，明帝没有伸手，而是转过身来，缓缓地说："诏令：司徒傅毅为国尽职，忠心可表，其一度出师西域，平息战事，二度出使西域，迎奉佛像，为华夏和睦奉献毕生，功德无量，堪为楷模。准其亲属将傅毅灵骨迁回洛阳，着沿途府衙予以协助。随葬品特赐龙旄头一枚，封西域使者称号，按皇族亲王爵位厚葬。"

张宦官将一枚龙旄头放在了傅毅灵位前边，傅毅的亲属赶紧跪在地上："谢皇上。"

离开傅毅家的时候，蔡鹏、蔡愔依旧在队伍最前端并马前行。銮辂正走着，汉明帝用龙胆敲了敲车厢，张宦官连忙掀开了门帘，汉明帝说："告诉蔡愔，去白马寺。"

第十章 逼宫谋反

且说蔡愔回到洛阳那天,一脸阴毒的许太后将孙女霞儿反锁在闺房里,将梅儿从地牢提了上来,让府中的老妈子、丫鬟给梅儿换了衣服冒充霞儿,捆绑着塞进大轿前往西域。霞儿这才知道奶奶和爹爹并不是真心让自己前往西域,她拼命拍打闺房房门,却无人理会。霞儿哭着坐在了地上,喊道:"放我出去,放我出去!我才是真正的齐国公主……皇上若是知道我没有去西域,会杀了我的……"

哭了一会儿,霞儿忽然想起了什么,擦干眼泪站起身来,走向了后窗。她爬上靠在窗边的条几,站立起来,用肘部使劲撞击后窗,然而,后窗早已被木条从外边钉死了。霞儿跳下条几,想了想,冲到柜子前边拉开抽屉拿出一把剪刀,回身将床单拽起来剪成了布条,又一节一节地连在一起,然后抛向了房梁。霞儿踩在条几上,顺着床单攀上房梁,从腰间掏出一把短刀,向房顶的油毡猛捅了几下,一些灰土落了下来,落了霞儿一脸。

"呸,呸。"霞儿又捅了几下,将短刀插回腰间,用右手向上摸。紧挨着后窗的房顶上,一片房瓦慢慢移开了,又一片房瓦移开了,霞儿探出了脑袋。

霞儿知道送亲队伍的行进速度不会太快,她一定要跟随他们一路西行。她自信自己有着公主的高贵气质,哥哥镇西王刘皖还在西域带兵,到了西域,霞儿完全可以向呼延王证明自己是真正的齐国公主。

出了洛阳城,观看热闹的百姓依然未散,霞儿随着人群正向前走,刚一抬头就看见了蔡愔,看见蔡愔要向自己打招呼,霞儿赶紧低头走开了。走了几步,回头看不见蔡愔了,霞儿才放下心来。突然,一只大手攥住了霞儿纤细的手腕,霞儿吓了一跳。只见那人围着头巾,看不清面目。霞儿正在疑虑,那人小声说:"霞儿,你怎么在这里?"

霞儿一惊:"哥?你怎么……从西域……回来了?"

刘皖示意她不要说话,拉她来到无人之处。刘皖拉下围巾露出嘴巴,问她:"霞儿,你这是要去哪里?又是偷跑出来的吧?若是让爹知道了,回去一定又要罚你了。"

霞儿委屈地说:"哥,爹说他向皇上求情,赐予我齐国公主的封号,要我嫁给北匈奴呼延王,我高兴极了,盼了这么多天,谁知,爹耍了花招儿,他把那个梅儿捆了塞进大轿,又把我关在家里,我只有逃出来了。你想想,天下人都知道我霞儿是齐国公主,已经嫁给呼延王了,我不去西域,留在洛阳以后怎么见人呢?"

"梅儿?是李梅儿吗?爹爹怎么能把梅儿送给北匈奴呢?后来呢?"刘皖十

分吃惊,着急地问。

霞儿说:"爹爹做的事情的确让人费解……前些日子,他还准备娶了梅儿呢,婚礼都举行了……后来……梅儿跑了……再后来又被抓住了……"

刘皖迟疑了一下问:"果真如此,看来小成子说的是对的。你真的想去西域?"

霞儿埋怨说:"你没有听说皇上已经下诏了吗?我是齐国公主,已经嫁给呼延王了,若是皇上知道我还待在家里,那可是欺君之罪,我会掉脑袋的。再说,哥你知道,我确实想去西域。当初,皇上派遣蔡愔去西域迎奉佛像的时候,我想跟着一起去,谁知,他们把我绑了,送回了家中,我被奶奶整整关了一个月才允许出门。"

刘皖思量了一会儿:"你若真的想去……这样,顺着大道向西五里地,有一个驿站,送亲的人马一定会在那里歇息整顿。我一定帮你,让你坐进大轿前往西域。"

霞儿十分兴奋:"好哇好哇,那我先谢谢哥哥了。"

刘皖回身吩咐跟随自己的小成子留下马匹,徒步去附近村庄寻找一辆带篷的牛车,然后到前边驿站等候。刘皖拉起围巾围住嘴巴,将马匹牵了过来,给了霞儿一匹,与霞儿一起骑马绕过大轿,提前向西走去。

刘皖和霞儿也不上楼,就坐在驿站的门厅喝茶等候。一个时辰之后,大轿来到了驿站外边,刘皖对霞儿说:"我带走梅儿,以后的事情,就看你自己的了。"

霞儿高兴地说:"谢谢哥哥,哥哥请放心,我会自己处理的,路上谁不听我的,我就砍了他,我是公主我怕谁!"

驿站外的大轿上,楚王府的几位老妈子、丫鬟七手八脚地用红毯子将梅儿蒙住头部,准备将梅儿拖进驿站。就在这时,两个身影闯到大轿前面,拔剑砍倒了附近的几个羽林军,挑开了轿帘。这两个人就是班主王田义和小楠儿,他们从郑县赶到洛阳之后,一直监视着楚王府的动向,试图救出梅儿。当听说霞儿被封为公主,即将远嫁呼延王时,王田义觉得有了救出梅儿的机会。王田义知道在洛阳城中没有动手的机会,就带着楠儿等候在城外,准备劫持大轿之中的霞儿,然后以人质交换人质,向楚王刘英换出梅儿,即便交换不成,也要让楚王刘英的劣迹大白于天下,让天下人知道楚王不仅杀害了大将军李蒙,还陷害李蒙的女儿梅儿。

王田义一边挥剑阻挡围拢过来的羽林军,一边对小楠儿喊道:"快!冲进大轿劫持公主,不行就杀了她!"

第十章 逼宫谋反

小楠儿挥剑向轿中刺去,剑锋刺破大轿,刺中了其中的一位老妈子,老妈子痛苦地大喊一声:"啊——"

刘皖看见有人企图劫持大轿,以为他们要谋害梅儿,赶紧拔剑杀入阵来,很快将王田义逼到了一旁,王田义几经反抗,终被刘皖一剑刺伤右手,丢了佩剑。小楠儿也被一群羽林军围住,只有招架之功没有还手之力。

眼看着大势已去,王田义大喝一声奋不顾身扑向刘皖,就在刘皖后退一步的时候,王田义却转身扑向了羽林军,为小楠儿撞开一个空隙,王田义大喊:"楠儿!快逃!"

小楠儿犹豫了一下逃走了,王田义被羽林军抓获,五花大绑。

刘皖收了佩剑,对羽林军说:"我奉楚王之命前来保护公主,这个刺客曾经是楚王府的家奴,企图谋害公主,我要将这个刺客押送回楚王府,由楚王决定如何向皇上禀报。"

刘皖并没有直接返回洛阳,他知道老爹楚王十分关心他从西域带回的军队。刘皖押着梅儿、王田义在洛阳以西的树林里足足等了五天,依旧没有联络上他带回的军队。

这天,楚王刘英回到府中,心里盘算着近几天就会有数万军队被儿子刘皖秘密带到京城洛阳,参与他谋划的反叛。尚未进院,楚王刘英命令小胡子侍从即刻前往自己的封邑,让所有人员整装待战,做好反叛的准备。小胡子侍从驰马而去。

楚王刘英进门就看见儿子刘皖独自一人坐在正堂喝酒,母亲许太后正在一旁质问他:"皖儿,你怎么刚刚回来?怎么一个人在喝酒?"

刘皖猛地放下酒杯,眼神凶狠地说:"奶奶,我在喝父王的喜酒。"

楚王刘英走进正堂,训斥刘皖:"你喝多了,对奶奶说话怎么如此蛮横!你带回了多少人马?"

刘皖并未回答老爹的质问,他瞪着血红的眼睛,突然拔出佩剑指向老爹的咽喉,声音颤抖地说:"父王……知道梅儿是谁吗?"

楚王刘英毫无防备,根本没有想到儿子会这样做。刘英赶紧说:"知……道……"

刘皖几乎是哭着说:"父王知道孩儿喜欢梅儿……我们一起长大……孩儿在西域的每一天都是想念着她度过的,你为什么还要娶她?"

刘英结结巴巴地说："都是误会……是，我是准备娶她……那时我不知道她就是梅儿……她说她叫红柳……我怎么会知道……"

刘皖生气地说："可是后来……当你知道她是梅儿之后，你们还是举行了婚礼，你让孩儿今后怎么办？"

许太后撩起面前的黑纱，大吼一声："放下兵器！一定是霞儿那个傻丫头告诉你的。可是你要知道，你父王并没有得到她，在婚礼之前她就已经跑掉了。因为已经发出了请柬，你父王举行婚礼是为了不让朝中百官看笑话。再说，她答应嫁给你父王，就是为了报仇，你知道吗，她下药毒了你父王，要不是太医来得及时，你父王早就已经命归西天了，你父王差一点就死在她的手里了，她好恶毒啊……"

刘皖辩解说："父王在西域的时候杀了蔡广利我能理解，我也痛恨他们害死了我姐姐，可是，您当时为什么要连带杀了李大将军呢？"

许太后说："你懂什么！他们是一伙的，杀了一个另一个就要翻坛，就要向皇上弹劾你父王。你打小没了娘，是你父王一把屎一把尿把你带大的，现在大功未成，万一你父王死了，你一个人可怎么办呢？你一个人能够成事吗？你知不知道，西域太平了，你也就没有价值了，你父王若死了，刘庄的那些亲王们很快就会栽赃于你，如果发觉了我们的谋划，他们会毫不犹豫地杀了你！"

许太后口气缓和了，刘皖也渐渐放下了佩剑，唉声叹气地坐下了。

刘英虽然远离了剑锋，依然不敢对儿子发脾气，心平气和地说："刚才奶奶问你呢，你究竟带回了多少人马？"

刘皖仍在气头上，不悦地回答："五千人，尚未到达洛阳。"

刘英嫌少，叹息说："怎么只带回这一点人？不是通知你带回两万吗？五千人能够攻打京城吗？慢慢吞吞的现在还在路上……"

刘皖委屈地说："父王您知道路上有多么难走吗？孩儿我太为难了，为了不引起沿途关隘驿站的注意，我不敢带领大军直奔洛阳，否则，尚未成事，恐怕就要被刘庄发觉了。而且，这五千人马并不愿意反叛，我是打着皇帝秘密调动的旗号，带着他们一路翻山越岭走小道儿过来的，根本不敢走大路。"

西院房间里传来怒骂："放开我！刘皖，我要杀了你！"

梅儿被反绑双手，在房间里怒骂："刘皖，我要杀了你！"

许太后听见了梅儿怒骂，觉得声音非常耳熟，她问："谁在西院喧哗？"

刘皖赶紧解释说："我在路上遇到了梅儿……把她带回来了……耽搁了一些

第十章 逼宫谋反

时间。"

许太后吃惊地问:"你把皇家送亲队伍劫回来了?你好大的胆子!"

刘皖解释说:"没有,我只是悄悄带回了梅儿,别人谁都不知道。"

许太后说:"掩耳盗铃!那送亲队伍能空着手前往西域吗?"

刘皖说:"我让妹妹霞儿替换了她……"

许太后顿时傻了眼说:"什么?你让霞儿顶替了梅儿?我好不容易把她们换过来……你又……"

刘皖说:"霞儿正好一直闹着要去西域……她就混杂在送亲队伍之中……"

许太后气得差点昏厥了过去,手指颤抖:"你,你……唉,她也是不争气啊……她已经离家出走多日了……"

刘皖不服气地说:"霞儿是自愿的,她偷偷跟随送亲队伍前往西域,正好被我碰见……孙儿实在不明白,为什么你们执意要把梅儿送给匈奴呢?"

许太后拍了拍几案:"那你为什么把自己的妹妹送给匈奴呢?你还好意思提起此事。你不仅两次放走蔡愔,两次放走了傅毅,你在西域还错过了刺杀西方僧人的最佳时机。"

刘皖生气地说:"我就是不明白留下梅儿与刺杀僧人有什么矛盾?我杀死了蔡广利,我还可以继续刺杀僧人,你们也可以允诺我留下梅儿。"

许太后说:"你呀,你就知道儿女情长,却不知道蔡广利、李蒙多次征讨北匈奴,如果梅儿到了匈奴,一定会说出自己的身世,而且,梅儿已经嫁给平民李刚阗了,李刚阗已经被你父王杀死了,梅儿实际上已经是一个寡妇,那样,呼延王就会认为刘庄骗他,西域就会再起战火。浑水好摸鱼,乱中方取胜,你千万不要忘记了夺权的大事。西域乱了,我们就与呼延王订立同盟,再把霞儿嫁给他,关外归他,关内归我们,分天下而治,让他们帮助我们杀进中原,逼迫刘庄下台。等那一天,你父王坐上了皇位,你就是太子了,若是有一天你父王驾崩,你就是皇上了,天下美女多的是,何止一个梅儿呢,你可以娶一百个梅儿,还可以再娶西域百国的梅儿。你个混账东西,就这么一点小事情,你自己都想不明白,竟然还拿着兵刃威胁自己的父王!"

刘皖软了,嘟囔说:"奶奶……其实我是担心……我自己并不是担心梅儿,而是担心逼宫夺权的事情能否成功……"

许太后训斥道:"没有尝试,你怎么知道会不会成功?开天辟地以来就没有规定天下是谁的,当年,你爷爷二十八岁就投入了反莽起义,面对王莽、王郎、刘玄、刘盆子、张步、刘永、李宪、彭宠、卢芳、公孙述等十几个自立的帝王,你爷爷最大的理想就是做个执金吾,掌管羽林仪仗队。他当时身无分文,连一匹马都没有,就骑着一头黄牛跟着别人冲锋陷阵,他也不知道日后会做了真正的皇帝,会匡复大汉。"

刘皖彻底没了主意,刚才的怒火和威风也没了:"那……"

许太后说:"皖儿,你瞪大眼睛好好看看,你爷爷有十一个儿子,只有你父王的封邑最小,得到的好处最少。你父王得到的少,留传给你的必定少。凭什么?凭什么?咱们就是要夺回帝位,你父王比那个刘庄更具备做皇帝的潜质,就算是论资排辈你父王也比他年长。"

刘皖说:"刘庄是沾了他母亲的光。"

许太后说:"他母亲是先帝的初恋,唉,奶奶对先帝的感情也是真挚的,可是奶奶早年患有风湿腿,待人冷淡,没有得到先帝的宠爱,只是被封为美人……从这一点来说,奶奶对不起你父王。所以,奶奶早就打定主意,一定要帮助你父王夺回皇位,奶奶不能眼睁睁地看着先帝开创的大汉基业毁在那个刘庄手里。"

刘皖沉默了,无话可说。许太后叹口气说:"皖儿,事到如今,奶奶不得不告诉你……你的身世,你的名字是奶奶我起的,可是,你父王并不是你的生身父亲。"

"什么?奶奶你说什么?霞儿也这样说了,我正要问父王,为什么……"刘皖站起身来,瞪大了眼睛。

许太后开始讲述自己早已编好的故事,她说:"你是叛臣之后,十八年前,你爹爹协同王族反叛朝廷,被先帝镇压,你的一家都被先帝行刑杀害了,你也本该被斩杀,是你父王留下了你,冒着生命危险留下了你。"

刘皖扭头看着楚王刘英,楚王刘英点了点头。得到了刘英的亲自认可,刘皖顿时浑身都在颤抖:"父王……从来没有提起过此事……我不相信……"

许太后接着说:"那年,我的孙儿因病过世,你父王也是思子心切……收留了你,给了你第二次生命。十八年来,你父王没有亏待过你,这一点,你自己是知道的。你扪心自问,你父王亏待过你吗?你若生活在民间,能够当上镇西王吗?"

刘皖依旧瞪着眼睛,不知是真是假,也不知道该说什么才好。许太后说:"奶奶和你父王是刘氏皇族,尚且与刘庄针锋相对,你害怕什么呢?你当满心仇恨,一起奋力搏杀才是。"

刘皖慢慢坐下说:"我不是害怕……我……我一时转不过来……"

许太后说:"皖儿,你放心吧,目前的京师洛阳已经是王旅不振了,专职警卫京师洛阳城内的缇骑仅二百人,执戟五百二十人;此外,洛阳城门屯兵仅缇骑一百二十人。"

刘皖说:"那还有南北军呢。"

许太后说:"到处都在打仗,南军已经被抽空,不复存在了,北军只剩下屯骑、越骑、步兵、长水、射声五营,总共不到四千人。"

刘皖担心地说:"即便如此,如果皇上调动北军,我带来的人马人困马乏,也难以成事。"

刘英插嘴说:"调动北军需要诏书和调兵虎符,刘庄现在在白马寺,他想调动北军已经来不及了。父王已经安排执金吾去统领全城的羽林军了。"

刘皖说:"他一个执金吾,如何调动得了全城那么多的羽林军?"

刘英说:"你放心,他会有办法的。咱们再说梅儿,刘皖啊,你是父王我的儿子,你可以喜欢梅儿,可是你一定要明白梅儿恨你,父王杀死了他父亲,她是不可能爱上你的,你即使强娶了梅儿,梅儿也不会放过你,她不喜欢你,她会像毒杀我一样杀了你。一个男人应当战死沙场而不是死在炕上!你这辈子就死了这份心吧。明天,如果我们举事的事情暴露了,你我连性命都没了,留下梅儿有什么用?留给刘庄?留给蔡愔?你呀,真不争气。"

刘皖气馁了:"那……我把梅儿再送回去……"

许太后说:"不用了,就留在府中,奶奶要用她吸引蔡愔上钩。你即刻带人前往新建的白马寺,刺杀刘庄,刺杀西方僧人。今晚就去!然后你父王才能顺利登基;如果不成,你和你父王就公开逼宫,逼迫刘庄下台;再不成,你父王先在封邑坐上皇位,然后围攻京城,劫杀刘庄,火烧洛阳,迁都南阳。记住,我们已经没有退路了!"

许太后非常看好南阳,因为南阳既是汉光武帝刘秀的家乡,又是当时的大郡,东汉初期在全国排名第五,仅次于汝南、颍川、沛郡、东郡。按照人口来说,南阳郡府宛城的人口在当时排名第三,共有四万七千多户。汉光武帝就是从南阳起家的,在许太后的眼里,南阳是一块风水宝地。

楚王刘英对着院子喊道:"来呀!"

一名家丁走了进来,刘英从衣袋里取出一个丝帛卷,递给了家丁,说:"放飞信鸽,通知校尉窦林,今夜举事。"

"喏!"家丁接过丝帛卷,走到门外,打开信鸽笼子,捉住一只信鸽,将丝帛卷绑在信鸽腿上,放飞了信鸽。

许太后几乎是第一次露出慈祥的笑容,口气缓和地对刘皖说:"去吧,皖儿,带上你的兵器,带上你的雄心壮志,去完成你神圣的使命,未来的大汉天下是属于你的。"

夕阳西照在白马寺的毗卢殿,蔡愔、蔡鹏持枪站在门口。蔡鹏装作随便地问道:"昨天,听说皇上带你去向皇太后请安了。"

蔡愔说:"不是我要去的,是皇上带我去的。"

蔡鹏故意问:"皇上怎么会……专门带你一个人去呢?"

蔡愔说:"我也不知道。昨天午后,皇上忽然传我,径直对我说他要向皇太后请安,要带我一起去。我也不知道怎么回事,现在想想还像做梦一样。"

蔡鹏试探着说:"皇太后见了你什么反应啊?"

蔡愔说:"很慈祥的。"

蔡鹏说:"我早就说过,皇上很器重你的。"

蔡愔说:"我第一次见皇太后,皇太后开始很高兴,还说听说我的左手有一块青色胎记,皇太后最近研究相术。后来我说相术不一定准确,青色胎记难算是有福,何况,我左手从无胎记。除了右脚后跟有一只瘊子,其他部位没有任何胎记。她还要看我的左手,我让她看了,她就没有了笑容。"

蔡鹏自言自语说:"这样啊……"

蔡愔说:"皇太后还问,你的牙齿一直是这样的吗?你记不记得自己小时候右上第三颗牙齿应该是两颗叠在一起的?我回答说家母说过,家里就我牙齿最好,最白,整齐得很,没有听说过有两颗牙叠在一起。"

蔡鹏说:"瞧你得意的,你的牙齿是很整齐。"

蔡愔说:"对了,大哥,当时我忘记说了,你的手上不是有一块胎记吗……不过她说是左手,说左手有福,可你的是右手。"

蔡鹏接着问:"后来呢?"

蔡愔说:"后来皇太后不像先前那样高兴了,闲聊了几句,皇上就带我回来了。"

第十章 逼宫谋反

蔡鹏支吾着说:"皇太后上了岁数了,身体也不如从前了。"

蔡愔问:"你也见过皇太后?"

蔡鹏说:"我小时候……父亲领我去的,印象不深了。"

蔡鹏知道了,一定是皇太后没有确定蔡愔就是十八年前走失的皇子刘义。

毗卢殿内,汉明帝带着秦景在聆听迦叶摩腾、竺法兰两位僧人讲佛。张宦官在一旁悄悄催促:"皇上,天色已晚,该回宫了。"

汉明帝十分不满地说:"朕与两位高僧聊得正酣,哪能现在就回去啊。吩咐下去,传膳过来,朕今晚就吃住在白马寺了。"

城外的白马寺离城内的皇宫那么远,怎么传膳?传过来也成了凉菜。可是看到汉明帝态度坚决,张宦官忍住心中的不满,只得答应了。张宦官正要离去,汉明帝又叫住了他:"另外,我正想问你,你吩咐庖厨给太后送去的参汤,太后喝了近来总是腹泻。"

听到汉明帝提起参汤,张宦官吓了一跳。他知道,那是楚王刘英暗中在人参上做了手脚,企图谋害皇太后。张宦官下意识地解释说:"那是楚王送来的人参。"

汉明帝并未察觉张宦官的惊慌:"你吩咐下去,转给太医当做药材用吧,今后不要再给太后饮用参汤了。"

张宦官赶紧借坡下驴,命令一位小宦官回去传膳了,张宦官看到汉明帝没有再刻意追问参汤一事,赶忙转移话题小声说:"启禀皇上,五岳十八山观和太上三洞的道士贺正之、褚善信、费叔才、吕惠通等六百九十多人上表,指斥佛教虚诳,表示愿与西域胡僧较试优劣,以论真伪。"

汉明帝没有听清,接着问:"他们说什么?"

张宦官说:"他们建议在白马寺南门外修建两个高坛,明年正月十五元宵节那天,道士们将捧道教灵宝诸经六百余卷登西坛,佛教僧人捧佛像、佛舍利和《四十二章经》登东坛,双方分别用火焚烧本教经典的方法辨别谁是真经。"

作为大汉的最高统治者,汉明帝对这样的建议当然是求之不得。从内心里,他也很想知道佛教的法力。但是,他知道这不是佛教与道教的较量,而是敌对势力与自己的政治较量,他不能有丝毫的退缩。汉明帝大怒:"胡闹,简直是胡闹。历史上道、儒相争的事件还少吗?分出胜负了吗?现在又要和佛教相争,有什么意义呢?"

迦叶摩腾说:"僧徒愿意开办讲坛,相互辩论,一试优劣,看看谁的讲坛之上呈现五色祥光。"

汉明帝说:"高僧不可。高僧有所不知,他们这样做,不是针对你们,而是针对朕。道、儒都是大汉的文化精粹,却往往涉足政治,被人利用。现在,他们是受人蛊惑,妄图让朕威风扫地。他们忘了,朕是大汉的皇帝,朕有权做朕想做的一切有意义的事情。朕要尽快在大佛殿正面塑起释迦牟尼佛,以及迦叶、阿难两弟子的塑像,还要塑建文殊、普贤、观音菩萨的塑像,朕……朕还要塑建佛像一万尊。哎,不说那些道士上表的事情了,咱们接着聊。朕再请问高僧,对于民众,广传佛法的教育目的应当怎样归纳?"

迦叶摩腾想了一下:"简单地说,我等与众生,皆共成佛道。"

汉明帝问:"那么,关于生死与贫富,高僧如何看?"

迦叶摩腾回答:"参透生死大事是宗教的根本精义。释迦牟尼认为,世间充满苦,人生就是一个苦难的历程。生命和富贵是偶然的因缘和合而成,虚幻不实,苦才是真实的存在。得与失一切皆空,转瞬即逝。死亡不非意味着人之生命彻底终结,它不过是连接此生和彼生的桥梁,是下一期生命的开始。众生'生生于老死,轮回周无穷',由其业力的决定,而转生于六道。善因善果,恶因恶果,业债已还,善果广积……"

汉明帝不知道,就在他与僧人们讨论生与死的时候,他派往楚王封邑调查幼弟刘义一事的宗正大夫正在生与死的边缘上挣扎。十多天之前,从楚王封邑逃出来之后,宗正大夫害怕遭到追杀,不敢走大路,只好翻山越岭走小路赶回洛阳。在一个山庄,宗正大夫破例偷了农户的一头驴,骑着赶往京城。他知道他没有官服,即便拿了腰牌给农户看,即便他跟农户说了实话,农户也是不会相信他的。

当宗正大夫忍着疼痛历尽千辛万苦走到京城洛阳的时候,在城门前他实在支撑不住了,从毛驴上摔了下来。守卫城门的士兵走了过来,宗正大夫拼命让自己保持清醒,掏出腰牌给士兵看,士兵尚未看清,宗正大夫的手臂就垂到了地上。士兵连忙扶住他,宗正大夫说:"我是宗正,有要事报告皇上。快!背我去皇宫……"

士兵想了想,城门距离皇宫那么远,背着何时才能够到达啊。他向同伴喊:"找辆牛车,快!"

数名士兵赶着牛车将宗正大夫拉到了皇宫门口,值守的太监出来说:"皇上不在宫中,去了白马寺了。"

宗正大夫有气无力地说:"快,抬我去后宫,我要面见皇太后。"

数名士兵又找了一条床单,拉起四角抬着宗正大夫前往后宫。此时,皇太后的寝宫正一片混乱,头发苍白的皇太后躺在床榻上,虚弱地说:"我突然感到呼吸困难,或许,我快不行了……"

马皇后站在一旁哭着说:"皇太后,臣妾这就派人去找皇上。"

皇太后说:"来不及了,我气数已尽,你转告皇上,凡事不可强求,稳定才能持久……"

这时,太医气喘吁吁地跑来禀报:"启禀皇后,臣等已经检验出来了,皇太后中毒太深,与长期饮用参汤有关……"

马皇后吃惊地说:"可是,这参……是楚王进奉的呀……楚王为什么要这么做!这个千刀万剐的楚王,他为什么要害皇太后啊?"

太医擦擦头上的汗水:"臣不敢妄言亲王的过失,只能断定皇太后喝了参汤,慢性中毒……"

一名太监跑进来禀报:"禀皇后,宗正大夫求见皇太后……或者皇后。"

马皇后急忙随太监来到寝宫门外,来到宗正大夫面前。宗正大夫艰难地从腰间掏出老管家的密信:"快……快禀告皇太后……楚王要反……西域来了五千军兵……计划包围白马寺……"

马皇后接过密信,尚未看完,宗正大夫就垂下了手臂,死了。这时,寝宫之中有人急切地喊道:"皇太后!皇太后!"并有宫女开始哭泣,马皇后瞪大了眼睛,立即返回寝宫,扑到了皇太后身边,皇太后已经闭上了眼睛,没有了呼吸。

七岁的太子刘炟跪在榻边哇哇大哭。几名太医站在一旁,无奈地向马皇后摇摇头。马皇后在皇太后榻前站起身来,擦了擦眼泪说:"快,备轿!去白马寺。"

一名太监跑出去了,很快,一顶小轿停在了皇太后寝宫外边。马皇后走出了寝宫,太子刘炟追了出来走到门口:"母后,母后!你去了我怎么办?"

马皇后蹲下身子对太子刘炟:"你父皇有危险,其中的情况只有母后才能向你父皇说清楚,事不宜迟,母后必须亲自前往白马寺,太子就在这里等候,哪里都不要去。母后走了之后,你要命人关闭宫门,只要母后没有回来,你万万不可走出寝宫半步。"

太子刘炟哭着点了点头。马皇后转身看见了小轿,又说:"不,不!备马,备一匹快马,我要骑马。寝宫外边还有多少羽林军?"

太监说:"不知怎的,今天皇宫大多数羽林军都被执金吾调走了,整个皇宫只剩下十几人了。"

马皇后大声说道:"全部骑马,随我去白马寺!"

十几名羽林军牵来了马匹,问:"皇后娘娘,您能骑马吗?"

马皇后飞身上马,说:"你们忘记了,家父马援,是先帝时期的大将军,快快上马出发!"

十几名羽林军举着火把护送马皇后一起驰出了皇宫,沿着街道驰出了洛阳城,在火把的照耀下,一身白衣的马皇后十分显眼。

白马寺毗卢殿内,汉明帝正跟僧人说话,忽然,门被撞开了,马皇后连跌带撞闯了进来。汉明帝吃了一惊,他根本想不到马皇后会来到这里找他。汉明帝站起身来:"皇后……何事……亲自驾临白马寺?"

马皇后扑通一声跪下了,不停地抽泣:"皇太后……她……她……驾崩了……"

汉明帝听后一言不发,慢慢坐了下来:"怎么会呢?怎么会呢?你一定是看错了……不会,你办事精细,不会看错的……可是,这怎么可能呢?太医怎么说?"

马皇后依旧抽泣:"太医检查……说是……参汤的缘故……"

马皇后拿出一封密信:"臣妾刚才在皇太后寝宫遇到了宗正大夫,宗正大夫已经找到了楚王当年的老管家,已经查清楚了,十八年前丢失的皇子刘义就是现在的镇西王刘皖,当时他被许太后调包了……蔡愔只是平民子弟。"

张宦官一惊,浑身颤抖了一下。汉明帝接过密信,打开阅看,眉头越锁越紧。就在这时,院子里,几个黑影刺杀了一名放哨的羽林军。毗卢殿房顶有瓦片响动,蔡愔立刻跳进大殿,紧盯着房顶。突然,两个蒙面刺客撞开门跳进大殿,挥剑向汉明帝刺来,惊得马皇后大叫一声。蔡愔挥舞长枪挑开佩剑。蔡鹏保护汉明帝、马皇后、高僧等人退到墙角,同时立刻还击,与蒙面刺客打斗起来。

又有两个蒙面刺客跳进房间,蔡愔、蔡鹏左右接招,阻止刺客们前行。蔡愔舞动长枪杀死了一个蒙面刺客,蔡鹏被两名刺客围住,蔡愔挺枪过来又杀死一个刺客,回身抵住了刺客头目。

蔡鹏杀死刺客,回身过来帮助蔡愔。蔡鹏、蔡愔两人围住了刺客头目,从房间打斗到了院子里。刺客头目抵挡不住,打出了一枚紫色暗器,蔡愔闪身躲过。蔡憎大怒:"卑鄙小人,有本事别使暗器。"

刺客头目再次打出一枚三角紫色暗器,蔡鹏躲闪不及,衣袖被刺破一个洞。蔡憎死死抵住刺客头目,把枪舞得上下翻飞,不让他有抽取暗器的机会。蔡鹏稳住精神过来帮忙,几经努力,蔡憎一枪刺伤了刺客头目,将枪尖逼近他的咽喉:"你没机会了!自己扯下面罩!"

刺客头目气喘吁吁,绝望之中猛地用手挡开枪尖,再次掏出暗器,蔡鹏眼疾手快,推开蔡憎,猛地将枪尖刺进了刺客头目的胸膛。蔡鹏拔出长枪,刺客头目倒在了地上。

张宦官赶来,打着灯笼照明:"什么人啊……如此大胆……"

蔡鹏将蒙面刺客的面巾拉下查看:"这人……怎么如此面熟?"

张宦官低头看了,大吃一惊:"啊!镇西王……死了……"

蔡鹏、蔡憎面面相觑,感到非常意外,根本无法相信。张宦官走后,蔡憎仔细查看,死者果真是镇西王刘皖。

张宦官连忙逃了,悄悄牵出一匹马逃向洛阳城,他要把这个惊天的消息第一时间报告给楚王刘英。秦景看见了张宦官,紧追几步喊道:"中常侍大人!中常侍大人!"

蔡憎转身走进毗卢殿,把镇西王刘皖死亡的消息报告给了汉明帝,汉明帝根本不信,自己的亲侄子怎么会亲手刺杀自己呢?汉明帝拿着密信,与马皇后、秦景、迦叶摩腾、竺法兰走出毗卢殿,命令下人点燃更多的灯笼。

终于,汉明帝看清了镇西王刘皖的面孔,呆住了,不知道该说什么才好:"真的是镇西王,他……怎么会……他该在西域……对了,我西域的军队呢……他手里还握着数万军队呢……他擅离职守……西域会不会出现混乱?"

蔡鹏说:"有中郎将窦固在,西域应该不会出现混乱。"

汉明帝蹲下身去,拉起刘皖的左手,看见了一块青色胎记,皇太后的记忆没有错误。汉明帝狠狠地将刘皖的左手摔在地上,只觉一阵心慌,扑通一声跌坐在地上。马皇后、秦景等人连忙将汉明帝搀扶起来,明帝看着刘皖的尸首,怎么也无法将自己天真稚嫩的幼弟刘义与青面獠牙的刘皖联系在一起。

迦叶摩腾双手合十:"天雨虽宽不润无根之草,佛门广大不度无缘之人。"

汉明帝命令:"传旨!撤销刘皖……哎,中常侍呢?"

秦景走过来举报说:"皇上,中常侍神色慌张,骑马向洛阳的方向去了。"

秦景非常担心自己与楚王刘英暗通款曲的事情被汉明帝发现,他知道,若是现在汉明帝就把楚王刘英、中常侍张明远都杀掉了,那就最好不过,更能保证自己的安全。

马皇后吃惊地说:"他会不会去给楚王报信?太子刘炟还在皇宫呢,东平王回了封邑不在皇宫,洛阳皇宫一定处于危险之中了,都怪臣妾出来得太急。这可怎么办呢?"

汉明帝着急地问:"他……他……中常侍与楚王沆瀣一气?"

秦景说:"那么,皇上应当即刻返回皇宫,指挥全局,诛杀楚王。"

马皇后反对说:"不行。臣妾刚才来时见白马寺外边已经有贼兵了,不知多少人,皇上此时断不可冒险外出。"

蔡愔禀报说:"皇后不必着急。皇上,事不宜迟,必须马上发送响箭,通知洛阳守军关闭城门,防止贼人进入。另外,尽快集合全城的羽林军,禁锢楚王,防止反叛。"

汉明帝说:"好啊,那么谁去通知洛阳守军?"

蔡愔刚要说话,蔡鹏单膝跪地,说:"臣蔡鹏愿意奉诏疾驰军营,调动北军护卫京城。"

汉明帝连连摇头:"哪里还有时间颁诏,再说调动北军也来不及了……蔡鹏,你速速赶回京城,调动京城羽林军护卫京城吧。"

蔡鹏说:"皇上,京城全部羽林军加在一起也只有不足一千人,况且还要分别守卫城门、宫门,剩下的人数太少……"

汉明帝说:"现在也只有这些了……"

蔡鹏又问:"皇上可携带兵符?"

汉明帝从怀中掏出了调兵虎符:"朕近来已感不祥,常随身携带调兵虎符。"

蔡鹏说:"蔡鹏官职卑微,返回京城调动羽林军怕太尉、中尉、左右监均会质疑,若是皇上赐臣调兵虎符,臣就直奔京城,指挥守卫,捉拿楚王,斩杀叛贼。"

汉明帝恍然大悟,说:"事已至此……快……蔡鹏快去……洛阳不能乱啊……还有朕的皇宫啊……还有皇太后等着朕回去入殓……无论如何也不能让楚王拿皇太后和太子要挟朕,无论如何也不能让楚王的阴谋得逞啊。"

秦景轻声说:"皇上,皇上的调兵虎符是先帝所传,先帝曾有遗诏,调兵虎符只能由皇帝本人持有。"

第十章 逼宫谋反

汉明帝训斥说:"这都什么时候了,还提先帝遗诏!楚王是朕的三哥,他遵守先帝遗诏吗?再说先帝遗诏说过楚王会谋逆吗?今日之事,楚王早有预谋,怕是调动了不少兵力,若是楚王占了洛阳,占了皇宫,再来围攻白马寺,朕若是连这个庭院都出不去,还留着调兵虎符做什么?今日之事,朕说了算!"

秦景不知说什么:"这个……"

汉明帝对蔡鹏说:"蔡鹏,速速返回洛阳,保护皇宫,诛杀楚王!或许有贼人的伏兵,你要多加小心。"

蔡鹏说:"皇上放心,臣还知道一条返回京城的小路,能绕过伏兵。"

蔡鹏接过调兵虎符:"皇上放心,臣临危受命,万死不辞。平叛之后,臣即刻将虎符交还皇上。"

蔡鹏起身,将虎符揣进怀里,飞身上马,疾驰而去。

蔡愔大喊:"点燃箭头!发送响箭!"

羽林军点燃箭头,一声声响箭呼啸着射上了天空,响箭的光芒划过夜空。汉明帝抬头看着响箭,感到有些头晕,马皇后立刻上前扶住了汉明帝。汉明帝流下了泪水:"皇太后不在了啊……为什么……楚王虽非皇太后生育,可是皇太后毕竟是他的母辈,是先帝的至亲,楚王为什么要这样做?皇太后何罪之有啊?"

夜晚,张宦官骑马驰进了洛阳城门,一名守城士兵发现了远处的响箭:"有响箭,在白马寺方向。"

另一名士兵自言自语地说:"皇上今天去了白马寺……"

守城士兵急忙朝伙伴们喊道:"快,关闭城门,关闭城门!"

城门刚刚关闭不久,蔡鹏赶到了洛阳城外,出示了皇帝的兵符,高声喊喝:"在下蔡鹏,官职羽林右骑,持有皇帝的虎符。"

城门打开了,蔡鹏接着高喊:"继续发送响箭,全城戒严!集合全部守军随我行动,任何人不许出城!"

蔡鹏骑马驰入城内,城门关闭了。蔡鹏回身看了看,并没有一名士兵跟随上来。蔡鹏一口气来到皇宫,大门外竟然没有一名羽林军。蔡鹏质问:"人呢!羽林军都哪里去了?"

门口的太监说:"都被执金吾集合到教军场了……"

蔡鹏若有所思:"执金吾?他负责皇上外出仪仗开道,有什么权力调动皇宫的羽林军?"

蔡鹏催马向教军场疾驰而去。此时在教军场，全体羽林军集合完毕，远处的响箭隐约可见，羽林军议论纷纷："城门发送响箭了，怎么回事？看来真是出事了。"

执金吾李彤高声训话："哪里发送响箭？不管他，今晚，本官得到皇上诏令，京城有人谋反，本官已经斩杀了羽林左右监，现在，你们要听从本官调遣，我们要在城内展开大搜捕。"

羽林军议论纷纷："谁呀，谁谋反？"

执金吾李彤说："皇上诏令说，蔡广利之子蔡鹏、蔡惛企图谋反，我们现在就去抄家，抓捕蔡氏兄弟。"

羽林军七嘴八舌地说："他们天天跟着皇上，怎么会谋反？"

蔡鹏骑马走进了教军场，大声喝道："执金吾不必麻烦了，蔡鹏自己来了。"

执金吾李彤立刻拔剑说："快，他就是蔡鹏，快把他拿下！"

执金吾李彤的一名亲随挥刀过来，远处的一支箭矢射中了他的胸膛，他倒在了地上。执金吾李彤喊道："哪里射箭？"

其他羽林军试探着围了过来，蔡鹏不急不忙，亮出皇帝的虎符举过头顶："大胆！若是左右监不在了，京城羽林军最大的官职就是羽林右骑了，就是蔡鹏我。幸亏今晚灯火通明，大家看清楚了，蔡鹏持有皇帝的调兵虎符。"

羽林军士兵乱纷纷退后了，执金吾李彤喊道："不可能。皇帝的调兵虎符只有皇帝本人持有，怎会到你手中？你一定谋害了皇上！"

蔡鹏说："好在你也看清楚了，这正是皇帝的调兵虎符。兄弟们，现在，皇上在白马寺遇到了紧急情况，特别授权蔡鹏持调兵虎符调集大家平息叛乱。蔡鹏不仅有权调动京城禁军，还有权紧急调动北军。深更半夜，皇上无须出行，更不需要仪仗相伴，你执金吾怎么有权调动羽林军？分明是在谎称诏令！"

执金吾李彤的另一名亲随也想上前，又被箭矢射倒在地，其他羽林军都不敢再动了。执金吾李彤挥舞佩剑，催马上前命令道："杀了你，我倒要看看，你还能指挥谁。"

蔡鹏收起虎符，举枪还招，几个回合下来，与执金吾李彤打了个平手。羽林军议论纷纷："这可怎么办，一个是执金吾，一个是羽林右骑，一个有诏令，一个有虎符，咱们该帮谁呀？"

突然，一支箭羽射中了执金吾李彤的马匹，执金吾李彤跌落在地。蔡鹏催马

第十章 逼宫谋反

上前用枪尖逼住执金吾李彤:"来呀,把他给我绑了,明天交予皇上处置。"

并没有羽林军过来帮助蔡鹏,蔡鹏刚刚收起长枪,执金吾李彤立刻企图爬起来反抗,忽然,一名士兵上前挥起长弓抽在执金吾李彤的脸上,执金吾李彤一个趔趄倒在了地上。执弓士兵立刻补发一箭,近距离射中了执金吾李彤的脚脖子,李彤痛苦难耐地跌坐在地上。执弓士兵回头看了蔡鹏一眼:"不用绑,他跑不了。"

蔡鹏十分惊讶:"蓉儿,怎么是你?"

穿着羽林军军服的公主蓉儿说:"我这算不算是第二次救你啊。"

蔡鹏问:"你怎么会……"

公主蓉儿说:"我去皇宫想求皇上恩准我们的婚事,发现皇宫根本没人值守,就知道一定会发生内乱。你知道皇上去哪里了吗?我一定要见到他。"

蔡鹏没有回答,冲着全体羽林军大吼一声:"凡今晚当在皇宫值守的,立刻返回皇宫。其他人随我出发!包围楚王府!"

一声声响箭划破了寂静的夜空,此时,楚王刘英正在家中喝茶。刘英忽然打了一个冷战,知道一定发生了什么紧急的事情,说不定是皇帝刘庄死了。一阵急促的马蹄声传来,张宦官身背一个小包,慌里慌张地提着灯笼闯进院子,扔了灯笼,灯笼立刻烧着了,在院子里形成了一个火球。

刘英坐在正房看见了张宦官,大骂:"你他妈的惊慌什么!"

张宦官急急忙忙一脚跨进房门:"楚王,不好了,镇西王已经……被……蔡愔、蔡鹏杀死了,皇上已经知道……咱们的事情了,咱们快跑吧……晚了就被羽林军包围了。"

刘英吓了一跳,本能地站起身来:"什么?不可能,我不相信刘皖会死。"

张宦官拍着胸脯保证:"楚王啊,我看得真真的,绝不会看错。您太过心急,怎么会让镇西王黄昏时分前往行刺呢,您想想,那蔡氏哥俩都在呢,两人打一个,能有好吗?"

刘英一下子跌坐在条几上,半天憋出一句话:"你先走吧,我要留下来为刘皖报仇……虽非亲生,却已情同骨肉,我养了他十八年,不能就这么白白地让他死了。我要让城外的五千士卒偷袭白马寺,杀死刘庄!杀死刘庄!"

张宦官说:"白马寺一定加强戒备了,奉劝楚王赶快离开洛阳,越快越好。"

刘英不同意:"即便白马寺加强了戒备,也难以抵御五千士卒的偷袭。小成子,你赶快顺着地道出城,想办法找到城外的五千士卒,通知他们立刻偷袭白马寺，杀了刘庄，然后再攻洛阳城，本王带领侍从、家丁在城中接应。"

刘英打开堂屋木柜后面夹墙暗藏的地道口，小成子立刻取了火把，顺着地道向城外猫腰跑去。

房间里安静了下来，刘英呷了口茶，感叹说："现在，唉，小成子走得再快，也要费些时间，即便能够出城找到那五千士卒，怕也为时已晚。听天由命吧，只有依靠那五千士卒自己举事了。我问过皖儿，他曾吩咐那五千士卒可以直接攻击白马寺，火烧白马寺。"

张宦官着急地说："赶快集合人手吧，羽林军马上就到了。"

张宦官径直来到大院："集合了，快点，背上许太后，带上贵重细软，马上转移到楚王封邑。"

在楚王府西院的房间里，院子里的骚动让梅儿感觉到了一丝不祥，梅儿在房间里努力挣脱了绳索，听听窗外没了动静，她打开窗户逃了出来。谁知两脚刚刚落地，刘英突然出现在梅儿面前，一把抓住了她。梅儿奋力而起，拼力反抗，但是武功不敌，几个回合又被楚王刘英抓获，反剪了手臂，不得动弹。刘英胸中怒火万丈："我不会杀了你，但是，我儿子刘皖已经死了，你只能是我的人了。我要给你一点颜色看看，我要让蔡愔也痛苦万分。"

刘英一脚踹开了房门，拖着梅儿进了房间，将梅儿挤压在墙角，开始撕扯她的衣服。梅儿一边反抗，一边怒骂，然而，衣服还是被刘英扯开了，红色的兜肚露了出来，裤子也被刘英扯烂了。刘英刚刚解开自己的上衣，张宦官举着火把进来了，着急地说："楚王，都什么时候了，您还有心思做这些……"

刘英大怒："你先出去，我不能把她活着留给蔡愔！"

张宦官纠正说："不是……是下人赶来报告……羽林军提前行动了……"

话音未落，街上传来了嘈杂的脚步声，羽林军开始包围大院，拍打大门："开门！开门！"

刘英只得系上衣服，吩咐："带上她，走！"

楚王刘英等人转入了地下，举着火把在地道里穿行，逃出了洛阳城。

楚王府外边，蔡鹏带着羽林军抬着木桩撞开了楚王府的大门，冲了进来四处搜寻。在楚王府堂屋，他们终于发现了那个秘密的地道口。蔡鹏带着羽林军举着火把沿着地道搜索前行，忽然，最前边的一名士兵捡起了一本纸张抄录的花名册说："地上发现一本……花名册。"

蔡鹏接过来，借着火把的光亮看了看，然后将花名册塞进了怀里，命令："继续追赶！"

蔡鹏等人举着火把走到洛阳城外的时候，洞口早已被楚王刘英掩埋上了，蔡鹏命令："挖开！"

等到挖开洞口之后，蔡鹏举着火把出了洞口，刘英一行人早已不见了踪影。蔡鹏命令说："留下两人守住洞口，其他人跟我返回城内，守卫皇宫。"

在校尉窦林府邸，羽林军总教头王猛急匆匆地走进来，说："窦大人，赶快行动吧，听说执金吾已经带人斩杀了羽林左右监，掌控了羽林军，我们若是动手晚了，会被楚王责怪的。"

校尉窦林依然在犹豫。王猛又说："尽管楚王没有说举事的具体时间，可是此时……街上的羽林军跑来跑去，窦大人不能再犹豫了，窦大人若是担心皇上会活着返回洛阳，那么，事已至此，动不动手，我们的罪责都是一样的。此时，皇宫的羽林军被执金吾抽走了，皇宫空虚，我们还不如闯进皇宫，绑了皇太后、皇后，还有太子，即便楚王失手，我们就假借拥立太子继位，那样，我们不仅有了谈判的资格，也就有了逃脱的机会。这是我们的唯一出路。"

校尉窦林下定决心说："集合，出发！"

皇宫大门外边，窦林、王猛带来的一群家丁，个个手持刀剑，向皇宫冲来。大门口的太监阻拦道："站住！这里皇宫重地，不得擅自闯入……"

王猛一刀砍死了太监，命令家丁："往里冲，冲到后宫，活捉皇太后和皇后。"

皇宫大院里，一些太监操着扁担、木棍前来阻挡，被窦林、王猛带来的家丁砍翻在地。窦林、王猛走进皇太后寝宫所在的院子，看到寝宫大门紧闭，窦林说："慢着！"

一伙人停住了脚步，校尉窦林并不知道皇太后已经驾崩，他走到寝宫门前，拍打门扇："皇太后，皇后，你们在吗？在下是校尉窦林，听说城外有人反叛，围攻白马寺，前来营救护驾，请皇太后打开大门。"

寝宫里边，太子刘炟小声问太医："窦林是哪一个？"

太医想了想说："好像是从西域回来的。"

太子刘炟说："我想起来是谁了，是不是开门让他们进来？"

太医想站起身来开门，又十分犹豫，最后说："先不理他，还是等你母后回来再说吧。"

窦林再次拍打门扇,说:"快开门啊,窦林要进去护驾。"

里边仍旧没有动静,王猛过来小声说:"大人,甭跟他们废话了,冲进去吧。"

窦林来回踱步思忖着,王猛催促说:"大人,晚了就来不及了。"

忽然,校尉窦林听见了院外的呼喊厮杀声,下定决心说:"撞开大门!"

王猛和几名家丁联合在一起,用臂膀撞击大门。大门开始松动,灰尘落在太子刘炟等人身上。太子刘炟胆怯地问太医:"怎么办?"

太医命令大家说:"顶住,快顶住!"

太监、宫女、太医七手八脚地搬来桌椅,奋力抵住大门。太医命令说:"凡是能够找到的利刃全部找出来,不能放任何人进来。"

寝宫外边,窦林命令家丁:"不要撞了,放火,烧开大门。"

王猛等人将火把集中起来焚烧大门。

突然,蔡鹏手持长枪,徒步走了进来,大声喊喝:"何人在此喧哗?"

窦林对王猛说:"你们继续烧门,我来阻挡他们。"

窦林走到院子中间,看清了蔡鹏。窦林说:"蔡鹏?你不跟着皇上,怎么来到皇宫?难道你想劫持皇太后不成?"

蔡鹏说:"蔡鹏奉皇上之命返回京城,就是为了保护皇宫。"

窦林说:"你是皇上的驾前侍卫,私自返回京城,还假借保护皇宫之名私闯皇宫,你该当何罪?"

蔡鹏从怀里取出虎符,举过头顶说:"皇上特赐蔡鹏调兵虎符,蔡鹏已经奉命关押了执金吾李彤,全城的禁军已在蔡鹏的统领之下,任何阻拦之人,皆可按照反叛论处。尔等快快闪开,离开皇宫,如若不然,休怪蔡鹏的长枪夺尔性命!"

寝宫外边,王猛蹲在地上,用火把焚烧寝宫大门,并且大声喊喝:"敢不开门,待老子用火熏了你们,将你们个个捉拿,绝不放过!"

渐渐地,大门燃起了大火,寝宫里边烟雾四起,一群人都在咳嗽。大火将庭院照得十分明亮,窦林说:"蔡鹏,你好大的口气。老子明确告诉你,今天就是楚王举事的日子,等楚王坐上了皇位,你们统统都要被五马分尸。"

蔡鹏收起虎符,大声命令羽林军:"来呀,将反贼统统拿下!"

一场厮杀在寝宫院子里展开,蔡鹏将长枪扎在地上,抽出佩剑,对校尉窦林说:"蔡鹏若是用枪,算是欺负你。"

窦林挥刀向蔡鹏砍来,几经搏斗,蔡鹏一剑刺倒了窦林。蔡鹏对着垂死挣扎的窦林说:"现在可以告诉你,楚王早已经逃离京城了。"

蔡鹏拔了配剑,转身走向长枪,突然,王猛从大门处抢起砍刀,扑向蔡鹏。公主蓉儿冲进了院子,弯弓一箭射穿了王猛的脖颈,王猛倒在了地上。蔡鹏回身看了王猛一眼,对公主蓉儿说:"谢了。"

公主蓉儿不在乎地说:"不客气。记住,第三次了。"

蔡鹏命令羽林军:"赶快灭火!将叛贼的尸首抬出院子!"

几名羽林军用铜盆盛了院子里大缸的水泼到了大门上,一会儿,大火被扑灭了。

蔡鹏迈步跨过满院的尸体,来到寝宫门前,大声问道:"太子何在?太子何在?"

有人在里边咳嗽着问:"太子……就在宫内,尔等……又是何人?"

蔡鹏撩起战袍跪倒在地:"启禀太子,臣蔡鹏乃羽林右骑,奉皇上之命,前来保护太子。"

寝宫之中没有任何动静,蔡鹏再次禀报:"启禀太子,臣蔡鹏乃羽林右骑,皇上的驾前侍卫,奉皇上之命,从白马寺赶回京城来保护太子。"

寝宫之中传来稚嫩的声音:"母后为什么没回来?"

蔡鹏说:"皇后已经赶到了白马寺,皇上现在正在白马寺与僧人论经,特派蔡鹏返回皇宫镇压楚王反叛。皇上特赐蔡鹏调兵虎符,蔡鹏已经完成了使命,现将虎符交与太子,请太子验证。"

静了一会儿,寝宫之中再次传来稚嫩的声音:"从门缝下边塞进来吧。"

蔡鹏起身,上前几步,将虎符从门缝塞进了宫门。里边静了一会儿,太医对太子说:"是的,是你父皇的调兵虎符。"

寝宫之中又传来稚嫩的声音:"是父皇的兵符,你就带人在门外守卫吧。"

"喏!"蔡鹏转身命令羽林军说,"传我命令,除了守卫洛阳城门之外,所有羽林军全部赶来守卫皇宫,任何闯进皇宫者格杀勿论!"

白马寺内,汉明帝和马皇后躲进了毗卢殿,蔡愔和羽林军用湿了水的被褥将门窗全部堵住,防止流矢飘飞进来。这时的汉明帝已经镇静了许多,他觉得灯光昏暗的毗卢殿里有些寂寞,苦笑着说:"唉,不再说皇宫的事情了,两位高僧可曾知晓围棋？"

迦叶摩腾说："东行途中曾经看过大汉百姓对弈。"

汉明帝高兴了："好极了，咱们摆上棋局，对弈一盘，也好解闷儿。来呀，点燃蜡烛，多燃几支，免得高僧看不清楚。"

宦官点燃蜡烛，毗卢殿里立刻明亮了许多。汉明帝高兴地说："围棋呢？秦景，你去朕的銮辂上把围棋取来。"

秦景为难地说："这个……我让门外的羽林军去……"

汉明帝恍然大悟："瞧你的胆量！今天不让羽林军去取，偏偏让你去！皇后还在院子里呢，你怕什么？你若连庭院都不敢前往，以后怎么让朕委以重任呢？去吧，围棋就在朕的銮辂里。"

秦景无奈，只得来到毗卢殿外，迅速取回了汉明帝的御用围棋。明帝接过围棋，与秦景一起摆上了棋子。汉明帝对僧人说："两位高僧，这是朕的御用围棋，和田玉做的。今天这盘棋下得很有意义，下完之后就送给两位高僧了，以后，你们闲来无聊之时可以对弈。"

这时，马皇后走了进来，关上殿门，来到汉明帝身边悄声说："皇上，宗正的消息非常准确，外边的确来了许多不明身份的西域士卒，到处都是火把，有数千之多。"

"西域士卒？"蔡愔吃惊地说，"皇上，我去看看。"

突然，西域士卒的一阵箭雨射向了白马寺，房顶院落到处都插满了乱箭。之后，白马寺安静了下来，静得可以听见绣花针落在地上的响动。突然，一阵清脆的马蹄声从白马寺中传来，蔡愔左手举着火把，右手用绳子拖着一具尸首缓缓走出了白马寺山门，围攻的士卒们不知道他要做什么，瞪大了眼睛瞅着。其中，有人认出了骑马之人，小声说道："好像是蔡……蔡愔，就是大战西域的那个……"

蔡愔右手松开了绳子，勒住马缰，高声喊喝："弟兄们，你们当中一定有人认识我，我是中郎将蔡愔，奉皇上之命保卫白马寺。我不隐瞒实情，皇上、皇后此刻就在白马寺中……"

不等蔡愔说完，围攻的士卒们开始躁动："怎么回事？不是要来剿匪吗？""皇上怎么在白马寺里？"

楚王的侍从小成子躲在树后，悄悄弯弓射箭，一支冷箭突然射向了蔡愔。蔡愔听到响声，侧身闪过，借着月光一把抓住了箭矢。士卒们惊呆了，有人议论：

第十章 逼宫谋反

"谁?谁放冷箭?""我们上当了,蔡愔一定带了不少人埋伏在白马寺里。"

蔡愔并未恼怒,随手将箭矢甩在地上,扎进泥土。士卒们更是惊呆了。蔡愔说:"哪位兄弟放的冷箭啊?练得还算到家。弟兄们,咱们同为大汉子民,曾经共同在西域征战,我不想与各位兄弟自相残杀。作为军人,你们知道大汉的军法,没有皇上的诏令私自靠拢京城,均按反叛治罪,格杀勿论,株连三族。我知道,你们一定是受了镇西王的蛊惑,受骗而来,他想谋杀皇上,他和楚王刘英想篡权谋政,可你们图什么?你们是无辜的,你们更不能连累你们的父母妻小。现在,镇西王已经死了,地上的尸首就是。我奉皇上之命保卫白马寺,佛门清净之地不宜动刀动枪,有胆的随我西行一里地,我们较量一番。我不隐瞒实情,我大哥蔡鹏已经手持皇帝的调兵虎符调动北军去了,现在,你们凡是放下兵器自动返回西域驻地者,既往不咎。否则,别怪我蔡愔的长枪不认人!"

围攻的士卒们躁动起来:"到底怎么回事?""这可是死罪啊?"

蔡愔说:"包括刚才射箭的那位兄弟,只要你现在返回西域,蔡愔同样既往不咎。如果各位不愿与蔡愔争斗,还是快快散去吧,天就要亮了,若是让我看清了谁的面孔,我蔡愔决不饶他。"

一名士卒喊道:"我能上前……看看……镇西王吗?"

蔡愔将"雪里飞"后退了几步:"看来这位兄弟熟识镇西王,请便吧,看他,看我,都行。"

那名士卒上前辨认了尸体,回头大喊:"真的是镇西王,镇西王死了……真的死了。"

士卒更加躁动,一些人乒乒乓乓扔掉兵器:"这算什么啊……当初我就问为什么让我们长途跋涉来剿匪……原来是围攻当今皇上。"

小成子小声劝阻说:"哎,你们不能这样,你们不能放下兵器。"

有人喊:"蔡愔,你说话算数吗?"

蔡愔说:"蔡愔家里世代都是军人,我爷爷死在了东夷海战中,我爹死在了西域,过去,我曾经为他们的死感到骄傲。可是现在,我认为这不值得难过,真正算得上英雄的是军人的家属!各位兄弟,你们的亲人在家中含辛茹苦,辛勤耕作,还要为你们牵肠挂肚。现在不打仗了,他们刚刚安下心来,你们怎么能够潜回中原残杀自己的同胞?你们想过没有,即便今晚你们杀了皇上,太子明天就会在洛阳皇宫继位,天下还是刘氏的天下,你们都会成为新皇帝的杀父仇人,你们活着会被通缉,死了只会臭名昭著,你们的亲人还会受到株连,遭受邻居的羞辱。你们忍心吗?不要再让亲人为你们揪心了,散去吧,趁着天黑,散去吧。我蔡愔保证在你们回到西域之前,皇上的诏令就已经到了西域,已经免除了你们的罪责。赶紧散了吧。"

士卒们慢慢散去,小成子看看情况不妙,自己也跑了。

第二天黎明时分,蔡愔骑马带着羽林军护卫汉明帝的銮辂驶进了洛阳城。此时,洛阳城已经完全在蔡鹏的掌控之中了。

一到皇宫,汉明帝就急匆匆地去了皇太后的寝宫。蔡鹏等人看见明帝连忙跪倒。公主蓉儿不懂汉人的规矩,依旧傻傻地站着,明帝下意识地看了公主蓉儿一眼,公主蓉儿醒悟过来赶忙跪下了,嘴上说:"蓉儿见过大汉皇帝。"

蔡鹏赶紧说:"禀皇上,臣蔡鹏正率兵保护皇宫,所持虎符已经转交太子。这位是北匈奴的公主蓉儿,正是她射杀了带头反叛的执金吾李彤和总教头王猛。"

汉明帝对蔡鹏、公主蓉儿说:"快快请起,尔等护驾有功,朕定当重奖。"

蔡鹏站起身来,从怀中掏出一本名单,说:"禀皇上,臣从楚王府中搜出名单一册,尽为全国名士,不知何意,报皇上甄别。"

汉明帝示意秦景接过花名册,秦景上前接过了花名册。

马皇后连忙走到皇太后寝宫门外,大声说:"太子,母后回来了。"

太子刘炟打开宫门,跑出来扑进了马皇后怀里,泪如雨下:"母后……"

汉明帝对蔡鹏说:"你们在外等候,朕要先去看看皇太后。"

随着太子刘炟打开了寝宫的大门,皇太后寝宫里宫女们的哭声立刻传了出来。汉明帝慢慢走到皇太后榻前,两眼噙着泪水,双手颤抖,扑通一声跪在了地上。

院子里,秦景趁着众人没有注意,借着灯笼的光亮打开花名册细看,突然,他发现了自己的名字,吓了一跳,知道不是什么好事,左右看看没人注意他,就将那页纸撕了下来。

太阳再一次照亮了洛阳城,皇宫议事大殿站满了大臣,大殿的朱红柱子全部都用白布包裹了起来,显得十分肃穆。龙案上放着几枚三角紫色暗器,汉明帝刘庄浑身上下一袭白色,戴着重孝,来回踱步。

昨夜从白马寺回到皇宫后,汉明帝几乎一夜未眠,眼睛通红。他知道若不是

第十章　逼宫谋反

蔡鹏、蔡憎挺身保护，化险为夷，他和马皇后已经成了刘皖的刀下鬼；若不是蔡憎以情动人，驱散了集结的兵卒，他和马皇后已经成了楚王刘英的俘虏。那样，今天站在皇宫大殿指手画脚的就是楚王刘英了。刘英太狠毒了，让幼弟刘义化名刘皖与自己明争暗斗，不管谁胜谁负，他都是赢家。这个时候的汉明帝不想将刘皖的身世公开，那样，只会增加他自己的尴尬。可是憋在心中，明帝更加觉得窝火。恼怒之下，明帝用袖子一把将龙案上的几枚紫色三角暗器扫到了地上。

披麻戴孝的明帝义愤填膺，大声骂道："朕待刘英不薄，敬爱有加，常有赏赐。朕加封其舅舅许昌为龙舒侯，加封其子刘皖为镇西王，加封其女霞儿为齐国公主。可是，身为镇西王，刘皖不思舍身报国，却三番五次刺杀朕，还瞒天过海，私自带兵围攻白马寺，企图加害朕和皇后；身为楚王，刘英不思助朕治国，居心叵测，竟然有觊觎神器的隐情，结党营私，私刻玉玺，妄造灵符，谋反篡权。现在竟敢私自逃回封邑，自封伪皇，另立朝廷。朕不杀他，何以治国！何以服天下！最不可饶恕的是他丧心病狂，用参汤毒害朕的母亲，皇太后无辜啊……先帝九泉有知，定会命朕斩杀刘英，将其碎尸万段啊！来呀，拟旨，着中郎将蔡憎率军前往楚王封邑镇压反叛，封邑之内不论官员百姓，不论男女老幼，凡反抗者一律视同背叛大汉，格杀勿论！"

大殿上的文武百官鸦雀无声，噤若寒蝉。他们已经听出来了，明帝的心中充满了仇恨，在说及自己母亲的时候已经不像过去那样统称皇太后，而是用了"朕的母亲"这样的字眼。很显然，明帝不仅在政治上与楚王刘英分道扬镳了，而且已经不再承认这个同父异母的哥哥了。

蔡憎知道为了维护汉明帝的利益，自己又要大开杀戒了。然而，汉明帝还没有说完，还有更重要的事情要布置。明帝猛地坐在龙椅之上，眼睛死死地盯着人群之中的某些熟悉面孔，这些面孔今天看来是那么的令人憎恶，明帝大喝一声："来人！"

十数名羽林军进入大殿，站在了大臣们身后，显然早就做好了抓捕的准备。文武百官知道不是好事，却不知道明帝要做什么，有些人额头上冒出了汗珠。秦景的双腿已经开始发抖，他不知道自己与楚王刘英暗中勾结的事是否已经被明帝发觉了。汉明帝一字一顿地说："前护羌校尉窦林、前羽林军总教头王猛已死，前执金吾李彤被押，前中常侍张明远已逃，其他人呢？若要人不知，除非己莫为！前司徒李忻、司徒郭丹、司空冯鲂、太尉赵熹、河南尹薛昭，竟敢私通楚王，冒天下之大不匙,参与谋反,罪不可赦,统统削去功名,免职下狱,等待法办。下诏将淮阳王刘延,贬为阜陵质王,削减封邑,禁锢终身,其后世永世不得进京为官。"

哭号求饶之声立刻在大殿之中回荡,汉明帝好不心烦,他摆了摆手,让羽林军快些将这些人拖出去。

明帝并没有念到秦景的名字,但做贼心虚的秦景大脑依然出现了一片空白,眼冒金星,扑通一声晕倒在地。周围的大臣一片嘘声,有人喊来太医,太医摸脉掐人中忙活了一阵子,秦景醒了,失魂落魄地嘟囔着:"皇上饶命……臣……没有参与啊……都是楚王不好……他自己做的……与臣无关啊……"

蔡鹏回身责怪秦景:"出乖露丑!休再胡言乱语!起来随太医医治去吧!"

汉明帝没有说话,心里犯了嘀咕,秦景一直跟随傅毅、蔡愔远在西域,与楚王刘英素不交往,怎么会参与楚王的谋反呢?定是读书之人胆小怕事,被刚才威严的阵势吓糊涂了。

羽林军和太医把秦景架走了,大殿里安静下来,汉明帝拿起了花名册:"大汉的纸张这么昂贵,朕平时都舍不得用,前楚王刘英竟然用来抄录参与反叛人员的名单,可见他对此事万分用心。这样也好,也省得朕再去追索究竟谁参与了反叛。"

大臣们谁都不敢说话,汉明帝又将花名册摔在龙案上:"但是,让朕万万没有想到的是,名单上的人数竟有数千之多,遍布全国,让朕不寒而栗。朕要立刻下诏,在全国范围内穷治楚狱,一个都不放过。"

明帝缓和了口气说:"为了西域的安全,立刻诏令加封窦固为显亲侯;封陈睦为西域都护,封郭恂为副校尉,立刻上任。其他都护丞、都护司马、都护侯、都护千人由窦固与陈睦共同提名。另,诏令为大将军蔡广利、李蒙平反,恢复名誉,加倍抚恤家属。"

披麻戴孝的汉明帝站起身来:"创巨痛深,长歌当哭,就由司徒窦田主持操办皇太后的葬礼,二月庚申与先帝合葬于原陵,谥号光烈皇后。"

第十一章　诛灭楚王

蔡愔又要出征了，蔡鹏作为家中唯一的亲人一定要送蔡愔出城。洛阳城的街道上，蔡愔、蔡鹏骑马并排走着，后边跟着几名扛着大旗的士兵。

蔡鹏十分生气，不解地询问："为什么皇上不让我去镇压楚王呢？我比你更合适。"

蔡愔也在气头上，说："我正不想去呢，皇上下诏了，我也没有办法。"

蔡鹏想起了可恨的楚王刘英，咬牙切齿地说："我原本都已经计划好了，若是皇上派我去，我定会踏平楚王的封邑，将那些反贼杀个片甲不留，将楚王老贼碎尸万段。"

蔡愔看了一眼蔡鹏，说："哥，你若早早向皇上申请了，我也就省事了，我很累，不想再征战厮杀了。"

蔡鹏看看四周，训斥说："蔡愔，若不是在街上，我定会揍你！你小小年纪这说的是什么话？我们苦苦忙碌了两年，不就是为了今天的复仇吗？你千万不要忘记，楚王是我们的杀父仇人。"

两人骑马走到了洛阳城门，守城的士兵向他们敬礼。过去，这些士兵多是认识叱咤西域的蔡愔，现在通过楚王反叛事件，更多的士兵认识了蔡鹏。

出了城门，蔡愔叹息说："唉，冤冤相报何时了。"

蔡鹏扬起拳头说："你越说越不像话了，这怎么能是冤冤相报？难道父亲冤死在西域你已经忘记了吗？"

蔡愔怅怅地说："我怎么可能忘记。"

蔡鹏摆起了大哥的架子，指着蔡愔说："我警告你啊，楚王害死了咱们的父亲，我忙了两年都没能杀死楚王。现在机会终于来了，你千万不能心慈手软。就冲他恶狠狠地在你胸前烫了一个'囚'字，你就不能放过他，你若是不把他杀了，我不仅会记恨你，我还会伺机再去刺杀楚王的，我蔡鹏与杀父仇人不共戴天！"

蔡愔淡淡地反问道:"你现在怎么不说我是被父亲领养的了?"

蔡鹏说:"我只是说说,你还当真了?记仇了?"

蔡愔拉住缰绳,说:"父母的养育之恩我历历在目,我更不可能与你结仇。不过,你必须告诉我,我到底是谁?父亲为什么要领养我?"

蔡鹏说:"我真的不知道,前些日子传言你是皇族,现在知道不是了。你来蔡府的时候才两岁,是父亲从街上抱回来的,别的我也不知道。"

蔡愔感叹说:"母亲一定知道,可惜母亲现在不在。唉,我这次出征,楚王一定全力做好了戒备,战场上刀枪不长眼,万一我要是回不来了,你一定要答应我设法尽快找到母亲,把她接回来,为她养老送终。"

蔡鹏批评说:"你不要乱咒自己,你一定不会出现意外的。你说的我都答应,兄弟,你心中一定要明白,你现在不是在公报私仇,而是皇上下诏要灭了楚王,你是在替天行道,以义击暴,你的行动将彪炳千秋,匡正天下。"

蔡愔说:"亲王反叛,隔几年就会出现一次,杀一个楚王又怎么会匡正天下?若报杀父之仇,我更愿意和刘英私下较量,我死我认,他死活该,我不愿意利用军队的力量去镇压他。"

蔡鹏说:"你看问题的方式方法总是和正常人不一样,过去,一句话不合你就与人打架,京城洛阳的人快让你打遍了,仿佛天下都是你的仇人,现在仅仅过去了两年,杀父之仇你却看得如此平淡。你是不是被那两个僧人洗脑了?你不想救出梅儿了?好了,既然皇上把差事派给你了,我也不便多说。就送到这里吧,我还要回皇宫值守,你一路走好,小心处事,到了楚王封邑,一定要设法找到梅儿。"

蔡愔拱手施礼说:"我会的,再见。"

蔡愔带着几名士兵催马而去。蔡鹏慢慢拨转马头,返回了洛阳城。

大汉朝廷准备进攻楚王封邑的告示贴满了洛阳的街头巷尾,小楠儿也知道了。她决定在路上等候蔡愔,把班主王田义、梅儿等人被抓的事情告诉他。小楠儿骑马沿着大道向楚王刘英的封邑走去,她知道蔡愔带领大军早晚要经过这里,她只要找个人少僻静的地方静静等候就行。骑马走出洛阳城五里地,小楠儿来到一家客栈,周围相对比较热闹。小楠儿看了,客栈二楼正对着大道,完全可以凭窗看见官军通过,于是就租下了二楼一间临街客房。

然而,三天过去了,小楠儿始终没有见到蔡愔带领大军从此路过。难道朝廷取消了进攻楚王封邑的计划?难道蔡愔从别的地方去了楚王封邑?小楠儿心中充满了问号,她决定离开这里,到距离楚王封邑更近的地方去看一看。在一楼店堂付账时,小楠儿拿出身上的全部铜钱,但只够支付两天的费用,客栈伙计不干了,说住店给钱天经地义,没钱就给客栈当伙计,洗盘子抵账。小楠儿急于赶路,哪里有空余时间在此打工抵账,一怒之下抽出佩剑抵住了短衣襟伙计的脖颈:"我住店的时候你说价钱好商量,我住了三天也没等到蔡愔,给你钱就不错了,我急于赶往楚王的封邑,没时间与你纠缠。像你这般无信,我不仅不再给你钱,你还要把我刚才给你的铜钱还我!"

其他伙计见了惊呼起来:"抢劫了!光天化日之下有人抢劫了!"

一楼店堂吃饭的客人跑了个精光,大胆一些的客人跳到街边向里观看,远处的路人看到这里人头攒动,也赶忙过来瞅个热闹。

两名伙计从厨房抓了菜刀、铁勺出来,命令小楠儿放下佩剑,楠儿将佩剑架在短衣襟伙计的脖颈上向外后撤。短衣襟伙计担心自己被杀,对同伴喊道:"你们……别跟着!别……跟着!"

楠儿来到了街上,围观者越聚越多,客栈伙计举着菜刀、铁勺、木棍围住小楠儿,双方陷入了僵局。就在这时,蔡愔下马挤进人群,看到这种情况大声询问:"这位姑娘,什么事情不好商量,竟然拔剑动刀?"

小楠儿生气地说:"你别过来……不然我杀了他,他骗我,等我住了三天,他却说价格不能商议,还不让我走……这不是害我吗?"

蔡愔说:"小小客栈……你住三天会有多少钱?"

小楠儿争辩说:"我爹被楚王抓走了……我爹不在,我身上的钱不够,他若早说,我就不住了。我还要赶路呢,他却不让我走。"

蔡愔一惊:"楚王……算了算了,差多少我补上吧。刚巧谁也没有受伤,这位姑娘放下佩剑,客栈的伙计们也退后吧,大家散了吧,别耽误了自己的买卖营生。"

客栈伙计们不同意:"不行,不能放她走!她砸了我们场子,搅了我们生意,以后我们还怎么开张?"

小楠儿大声说:"我是中郎将蔡愔的妹妹,我哥若是来了,不会饶过你们的!"

正在规劝客栈伙计的蔡愔看着楠儿:"奇怪,我怎么不认识你?"

小楠儿说:"你当然不认识我,你又不是蔡愔。"

蔡愔笑了:"在下正是中郎将蔡愔。"

小楠儿向蔡愔身后看了看:"不对,你不是蔡愔,他此刻应该带领大军呢……"

蔡愔哈哈大笑:"你这姑娘不懂兵家常识,大军哪有驻扎在京城的?蔡愔正是前往军营清点军兵,这不是正在路上吗?"

小楠儿松开短衣襟伙计,跑过来问:"你真是蔡愔?"

蔡愔说:"这还有假?你既然不认识我,怎么冒充我的妹妹?再说,人家都知道我蔡愔没有妹妹。"

小楠儿说:"我一着急想不起别人……我叫楠儿,你认识梅儿吧?"

蔡愔惊奇地说:"梅儿?你……知道梅儿的下落?"

短衣襟伙计逃脱了,躲在一旁说:"这个小姑娘太厉害了,弟兄们今天一定要修理修理她!"

蔡愔挥手阻止了伙计们:"事情已经过去了,大家散了吧。她未付的店钱我都补上。你们做买卖的,多一事不如少一事,和气才能生财。散了吧!"

围观的人们渐渐散了,蔡愔替小楠儿付了店钱,带着小楠儿来到大道边一处僻静的茶庄。小楠儿这才看见,蔡愔身后远远跟着几位士卒,他们骑在马上,扛着旗帜,上边绣着斗大的"蔡"字。

尚未坐定,小楠儿的眼泪就掉了下来:"原来你就是蔡愔……你知道我姐姐梅儿有多么想念你吗?你一直没有音信……直到上个月……我们听说……你死在了月氏国,梅儿姐姐就嫁给了李刚阒……"

蔡愔非常吃惊:"你是说……梅儿已经嫁人了?"

小楠儿流着泪点了点头:"是的……嫁给了李刚阒……"

蔡愔问:"李刚阒?"

小楠儿:"嗯,是我们武术班的……可是,他已经被楚王杀死了……埋在洛阳西门外了……怕官府追查,只写了冈田……"

蔡愔问:"哎,咱们俩……说的梅儿是一个人吗?"

小楠儿又点了点头:"绝对是一个人。为了从楚王府救出梅儿姐姐,公主霞儿出嫁那天……我和班主准备劫持公主霞儿,去楚王府交换人质,谁想,班主又被抓住了……本来,梅儿姐姐一直在等你回来,可是,秦景说你死了,所以梅儿姐姐万分失望……才出嫁了……"

蔡愔笑着说:"我怎么可能会死?这个秦景简直没个正经样儿,什么玩笑都

第十一章 诛灭楚王

开。我怎么会死呢?"

小楠儿说:"可是大家都相信了……"

蔡愔收敛了笑容:"真是这样?"

小楠儿说:"秦景说的,梅儿姐姐就相信了。梅儿姐姐与刚阗哥哥的婚礼还是秦景操办的呢。"

蔡愔皱眉:"这个秦景……到底什么意思呢?等我回来再跟他算账。"

小楠儿说:"秦景说你死在大月氏国了,梅儿姐姐相信了,我们自然也都相信了。秦景大哥……当时也是好意,我们都相信了。"

蔡愔又问:"好意……算了。楠儿,你想一想,楚王会把梅儿藏在什么地方呢?"

小楠儿说:"一定藏在他的府中,那里有地牢……"

蔡愔说:"可是羽林军都搜遍了,只有你们武术班的人,没有梅儿……"

小楠儿急切地问:"你们看见班主了吗?他叫王田义?"

蔡愔说:"他和你们武术班的人都救出来了,已经赶往楚王封邑了。"

小楠儿高兴地说:"是吗?那我也去!你等着,我去牵我的马……"

丢三落四的小楠儿刚刚跑了几步,突然趔趄一下扑倒在大道上,痛苦地抽搐着。她的背后插着一支长长的箭。

蔡愔听到了弓响,下意识地拔出了佩剑,朝着弓声响起的方向望去,不见任何人影。蔡愔回头看见小楠儿倒在了地上,迅速站起身来冲过去扶起小楠儿。小楠儿笑了一下:"别怪梅儿姐姐,只能怪秦景……骗了我们。"

这时,武术班一群人沿着大道追了上来,班主王田义上前对蔡愔说:"蔡愔?好久不见……啊……楠儿?楠儿怎么了?"

蔡愔说:"楠儿你放心,我会和他算账的。"

王田义对武术班一群人说:"你们快去那边看看,究竟是什么人下的毒手。"

武术班的两个人向远处跑去,小楠儿对蔡愔说:"你们不用再找了……现在想让我死的人……除了楚王……就是秦景了,刚才……就是……秦……"

小楠儿来不及说完就闭上了眼睛。蔡愔再次望向刚才弓响的方向,不见任何人影。蔡愔知道,那里与客栈不是一个方向,小楠儿之死与客栈无关。

武术班一群人将小楠儿抬到了一边:"楠儿……楠儿……谁射箭害死了她?"

蔡愔站起身来问:"你们是?"

班主王田义对蔡愔说："我是王田义，你忘记了，咱们曾经在那个神秘的山洞见过面。这些都是我武术班的人，我们要去杀楚王。楠儿这是……"

蔡愔说："我不知道，我和楠儿刚刚认识，我们正在交谈，楠儿要去牵马，刚走了几步就中箭了，可是，那边那么宽阔，没见一个人影啊。"

武术班的两个人跑了回来说："没看见可疑的人。"

王田义痛苦地说："我没想到楠儿竟然在这里……"

蔡愔说："我要前往军营，你们先把楠儿葬了吧，然后，再去楚王封邑找我，随我一同攻城。"

王田义流泪说："如今……也只有这样了。"

武术班将小楠儿葬在了洛阳城外"冈田之墓"的旁边。

当蔡愔带领两万汉军赶到楚王刘英封邑的时候，封邑处处戒备森严。刘英早已做好了反叛的准备，封邑已经修建起一座坚固的城堡。蔡愔将提前抄写的一百张汉明帝诏令一张张卷在箭矢上，命令士兵将箭矢射进城堡，告知城堡之中的百姓，为楚王卖命只有死路一条。然后，大军围而不战，死困城堡。

一天，蔡愔站在远处望着城堡，王田义在一旁埋怨说："蔡愔，你让士兵们天天往里射那些劝降信，有什么意义呢？"

蔡愔说："每天晚上不是都有百姓溜出城来吗？"

大胡子都尉燕广说："平均每天逃出来的不足十人，可是城中的百姓和军兵有万人之多，要是等他们都逃出来，那得等到猴年马月。再说，这都围了半个多月了，时间拖久了，士卒们的士气都没了。"

蔡愔没有说话。燕广又说："皇上诏令是反叛者格杀勿论，咱们久拖不战，皇上会发来督战令的……"

蔡愔说："正是因为城中百姓众多，直接攻城必定伤亡众多。"

燕广说："打仗嘛，这是免不了的。"

王田义缓缓地说："如果梅儿被押在城中，再不攻城，不知道会是个什么样子了。"

蔡愔说："再等几日，再等几日。"

这天夜里，蔡愔做了个噩梦，梦见在旷野中，自己与楚王刘英打斗，刘英借机躲闪开来，抓获了梅儿。蔡愔挥剑追赶，追到悬崖，发现梅儿被吊在悬崖边的一棵

第十一章 诛灭楚王

树上,绳子的一端攥在刘英手中。蔡愔挥剑上前,刘英恶狠狠地松开了绳子,梅儿大叫一声跌入悬崖……蔡愔猛地从床上坐了起来,眼睛直勾勾地盯着几案上摆放的两只夜光杯,夜光杯在夜晚发出微弱的白光。这是他在敦煌买的,准备结婚时与梅儿喝交杯酒用的。

这时,天色已经见亮了。蔡愔泪流满面,内心充满了矛盾:"对不起,梅儿,我知道你托梦给我,可是,攻城就要死人,就算你真的在楚王城堡之中,为了那些黎民百姓,我也只能……不!不!我要救你出来,我一定要救你出来!攻城!立刻攻城!"

蔡愔的眼神变得凶狠起来,将画像揣进怀里,下床开始穿戴甲胄,嘴里嘟囔着:"攻城……攻城……"

蔡愔戴上头盔,手持长枪,却又泪流满面,瘫坐在床上:"我不想啊……可是我不得不攻城啊……为了救你,我只有攻城了……"

坐在蔡愔帐篷外边的王田义听到了里边的动静,起身走进来,小心翼翼地问:"蔡愔,你说什么?"

蔡愔悄悄擦了眼泪,目光凶残,一字一句地说:"立刻攻城!"

王田义几乎是冲出了帐篷,冲着远处的士兵们呼喊道:"中郎将吩咐,立刻攻城!"

硝烟四起,杀声震天,汉军开始攻打楚王刘英的城堡。张宦官挥舞佩剑在城堡上指挥守卫,他扯着嗓子高声喊道:"蔡愔,梅儿已经被我灌了毒药,你再不退后,她就不可能得到解药了。"

张宦官的叫嚣淹没在千军万马的呐喊声中,但是,王田义发现了张宦官,他已经顺着云梯接近了城头,挥动大刀砍中了张宦官的手臂,张宦官大叫一声倒了下去。

王田义凭借着一股蛮劲儿冲上了城墙,砍翻几名士兵,直接扑向正被人搀扶撤下城墙的张宦官。街道上,王田义追上了张宦官,挥刀上前一阵乱砍,张宦官再次倒在了地上,一命呜呼。

此时汉军攻破了城堡围墙,打开了城门,两万汉军一窝蜂儿似的冲进了城堡。蔡愔拎着长枪,催马冲进了城堡,直奔楚王刘英的王宫大殿。王宫门前,蔡愔飞身下马,小胡子侍从手持佩剑跳了出来,挡住了蔡愔的道路。蔡愔不屑地说:"我不想杀你,你身为武士,当思报国,何必跟着叛贼刘英为非作歹?"

小胡子侍从一脸不屑："人生在世,各为其主。要想见到楚皇帝,不难,先过了我这一关。"

小胡子侍从挥剑向蔡愔杀来,蔡愔急于寻找梅儿,根本不想与小胡子侍从纠缠,几个回合就一枪将他扫倒在地。蔡愔看也不看,急匆匆地向大殿里冲。小胡子侍从不依不饶,从地上一骨碌爬起来,从后边追上蔡愔,舞剑朝蔡愔后背刺去。蔡愔没有回头,而是将长枪掉转方向,枪头朝后猛地刺进小胡子侍从的裤裆。小胡子侍从表情痛苦地扔了佩剑,双手握住了枪头。

蔡愔猛地拽出枪头,头也不回地拖着长枪继续前行,根本不看身后的小胡子侍从在地上疼得打滚。

蔡愔拖着长枪走进楚王的王宫大殿,楚王刘英稳坐在大殿的龙椅之上,身后一个大大的"皇"字。刘英冷静地说:"蔡愔,我就知道你会来。"

蔡愔喝道:"梅儿呢?你把她怎么样了!"

刘英显然不太着急,冷笑道:"你来与不来,她都会死。你来更好,与她一起死,也算为皖儿偿命!"

蔡愔说:"蔡愔奉命保卫白马寺,只是履行职责,从不伤及无辜。刘皖若是老老实实待在西域,他会继续做他的镇西王,会活得比谁都好!"

刘英问:"蔡愔,你不觉得一切都重新开始了吗?"

蔡愔说:"是的,每一天都是崭新的,明天,我们都将各自开始自己的新生活。刘英,你已经被削去爵位了,这里很快就会被夷为平地,你还是投降吧,回到洛阳接受皇上的处罚。我们也免去了交手的麻烦,我保证在一路之上保持你楚王应有的尊严。"

刘英冷笑着说:"尊严,自古以来胜者王侯败者寇,只有占据皇城拥有天下才会有尊严。"

蔡愔说:"你曾经身为楚王,一人之下万人之上,你有无上的荣光,你还觉得不够吗?你不觉得正是自己的贪婪害了自己吗?"

刘英说:"害?我怎么会害我自己?我所做之事我自己明白。"

蔡愔说:"你不仅害了你自己,你还害了很多无辜的人,其中就包括刘皖。现在,你的封邑里满城都在杀戮,只有你投降了,城中的杀戮才会停止。你不觉得你蛊惑了那些无知的百姓跟着你以卵击石,是在间接地屠杀生灵吗?"

刘英说:"下令攻城的是你,你怎么污蔑我屠杀生灵?"

第十一章 诛灭楚王

蔡愔说:"我不想与你为敌!过去,主动伤害别人的是你,现在,下令攻城的是皇上,是你们刘氏兄弟在较劲。即使蔡愔不来,皇上也会派遣其他武将前来,这完全是你们刘氏兄弟的怨恨造成的。你口口声声说自己怀才不遇,口口声声说天妒英才,你是大汉朝第一个倾心佛教的亲王,在自己的封邑为浮屠建祠,你怎么忍心让你们刘氏兄弟的冤仇牵连那么多无辜的生命?"

刘英说:"难道你没有看见,我建的祠堂还供奉着老子、孔子,我只是希望我所知道的所有神灵都来庇佑我。"

蔡愔说:"真正能够庇佑你的只有你自己。"

刘英说:"蔡愔,既然今天你来了,我就要用事实告诉你,等我拥有天下的时候,你会理解我的。"

蔡愔抡起长枪,用枪杆撞开了窗户,大声道:"你睁大眼睛好好看看,两万汉军攻进了你的城堡,你还有拥有天下的机会吗?你虽为皇族,却心胸狭隘,嫉贤妒能,你配拥有天下吗?"

刘英苦笑着问:"那你说,什么样的人才有资格拥有天下?"

蔡愔说:"可容天下难容之事,敢融天下难和之和。"

刘英说:"你懂什么,刘庄派你来,就是利用你的复仇心理,让你来找我报仇,好解了他的心头之恨。"

蔡愔怒不可遏,猛地拔出佩剑砍掉了自己的枪头,手中的长枪只剩下了一根长棍。蔡愔插回佩剑说:"或许是。不过现在你看到了,我是来寻找梅儿的,不是来报私仇的。我若是要报私仇,根本不用自己动手,甚至不用进城,我只需要命令那些杀红了眼的士兵们进来,他们会把你剁成肉酱的。"

刘英不屑地说:"少废话,接招儿吧。"

蔡愔持棍与刘英打斗起来,两人从大殿打到院子里,又从院子打回了大殿中,忽然,刘英不见了。蔡愔警惕地慢慢上前寻找,这时刘英再次出现,身边多了五花大绑的梅儿。刘英手举佩剑横在梅儿脖子上,梅儿满脸泪痕,衣衫褴褛,衣不裹体,白皙的皮肤血迹斑斑,定是遭受了难言的侮辱,蔡愔看了痛心万分。三人相对,蔡愔害怕伤及梅儿,不知如何下手。

蔡愔大声安慰梅儿:"梅儿,现在什么都明白了,真正陷害忠良的就是刘英。我奉诏前来缉拿,整个封邑已被团团包围,刘英插翅难飞,无路可逃。"

梅儿哭泣:"蔡愔,都怪我,我不听你的劝告……你别管我,命令大军杀进来吧。"

蔡惜说:"梅儿,所有的苦难都结束了,你母亲已经出狱了,你父亲已经平反了。我们俩的生活又回到了正常轨道上,等我救你出去,我们就结婚。"

梅儿说:"我知道了……我已经都知道了……我知道你还活着……可是这一切都已经晚了……是秦景说你死了我才……是秦景欺骗了我……"

刘英狂笑着说:"她已经是我的人了,她会怀上我的孩子的,哈哈哈哈……只可惜,她不想做我的皇妃……"

越来越多的汉军士兵涌进了大殿,站在蔡惜身后,双方力量悬殊更加明显。

刘英双手颤抖,疯狂喊道:"出去,都给我出去!你们别逼我!你们别逼我!"

蔡惜眼睛直直的:"梅儿,不要害怕,你就要回家团聚了,还是你原来的那个家。不管你经历了什么,我都喜欢你……"

梅儿哭着说:"蔡惜,已经不可能了……我听说你死了……我已经嫁给武术班的李刚阒了……我已经不是原来的那个我了……"

武术班一伙人急匆匆地冲进了大殿,班主王田义、大胡子都尉燕广跟在后边。王田义怒喊道:"放开梅儿!"

刘英猛地推了梅儿一把,蔡惜赶紧扔了木棍,上前一步接住了梅儿。刘英的佩剑划破了梅儿的脖颈,梅儿伤口冒血,倒在蔡惜怀中,无力地说:"带我……回洛阳……我要……看看我母亲……"

突然梅儿一阵痉挛,闭上了眼睛,轻轻喘着气。蔡惜痛苦地呼喊:"梅儿!梅儿!"

刘英说:"她已经喝了毒药,就算我不杀她,她早晚也会死的。"

蔡惜抱着梅儿,双目紧盯着刘英,目光中露出一丝凶残。班主王田义大声说:"蔡惜,你的杀父仇人就在眼前,梅儿的杀父仇人就在眼前,你还犹豫什么?"

刘英委屈地说:"我谁都不想伤害,我不想害蔡大将军,我也不想害李大将军,我只想坐上皇位,是他们挡了我的路,我没有办法……"

蔡惜慢慢从怀中摸出一枚飞镖,那是梅儿留在沙漠之中的飞镖。他用尽力气将飞镖甩了过去,刘英赶忙低头,飞镖穿过他的发髻,头发披散下来。飞镖"砰"的一声扎在刘英身后的"皇"字上。

武术班与围观的士兵集体喊道:"杀了他!杀了他!"

蔡惜不再理会刘英,抱着梅儿慢慢站起身来,向大殿外走去。刘英扑通一声

第十一章 诛灭楚王

跪在地上,冲着蔡愔的背影绝望地说:"我只想当皇帝啊!我跟你们所有的人都无冤无仇……原本皇位就该是我的……先帝啊,您为什么不把皇位传给我呢……"说完,刘英横剑自杀,昂头倒在地上。

看到楚王自杀了,王田义半天没有缓过劲儿来。突然,他大叫一声,挥舞大刀,拖着残腿扑了上去。蔡愔并未回头,只是停住了脚步,冷冷地喊了一声:"住手!他已经死了。"

王田义犹豫了一下,没有将大刀砍向楚王的尸体,而是一阵乱刀砍向大殿的"皇"字。王田义发泄够了,痛苦地弯下腰瘫在地上,满面流泪:"你害死了多少人哪……草菅人命啊……"

当啷一声,梅儿的飞镖自己掉落下来,王田义慢慢捡起了飞镖。

王宫之外,梅儿靠着大树躺着,蔡愔说:"梅儿,你醒醒,醒醒,我等了半年多时间,我们又团聚了,你可以回家了,可以见你娘了。"

拎着药箱的随军医士摇摇头,对蔡愔说:"晚了……太晚了,中毒太深……已经回天无力了……"

梅儿嘴角淌血,吃力地睁开眼睛说:"我不……行了……我好……好想见我娘……我娘……她自由了……自由……"

梅儿未说完就闭上了眼睛,告别了人世。武术班一帮人都在哭泣。

这时,大胡子都尉燕广押来了一大串捆着手的俘虏,其中还有几个人抬着楚王刘英的母亲许太后。燕广骂道:"助纣为虐,快走!不是你们,楚王会那么嚣张吗!"

许太后面无表情,一言不发,透过黑纱盯着远处蹲在地上的蔡愔。事到如今,她十分后悔当初将两岁的刘皖与蔡愔调了包,她自信三岁看大,认为当时面目清秀的小刘皖将来一定比蔡愔心狠手辣,却不知道后来的蔡愔被蔡广利调教得天不怕地不怕,比刘皖出色许多。

"你个臭老太婆,不是你,你儿子楚王也不敢那么嚣张。今天你临死之前,大爷要教训教训你。"燕广走上前去,抡起大巴掌扇了许太后两个耳光,许太后跌倒在地,嘴角流出了鲜血,抬着她的佣人们谁也不敢阻拦。燕广还一把夺过许太后怀中的包裹,打开之后翻来覆去看了看:"哈哈,原来是封国太后印信。楚王都死了,你个死老太婆也不再是封国太后了,你还留着这个破玩意儿做什么呢?"

燕广将包裹扔在地上,奋力用砍刀一阵乱砍,将包裹里铜制的封国大印砍得面目全非,最后裂为两半。发泄完了,燕广转身来到蔡愔身边问:"蔡愔,全城抓获了数千俘虏,怎么处置,是砍头还是活埋?"

蔡愔淡淡地说:"释放。"

燕广不解地问:"释放?他们帮助楚王……助纣为虐……"

蔡愔说:"我不想再看到有人死亡。"

燕广说:"可是……皇上诏令说凡是反抗者格杀勿论,他们……他们都是因为反抗被俘的呀,还有楚王的老娘,他们害了梅儿,他们都不可饶恕啊。"

蔡愔说:"若非刘英企图篡权,他们不会受到蛊惑,他们也不会反抗的。"

燕广说:"可是他们杀死了不少我们汉军士卒。"

蔡愔站起身来,大吼道:"燕都尉!我们是军人,是在执行皇命,不是在报私仇!我们流血受伤理所应当。"

"可是你把他们都放了,回到皇宫怎么跟皇上交差啊?"燕广问。

"我会解释清楚的。来呀!全部释放!"蔡愔命令说。

几名汉军士卒上前砍断了绳子,开始释放俘虏。俘虏们纷纷跪下说:"谢中郎将不杀之恩。"

几名佣人连忙抬起了许太后,俘虏们也纷纷站起身来,蔡愔忽然大声说:"站住!我不会白白释放你们的。"

俘虏们十分惊慌,再次跪下恳求说:"中郎将……不能言而无信哪。"

蔡愔说:"你们都是楚王封邑的人,请你们回去转告全体百姓,这里已经不再是楚王封邑了,皇上给你们另外安排了土地,你们要尽快赶往新家园。就这些,回去说吧,迁徙的布告马上就会四处张贴的,大家散了吧。"

俘虏纷纷说:"谢中郎将,我们会相互转告的。"

蔡愔抱着梅儿慢慢站起身来,借助石墩飞身上马,左手抱着梅儿,右手接过班主王田义递来的那根没有了枪头的木棍。王田义从腰间抽出梅儿的飞镖塞进蔡愔的马囊,王田义说:"梅儿……就交给你了……我没有保护好她……我们要回家种田了。今生今世,或许……我们还会有机会见面……"

王田义一行人走了,燕广想了想,说:"蔡愔,我参劾了楚王,时至今日,心中怨恨也算有了个了断,我没有家,我跟他们一起种田图个快乐吧。后会有期。"

燕广扔下卷了刃的大砍刀,跟着王田义走了。

蔡愔命令身后的军兵:"大军就地驻扎,等我回禀皇上。"

蔡愔并不知道,一名安插在蔡愔身边的士兵悄悄返回了洛阳城,径直来到了皇宫门外跳下战马,向等候在皇宫门外的秦景耳语了一番。在皇宫书房中,汉明帝正在阅读竹简,秦景走进来,轻声说:"皇上,那边有信了。"

汉明帝抬起头问:"怎么说?"

秦景说:"蔡愔没有杀死楚王,楚王是自杀的。"

汉明帝皱着眉头说:"朕……不杀楚王,是因为楚王是朕的三哥,可是,蔡愔为什么不杀楚王呢?难道他已经淡忘了杀父之仇?这怎么可能?"

秦景说:"或许,蔡愔是担心皇上将来反悔,害怕承担罪责,所以……这也正是蔡愔的可怕之处。"

明帝若有所思,没有接话。秦景又问:"皇上,楚王的尸首……该如何处置?"

汉明帝说:"唉,既然楚王已经自杀,人死债了,遣光禄大夫即刻前往,给楚王吊唁,按照法制赐赠丧物。朕要为天下榜样,不能与一具尸首过不去……还是加赐列侯印绶,以诸侯礼葬其于泾县。"

秦景问:"那么……楚王的家属怎么办?"

汉明帝略加思考:"既然以诸侯礼葬,其家属按照楚王刘英生前的待遇不变。楚王刘英的母亲许太后不必缴还封国太后的印信,行动自由;楚王刘英的女儿仍然保留封号与采邑。"

秦景说:"据说……封国太后的印信已经被士卒们砍坏了,不能再用。"

汉明帝瞪了他一眼:"你不要管,就这样颁诏。"

"喏!"秦景答应一声走了。

蔡愔抱着梅儿,骑马向着洛阳的方向慢慢走着。路上,蔡愔看见道路两边田地里耕作的百姓——老翁除草,老太送水,儿童嬉闹……

蔡愔忽然伤感起来,眼眶湿润,模糊了视线。长久生活在京城洛阳,居住在阔绰的府院之中,他的生活却不如普通百姓快乐惬意。他又想起自己在西域路上与两位僧人讨论的那个问题——究竟什么才是人生最大的快乐?两年了,蔡愔的家庭依旧处于解体状态,自己依旧在为汉明帝的皇家事业忙碌,没有一点闲暇。他十分怀念过去与梅儿两小无猜的日子,现在,他与梅儿都长大成人了,可以成家了,梅儿就乖乖地躺在他的怀里,他却感觉不到一点幸福。透过厚厚的盔甲,他感觉不到她豆蔻年华的妩媚柔软,微风撩开额前的乱发,血水模糊了她青春美丽的面庞。

在洛阳城西的荒郊野地,冈田之墓、楠儿之墓的旁边出现了一座崭新的坟头,坟前的木牌上写着:李梅儿之墓。

蔡愔凝望着摆在坟前的两只夜光杯,心里说:梅儿,除了皇权,没有人可以夺走我父亲的生命,也没有人可以夺走你父亲的生命,他们是为了维护大汉的荣誉主动走上了战场。梅儿,一切都结束了,你就好好歇息吧。原本我是准备带你去西域的,你的父母都在那里,咱们可以在那里成亲,现在,你只能在洛阳城外歇息了。你再也不用担心你父亲的事情,你母亲已经前往西域为他迁葬了,他早晚会回来的。我不知道,你这种解脱的方式是一种无奈的幸福,还是一种永恒的痛苦。梅儿,你就和李刚闒在一起吧。如果你母亲回到了洛阳,来看你的时候也近些。你放心,我还活着,我会孝敬她的。

蔡愔慢慢站起身来,拍了拍手上的尘土,飞身上了马。抬头望着广阔无垠的蓝天白云,蔡愔再一次想起了美丽的西域,他不知道,自己的母亲此刻在西域是否也在观望着蓝天白云。

突然,蔡愔向着天空大喊一声:"奶奶,父亲,母亲,蔡愔究竟是谁?"

天空没有任何回答,蔡愔低下头来,骑马继续缓缓前行。

路过白马寺的山门,蔡愔勒住了马缰,远远地看着香客们进进出出,诵经声不断飘荡过来。看得久了,蔡愔的眼神恍惚起来,仿佛出现了海市蜃楼一般的幻影,昔日的场景一幕一幕浮现在眼前——青梅竹马的梅儿、惨死西域的父亲、反复无常的呼延王、凶狠好斗的楚王、情绪低落的张梁、耿直忠诚的傅毅、一心向善的高僧、唯我独尊的刘庄、自私自利的秦景……蔡愔有些迷惑,他不知道自己在这两年时间里究竟做了些什么,不知道朝廷大殿的皇族恩怨为什么会殃及自己的家庭,不知道自己出生入死、征战沙场究竟为大汉王朝赢得了什么。

蔡愔累了,不是肌肉无力,而是心理困惑。现在大汉与北匈奴和亲了,成了一家人,他不知道下次遇见呼延王,还该不该动手。自己九死一生巩固了汉明帝的江山,人间还会不会有灾难,黄河还会不会泛滥,大地还会不会震动,日食还会不会发生。

蔡愔看得出神,并未注意到旁边道路走来了一队人马——汉明帝的銮辂在蔡鹏护卫下从对面过来了。蔡鹏跳下马来,低声喊喝:"蔡愔,蔡愔,皇上驾到了。"

蔡愔猛地醒悟过来,他在汉明帝的銮辂旁边看见了秦景,立刻火冒三丈,怒目

第十一章 诛灭楚王

圆睁。然而，当着明帝，蔡愔无法发作。

銮辂停下了，蔡愔下马走到銮辂前面，按倒木棍，单膝跪地大声禀报说："启禀皇上，臣蔡愔奉命镇压楚王叛乱，杀死叛贼三千人，所俘人口正在迁往泾县，楚王畏罪自杀。"

秦景撩起銮辂布帘，汉明帝走下銮辂，连连夸赞蔡愔："很好，很好，你办事总是大气磅礴，气壮山河……朕要加封你。蔡愔啊，你还不知道，你从西域带回来的佛典《四十二章经》已经在翻译出来了，两位高僧在保福院还绘制了《千乘万骑绕塔三匝图》、《首楞严二十五观图》；在南宫清凉台又绘制了佛像。他们还准备翻译《佛本行经》、《十住断结经》。朕已经批准班固、贾逵共述汉史了，大汉是天下最大的国度，所作所为必须有所记述。将来，朕还要安排专人记述白马寺，把白马寺的由来写得清清楚楚。哎，寺内建筑又扩建了，你随朕一起进去看看吧。"

秦景早就看见了怒气冲冲的蔡愔，赶紧向汉明帝禀告说："皇上，臣先进去了，吩咐僧人做好准备。"

汉明帝摆摆手，秦景溜了，他害怕蔡愔当面戳穿他帮助楚王刘英编造谎言欺骗梅儿的阴谋。那样，自己还要遭到汉明帝的追问和刑罚。

蔡愔依旧跪着，并不抬头："启禀皇上，臣想请辞。"

汉明帝不解，眉头皱在了一起："请辞？为什么呢？朕正要重赏你，你怎么能够请辞？是不是……朕待你薄情？还是嫌朕封你的官职太小啊？"

蔡愔说："家母与李夫人一同前往西域祭扫已有多日，音信皆无，臣不放心。现在天下太平，臣已无用武之地，况且，臣胸无大志，只求在母亲膝前行孝，恳望皇上恩准，臣想辞去官职，前往西域寻找母亲。"

汉明帝似乎明白了蔡愔的想法："这个，好啊。你告些假日即可，朕准了，不必请辞。大汉孝治天下，你有这份孝心值得赞赏。唉，你还有母亲可以孝敬，承欢膝下，可是朕……朕抱恨终天啊。你去吧，蔡鹏也一起去吧。接回母亲，你们也好安心司职。"

蔡鹏刚刚尝到做官的甜头："不，臣要留下保护皇上。"

汉明帝说："那……好啊。蔡愔就一个人去吧。"

依旧跪着的蔡愔从怀中掏出兵符举过头顶，请辞态度依旧十分坚决："臣将兵符、免罪龙符、白马一并交还皇上。"

正如蔡愔所想，天下太平了，军队没用了，其实这个时候的汉明帝更不在乎什么龙符、白马了。汉明帝随口说:"龙符、白马是赐予你的,已经下诏了,岂有收回的道理? 朕知道你从小就特别喜欢白马……你若真是愿意放弃,那就暂时交给蔡鹏吧,改日上朝,朕与三公商议了再说,朕要进去烧香了。"汉明帝虔诚地走进了香火缭绕的白马寺。

白马寺山门外,蔡鹏接过兵符,责备跪在地上的蔡愔:"你这是干什么,怎么事先不与我商议?"

蔡愔抬起头问:"为何要商议?"

蔡鹏说:"你真不懂事。父亲若是还活着,一定会为我们今天的成就感到骄傲的。多少人梦寐以求仕途发达,你怎么能够辞去流血流汗换来的官职呢?"

蔡愔阴沉着脸,拎着木棍站起身来,将木棍使劲扎在地上说:"我要去西域寻找母亲,我不放心。"

蔡鹏说:"我也担心母亲,可是……我刚刚被提拔为中郎将……皇上已经答应改任我做执金吾。我是蔡家的长子,不能让外人说蔡家后继无人。再说……公主蓉儿过来找我了,皇上已经赐婚了,下个月我就要和公主蓉儿结婚了,你留下来祝福我吧……"

蔡愔流出了眼泪:"你知道父亲被俘在北匈奴大营的时候遭受了什么样的刑罚吗? 想想父亲的遭遇,你怎么能娶北匈奴公主做自己的妻子呢? 你怎么能和她同床共枕呢?"

蔡鹏着急地说:"可是,你不是一直主张各个部族之间相互通婚吗? 你不是还建议朝廷修建大道直通西域吗? 现在北匈奴与大汉已经和亲了……况且,这是皇上赐婚……我与蓉儿,你和梅儿,咱们可以一起举办婚礼,那才热闹呢。"

蔡愔擦了眼泪,慢慢摘下头盔放在"雪里飞"鞍上,从马囊中掏出免罪龙符看看,又塞进马囊,又脱下甲胄:"我累了,也迷惑了,我不知道这两年时间里究竟做了什么,不知道楚王死了究竟是为蔡家报了仇还是为皇上消了灾。"

僧人迦叶摩腾走出了山门,静听蔡愔说话。

蔡鹏埋怨说:"你怎么想那么多? 你是臣子,你不需要知道那么多。"

蔡愔闭上眼睛:"我不知道我和士兵们如此舍生忘死,人间还会不会有灾难,黄河还会不会泛滥……我不知道。"

蔡鹏说:"你呀,真不该出生在大汉朝,你真的不属于这个时代。"

蔡愔忽然睁开眼睛,眼泪夺眶而出说:"想打就打,想和就和,臣子不过是玩偶

第十一章 诛灭楚王

而已。我们世代忠良,却屡遭陷害,男儿姑且罢了,母亲弱小女子,奶奶白发苍苍,为此无辜饱尝牢狱之苦。为什么啊!父亲身为大将军,身经百战屡立战功,不过是一枚棋子,我们又算得了什么呢?明明是皇族内争,却要标榜捍卫大汉江山,不过是哄着我们玩的一场游戏。为了一己私利,就连出生入死的好兄弟秦景也出卖了我,还陷害梅儿……"

蔡鹏怒火中烧:"什么?秦景?他小子敢陷害梅儿?我不会饶了他的。"

泪水顺着脸颊滴进了脚下的泥土,蔡愔说:"大哥,我累了,不想征战了,不想再杀戮了。当初要不是为了凭借战功换取母亲的自由,我根本不会进入军营。我当时只有一个信念,就是不能让母亲和奶奶死在监狱里,她们无辜啊……她们手无寸铁犯有何罪啊……"

蔡愔将甲胄、佩剑放在"雪里飞"鞍上,不再说话,转过身去,把背影留给了哥哥。

蔡鹏责备说:"事情都已经过去了,你不要这样任性,你辞职与梅儿商量了吗?不用等母亲回来,也不用等李夫人回来,长兄如父,我做主了,你们真的可以早点成家。"

蔡愔声音低沉地说:"母亲不在,哪里有家?梅儿死了,我把她葬在了洛阳城外,和她丈夫在一起。母亲在西域,我已经没有家了。"

蔡愔从泥土之中拔出木棍,独自一人向远方走去。

蔡鹏吼道:"你怎么如此任性?"

蔡愔继续向远方走去,他的心中只有冤死西域远葬他乡的父亲,只有为了祭祀父亲仍在西域大漠奔波的母亲。

看着远去的弟弟,蔡鹏不知道说什么才好。犹豫了一下,他悻悻地走过来牵起"雪里飞"的缰绳,不料,"雪里飞"长嘶一声挣脱了,抖掉身上的头盔、甲胄、佩剑,朝着蔡愔的背影追去。

迦叶摩腾望着远去的蔡愔,说:"真是醍醐灌顶,脱胎换骨啊……"

蔡鹏回头看见了迦叶摩腾,急忙单手施礼说:"不知高僧在此……那是……蔡愔年轻气盛,性格倔犟……高僧莫要见怪……"

迦叶摩腾说:"天地重孝孝当先,能孝方是好儿男;怜悯施舍都是孝,孝字治国万民安。"

夕阳,大漠,蔡愔一人骑马向远方奔驰……

图书在版编目（CIP）数据

白马寺传奇 / 王中一著. —北京：华夏出版社，2013.7（2015年重印）
ISBN 978-7-5080-7585-3

Ⅰ.①白… Ⅱ.①王… Ⅲ.①长篇历史小说－中国－当代 Ⅳ.①I247.5

中国版本图书馆 CIP 数据核字（2013）第 141282 号

白马寺传奇

作　　者	王中一
责任编辑	高　苏
责任印制	顾瑞清

出版发行	华夏出版社
经　　销	新华书店
印　　刷	三河市少明印务有限公司
装　　订	三河市少明印务有限公司
版　　次	2013 年 7 月北京第 1 版　2015 年 4 月北京第 2 次印刷
开　　本	720×1030　1/16
印　　张	18.75
字　　数	315 千字
定　　价	32.00 元

华夏出版社 地址：北京市东直门外香河园北里 4 号　邮编：100028
网址：http://www.hxph.com.cn　电话：（010）64663331（转）
若发现本版图书有印装质量问题，请与我社营销中心联系调换。